アルゴナウティカ

アポロニオス・ロディオス

西洋古典叢書

凡例

一、本書の底本はローブ古典叢書の一つ、W. H. Race 校訂の *Apollonius Rhodius Argonautica*（Cambridge MA, 2008）である。そこにはアポロニオス作と伝えられる幾つかの断片も含まれるが、本訳書では割愛した。

二、原文は六脚韻（ヘクサメトロス）で構成される韻文だが、本訳は行分けの散文とした。五行ごとに行数を記したが、翻訳というものの性質上、原文の数字と一致しない場合もある。

三、底本よりもやや細かく段落を分けたが、これは訳者の判断による。これについて逐一注記するのは煩わしいため、その注記を省略した。

四、固有名詞の表記に際して、原則として母音の長短は省略した（イアーソーンではなくイアソン）が、ムーサやテーバイなど音引きを用いたものも若干ある。また叙事詩に特有の固有名詞については、原則として一般に通用している形で訳した（アテナイエではなくアテナ）。

五、φ, θ, χ の音は π, τ, κ の音として扱った。

六、撥音は省略し（ペロポンネソス半島ではなくペロポネソス半島）、促音も -λλ- と -ρρ- については省略した（アポッロンではなくアポロン）。

七、註釈に際して、原則として「を参照」という言葉を省いた（たとえば「第四歌六一五行を参照」は「第四歌六一五行」とした）。参照箇所が同じ歌の場合、歌番号を省略した。

目次

アルゴナウティカ

堀川　宏　訳

第一歌

第一歌梗概

一―二二　序歌（主題の提示、冒険の契機、詩神への祈り）
二三―二三三　アルゴナウタイの参集（英雄のカタログ）
二三四―五五八　イオルコスからの出発（旅立ちの準備）
五五九―九〇九　レムノスまで（ヒュプシピュレの歓待）
九一〇―一一五二　キュジコスまで（ドリオネス人の歓待）
一一五三―一二七二　ミュシアまで（ヒュラスの失踪）
一二七三―一三六二　ビテュニアまで（ヘラクレスの置き去り）

始めにあなたの名を挙げて、ポイボス(1)よ、古き男らの勲《いさおし》を
思い起こそう。黒海の入口から「青黒岩《キュアネアイ》」(2)のあいだを抜け、
王ペリアスの命令により黄金《きん》の羊毛を手に入れるため、
漕ぎ座美しきアルゴー船を駆って進んだ者たちのことを。
　ペリアスはこのような予言を聞いたのだ——これから彼を
忌まわしい運命《さだめ》が待ち受ける。片方だけのサンダルの男が
民のなかから来るのを見るとき、その者の計略で倒れると。
その後ほどなくして、あなたの言葉通りにイアソン(3)が、
アナウロス(4)の冬の激しい流れを歩いて渡っていたときに、
一方のサンダルはぬかるみから引き抜いたが、もう一方は
河底にそのまま残した。押し寄せる流れに捕まったのだ。
そしてただちにペリアスのもとへ、祝宴に参加しようと
やって来た。それは王が、父ポセイドンと他の神々に
捧げた宴であったが、ペラスゴスのヘラ(5)は蔑ろにされた。

(1)アポロンのこと。冒険の契機となる予言（五行以下）を与えた神で、詩歌の神でもある。
(2)黒海の入口にある一対の巨岩。互いに打ちあう浮き石で、黒海へ進む船を粉砕したという。
ペリアス（次行）はギリシア北東部テッサリア地方、イオルコスの王。その命令に端を発する冒険については解説三六三頁「一『金羊皮』と『アルゴー船』の伝説」を参照。
(3)イオルコスの先王アイソンの子。故郷を離れ賢者ケイロン(三三行)に育てられた。
(4)テッサリア地方の河。
(5)ゼウスの妻で偉大な女神。「ペラスゴスの」という形容詞

イアソンを見ると王はすぐに気がついて、彼に試練を
用意した。大海で、あるいはまた異国の人々のあいだで、
帰国の望みが絶たれるように、苦難に満ちた航海の試練を。
　じつにその船は、古《いにしえ》からの歌人《うたびと》が今日に歌い継ぐには、
アテナ[1]の指示を受けアルゴス[2]が建造したものだという。
しかし私はこれから、英雄たちの生まれと名前を、
長き船旅を、放浪のあいだに為されたあらゆることを、
物語ろう。ムーサたち[3]が歌の仲立ちをしてくださるように。

　では始めにオルペウス[4]を思い起こそう。彼を生んだのは
他でもないカリオペ。かつてトラキアのオイアグロス[5]と
共に寝て、ピンプレイア[6]の頂近くで生んだと言われる。
また人々の語るところでは、山々にある強情な岩や
河の流れでさえも彼の歌声に魅了されたという。
野生の樫木《オーク》は、その歌の力を今に伝える木だが、
ゾネというトラキアの海岸に豊かに生い繁っては、
間隔《あいだ》を詰めて整然と行進を続けている。この木々を

は、テッサリア（別名ペラスゴイ人の地）におけるヘラの崇拝を示す。ペリアスに蔑ろにされた女神の怒りは第三歌六四行以下で語られる。

(1) ゼウスの娘神。造船や織物など様々な技芸を司る。

(2) アルゴー船（四行）の名は彼に由来する。

(3) 詩歌・文芸の女神で、全部で九柱いたとされる。詩の始めにムーサに呼びかけるのはホメロス以来の叙事詩の伝統。

(4) 伝説的な詩人で竪琴の名手。その母カリオペ（次行）はムーサたちの筆頭で叙事詩を司る。

(5) エーゲ海の北辺トラキア地方を流れる河で、その河神でもある。

(6) ムーサたちの聖地ピエリア（三一行）にあるとされた山。

竪琴で魅了し、ピエリアから連れてきたのは彼なのだ。
オルペウスはこのような英雄だが、アイソンの子(7)は
ケイロン(8)の勧めに従い、自身の試練の助力者として、
ビストニア(9)のピエリアを治める彼を仲間に迎えた。
　アステリオン(10)もただちにやって来た。その父親は
コメテスで、流れ逆巻くアピダノス(11)の河のほとり、
ピュレイオンの山に近いペイレシアイに住んでいた。
そこはまさに、大河アピダノスと神々しきエニペウスが
遠くから流れ来て、両側から合わさり一つになる場所。
　彼らに続いてポリュペモスがラリサ(12)をあとにやって来た。
エイラトスの子だが、以前ラピタイ族(13)がケンタウロイに
武器を取ったとき、力に溢れたラピタイのなかにあって
とりわけ若々しく戦った。このときも、手足の動きは
すでに重かったが、猛る心は以前と変わらぬままだった。
　イピクロスもまたピュラケ(14)に長くは残らなかった。
彼はイアソンの母方の叔父。すなわちアイソンが娶った
ピュラコスの娘(15)はこの男の姉だった。姻戚関係による

(7) イアソン（八行）のこと。
(8) 三七頁註（9）。
(9) トラキアの地名。ピエリアは通常オリュンポス山北麓の地だが、ここではトラキアの地とされる。
三六
(10)「星」を意味する輝かしい名。
(11) エニペウス（三八行）とともにテッサリアの河。
(12) テッサリアの町。
四〇
(13) テッサリアの山地に住む伝説的な部族。彼らの王ペイリトオスの結婚の宴席で、半人半馬の種族ケンタウロイ（単数形ケンタウロス）がラピタイの女たちを犯そうとして戦争が起きた。オリュンピアのゼウス神殿、西の破風を飾る彫刻は、この戦争を描き有名。
四五
(14) テッサリアの町。
(15) アルキメデ（二三二行）。

繋がりが、一行《いっこう》に加わるよう彼をしきりに促したのだ。
　羊に富むペライ[1]を治めていたアドメトスもまた、
そびえ立つカルコドニオンのもとに留まらなかった。
　ヘルメス[2]の息子たち、多くの畑を持つ知略に長けた
エリュトスとエキオンも、アロペに留まらなかった。
彼らに続き三人目にやって来たのは、異母兄弟の
アイタリデス[3]。彼はアンプリュソスの流れのほとりで
ミュルミドン[4]の娘、プティアのエウポレメイアが生み、
先の二人はメネテスの娘アンティアネイラから生まれた。
　またコロノスは豊かなギュルトン[5]を出てやって来た——
カイネウスの子だ。優れた戦士だったが父親には及ばない。
歌人たちの讃えによると、カイネウスは生きていながら、
ケンタウロイに滅ぼされた。他の勇士たちから離れて
一人で戦い、敵を撃退したときのことだ。敵はすぐさま
反撃に転じたが、この男を倒しも殺しもできなかった。
彼は傷つくことなく屈しもせぬまま、頑丈な樅木《もみのき》で
その身を激しく叩かれながら大地の奥へと沈んだのだ。

(1) テッサリアの町。その王アドメトスの羊は、神アポロンに養われたという。
(2) 伝令神で知略の神でもある。アロペ（次行）はテッサリアの町。
(3) 父ヘルメスの力を受け継ぎ、伝令として活躍する。
(4) 人名と解される。その複数形ミュルミドネスはテッサリアのプティオティス地方（中心都市プティア）に住む伝説的な部族。三五七頁註（10）も参照。
(5) ラリサ（四〇行）近郊の町。カイネウス（次行）はラピタイ族の一人で、ポリュペモスの兄弟。強靭な肉体を誇り、どんな武器にも傷つかなかったという。
(6) ラピタイ族の予言者。「ティタロンの」という形容詞は祖父ティタロン、または居住

ティタロンのモプソス[6]も来た。他の誰よりもこの男に
レトの御子《アポロン》が、鳥たちを使った予言の術を教えたのだ。
またクティメノスの子エウリュダマス、クシュニアスの
湖の近く、ドロペス人のクティメネ[7]に住む男も来た。
　それからさらにアクトルも、息子のメノイティオス[8]を
優れた勇士らとともに行くよう、オプスから送り出した。
　エウリュティオンも勇敢なエリュボテスもそれに続いた。
一方はテレオンの、もう一方はアクトルの子イロスの息子、
すなわちテレオンの子たる誉れも高きエリュボテスに、
イロスの子エウリュティオン。彼らとともに三人目には
オイレウス[9]も来た。彼は武勇に卓越し、戦列を破った際に
敵どもを、後ろから追いかけ討ちとる術《すべ》を心得ていた。
　またエウボイア[10]からはカントスが来た。彼はしきりに
参加を求め、アバスの子カネトス[11]に送り出されたが、
しかしふたたびケリントスへ帰国することはなかった。
彼に定められたのは、予言の術を知るモプソスと同じく、
リビュア[12]の地をさまよい、殺される運命だったのだ——

地ティタロン山による。

(7)プティア（五五行）西方の町。ドロペス人の地（ドロペイア）に属する。

(8)ホメロス『イリアス』の英雄パトロクロスの父。オプスはギリシア中央部、ロクリス地方の町。

(9)オプスの王で、ホメロス『イリアス』の英雄「小アイアス」の父。敗走する敵の追撃は息子の特技でもある。

(10)テッサリアの南東にある大きな島。ケリントス（七九行）はその町。

(11)カントスの父。その父アバスは、エウボイア島に住んだアバンテス族の名祖。

(12)北アフリカ一帯を広く指す呼称。この地でのカントスとモプソスの死は、第四歌一四六七行以下で語られる。

まこと人間には、出会わぬほどに離れてある 禍《わざわい》 などない。
このときも一行は彼らをリビュアで埋葬したのだから。
じつに太陽の昇りと沈みが隔たって見える距離ほどに、
コルキスからはそれほど遠く、隔たり離れたその土地で。

この男に続きクリュティオスとイピトスも参集した。
オイカリア(1)の守護者で、残忍なエウリュトスの息子たちだ。
エウリュトスは遠矢の神が弓を授けた男だが、彼には無益な
贈り物だった。他でもない贈り主との争いを望んだからだ。

彼らに続いてアイアコスの子ら(2)が加わる。二人は別々に
違う場所からやって来たが、それは彼らが愚かなことに
兄弟ポコスを殺した後、アイギナ(3)から逃れて離ればなれに
住んだからだ。テラモンの方はアッティカの島に住まい、
他方ペレウスは彼と別れてプティアの町に居を構えた。

彼らに続いてケクロピア(4)から、猛々しきブテスが来た――
勇士テレオン(5)の子だ。トネリコの槍美しきパレロスも来た。
彼を送り出したのは父親のアルコン。年老いた暮らしを
気遣ってくれる息子たちはもはや他にはいなかったが、

八五 (1)ホメロスではテッサリアの町だが、ここではエウボイア島の町と想定される。エウリュトスはこの町の王。弓矢の腕前を誇り遠矢の神アポロンにも優ると豪語して、この神に殺された。

九〇 (2)テラモンとペレウスのこと。前者は「大アイアス」の、後者はアキレウスの父としても有名。(3)アテナイ南西の島。「アッティカの島」はアテナイ西方のサラミス島のこと。プティアについては八頁註(4)。

九五 (4)アテナイのこと。初代王ケクロプスにちなむ呼称。(5)七三行とは別人。トネリコは弾力性に富む木材で、槍の柄などに用いられる。

しかし最愛のたった一人の息子であるのも構わずに、
勇敢な英雄たちのあいだで際立ってこいと彼を送った。
だがエレクテウスの子らすべてに勝るテセウス[6]は、
タイナロンの地下に見えない束縛が引き留めていた——
ペイリトオス[7]と甲斐なき道を降ったのだ。二人がいれば
労苦の終わりは皆にとって、もっと容易《たやす》くなっただろう。
　ハグニアスの子ティピュスもまた、テスピアイ人の町
シパイ[8]を発った。広き海からせり上がってくる大波を
予知することに優れていて、荒れ狂う嵐の予知にも、
太陽と星を頼りに航路を定める術にも優れた男だった。
トリトンの女神[9]アテナが、勇士たちの仲間に加わるよう
みずから彼を促して、待ち望む仲間のもとに至らせた。
快速の船も女神の手になる。アレストルの子アルゴスが
女神とともに、その指示を受けて船を建造したのだ。
それゆえこの船は、漕ぎ手らの力を恃《たの》んで海に挑んだ
あらゆる船のうちで、はるかに際立ち優れていた。
続いてプレイアスもアライテュレア[10]からやって来た。

（6）アテナイの国民的英雄。エレクテウスはアテナイの古王で、その「子ら」はアテナイ人のこと。

（7）ラピタイ族の王。ペルセポネ（一四三頁註（7））を妻とすべくテセウスと冥界に降ったが、冥王ハデスに捕らえられた。ペロポネソス半島南端のタイナロン岬（前行）には、冥界に通じる洞窟があると言われる。

（8）ギリシア中部ボイオティア地方の町。

（9）叙事詩でアテナは「トリトン生まれの」と形容される。三三〇頁註（2）も。

（10）ペロポネソス半島、アルゴリス地方の町。アソポス（次行）はその地の河。同名の河はギリシア各地にある。

彼はその地で、アソポスが湧き出す近くに家を構えて、
父ディオニュソス(1)の恵みを受け豊かに暮らしていた。
　アルゴス(2)からはビアスの二子、タラオスとアレイオス、
また屈強なレオドコスも来た。彼らを生んだのはペロ、
ネレウスの娘だった。この女のせいでアイオロスの後裔《すえ》
メランプスは、イピクロスの畜舎でつらい苦痛に苛まれた(3)。
　そして他でもない、心猛々しきヘラクレス(4)の力もまた、
アイソンの子の懇願をけっして退けなかったと聞く。
英雄たちが参集しているとの知らせを耳にしたとき——
彼はアルカディアからリュルケイオン(5)のアルゴスに
移ったばかりで、ランペイアの山峡《やまかい》はエリュマントスの
広き沼地で育った野猪を、生きたまま運ぶ途中だった(6)——
彼はミュケナイ人の集まる場所(7)に差しかかるとすぐ
その猪を、縄で括ったまま巨大な背中から放り投げた。
そして自身は決然と、エウリュステウスの意向に構わず
急いで発った。彼とともに若さに溢れた優れた従者
ヒュラス(8)もまた、主人の矢を持ち弓を護るために来た。

（1）葡萄酒と豊穣の神。バッコスとも呼ばれる。
（2）ペロポネソス半島北東部、アルゴリス地方の中心都市。
（3）ピュロス（一四頁註（4））の王ネレウスは、娘ペロを妻にと求めるビアスら求婚者に対して、イピクロスが護るピュラケ王の牛群を奪ってくるよう命じた。メランプスは兄弟ビアスのためそれに挑んで捕らえられ、一年間投獄された。アイオロスについては後註（13）。
（4）ゼウスの子でギリシア神話最大の英雄。女神ヘラの策謀の結果アルゴス王エウリュステウスに仕え、彼から課された様々な難業（いわゆる「十二の難業」）を乗り越えた。
（5）アルゴリス地方の山。アルカディアは一四頁註（5）。
（6）前註（4）「十二の難業」

彼に続いて出向いたのは、神のごときダナオス(9)の後裔、
ナウプリオス――ナウボロスの子クリュトネオスの子で、
ナウボロスはレルノスの子。レルノスは私たちの知識では、
ナウプリオス(10)の子たるプロイトスの子。かつてダナオスの娘
アミュモネが、ポセイドンと共寝をして彼に生んだのが
ナウプリオス。航海の術では他の誰をも凌駕していた。
　イドモンは、アルゴスに住む者らのうちで最後に来た。
鳥占いにより自身の運命を知ってはいたが(11)、国の者が
その高き誉れを嫉みはしないか不安になって赴いたのだ。
この男はじつはアバス(12)の子ではなく、彼を儲けて輝かしき
アイオロス(13)の末裔に加えたのは、他でもないレトの御子《アポロン》。
そして予言の術を教えて、鳥たちの予兆に注意を払い、
火のなかに兆す徴《しるし》を見えるようにしたのもこの神である。
　さらにはアイトリアのレダ(14)も、力強きポリュデウケスと
脚速き馬どもを巧みに操るカストルとを、スパルタから
出発させた。この者たちは彼女がテュンダレオスの屋敷で
一度の陣痛で生んだ最愛の子らだったが、二人の願いを

の一つ。八二頁註(5)も参照。
(7)アルゴスのこと。
(8)ヘラクレスが愛した美少年。
(9)ギリシア人の総称をなす「ダナオイ人」の名祖。リビュアからアルゴスに来て王位を継承した。
(10)一三四行の同名の祖先(五代前)。
(11)彼の死は第二歌八一五行以下で語られる。
(12)イドモンを育てた父親で、アイオロス(次行)の四代後の子孫。その父がメランプス(一二一行)。
(13)テッサリアの古王で、アイオリス人(古代ギリシアの中心的民族の一つ)の始祖とされる。
(14)スパルタ王テュンダレオスの妻。ギリシア西部、アイトリア地方で生まれた。

拒まなかった。ゼウスの床に相応《ふさわ》しい誉れを望んだのだ。(1)
アパレウスの子ら、リュンケウスと自信溢れるイダスも
アレネ(2)から来た。二人とも腕っ節の強さにはおおいに
自信を持っていた。リュンケウスはまた視力の鋭さでも
比類なく抜きん出ていて、(3)噂が本当ならばこの男は、
大地の奥底深くまで容易く見通すことができたという。
　ネレウスの子ペリクリュメノスもともに発った――
神のごときネレウスがピュロス(4)で生んだ子のなかで
彼が最も年長だった。ポセイドンはこの優れた男に
限りない力を授け、激しく組みあう戦闘のただなかで、
何であれ、望んだ姿で戦えるようにしたのだった。
　アンピダマスとケペウスもアルカディア(5)から赴いた。
これはテゲア、つまりアペイダスの所領に暮らした
アレオス(6)の息子二人だ。彼らとともに三人目に従うのは
アンカイオス。この男を送り出したのは父リュクルゴス、
先の二人に対しては年長の兄弟にあたる男であったが、
自身はすでに年老いたアレオスの世話をすべく国に残り、

(1) 二人の父はホメロスではテュンダレオスだが、後にゼウスとする伝承が広まり、彼らは「ディオスクロイ（ゼウスの息子たち）」と呼ばれた。
(2) ペロポネソス半島西岸の町。
(3) リュンケウスの名は眼光鋭い大山猫（lynx）に由来する。
(4) ペロポネソス半島西岸の町。その王ネレウスは、ホメロス『イリアス』の英雄ネストルの父でもある。
(5) ペロポネソス半島中央部の山岳地帯。テゲア（次行）はこの地の歴史ある町。
(6) テゲア王。その父がアペイダスで、甥のアンカイオスは一《いっ》行《こう》のうちヘラクレスと並ぶ英雄とされる（三九六行以下）。

みずからの子を弟たちのために従わせてやったのだ。
この息子はマイナロス(7)の熊の毛皮をまとい、右手には
両刃の巨大な伐採斧を振りつつ進んだ。彼の武具は
祖父アレオスが、納谷の奥深いところに隠したからだ——
孫が行くのを何とかしてまだ引き留められると期待して。
　またアウゲイアスも来た。じつにヘリオス(8)の子であると
噂される人物であり、エリスの男たちを統べる王として
権勢を誇っていた。彼の心を動かしたのはコルキスの地と、
コルキス人に号令するアイエテス(9)その人を見ることだった。
　ヒュペラシオスの息子たち、アステリオスとアンピオンも
アカイア(10)のペレネを離れてやって来た。その町はかつて
彼らの祖父ペレスが、アイギアロス(11)の眉根に建てたものだ。
　彼らに続いて今度はエウペモスが、タイナロン(12)を発ち
やって来た。他の誰よりも脚の速いこの男は、屈強なる
ティテュオス(13)の娘エウロペがポセイドンに生んだ子で、
灰色に輝く海に膨らむ波の上さえ駆けたのだった。
すばやい足を水に浸すこともなく、足の底をわずかに

（7）テゲア近郊の山。牧神パーンの故郷で、牧歌の生まれた地とされる。

（8）太陽神。エリス（次行）はペロポネソス半島西部の地域。

（9）黄金の羊毛を所有するコルキス王。ヘリオスの子で、アウゲイアスとは兄弟関係にある。

（10）ペロポネソス半島の北岸地域。ヒュペラシオスはこの地の王。

（11）「海岸」を意味するアカイアの異称。その「眉根」とは山の端のこと。

（12）一一頁註（7）。

（13）四九頁註（9）。

濡らすだけで、湿った通い路を運ばれてゆくのだ。
　さらに他にもポセイドンの二人の息子が加わった。
一方はいとも名高きミレトス(1)の城市を離れやって来た
エルギノスで、もう一方はインブラソスなるヘラの御座《みくら》、
パルテニア(2)から来た自信に溢れるアンカイオス(3)。二人とも
航海だけでなく戦争にも通じているのを誇りとしていた。
　彼らに続いてオイネウスの子、勇敢なるメレアグロスが
カリュドン(4)を発ちやって来た。そしてまたラオコオンも――
ラオコオンはオイネウスの兄弟だったが、とはいえ母は
同じではなく、奴隷の女が彼を生んだ。オイネウスは
すでに年老いたこの男を、息子の指南役として送ったのだ。
こうしてまだ若いメレアグロスは、英雄たちの恐れを知らぬ
一行に加わったが、私が思うにヘラクレスを除いては、
他の誰よりも優れた参加者だった――あと一年だけでも
その地に留まり、アイトリア人のあいだで育っていたなら。
そしてまた母方の叔父イピクロス(5)、槍を投げるのに優れ、
摑みあっての戦いにも鍛え上げられたテスティオスの子も、

(1) 小アジア西岸イオニア地方の都市。海上貿易の拠点として栄えた。
(2) サモス島のこと。インブラソスはその島を流れる河で、女神ヘラは少女時代をこの地で過ごしたという。
(3) 一六四行とは別人。
(4) ギリシア中西部アイトリア地方の町。「カリュドンの猪狩り」の伝説で名高い。オイネウスはこの地の王。
(5) 四五行とは別人。

まさにこの旅路を進みゆくメレアグロスとともに来た。

　レルノスの子、オレノスのパライモニオス[6]も一緒だった。呼び名はレルノスの子でも、じつはヘパイストス[7]の子で、それゆえ両脚は不自由だったが、その体つきと勇敢さとをあえて咎《とが》める者は誰一人としていなかった――この男が勇士たち皆のあいだに加わって、イアソンの誉れを高めた。

　ポキスから来たのはイピトス[8]。オルニュトスの子ナウボロスの息子だ。彼は以前イアソンを歓待したが、それは航海について神託を求めて、イアソンがピュト[9]まで行ったときのこと。そのとき彼を自身の館に迎えたのだ。

　またボレアス[10]の息子たち、ゼテスとカライスも来た。かつてエレクテウス[11]の娘オレイテュイアがボレアスに、厳寒のトラキアの果てで生んだ子らだ。じつにその地にトラキアなるボレアスは、イリッソス[12]のほとりで輪を描き踊っていたこの娘を、ケクロピアから奪い去ったのだ。そして娘をはるかエルギノス[13]の河の流れにほど近く、人々が「サルペドンの岩」と呼ぶ場所まで連れてゆき、

（6）アイトリア南部の町。
（7）火と鍛冶の神。跛行の神としても知られる。
（8）八六行とは別人。ポキスはギリシア中部、デルポイを中心とする地域。
（9）アポロンの神託で名高いデルポイの古称。
（10）北風の擬人神。
（11）一一頁註（6）。
（12）アテナイ（ケクロピア）を流れる小川。
（13）トラキアの河。

薄暗い雲をめぐらせて覆い隠してわがものとした。
この二人は、両方のこめかみと足の両側に[1]暗色の翼を羽ばたかせて飛びあがり——何とも驚くべき眺め——黄金《きん》色の鱗を輝かせる。そしてその背中には、頭の天辺と首筋から延びてきている青黒い髪が、あちらとこちらに風に吹かれてはためくのだった。

　そして他でもない屈強なペリアスの子アカストスも、父の館にいつまでも留まってなどいられなかった。女神アテナのもとで働くアルゴスも躊躇《ためら》うことなく、この二人もまた一行の仲間に加わることになっていた。[2]

　じつにこれだけの助力者がイアソンのために集まった。この優れた男たちはことごとく、近隣に住む者からミニュアイと呼ばれていたが、それは大部分の勇士がミニュアスの娘たちの血を引くことを誇ったからだ。[3]イアソン自身もその一人で、彼の母親アルキメデはミニュアスの娘たるクリュメネから生まれたのだった。

　さて、従者らによりすべての準備が整えられると——

（1）写本は単に「足首の両側に」だが、底本を始め多くの校訂本はパピルス資料（P. Oxy. 34. 2700）を根拠にこう読む。こめかみに翼を持つとは奇異にも思えるが、ヒュギヌス『ギリシア神話集』第一四話では、ゼテスとカライスが「頭と足」に翼を持つとある。

（2）二人の参加は三二一行以下で語られる。

（3）ミニュアイは「ミニュアスの末裔」を意味する。ミニュアスは海神ポセイドンの血を引くボイオティアまたはテッサリアの王。

まさに男たちが必要に駆られて海を船で越えてゆくとき
船内に積まねばならない、あらゆる装備が整えられた。
すると一行は船を指して町を抜けてゆく。その岸辺こそ
マグネシアのパガサイ[4]と呼ばれる場所。まわりには人々が
大勢集まりともに駆けたが、勇士たちの姿はあたかも
雲間に輝く星々のように際立っていた。武具を身につけ
足早に駆ける彼らを眺めて、皆が口々にこう言った。
「王者ゼウスよ、ペリアスは何のつもりか。これほどの
英雄たちを、全アカイア[5]の大地から、どこへ追いやるのか。
彼らはアイエテスの館などその日のうちに、破滅の炎で
滅ぼしてしまうだろう、彼らに羊皮を渡すのを渋るならば。
だが冒険は避けられない。行方には越えがたい苦難がある」
　町中のあちこちでこう言われた。女たちは繰り返し
何度もその手を天空へ掲げては、心嬉しい帰国の成就を
聞き入れてくれるよう、不死なる神々に祈りを捧げた。
そして涙を流しつつ、互いに嘆きを交わすのだった。
「気の毒なアルキメデ、遅くはなったがあなたにもまた

（4）テッサリア南東部、パガサイ湾を抱く地域。イオルコス（ペリアスが治めるイアソンの故郷）はこの地域にある。

（5）古註はテッサリアのこととするが、ギリシア全土を指すと解する（第三歌三四七行）。

禍が来た。幸せなまま世を終えることは叶わなかったのだ。アイソンだって何と哀れなことだろう。彼にはどれほどよかったことか――こうなる前に死装束に身を包み、つらい試練を知らぬまま、大地の下に眠っていたなら。かつて乙女のヘレが死んだとき、黒い波が羊もろともプリクソスも飲み込んでしまえばよかった(1)。けれどあの恐ろしい怪物が人の言葉を発したのは、後にアルキメデを悲しませ、数えきれない苦痛を与えるためだったのだ(2)」

　勇士らが駆けてゆくそばで、女たちはこのように話した。館に仕える従者も侍女もすでに大勢が集まっていて(3)、母親はイアソンを抱きしめていた。鋭い苦痛が女たちのそれぞれを刺し、人々とともに父親は、破滅の老年に屈して寝所に臥せ、その身を上衣できつく覆って悲嘆に暮れた(4)。しかしイアソンは彼らに対して、励ましの言葉をかけては悲しみを慰めようとし、従者たちには戦いの装備を運ぶよう指示を出してゆく。彼らは黙って俯《うつむ》いたまままそれを運んだ。母親はまず息子に両腕を投げかけると、まるで孤独な

(1)アタマスの娘ヘレは、黄金の羊に乗って兄プリクソスとコルキスを目指す途中、後にヘレスポントス(「ヘレの海」の意味)と名づけられる海峡に落ちて死んだ。兄は無事コルキスに至り、かの地に黄金の羊毛がある原因となった。

(2)この羊は人語を話し、兄妹を逃亡の旅へ誘ったという。

(3)イアソンの家に(三〇六行を参照)。

(4)ホメロス『イリアス』第二十四歌一六三行、息子ヘクトルを亡くした老王プリアモスの嘆きを思わせる表現。

少女のように、いっそう激しく泣いて取りすがった——
寂しく過ごす少女は、白髪の乳母に嬉しそうに抱きつくと
むせび声をあげる。気遣ってくれる人はもう乳母だけで、
継母のもとでつらい一生を送っているのだ。さっきもまた
あれこれ叱られて打《ぶ》たれたばかり。泣きじゃくるうちに
少女の心は胸のなかで不幸な身のうえに締めつけられ、
こみ上げる嗚咽を吐き出してしまうことができない——
そのようにアルキメデは、わが子を自分の胸に抱いて
激しく嘆き、不安な気持ちでこのような言葉を語った。
「あの日、ペリアス王が忌まわしい命令を告げるのを
哀れにもこの私が耳にしたとき、すぐにでも息絶えて
心配を忘れてしまえばよかったのに。さすればわが子よ、
おまえがみずから愛しいその手で埋葬してくれたのだ。
親としてまだして欲しいと思っていたのはただそれだけ。
他のことは皆おまえに、とっくに叶えてもらっているから。
それが今、かつてはアカイア女たち[5]の賛嘆の的であった
この私が、誰もいない屋敷に奴隷のようにとり残され、

（5）ギリシア全土の女たちの意味で解する。一九頁註（5）も参照。

おまえを思って哀れにも衰えてゆく――私がこれまで
輝かしい名声に恵まれたのはおまえのため。最初で最後の
出産で私が帯を解いたのは、ただひとえにおまえのため。
私にはエイレイテュイア[1]が、多くの子供を惜しんだのです。
ああ何というこの身の不幸か。プリクソスが逃れたことで
私がひどい目に遭うなど、まったく夢にも思わなかった」
　このように母親が悲痛な声でむせび泣くと、彼女に従う
侍女たちも、その傍らで嘆くのだった。だがイアソンは
母親を慰めようと、穏やかな言葉をかけてこう語った。
「母さま、そのように激しく、つらい嘆きに暮れるのは
どうかおやめください。涙を流しても不幸は去らずに、
苦しみにまた苦しみを重ねることになるのですから。
死すべき人間に神々は予想もしない禍を与えるもので、
それが割り当てられた以上は、たとえ心を苛むとも、
敢然と耐えてください。大丈夫、アテナ女神のお力添えも
神託もあるのです――ポイボス[2]はじつに幸先よい予言を
下されましたから。それにまた勇士たちも助けてくれます。

（1）出産を司る女神。

（2）アポロンのこと。この予言の内容は三六一行以下で語られる。

さあ、今はどうかこの場所で、侍女たちとともに安心して
家に留まるのです。船に不吉な兆《きざし》となってはいけません。
かの地へは一族の者と従者らが一緒に行ってくれます」
　そう言うと彼は家を出て道を急いだ。それはまるで
いとも聖なるデロス(3)かクラロス、あるいはあのピュトか、
また広大なリュキアを流れるクサントスのほとりで、
芳《かぐわ》しき神殿からアポロン神が出てゆくかのよう——
彼がそのような姿で群がり集う人々のあいだを進むと、
喝采の叫びがいっせいに上がった。そして老女イピアス、
町を守護するアルテミス(4)の神官に出会い、その右手に
口づけを受けた。老女はしきりに何か言おうとしたが、
群衆が先へと進んでしまい、伝えることが叶わずに
そのまま道端にとり残された——老女は若者たちから
そうされるもの——彼は遠くに連れられ去ってしまった。(5)
　こうしてイアソンは城市の造り見事な街路をあとに、
パガサイの海岸に着くと、そこで仲間たちが彼を迎えた。
アルゴー船のすぐ脇で一緒になって待っていたのだ。

(3) アポロンの生地。以下この神に縁の地名が並ぶ。

(4) 月と狩りの女神で、森や山野の支配者。ゼウスとレトの娘で、アポロンとは双子。

(5) 老女が何を言おうとしたのか定かでないが、輝かしい情景に不安を添える要素と解する。

彼が船着場に立つと、皆はその向かいに集まってきた。
そして彼らはアカストス[1]が、アルゴスと二人連れだって
町から降ってくるのに気づき、その姿を見て驚いた――
ペリアスの意向に構わず、大急ぎで向かって来るのだ。
アレストルの子アルゴスの方は、黒い毛の牛皮を
肩にまとって足まで垂らし、もう一方は美しい外套を
身につけていた。それを持たせたのは妹のペロペイア。
だがイアソンは、二人にあれこれ尋ねることは差し控え、
皆に対して協議のために一緒に腰を下ろすよう促した。
彼らはそこで巻いて畳んだ帆の上や、横倒しにした
帆柱の上にも、それぞれが次々と座を占めていった。
すると彼らにアイソンの子が思慮深く語りかけた。
「さあ皆の者、船が備えるに相応しいあらゆるものが
じつに上手い具合に整って、もう出発を待つばかりだ。
それゆえ我々がぐずぐず長く、船旅を躊躇うことは
ないはずだ――あとは風さえ吹きつけてくれるならば。
だが仲間たちよ、我々はヘラス[2]への帰国をともにし、

（1）二二四行で名の挙がったペリアスの息子。アルゴスはアルゴー船の建造者。

（2）ギリシア人にとっての自国の呼称。もとはテッサリア地方の地名だったが、後にギリシア本土全体、さらには小アジアなどを含むギリシア世界全体を指すようになった。

またアイエテスを指しての旅もともにするのだから、
そのために今、どうか憚《はばか》ることなく最も優れた人物を
そなたらの(3)指揮者に選んでくれ。異国の地で戦うにせよ、
和平を結ぶにせよ、一切が彼の判断に任されることになる」
　こう言った。若者たちは、一同のあいだに座った
豪胆なヘラクレスに眼を向けて、彼に対して異口同音、
指揮を執るよう促した。だがこの男は座っていた
まさにその場所から、右手を高く掲げるとこう言った。
「誰も私にこの誉れを任せてくれるな――私は断じて
従わないし、他の者が立ちあがるのも引き留めるぞ。
招集をかけた者がみずから、一同の指揮も執るがよい」
　気高い心でこう言うと、皆はヘラクレスの提案を
称賛した。すると猛々しきイアソンが大いに喜び
立ちあがって、待ち望む者らに向かってこう語った。
「そなたらがこの栄《は》えある務めを私に委ねてくれるなら、
もはやこれまでのように、旅立ちを躊躇うことはない。
さあすぐにでも犠牲を捧げてポイボスを宥《なだ》め、すみやかに

（3）別写本「我々の」。

宴の支度を整えよう。だが私の家畜小屋をとり仕切る
従者らが行っているあいだに――彼らには群から牛を
念入りにより分けて、連れて来るよう命じてある――
我々は船を海へ引き降ろすことにしよう。装備もすべて
積み込んで、籤《くじ》を引いて(1)漕ぎ座に櫂《オール》を配置するのだ。
そのあいだにまた、アポロン・エンバシオスの(2)祭壇も
海岸に設《しつら》えよう。この神は私に約束の神託をくれた――
王による試練に臨むに際して、始めに他ならぬこの神に
犠牲を捧げるならば、海の通い路を示して教えようと」
　こう言うと率先して仕事にかかった。他の者らは
立ちあがって従い、上衣を脱ぐと滑らかな平石の上に
次々と重ねた。その石まで海は波を打ち寄せては
いなかったが、遠い昔に冬の嵐で海水が洗ったのだ。(3)
一同はまずアルゴスの指示を受けて、内側にしっかり
撚《よ》られた綱を両舷から張り渡し、力を込めて船を縛った。
そうすることで船板が木釘でしっかり固定されて、
激しく押し寄せる大波に耐えることができるように。

(1) 誰がどの漕ぎ座に着くかを決める籤引き。

(2)「船出を司る神」の意味。アポロンは航海の神でもある。

(3) この石が滑らかで平たいことの説明。実在する石の縁起的な説明とも読める。

そしてすぐ溝を掘ってゆく――船体が占めるかぎりの
幅の広さで、舳先《へさき》から海に至るまで。それだけの距離を
力を合わせて引き摺って、船は海へと進んでゆくのだ。
先へ進むほど船底の波切りよりも常に深くなるよう
掘り進めてゆき、溝のなかには滑らかな丸太を敷いた。
そして一番端に並ぶ丸太の上に船体を傾けて置き、
それらによって滑りながら、運ばれてゆくようにする。
船上では両舷で櫂の向きを反転させ(4)、一ペーキュス(5)だけ
外側に突き出るように、櫂受けのまわりに縛りつけた。
それらの櫂に続々と、漕ぎ手自身が左右から(6)配置につき、
胸と手を同時に押し当てると、息を合わせて船を押すよう
若者たちを励ますために、ティピュスが船の上に乗る。
大声で呼びかけ叫ぶと、それを受け彼らはただちに
全身の力を込めて体重をかけ、船の下にある台座から
いっせいにぐっと押し出した。両足を踏ん張って
前へ前へと力をかけると、ペリオン山のアルゴー(7)は
すみやかにそれに従い、彼らは両側から声を上げつつ

(4) オールの先端（水掻きの部分）が傷つくのを防ぐため、その部分を船内に向ける。

(5) 肘から中指の先端までの長さを示す。

(6) 船の外側から。

(7) アルゴー船はペリオン山（テッサリア地方の高峰）の材木で造られた（第二歌一一八七行以下）。船がまるで生き物のように言われていることも注目される。

どんどん押す。頑丈な竜骨の下で丸太が擦《こす》られて軋み、
そのまわりには船の重みで暗色の煙がたち昇る――
それほど重い船が海に滑り落ちると、彼らはそこから[1]
太綱《おおづな》を引き、船が先へ行こうとするのを押さえつけた。
そして左右の櫂受けに櫂を取りつけてゆき、船のなかに
帆柱を据え、しっかり織られた帆と食料も積み込んだ。
　一同はこれらのことをことごとく念入りに整えると、
始めに籤を振って漕ぎ座の割り当てを決め、二人の男が
一つの漕ぎ座に着くようにした。だが真中の座席は
ヘラクレスのために、また他の英雄とは区別して、
テゲアの町に暮らした英雄アンカイオスに割り当てた。
この二人のため特別に真中の漕ぎ座には手をつけず、
籤を引かずに残したのだ。そして皆の賛同のもと、
波切り見事な船の舵をティピュスに取るよう託した。
　それからまた海の近くに石を起こして積みあげると、
その浜辺にアポロンの祭壇を設えた――アクティオス[2]、
またエンバシオス[3]とも呼ばれる神だ。そしてすみやかに

（1）陸地から。
（2）「海岸の守護神」の意味。
（3）二六頁註（2）。

よく乾いたオリーヴの薪を、祭壇の上に敷きつめた。
そうするうちにアイソンの子の牛飼いらが、二頭の牛を
群から追い立て連れてきた。一同のうち若年の者らが
その牛を祭壇近くへ引いてゆき、続いて残りの者たちが
浄めの水と挽割り麦(4)を持ってきた。そこでイアソンが
父祖伝来の神アポロンに、祈りを捧げて呼びかけた。
「聞いてください、パガサイとわが父の名にちなむ町
アイソニア(5)とに住みなす王よ。ピュト(6)で神託を請うた私に
約束をしてくださいましたね——旅の成就と終わりとを
示してくれると。試練の原因《もと》はあなたご自身なのですから(7)。
さあご自身が船を導き、仲間たちも無事かの地へ行って
ヘラスに戻って来られるようにしてください。その暁には
あなたを讃えて、戻った私たちと同じだけの雄牛を屠《ほふ》り、
祭壇に輝かしいお供えを致します。それにまたピュトにも
オルテュギア(8)の地にも、無数の贈り物を運びましょう。
ですが今は、遠矢の神よ、ここまで来てどうか犠牲を
お受け取りください。この船のために我々が捧げる

(4) 犠牲式に際して手を浄めるための水と、犠牲獣および祭壇に振り撒くための大麦。
(5)「アイソンの国」の意味。ペリアスに王位を奪われる以前のイオルコスの呼称か。
(6) 一七頁註(9)。
(7) 一行《いっこう》の冒険はアポロンの予言に端を発する(五行以下)。
(8) アポロンの生地、デロス島の古称。

最初の贄《にえ》です。王よ、どうかその御業によって恙《つつが》なく、
もやい綱を解かせてください。吹きつける風も穏やかに、
晴天のもとそれに乗り、海を渡ることをお許しください」
　こう言うと彼は祈りつつ麦を撒《ま》いた。牛のそばでは
自信に溢れたアンカイオスとヘラクレスが準備を整え、
一方が棍棒(1)で頭の真中、額のあたりを撃ちつけると、
牛はその場に崩れ落ちて巨大な身体を大地に延ばした。
一方のアンカイオスはもう一頭の幅広の頸《くび》に切りつけて、
強靭な筋肉を青銅の斧でたたき切る。すると雄牛は
頭から崩れて、両方の角を大地につけてどうと倒れた。
仲間たちが二頭の喉をすばやく切り裂き、皮を剝ぎ、
四肢を落として、肉を切り分け、聖なる腿(2)に刃を入れる。
これらをすべてひとまとめにして脂身でしっかり包み、
薪の上で焼くと、生《き》の酒を注ぎとして振りかけるのは
アイソンの子。燃えあがる炎を見てイドモンは喜んだ。
炎は犠牲の肉から八方に光を放って、その煙もまた
赤黒い渦を巻き、幸先よくたち昇っていったのだ。

(1) ヘラクレスを象徴する武器。材質はオリーヴ(非常に硬い材質の木)。

(2) 腿肉は神への捧げ物だから。

ただちに彼は包まずに、レトの子《アポロン》の考えを明かした。
「まさにあなた方に、神々の運命と神託が告げている——
羊皮を持ってここへ戻ると。だが旅のさなかにあっては、
かの地へ行くにも帰国の際にも、無数の試練が待ち受ける。
私にも死が定まっている——遠く離れたアシア(3)の大地の
どこかで死ぬのが、厭わしくとも神が定めたことなのだ。
このように自身の最期を、不吉な鳥占いで以前《まえ》からすでに
知ってはいたが、船に乗ろうと私は故郷をあとにした。
乗り込むことで名高き誉れが私の家に残るようにだ」
　このように言うと、若者たちは神の言葉を耳にして
帰国についてはは喜んだが、イドモンの定めに心を痛めた。
停まったままじっと動かぬ(4)真昼の時刻《とき》を太陽が過ぎ、
夕闇の下へと陽が傾いてゆくにつれて、耕地《はたけ》には
岩山から影が投げかけられる——その時分になると
もうすでに一同が皆、砂浜の上に木の葉をたっぷり
敷きつめて、灰色に波立つ海岸沿いに寝所を並べ
身を横たえていた。彼らの脇にはたくさんの食物と

(3) エーゲ海の東岸地域（小アジア）のこと。この地でのイドモンの死は第二歌八一五行以下で語られる。

(4) 太陽は正午頃、中天に留まるとされた。

甘美な葡萄酒が置かれ、酌人たちが注ぎの甕から
酒を注《つ》ぐ。それから彼らは互いに対して代わるがわる、
若者がよく酒を伴う食事の席で喜び楽しむような話を
語りあった。そこには飽くことを知らぬ驕《おご》りもない。
だがそのときアイソンの子は途方に暮れて、胸のうちで
あれこれ思案を廻らす姿は、悲嘆に沈むようだった(1)。
まさにその姿に気づいてイダスが大声で咎めて言った。
「アイソンの子よ、そのように心に廻らすのはどんな思いか。
その考えを皆のあいだで述べるがよい。あるいはそなたは、
力なき男らを狼狽させる、恐怖に襲われ怯《ひる》んでいるのか。
さあ猛り立つ槍を証人にしよう——他の者をはるかに凌ぐ
高き誉れを戦場で挙げるのはこれのおかげ。ゼウスでさえも
この槍ほどには私を助けてくれはしない。さあ今イダスが
従う以上は、たとえ神が立ちはだかるとも、どんな苦難も
破滅をもたらすことはなく、試練が甲斐なく終わりもしない。
このような助力者を、そなたはアレネから連れてゆくのだ」
こう言った。なみなみと注いだ酒盃を両手で持ちあげ、

(1) イアソンの悲嘆は本作で繰り返し語られる。

甘美な葡萄酒を生《き》のまま飲むと、(2) 唇と黒々とした髭が
酒で濡れた。仲間らは皆いっせいに大声で叫んだが、
イドモンは言葉を包みもせずに、あからさまに言った。
「愚か者め、その身に破滅の考えを抱くのは以前からか。
それとも強い酒(3)がそなたの無謀な心を破滅に向かって
胸のうちで膨らませ、神々を軽んじることを許したのか。
仲間を勇気づけるにしても、人がかけるべき励ましは
他にあるのに、そなたはまったく大それたことを言った。
伝えではアロエウスの息子たち(4)も、かつて至福なる神々に
そのようなことを言い散らした。その武勇にはそなたも
とても敵わないが、彼らでさえも二人とも、レトの御子《アポロン》の
すばやい矢で殺されたのだ――屈強な者たちだったが」
　こう言った。アパレウスの子イダスは思いきり笑って、
相手を斜めに睨みつつ、嘲りの言葉をかけてそれに答えた。
「ならばこのことを、おまえの予言の術で言ってみろ――
まさにアロエウスの息子らにおまえの父が与えたような
その破滅を、私にも神々は成就しようとしているかを。

(2) 当時の葡萄酒は水で割って飲むのが常だった。それをイダスは「生のまま」、しかも「両手で持ち上げ」るほどの大盃に「なみなみと注い」で飲む。彼の性格をよく示す描写。

(3) 前註を参照。

(4) 双子の巨人オトスとエピアルテス。実際の父は海神ポセイドンで、アロエウスは養父。彼らは神々に戦いを宣言し、オリュンポスの山上にオッサとペリオンの二山を積みあげて天に攻め登ろうとしたが、アポロンに殺された。

だがどうやって私の手から無事に逃げるか考えておけよ、
おまえの告げる予言の言葉が偽りだと判ったならば」
　非難して罵った。諍《いさか》いはさらに激しくなったはずだ、
張りあう二人を仲間たちが咎め立て、アイソンの子が
みずから制止に入らなかったら。それからオルペウスも
左手で竪琴を取りあげると、試みに歌を奏で始めた。
　彼は歌った――大地と天とそして海が、以前は互いに
結びあい一つの形をなしていたのが、破滅をもたらす
諍いのせいで、それぞれ別に分かれてしまったその次第を。[1]
そして星々と月と太陽の進む道筋とが、どのようにして
天における常に変わらぬ領分を、しっかり占めているのかを。
どのようにして山々がせり上がり、轟《とどろ》く河川がどのように
ニンフたち[2]とともに生じて、数々の獣が生まれたのかを。
彼はまた歌った――始めにオピオン[3]と、オケアノス[4]の娘
エウリュノメとが、雪深きオリュンポス[5]を治めた次第を。
そして力ずくでの争いの末、夫はクロノス[6]、妻はレアに
王位を譲り、オケアノスの波間へ二人が墜ちたその次第を。

（1）世界の始まりを歌うのはヘシオドス『神統記』一一六行以下などに見られる叙事詩の定型。万有の始原を「諍い」と「愛」とするエンペドクレス（前五世紀の哲学者）を思わせる。
（2）三七頁註（7）。
（3）ティタン神族（天空ウラノスと大地ガイアが生んだ古い巨神族）の一人。蛇身であったとも言われる。
（4）大地を囲む大洋、またはその神。ウラノスとガイアの子で、ホメロスでは「神々の親」と讃えられる。
（5）ギリシア北方、テッサリアとマケドニアとの境にそびえるギリシアの最高峰。神々の住居があるとされた。
（6）ティタン神族の末子。通常の伝承では父ウラノスに代わって世界を支配し、姉レアと結婚。

彼らが至福なるティタン族の神々を抑え支配したのは、
ゼウス[7]がまだほんの子供で、考えもまだ幼かった頃のこと。
彼はディクテ[8]の洞窟の奥に暮らしていて、大地生まれの
キュクロプスたち[9]は、まだ彼に雷霆《いかずち》、雷鳴《かみなり》、稲妻の武具を
与えなかった。これぞゼウスに栄誉を授く得物なのだが。
　これらを歌うとオルペウスは、神々しい声と一緒に
竪琴を抑えた。歌がやんでも彼らは熱心に頭を傾け、
皆がみな一様に耳をそばだてたまま、うっとりとして
動かなかった――そのような歌の魅力が彼らに残った。
それからほどなく一同は、ゼウスに捧げる注ぎの酒を
仕来り通りに混ぜあわせると立ちあがった。燃えあがる
舌[10]の上から注いでいって、夜が明けるまで眠り続けた。
　だが輝きを放つ「暁《エオス》」が明るいその眼でペリオンの
高くそびえる山頂を眺めて、風によって海が波立ち、
晴天に恵まれた岬がその波に洗われ始めたとき――
そのときティピュスは身を起こし、すぐさま仲間を
急き立てて船に乗り込ませ、櫂《オール》の準備を整えさせた。

ゼウスなど多くの神を生んだ。
(7)ギリシア神話の最高神。雷や雨など気象を司る天空神で、父クロノスから王位を奪い天界に君臨した。
(8)クレタ島東部の山。別名イダ。レアは夫の眼を盗んで逃れ、この山の洞窟でゼウスを養わせた。
(9)単眼の巨人族。ウラノスとガイアが生んだ三兄弟で、ティタノマキア(ゼウス率いるオリュンポス神族とクロノスらティタン神族との戦い)で前者に味方し、ゼウスに雷霆を造った。
(10)犠牲獣の舌。

パガサイの港も、そしてまたペリオンのアルゴー自身も、
恐ろしい叫びを上げて出発を急がせる。この船には
聖なる船材が打ち込まれていた――ドドネの[1]樫《オーク》から
アテナが切り出し、波切の真中にはめた船材だ――
彼らは互いの後に続いて漕ぎ座まで進んでゆくと、
漕ぐべき持ち場を以前に割り振ったその通りに、[2]
みずからの武具の傍らに、整然と座っていった。
真中にはアンカイオスと巨大な力のヘラクレスとが
座を占めて、近くには棍棒が置かれ、足もとでは
船の竜骨が深く沈んだ。[3] もやい綱もすでに引き揚げ
始めていて、海の上から酒の注ぎ[4]もされていた。
だがイアソンは涙を流して、[5] 祖国から眼を逸らした。
　あたかもポイボスを讃える若者たちが、ピュトか
あるいはオルテュギアか、またイスメノスの[6]河べりで
歌舞団《コロス》を組み、祭壇のまわりで竪琴の音色に合わせ
調子よく、すばやい足さばきで大地を叩くときのよう――
そのように彼らがオルペウスの奏でる竪琴に合わせて、

（1）ギリシア北西部、エペイロス地方にあるゼウスの聖地。その地のオークは神託を伝えた。

（2）三九五行以下。

（3）ヘラクレスの身体の大きさと力強さを示唆する表現。

（4）神に献酒して航海の無事を祈る。

（5）彼の悲嘆については四六一行も参照。

（6）ボイオティア地方の河。河畔の都市テーバイの丘上にアポロン（ポイボス）の神殿があった。

荒れ狂う海を櫂で打つと、櫂の先から飛沫《しぶき》が上がる。
まわりではあちらこちらに黒い海水が泡立って、
屈強な男たちの力によって恐ろしい唸りを上げた。
船が進むにつれ、武具は陽の光を受けて燃えるような
輝きを放ち、長い航跡がいつまでも白く残る様子は、
ちょうど緑の草原を抜ける小径《こみち》を見るかのようだった。
　あの日すべての神々が天空から眺めていたのは、
船とまた神の系譜に連なる者たち――この勇士らが
そのとき海を渡っていった。山々のいとも高き頂では
ペリオンのニンフたち(7)が、イトン(8)なるアテナの御業と、
そしてまたその手で櫂を振りあげて漕ぐ英雄たちの
姿を眼にして、驚嘆の思いに駆られるのだった。
さらには山の頂上を出て、海辺まで降りてきたのは
ピリュラの子ケイロン(9)――灰色に輝く波打ち際に
足を浸し、逞《たくま》しい手で何度も船に呼びかけては、
進みゆく彼らのために恙のない帰国を祈った。
彼と一緒に妻(10)も来ていて、その腕にペレウスの子

(7) 山野や河川、樹木、海などに棲む精。若い女性の姿でイメージされ、歌と踊りを好み山野などを守護する。
(8) テッサリアにあるアテナ祭祀の町。
(9) ケンタウロイ（四一行）の賢者で、ペリオンの洞窟に暮らす。医術、音楽、武芸、予言の諸術に精通し、イアソンやアキレウスなど多くの傑物を育てた。その母ピリュラについては第二歌一二三二行以下で語られる。
(10) 水のニンフ、カリクロ。

アキレウス[1]を抱き、愛しい父親に示していた。

　さて一行が港をとり巻く海岸をあとにすると――船を導くのはハグニアスの子、賢明なるティピュスの知識と技術だ。美しく磨かれた舵をその手で巧みに操って、誤ることなく船をまっすぐ進めていった――そのとき彼らは、巨大な帆柱を帆柱受けのなかに立て、それぞれの方向から[2]綱を張り渡してしっかり結んだ。帆柱の上部に帆を引き揚げてそこから垂らすと、順風が音をたて吹きつける。甲板の上では帆綱が、滑らかに削られた綱留めにそれぞれ巻きつけられて、ティサイ[3]の長く延びる岬を越え穏やかに船は走った。彼らのためにオイアグロスの子が竪琴を奏で、美しい調べの歌で讃えるのは偉大なる父神[4]の子、船の守護者アルテミス――海を望むかの山々を歩きまわっては、イオルコスの大地を守護する女神。すると深い海から魚たちが飛び出してきて、小さいものに混じって巨大な魚も、跳ねまわりつつ湿った潮路をついてゆく。

(1)トロイア戦争の英雄で、ホメロス『イリアス』の主人公。
(2)船前方の両舷から。
(3)テッサリアの岬。
(4)ゼウスのこと。

まるで野に住む牧人の後を追いかけ、満足するまで
草を食んだ無数の羊が、囲いのなかへ従うときのよう。
男は羊たちに先立って進み、甲高い葦笛を鳴らして
牧人の歌を美しく奏でる——そのようにして魚たちは
船に従ってゆき、やむことのない順風が船を運んだ。
　間もなく穀物の稔り豊かなペラスゴイ人の地[5]は
霧のなかへ沈んでゆき、ペリオンの断崖の脇を過ぎ
先へと進むと、セピアスの岬[6]も見えなくなった。
海上にスキアトス[7]が現われ、彼方にはペイレシアイ[8]と
本土たるマグネシアの岸、それからドロプスの墓[9]が、
晴れ渡る空のもとに現われた。彼らはその場所に、
夕方になり逆風が吹いたため船を着けて上陸し、
夕闇の迫るなか死者を讃え羊の犠牲を焼くと、
海は大きくうねって荒れた。彼らは二日のあいだ
岸辺で休息したが、しかし三日目には船を出し、
巨大な帆を高く掲げて風に拡げた。その岸のことを
今でも人々は「アルゴーの船出《アペタイ》」[10]と呼んでいる。

（5）テッサリアのこと。ペラスゴイ人はギリシアの先住民で、最古の人類の一つとされた。なお、ここからの航路は「2図」を参照。

（6）イオルコスの海岸にある岬。

（7）テッサリア沖、エウボイア島の北に位置する島。スポラデス諸島の西端をなす。

（8）マグネシアの町（古註）。三七行にある同名の町はテッサリア中央部にあり、海からは見えないはず。

（9）ヘルメスの息子。マグネシアで死んだという。五八七行の「死者」は彼のこと。

（10）パガサイ湾入口近くの地名だが、ここではメリボイア（次行）手前の海岸とされる。

そこからメリボイア[1]を通り過ぎ、激しい風が吹く
海岸と岸辺を眺めつつ、さらに先へと進んでゆく。
夜が明けると、ホモレ[2]が海からそびえ立つのを
間近に見ながら通り過ぎ、それからほどなく
アミュロス[3]の河の流れをも越えようとしていた。
その場所からはエウリュメナイ[4]、それからオッサと
オリュンポスの、波打ち寄せる渓谷が望まれた。
それからさらに一行は風を受けつつ夜通し駆けて、
カナストラの岬の向こう側、パレネ[5]の斜面に至った。
夜が明けると進みゆく彼らに、トラキアはアトス[6]の山が
見えてきた。この山は装備整う商船がたどり着くのに
昼までかかる距離を越え、彼方にあるレムノス[7]まで、
ミュリネの町まで、高くそびえる頂の影を落とす。
その日は彼らのために、夕暮れ時まで順風がずっと
じつに力強く吹きつけて、船の帆は一杯に張っていた。
だが太陽の光とともに風も去ると、彼らは櫂を漕いで、
シンティエス人[8]の陸地、岩がちのレムノスに着いた。

(1) マグネシア東岸、オッサ山(五九七行)南麓の町。暴風で有名。
(2) マグネシア地方、オッサ山北方の町。ここでは山の南にあるように読める。
(3) 第四歌六一五行。
(4) マグネシアの町。
(5) カルキディケ半島からエーゲ海へ延びる三つの岬の西端(現カッサンドラ半島)。カナストラはその先端部分。
(6) 前註「三つの岬」の東端(現アトス半島)にそびえる山。
(7) アトスと小アジアの中間にある島。岩がちな火山島で、鍛冶神ヘパイストスの聖地とされる。ミュリネは同島南西部の町。
(8) レムノスの先住民。かつてヘパイストスが天から投げ落とされたとき、この島に落ちた神を介抱したという。

そこでは住民のすべてが一時《いちどき》に、女たちの罪により
無情にも殺されていた。つい前年の出来事である。
すなわち島の男たちが、自身の正式な妻は憎んで拒み、
トラキアを攻め滅ぼして対岸から、その手で連れてきた
捕虜の女たちの方に、荒々しい恋心を抱いたのだが、
それはキュプリス(9)の恐ろしい怒りが彼らを襲ったため。
彼らは長きにわたって女神に捧げ物をしなかったからだ(10)。
ああ、哀れな女たち、惨めにも嫉妬に飽かぬ者たちよ——
この女たちは不義に対して(11)捕虜の女とともども自身の夫を
殺しただけでなく、後になって痛ましい殺害の報復を
受けることがないように、男たちを皆殺しにした。
そのなかで一人ヒュプシピュレ(12)だけは、老いた父親、
民衆を統べ治めていたトアスの命を永らえさせた。
うつろな櫃《ひつ》に父親を入れ、どうか逃げおおせるようにと
海へ放った。その彼を、かつてはオイノイエと呼ばれ
後にはシキノス(13)と呼ばれた島へ、漁師たちが引き揚げた。
この島の名はシキノスにちなむが、それは水のニンフの

(9) 美と愛欲の女神アプロディテのこと。動物および人間の性衝動を司る。

(10) 通常の伝説では、捧げ物をしなかったのは島の女たちとされる。

(11) または「不義を理由に」。「床のなかで」とも解されるが、前置詞 ἀμφί をそうは読めない。

(12) レムノス島の先王トアスの娘。父が島を去った後、女たちのリーダーとなる。

(13) エーゲ海南方、キュクラデス諸島の一つ。古称オイノイエは「葡萄酒の島」の意味。

オイノイエが、トアスと共寝をして生んだ子供である。

　レムノスの女たちには牛たちの世話も、青銅の武具を身にまとうのも、麦を稔らす耕地《はたけ》に犁を入れるのも、(1)皆にとってアテナの仕事(2)よりも楽になった。以前には弛《たゆ》むことなく励んでいた仕事なのに。しかしそれでもいつの日かトラキア人が襲ってくるとひどく恐れて、広い海原の上へ何度もしきりに眼を遣るのだった。それゆえ島の近くをアルゴーが漕ぎ渡るのを見たときも、女たちはすぐさま、ミュリネの城門を急いで飛び出し、恐ろしい武具を身にまとって、海岸へと押し寄せた。その姿は生肉を喰らう狂女らのよう。(3)きっとトラキア人が襲ってきたと思ったのだ。トアスの娘ヒュプシピュレも皆と一緒に父親の武具をつけた。女らは途方に暮れて、黙ったまま先を急ぐ――このような恐怖が迫っていた。

　そのあいだに勇士たちが船から送り出したのは駿足の伝令アイタリデス。彼らはまさしくこの男に、伝えの言葉とヘルメスの杖(4)とを扱う役目を委ねたのだ。

(1) 以上、本来は男たちがするべき仕事。
(2) 糸紡ぎや機織り。女たちの仕事。
(3) ディオニュソスを信奉する女たち（バッカイ）は祭儀で狂乱に陥り、獣を生きたまま引き裂きその肉を喰らい、生血を啜ったという。
(4) 使者が持つ杖。ケリュケイオンと呼ばれ、柄の先に二匹の蛇が巻きついた意匠を持つ。

この神こそが彼の父親、あらゆることの不滅の記憶を
彼に授けた。アケロン[5]の言葉を絶する渦のなかへ
去った今でも、その魂を忘却が捕らえることはない。
だがその魂はいつまでも移ろい続ける運命にあり、
あるときは死者のうちに数えられ、またあるときは
生きている者のあいだで陽の光を見る。だがなぜ私が
アイタリデスの話を、長々と語る必要があるだろう。
そのとき彼はヒュプシピュレに、一日が終わるため
夜のうち一行の受け入れを説きつけたが[6]、夜が明けても、
吹きつける北風ゆえ、船のもやい綱は解かれなかった。
　レムノスの女たちは町中からやって来ると、集会の
席に着いた。ヒュプシピュレがみずから指示したのだ。
そして全員が一人残らず一つところに集まったとき、
すぐさま彼女は女たちのあいだで、皆を促しこう言った。
「さあ仲間たち、男たちのために心に適う贈り物を——
船に積み運んでゆくのに相応しいもの、食料はもちろん
甘美な葡萄酒も差し出しましょう。彼らを城壁の外に

(5) 冥界を流れる河。

(6) 特別に急ぐときを除き、航海は昼に行なわれた。

留めておくため、また必要ゆえに私たちのもとを訪ねて
真実を知り、悪い噂が遠くまで広まることがないように。
私たちは大変なことをしたのだし、もしそれを知れば
あの人たちにも、けっして嬉しいことではないはず——
この私に今、思いつくのはこのような手立てですが、
皆さんのなかで誰か、他にもっとよい考えがあるならば、
立ってください。呼び出したのはそのためでもあるのです」
　こう言うと、彼女は自身の父親の石造りの座[1]に着いた。
するとそのとき親しき乳母、ポリュクソが立ちあがる——
老齢ゆえにしなびた足をよろめかせて、その身を杖に
もたせかけてはいたのだが、発言をしきりに望んだ。
そのすぐそばには、白色に輝く髪で頭を覆った
いまだ男を知らない乙女も四人、座を占めていた。
老女は集会の真中に立つと、曲がった背から少しだけ
ようやく首を持ちあげて、このように話し始めた。
「贈り物については、ヒュプシピュレさまが望む通り、
異国の者らに与えよう。贈った方がよいだろうから。

（1）英雄時代の集会場には、磨かれた石造りの座席が円形に並んでいた。

だがそなたらはいかにして人生の稔りを得るつもりか。
もしトラキアからの軍勢や、敵意を抱く他の者らが
襲ってきたら――そんなことは人の世に幾らもある。
現に今もこの一団が、予期せぬうちに来たではないか。
至福の神のどなたかがこの危機を退けてくださっても、
後にもまた数え切れない、戦争以上の禍《わざわい》が待ち受ける。
年老いた女たちがこの世を去って、若いそなたらが
子を儲けずにつらい老年に至ったとき、不幸な者らよ、
そのときどうやって生きるつもりか。あるいは牛どもが
みずから動いて、深い耕地でそなたらのため軛《くびき》を背負い、
大地を切り裂く犂を引いて休耕地を渡ってくれる――
そして一年が廻る頃、すぐに麦穂を刈るというのか。
ともかく私は、今はまだ死神の方が私に震えているが、(2)
おそらくはもう次に来る一年のうちに、大地の衣を
この身にまとうことになる。つらい思いをするより先に、
私に相応しい弔いを、仕来り通りに受け取れるのだ。
だがまだ若い者らには、このことをよく考えて欲しい――

(2) 老女の醜い姿に尻込みして。自嘲を伴うユーモラスな表現。

まさに今、禍を逃れる道がすぐ足もとに開かれている、
もしそなたらの家とすべての財産、それから輝かしい町を
とり仕切ることを、異国の者たちの手に委ねるならば」
　こう言うと、集会の場はざわめきに満ちた。皆にとって
嬉しい提案だったのだ。それに続いてヒュプシピュレが
ふたたびすぐに立ちあがり、このように答えて言った。
「この方針が皆にとって喜ばしいものであるのなら、
すぐにでも遣いの者を、船のところへ急がせましょう」
こう言った。そしてそばにいたイピノエに言葉をかけた。
「行ってちょうだい、イピノエ。誰であれ遠征隊を
指揮する男に、私たちのもとへ来るよう頼むのです――
その者に喜ばしい民の決議を、私が伝えられるように。
他の者たちにも、望むのならば私たちの大地と町に、
友として堂々と足を踏み入れるよう、勧めなさい」
　こう言うと彼女は集会を解き、館へと帰っていった。
そのようにまたイピノエも、ミニュアイ[1]のもとに至った。
すると彼らは、どんな用事で来たのかと口々に尋ねた。

（1）アルゴナウタイのこと（一二九行以下）。

それらの問いに彼女はすぐ、すべてまとめてこう答えた。
「私をここへ来るよう派遣したのは、トアスの娘御
ヒュプシピュレ――誰であれ、船の指揮者をお呼びです。
その者に喜ばしい民の決議をお伝えになるためにです。
また他の方々にも、お望みならば私たちの大地と町に、
友として今すぐ足を踏み入れるよう、勧めておられます[2]」
　こう言うと、その幸先のよい言葉は皆を喜ばせた。
トアスが世を去ったため、その愛娘ヒュプシピュレが
国を治めているのだと彼らは思った[3]。そしてすみやかに
イアソンを送り出し、自分たちも行く準備にかかった。
　さてイアソンは両肩に、イトンなる女神[4]の御業、
緋紫の外套をまとって留めた。それを彼に持たせたのは
他でもないパラス――始めに女神が船の支柱[5]を設えて、
アルゴーの漕ぎ座を物差しで測る[6]術《すべ》を教えたときのこと。
その外套の鮮やかな赤さを眺めることに比べれば、
昇りゆく太陽に両眼を向ける方が容易《たやす》いだろう。
じつにその衣は真中が赤く織られて、縁の部分は

（2）このように伝令が依頼主の言葉をそのまま反復するのは、ホメロスに頻繁に見られる叙事詩の特徴。
（3）もちろん「トアスが世を去ったため」という部分が誤解。
（4）パラス（七二三行）とともにアテナのこと。六頁註（1）と三七頁註（8）も参照。
（5）船を建造する際、その上に船を載せて支える柱または架台と解する。あるいは船の肋材とも解される。
（6）歪みのないようまっすぐにする。

すべてが緋紫。それぞれの境目をなすところには、様々な意匠が一つひとつ精巧にちりばめられていた。(1)

　そこにはキュクロプスたちが座り、不滅の仕事に励んでいた。王者ゼウスのため雷霆《いかずち》を造っているのだ。(2)すでにほとんど完成して輝いていたが、まだ光芒が一つだけ欠けている。それを彼らが鉄鎚で打ち叩くとそのたびに、燃えさかる炎の息吹が噴き出すのだった。

　そこにはアソポス(3)の娘アンティオペの二人の息子、アンピオンとゼトス(4)もいた。まだ城壁のないテーバイがすぐ近くにあり、彼らはその礎石をまさに今、熱心に築こうとしているところ。ゼトスは急峻にそびえる山の頂を肩に持ちあげ、懸命に働くように見えた。一方アンピオンが後ろから、黄金の竪琴を奏でつつついてゆけば、二倍もの大石がその足跡を追いかけた。

　続いて描かれるのは、御髪豊かなキュテレイア(5)——アレスの敏捷な盾を摑んでいた。肩から左の肘にかけ、衣の左右が合わさるはずの部分が緩み、乳房の下まで

(1) 以下七六七行まで外套の絵柄の叙述。精巧な図柄の言葉による描写はエクプラシスと呼ばれ、叙事詩の代表的な技法の一つ。

(2) 三五頁註（9）。

(3) ボイオティアの河神。一一頁註（10）も参照。

(4) テーバイの城壁を築いた双子の兄弟。ゼトスは武勇と農牧に優れた英雄で、アンピオンはアポロンから竪琴を授かり、魅力的な歌声で野獣や山川草木をも魅了したという。

(5) アプロディテのこと。生誕後キュテラ島に立ち寄ったことから「キュテラの女神」と呼ばれる。夫は鍛冶神ヘパイストスだが、戦神アレスとの密通も有名。

(6) ミュケナイの王エレクト

落ち掛かる。その向かいには、青銅の盾のなかに
この美しい女神の姿が、まさにそのまま映って見えた。
　牛たちのいる草深い草原もあった。その牛をめぐり、
テレボアイ人とエレクトリュオンの息子らが戦っていた。(6)
一方は退けようとするが、他方タポスの海賊たちは
奪おうとする。彼らの血により草原は滴に濡れ、
多数の側が数の少ない牧夫たちをねじ伏せていた。
　二台の戦車が競う図柄も入念に織られていた――
先を行く戦車の方はペロプス(7)が手綱を振るい導いて、
彼と一緒に傍らに乗っているのはヒッポダメイア。
それを追ってすぐ後ろからミュルティロスが馬を駆る。
その隣ではオイノマオス(8)が前方に構えた槍を握るが、
轂《こしき》のなかで車軸が壊れ、脇へ転がり落ちつつあった――
ペロプスの背中を貫こうと心を燃え立たせながら。
　アポロン・ポイボスも象《かたど》られていた。まだ大人でない
大きな子供が矢で狙うのは、大胆にもこの神の母親を、
ヴェールを摑み引いてゆく巨漢ティテュオス(9)。尊きエラレの

リュオンはテレボアイ人（後のタポス人）から領地を要求されて戦った結果、牛を奪われ息子たちを殺された。

（7）タンタロスの息子。オイノマオス（七五六行）を殺してエリスの王権を継ぎ、ペロポネソス半島（「ペロプスの島」の意味）の名祖となった。

（8）エリスの王。娘ヒッポダメイアへの求婚者に戦車競争を挑んでは、相手を後ろから槍で突き殺していた。ペロプス（前註）は王の御者ミュルティロスを買収して（一説には轂に加工をさせて）競争に勝ち、王を殺して娘を手に入れた。

（9）ものすごい巨体を誇る巨人。ヘラに唆されレトを犯そうとし、その息子アポロンの矢に射られて（またはゼウスの雷霆に撃たれて）死んだ。

息子だが、それを養いふたたび生んだのはガイアである。[1]
またミニュアスの裔《すえ》、プリクソスもいた。彼はまさしく
羊の言葉に耳を傾け、羊も語っているかのようだった。[2]
それを見ればきっとあなたは声を失い、また心も欺かれ、
この者たちから賢明な言葉でも聞けるかと思うだろう。
そしてその期待から、いつまでも絵を眺めるだろう。
　イトンの女神アテナの贈り物はこのようなものだった。
右手には遠くまで飛ぶ槍を取ったが、[3]それはかつて
マイナロスの山中で、アタランテ[4]が持たせた友誼の品。
彼女はイアソンを心から歓迎し、この旅に同行したいと
しきりに望んだのだ。しかし彼がみずからの意思で
少女を留めた。愛情ゆえの痛ましい争いを恐れたのだ。
　町へと進むイアソンの姿は輝く星のようだった。
設えられたばかりの女部屋に閉じこもる花嫁たちが、
館の上へと星が昇ってゆくのを眺めているとき、
青黒い空に赤い輝きを美しく放ち、彼女らの眼は
魅了される。そしてまた結婚前の乙女にしても、

(1) 古註は二つの伝説を伝える。一、ゼウスは愛人エラレに対する妻ヘラの怒りを恐れ、彼女を生きたまま大地に埋めて、そこからティテュオスが生まれた。二、エラレは巨大すぎる子の出産で死に、大地がふたたびその子を生んだ。
(2) 二五八行。
(3) 主語はイアソン。七二二行に続く行為。
(4) 女神アルテミスに愛された女性で駿足の狩人。後に「カリュドンの猪狩り」に参加して、猪殺しの手柄を立てた。

遠く離れた異国の地にいる若い男のことを想って
心が踊る。両親が彼に嫁がせようとしているのだ——
その星のように、侍女[5]の後を追い英雄は進んだ。
そして二人が城門を抜け町のなかへと入ったとき、
町の女たちが異国の男に心を躍らせ、後ろから
次々と押し寄せた。彼は地面に眼を落としたまま
まっすぐ進み、ヒュプシピュレの壮麗な館に至った。
その姿を目にすると、召使いらは彼に扉を開いた——
見事な造りの戸板を組みあわせた両開きの扉だった。
それからイピノエは美しい玄関を急いで抜けさせ、
眩いばかりの椅子を勧めて座らせると、向かいには
家の主人がいた。ヒュプシピュレは両眼を伏せて、
乙女らしく頬を赤らめた。彼女は恥じらいながらも、
それでもイアソンに取り入るような言葉で語った。
「異国の方、なぜそのように長いこと、城壁の外に
留まっておられるのですか。男たちは町には住まず、
トラキアの本土に移り住んで、麦穂を稔らせる耕地《はたけ》を

（5）イピノエ（七〇二行）。

耕しているのですから。禍事《まがごと》のすべてを、誤ることなく話しましょう。あなた方にも承知してもらうために。

　まだ父トアスが町の人々を治めていたときのこと、そのとき町の男たちは、対岸にあるトラキアに暮らす人々のもとへ出かけては、船から降りて家々を襲い、少女たちもろとも数限りない略奪の品を、この島まで運んできました。そして破滅の女神キュプリスの計画[1]が整えられていった——この男たちに心を蝕《むしば》む迷妄を投げ入れたのです。つまり彼らは正妻を憎むようになり、自分たちの愚かさに屈し、家から追い出してゆきました。そして槍で得た虜囚の女と寝るようになったのです——ひどい人たち。本当に長いこと私たちは我慢しました。いつかまた心を向け変えてくれるかと思いましたが、災厄はただ二重になって募るばかり。一族の子が館のなかで蔑ろにされ、闇の子供[2]が生まれてきました。未婚の少女も、さらには寡婦となった母親たちも、同じように顧みられず、町中をさまよい歩きました。

（1）別写本「怒り」。六一四行も参照。

（2）不義から生まれた庶子たちのこと。

父親も自分の娘が眼前《めのまえ》で、思い上がった継母の手で
斬り殺されようとするのを見ても、ほんの少しも
気にかけないのです。息子たちも以前のようには、
恥ずべき侮辱から母親を護ってくれず、兄弟たちも、
姉や妹のことなのに、心配してなどくれませんでした。
ただ虜囚の娘のことしか、家のなかでも踊りの場でも、
町の広場でもまた宴でも、心になかったわけですが――
とうとう神のどなたかが大きな勇気を授けてくれました。
トラキアから帰ってくる男たちを、私たちはもう城壁に
受け入れなかった。あるべき心を取り戻すか、さもなくば
どこか他所《よそ》へ、女たちともども出て行ってもらうために。
男たちは、町中に残されていた男子《おのこ》らをことごとく
引き渡すよう要求して、トラキアへ戻ってゆきました。
そして今も、かの地にある雪深い耕地《はたけ》で暮らしています。
　だから皆さんは町に入ってご滞在ください。そしてもし
この地が気に入り暮らすことを望むなら、そのときは
父トアスの栄《は》えある王権をお継ぎください。あなたにも

不満な土地ではないはずです。アイガイオンの海[1]にある
他のどの島と比べても、地味の豊かな島ですから。
さあすぐに船へ戻り、お仲間たちに私どもの言葉を
伝えてください。町の外に留まっていてはいけません」
　こう言ったが、男たちに犯した殺害の結末は
話さずにいた[2]。すると彼は女王に答えて語りかけた。
「ヒュプシピュレ、じつに喜ばしい心遣いを我々は
お受けすることになるでしょう。ご提示のことは
我々の必要に適いますから。一つひとつを順序よく
皆に話し、私は町に戻ってきます。ですが島の統治は
あなた自身がしてください。私はけっして軽んじて
辞退するのではなく、つらい試練が駆り立てるのです」
　こう言うと彼は女王の右手に触れた[3]。そしてすぐに
帰路についたが、まわりには方々から若い娘が集まって、
彼が城門を出ていってしまうまで、大勢で嬉々として
跳ねまわった。それからすばやく駆ける馬車に乗り、
歓迎の品をたくさん運んで海岸まで上ってゆくと、

（1）エーゲ海のこと。「多島海」とも呼ばれ多くの島が散在する。

（2）「殺害の結末」は六〇九行以下。彼女は説得に都合の悪いこの事実を伏せ、イアソンの同情を引くように話を組み立てている。それが先に「取り入るような」（七九二行）と言われた。

（3）右手に触れるのは信義の証。

イアソンはもう、ヒュプシピュレが呼び寄せた上で
告げた話を、余すことなくすべて話したところだった。
女たちがもてなしのため、彼らを家へ連れてゆくのは
容易かった。キュプリス[4]が甘い憧れを掻き立てたからで、
それは知略に長けたヘパイストスのため[5]。レムノスが後に
また男たちの住まいとなり、潰えることがないように。
　それからアイソンの子はヒュプシピュレの王宮へ発ち、
他の者らはそれぞれに出会った女のもとへ行ったが、
ヘラクレスは行かなかった。彼は少数の選ばれた者と、
みずからの意思により、船のところに留まったのだ。
ほどなく町中が踊りと祝宴の喜びで溢れ、犠牲を焼く
芳《かぐわ》しい煙に満たされた。不死なる神々のなかでも
とりわけヘラの名高き息子《ヘパイストス》と、それから他でもない
女神キュプリスとを、歌と犠牲で宥めるのだった。
　航海は一日また一日と引き延ばしにされていった。
彼らは長くその地に留まり、安逸の日を過ごしただろう。
ヘラクレスが仲間たちを呼び集め、女から引き離して

(4) 四一頁註(9)。彼女はヘパイストスの妻でもある。

(5) レムノスは彼の聖地。「知略に長けた」はこの神の伝統的な枕詞(エピテトン)で、鍛冶神としての発明の才を言う。

このような非難の言葉をかけなかったとしたら。
「哀れな者らよ、一族を殺した穢れ[1]が我々を祖国から
隔てているのか。あるいは町の娘たちが気に入らず、
かの地からここへ婚姻を求め来たのか。この地に暮らし、
レムノスの豊かな耕地を切り分ける[2]ことに決めたのか。
名声は我々のものとはなるまい、異国の女と一緒に
これほど長く閉じ込められては――いずれの神も我々の
祈りに応え、羊皮の方を動かして与えてくれはしないのだ。
各人が自分の国に戻ろうではないか。あの男は一日中、
ヒュプシピュレの臥所に寝かせておけ。レムノスを
男の子供で溢れさせて、大いなる評判を手にするまで」
　このように仲間を叱った。それに対して誰一人として
眼を上げようとする者はなく、言葉を返すこともなかった。
彼らはそのまま集まりを解くと、航海の準備を急いだ。
それに気づいて女たちは、彼らのもとへ駆けてきた。
まるで美しい百合のまわりで羽音を響かす蜜蜂のよう。
岩場の巣から次々に飛び出してゆくと、まわりの草原は

（1）一族の殺害者は穢れを払うまでの一定期間、祖国を追放された。

（2）「自分のものにする」の意味。あるいは「耕す」とも解しうる。その場合、女（耕地）との性交を示唆する表現になる。

朝露に華やぎ、蜂たちは花から花へ飛びまわっては、
甘い果実(3)を摘んでゆく――まさにそのように彼女らは
男たちのまわりに、嘆きの声をしきりに上げて押し寄せた。
手をとって言葉をかけつつ思い思いに別れを告げては、
恙ない帰国を授けるように、至福の神々に祈るのだった。
ヒュプシピュレもまたそのように、アイソンの子の
両手をとって祈ったが、行くのを惜しんで涙を流した。
「行ってください。そして神々がまたあなたを無事に、
仲間と一緒にどうか戻してくれるように――あなたが望み
心に適うその通りに、王のため黄金《きん》の羊皮を手に入れて。
この島はわが父の王笏(4)ともども待っています、いつの日か
帰国が果たされたときに、戻って来たいと思うのならば。
他の町からこの土地に、無数の民を連れてくるのも
容易いことです――けれどあなたはそのような望みを
抱きはしない。自分でもそうなるなんて思いません。
どうか離れていても帰国の後も、ヒュプシピュレを
思ってください。どうか言い残すことを――もし神が

(3) 花の蜜のこと。

(4) 島を統治する権威の象徴。

子を得ることを許してくれたら、[1]喜んでそれに従います」
　それに対してアイソンの子は心打たれて言葉をかけた。
「ヒュプシピュレ、すべてがその通りに、至福なる
神の力で成就しますように。でもどうか私については、
心を強く持ちなさい、ペリアスに許され祖国で暮らせれば
私はそれで満足なのです。神々が試練から解いてくれれば。
ですがヘラスの大地に戻ることが、遠くへ漕ぎ渡る私の
運命でなく、そしてあなたに男の子が生まれたならば、
若者になったその子をペラスゴスなるイオルコスに遣り、
わが父と母の苦悩を慰めて欲しい――そのときにまだ
父母がこの世にいるのなら。あの王[2]からは離れたままで、
自分の家の暖炉のそばで、大切にされ過ごせるように[3]」
　こう言うと彼は先頭に立ち船に乗った。他の勇士も
同じように乗り込んでゆき、櫂《オール》をその手に掴んでは
次々と漕ぎ座に着いた。そして一行のためアルゴスが、
海に洗われる岩の下から艫綱《ともづな》を解く――すると彼らは
長い櫂に力を込めて、海面を強く打ち叩いていった。

(1) エウリピデスの悲劇『ヒュプシピュレ』(断片のみ伝存)では、彼女はイアソンの子を二人儲けている。

(2) ペリアスのこと。

(3) これはレムノスの王位を継ぐべき男児をイオルコスに送り、自身の父母の世話をさせよという要求。イアソンにとって大切なのは父母と故郷であり、レムノスではない。

(4) レムノスの北方にあるサモトラケ島。次行の「冷たい海」

夕方にはオルペウスの指示により、アトラスの娘
エレクトラの島[4]に船を着けた。穏やかな密儀に加わり
口には出せぬ奥義を学んで、氷のように冷たい海を
恙なく渡ってゆこうとしたのだ[5]。だがこれについては
これ以上語らず、島そのものにも、かの秘儀で祀《まつ》られる
その土地の神霊たちにも、別れを告げることにしよう。
その秘儀について歌うことは私たちには許されない。
　そこから彼らは「黒い海[6]」の深みを抜けて漕いでゆき、
一方にはトラキア人の大地を、もう一方には対岸の
インブロス[7]を沖合に眺めて進んだ。そして陽がまさに
沈もうとする頃、海に突き出たケルネソス[8]に至った。
そこで彼らに強い南風が吹いてきた。彼らは順風に
帆を掲げると、アタマスの娘の激流[9]のなかへと
船を進めた。沖合に拡がる海原をあとにしたのは
早朝だったが、夜になりロイテイオン[10]の岸の内側を、
イダの大地[11]を右手に見ながら一行は進んでいった。
そしてダルダニアをあとにしてアビュドスへ向かい、

はその周辺の海域。

(5) サモトラケには「カベイロイ」の崇拝があり、集団で乱舞する狂宴（オルギア）で有名だった。この神々は冥界の神、また航海者を護る神ともされた。

(6) サモトラケ東方の湾。

(7) サモトラケ南東の島。

(8) ヘレスポントス（現ダーダネルス海峡）の北岸をなす半島。その先端に着いた一行《いっこう》は、これから海峡を上ってゆく。

(9) ヘレスポントス（「ヘレの海」の意味）のこと。アタマスの娘ヘレが墜落し死んだことからこの名がつく。

(10) ヘレスポントスの入口付近の岬。以下、ヘレスポントス南岸の地名が並ぶ。ここからの経路については「3図」を参照。

(11) 小アジアの北西部、イダ山が見下ろすプリュギアの大地。

ペルコテ、それに続いてアバルニスの砂がちの岸辺、
さらには神聖なるピテュエイアを通り過ぎてゆく。
こうして彼らは夜のあいだに、帆と櫂で船を進めて、
渦を巻き暗く沸き立つヘレスポントスを渡りきった。
　さて、プロポンティス(1)の内側に峻険な島(2)がある——
麦畑が拡がるプリュギアの本土から少しだけ離れて
海のなかへ張り出して、そこまでの地峡が波に洗われ
陸地へと傾斜しながら降っている。この島には海岸が
両側に開けて(3)、アイセポス(4)の河の向こうに横たわる。
近くの住民はそれを「熊たちの山」と呼んでいた。
そこには獰猛野蛮な「大地の民(5)」が暮らしていたが、
それは近隣の者らにとって大いなる驚異。それぞれが
力に溢れた六本の腕を振りまわしていたのである。
そのうちの二本は逞しい肩から生じ、その下からは
四本の腕が、もの凄まじい脇腹の上に生えていた。
また地峡と平野のあたりにはドリオネス(6)の男たちが
住み暮らし、そこを支配するのはアイネウスの息子、

(1) ヘレスポントスからボスポロス海峡に至るまでの海域。現マルマラ海。
(2) キュジコスのこと。
(3) 島の両側から着岸可能ということか。
(4) イダ山からプロポンティスに流れ込む河。
(5) 詳細不明。ヘシオドスなどが語るヘカトンケイレス(大地から生まれた百本腕の巨人族)を思わせる。
(6) キュジコス周辺、アイセポス河からリュンダコス河にかけて居住したとされる人々。

英雄キュジコス。(7)彼を生んだのは尊きエウソロスの娘、
アイネテだった。「大地の民」は恐ろしい者たちだったが、
ポセイドンの庇護ゆえに、彼らに危害を加えなかった。
ドリオネス人の生まれはそもそもこの神に遡るのだ。

　アルゴー船がその島に、トラキアからの風を受けて
突き進むと、「美しい港」(8)が駆けてくる船を受けとめた。
その場所で一行はティピュスの提案により、小さな石を
碇《いかり》から解き、泉の下に残していった――この泉こそが
アルタキア。(9)そして必要に適った重い石につけ替えた。
一方で先ほどの石は、後にネレウスの子のイオニア人(10)が
遠矢《アポロン》の神の神託を受け、聖なる捧げ物として然るべく
奉納した。イアソンを守護する女神アテナの神殿に。

　ドリオネスの民だけでなくキュジコス王その人も
揃って彼らを親しく出迎え、遠征の目的と家柄の
仔細を聞くと、王たちは手厚いもてなしをした。
そして一行にもっと先まで漕ぎ進めさせ、町の港に
船を乗り入れ、艫綱を結びつけるよう説き勧めた。

（7）島の名はこの王に由来する。

（8）キュジコスにある天然の良港。

（9）ホメロス『オデュッセイア』第十歌一〇八行に、同名の泉への言及がある。

（10）ネレウスの血統に連なるイオニア人のこと。ギリシア本土から植民でイオニアへ移った。六八頁註（2）も参照。

そこで彼らはアポロン・エクバシオス(1)に祭壇を設え
浜辺に据えると、犠牲を捧げる準備にかかった。
王みずからが甘美な酒を、それを持たない彼らに与え、
さらには羊も提供した。彼には神託があったからだ――
神のごとき英雄たちの遠征隊が来たときには、穏やかに
ただちにそれを出迎えて、戦いを構えてはならないと(2)。
イアソンと同じくこの王にも髭が生え始めたばかりで、
運命は今なお、子宝に恵まれることを許していない。
その館ではいまだに一度も、妻が陣痛に苦しんだ
ことはなかった――ペルコテ(3)のメロプスから生まれた娘、
編髪麗しいクレイテが。この娘は対岸の父のもとから、
驚くばかりの結納によって、迎えられたばかりだった。
それでもキュジコスは花嫁のいる寝室と寝台を出て、
一行とともに宴に興じ、恐怖(4)を胸から追い払った。
双方が互いに疑問を尋ねあって、王の方では彼らから
航海の目的とペリアスの命令を聞いた。一方で勇士らは
近隣に住む者たちの町と、広大なプロポンティスが抱く

(1)「上陸を司る神」の意味。三五九行の「エンバシオス」と対をなす呼称。

(2)この神託は「英雄たちの遠征隊」がキュジコスに破滅をもたらしうることを示唆する。

(3)九三二行で言及されたヘレスポントス南岸の町。

(4)前註(2)。

水域について隅々まで知った。だがそこから先のことは、
知りたいと望む彼らに王は教えることができなかった。(5)
　夜が明けると、一行は大いなるディンデュモン(6)に登り、
かの海の道をその眼で確かめようとしたが、残りの者らは
そのあいだに、先の停泊地からキュトスの港(7)に船を進めた。
このとき彼らが進んだ道(8)は「イアソンの道」と呼ばれる。
すると「大地の民」が、山の反対側から駆け降りてきて、
無数の岩を積みあげてキュトスの出口を塞いでしまった——
あたかも海の獣(9)がなかにいるのを罠にかけるときのように。
しかしその場所に、若い男たちとともに残っていたのは
ヘラクレス——彼はすぐさま反り返った弓(10)を引き絞り、
次から次へと怪物を大地に撃ち倒した。怪物たちも
ごつごつと尖った岩を持ちあげては、投げつけてくる。
きっとかの恐ろしい怪物もまた女神ヘラ、ゼウスの妃が、
ヘラクレスへの試練として育てたものに違いない(11)。
さてそこに他の者らも、たち向かうべく戻ってきた。
まだ山頂に至ってはいなかったが、猛々しい英雄たちは

（5）プロポンティスより先の辺境性を示唆する表現。
（6）キュジコスにそびえる女神レア（六九頁註（8））の聖山。
（7）「（堤防で）閉ざされた」を意味する人工の港。
（8）ディンデュモンを登る道。
（9）鯨《くじら》や海豚《いるか》、あるいは海豹《あざらし》のことか。
（10）弓に付される叙事詩的な枕詞（エピテトン）。
（11）ヘラクレスの「十二の難業」がヘラの策謀に由来すること（一二頁註（4））を踏まえた語り。

「大地の民」の殺害に加わり、矢を放ち槍を浴びせて
迎え討った。続々と湧き出してくる怪物と絶え間ない
激闘を繰り広げて、ついには一人残らず撃ち倒した。
それはまるで、斧で伐り倒したばかりの巨大な木々を
樵《きこり》たちが波打ち際に並べて投げ置き、水を吸わせて
木釘がしっかり留まるようにするときのよう――
そのように怪物たちは、灰色に輝く港の入口に
身体を並べて延びていた。そのなかには頭と胸を
塩辛い海に浸して折り重なり、手足の方は陸の上に
延ばしている者らもいれば、その反対に頭の方を
砂浜に載せ、足は深みのなかへと傾ける者らもいた。
どちらの者もことごとく鳥や魚の餌食となるのだ。

　英雄たちへの試練が去って脅威がそこからなくなると、(1)
そのとき彼らは風の吹くなか船のもやい綱を解き放ち、
海のうねりを抜けて、さらに先へと進んでいった。
帆を張って船は一日駆け続けたが、しかし夜が来ると、
もはや暴風がじっとしていない。真正面から嵐が襲って

(1)「試練」は大地の民との戦いを指すと解する。または一行《いっこう》の冒険全体を指し、「英雄たちにとって試練が脅威のないものになると」とも解される。

もと来た方へと船を押し戻してゆき、彼らはふたたび
客人に優しいドリオネス人の島に着いた。そしてその夜
船を降り上陸したが、このとき彼らが船のもやい綱を
急いで巻いたこの岩は、今でも「聖岩」と呼ばれる。
だがそれが同じ島だと賢明にも気づいた者はいなかった。
夜闇のもとドリオネス人も、勇士たちが戻ってきたと
過つことなく見分けられずに、おそらくはマクリエス(2)の
男らによるペラスゴスの軍勢(3)が着岸したと見たのだろう。
それゆえ彼らも武具を身につけ、勇士たちを襲撃した。
　彼らは互いにトネリコの槍と盾とをぶつけあったが、
それはまるで勢い激しく燃える火のよう。乾いた灌木《かんぼく》の
繁みのあいだに落ちるとすぐに頭をもたげる——喧騒は
激しくそして恐ろしく、ドリオネスの民に襲いかかった。
王も定めを越えて戦いを生き延び、新妻の待つ館へ、
寝室とまた臥所へ、戻ることにはなっていなかった。
彼が振り向いたところをアイソンの子が正面から
襲いかかって胸の真中に槍を撃ち込むと、その両側で

(2) 詳細不詳。古註はこの民族を、エウボイアから黒海東部に入植したマクロネス人（第二歌三九四行）と同じとする。
(3) マクリエス人とギリシア本土との関係を窺わせる表現。五頁註（5）も参照。

骨が砕けた。王は砂浜の上に転がって、その運命を
まっとうした。死すべき人間には運命を逃れることは
許されず、巨大な網に捕らわれてしまっているのだ。
このように彼はおそらく、勇士らによるつらい破滅を
免れえたと思っただろうが、まさにその夜、彼らと戦い
運命の枷《かせ》をはめられた。[1] 他にも大勢が援助に駆けつけ
命を落とした――ヘラクレスが殺したのは[2]テレクレスと
メガブロンテス。スポドリスの武具はアカストスが剝いだ。
ペレウスが討ちとったのはゼリュスと俊敏な戦士ゲピュロス。
さらにはトネリコの槍美しきテラモンがバシレウスを討つ。
イダスもプロメウスを、クリュティオスはヒュアキントスを、
テュンダレオスの息子二人[3]はメガロサケスとプロギオスを倒す。
それに加えてオイネウスの子[4]は、勇敢なイテュモネウスと
戦士らを率いるアルタケスを討った――この者たちは皆、
今でもその地の住民たちに、英雄の栄誉で[5]讃えられる。
だが他の者らはその場を棄てて退却した。それはまるで
すばやく飛び来たる鷹から逃れる鳩の群のよう――

(1) 九六九行以下。
(2) 以下一〇四七行まで、戦いで命を奪った者／落とした者の名が列挙される。ホメロス『イリアス』などに見られる叙事詩的な語り。
(3) カストルとポリュデウケス。
(4) メレアグロス。
(5) 英雄廟や祭礼によって。

どよめきを上げ門から一気になだれ込むと、すぐに町は
叫びで満たされ、嘆かわしい戦いからの退却を悔いた。
　夜が明けると、凄惨で取り返しのつかない過ちに
双方がともに気づいた。アイネウスの子キュジコスが
すぐ眼前で、砂塵と血にまみれ倒れている姿を見て、
ミニュアイの英雄たちを忌まわしい苦痛が捕らえた。
彼らは三日のあいだ嘆き続けて、ドリオネスの人々と
一緒になって髪を掻きむしるのだった。[6] しかしそれから
青銅の武具を身にまとい、死体のまわりを三度《みたび》廻ると、[7]
墳墓を築いて埋葬し、仕来り通り、レイモニオンの野[8]で
葬送競技を執り行なった——その場所には今もなお
この墓の盛土があり、後の世の人も見ることができる。
そしてまたその妻クレイテも、夫の命が潰えた後
この世に留まることはなく、禍事《まがごと》に加えてもう一つ、
さらに恐ろしいことを遂げた。輪縄《なわ》を首に結んだのだ。
森のニンフたちまでもがこの妻の死を悲しんで、
彼女を悼み眼から大地に涙を注ぐと、女神たちが

（6）髪を掻きむしる、皮膚を傷つけるなどの自傷行為は定型的な悲しみの表現。

（7）ホメロス『イリアス』第二十三歌一三行でアキレウスは、パトロクロスの葬儀に際して死体のまわりを三度廻る。愛する者を悼む行為。

（8）この名は「草地」を意味する。古註に従い固有名詞と解した。

その涙をすべて集めて泉とした。泉の名はクレイテ、
不幸に見舞われた新妻の誉れ高き名前で呼ばれる。[1]
じつにあの日は、ドリオネスの女たちにも男にも、
ゼウスから下された最悪の日であった。彼らは誰も
食事を取ろうともせずに、長いあいだ悲しみから、
粉挽きの仕事を思い出しさえしなかったのだ――
火を通さないものを、そのまま食べて命を保った。
そこでは今でも二人のために年ごとの注ぎがなされて、
キュジコスに暮らすイオニア人[2]は、ずっと変わらず
公共のひき臼を使って粉を挽き、捧げ物を作っている。[3]
　それから荒々しい暴風が起こり、昼も夜もやまず
十二日にわたって吹き続けて、彼らは船を出せぬまま
その場所に引き留められた。だがそれに続く夜のこと、
他の勇士らはすでに眠りに屈して、夜の最後の時[4]を
身を横たえて過ごしていた。その一方でアカストスと
アンピュクスの子モプソスは、ぐっすり眠る仲間たちを
警護していた。そのとき、アイソンの子の黄金に輝く

（1）クレイテという名が「誉れ高い」の意味であることを踏まえた表現。

（2）六一頁註（10）。イオニアへの植民者は後にキュジコスに移住した（古註）。

（3）二人の死を嘆く人々が家の挽臼を止めたのを忘れないための風習。

（4）夜を三分割して夜警の担当を割り当てる、その最後の時間。

頭の上を、翡翠《かわせみ》(5)が一羽、荒れ狂う風がやむことを
甲高い声で告げつつ飛びまわった。岸辺の鳥が告げる
幸先のよい神託を聞いて、モプソスは事態を悟った。
そしてその鳥を神(6)がもと来た方へと向け変えると、
鳥はさっと飛び立って、船尾の飾り(7)の上に停まった。
モプソスは柔らかい羊皮に横たわるイアソンを
揺り動かし、ただちに目覚めさせるとこう言った。
「アイソンの子よ、そなたは峻厳なディンデュモンの
この神聖なる山に入り、神々すべての玉座美しき母(8)を
宥めねばならない。そうすれば吹き荒れる嵐はやむ——
このような神託をたった今、海を行く翡翠から
私は聞いた。この鳥は微睡《まどろ》んでいるそなたの頭上を
飛びまわって、一切をはっきり示して去ったのだ。
風も海もその下に拡がる大地も、またオリュンポスの
雪に覆われた神座《かみくら》も、この女神の支配を受ける。
そして女神が山を離れて広大なる天へ昇るときには、
クロノスの子ゼウスみずから場所を譲り、他の不死なる

(5) 翡翠は荒れやすい冬のあいだ、穏やかな七日のうちに巣を作るとされる。嵐のあいだの凪を告げる鳥。

(6) このあとのモプソスの言葉から、女神レアのことだと判る。

(7) 高く反りあがった構造の船尾に付された飾り。

(8) レアのこと。この女神はゼウスの母で、また大地母神、豊穣の女神として、プリュギアのキュベレと同一視される。

神々もまたそれと同じく、畏るべき女神を敬うのだ」
　こう言うと、その言葉を聞きイアソンは歓迎した。
彼は喜んで寝所から起きあがると、仲間たち皆を
急いで起こした。そして目覚めた彼らに向かい、
アンピュクスの子モプソスの告げた予言を話した。
年少の者らはただちに厩舎から牛を追い出すと、
そこからそびえ立つ山頂へ群を引いて登ってゆく。
また残りの者たちは「聖岩」[1]からもやい綱を解き、
「トラキアの港」[2]まで漕いで進んだ。それから彼らも
ごくわずかの仲間を船に残して山頂へ向かった。
彼らの前にはマクリエス人[3]の峰々と、対岸に拡がる
トラキアの大地が、まるで手に取るように望まれた。
ボスポロス[4]の霧のかかった入口と、それからミュシア[5]の
山並みが見え、こちら側にはアイセポスの河の流れと、
アドラステイアの町にネペイオンの平野[6]も見えた。
　どっしりとした葡萄の樹、神さびた古木が森に
育っていた。その古木を山の女神の聖像にしようと

（1）一〇二〇行。
（2）キュジコスにある港。島の北西部（トラキア側）にある港か。
（3）六五頁註（2）。古註に従うとこの「峰々」は黒海東部にあることになるが遠すぎる。プロポンティス周辺の山と解するべきだろう。
（4）プロポンティスから黒海に通じる海峡。
（5）通常はキュジコスの南一帯を指す地名だが、ここではプロポンティスの東岸を指す。一一六四行以下も参照。
（6）キュジコスの南西に拡がる。アドラステイアはその平野にある町。

一行が伐り倒すと、アルゴスがそれを彫り出し
見事な形に整えた。[7] そしてその像を岩がちの山の上、
じつに背の高い樫《オーク》の木々に覆われた場所に据えた、[8]
その木々は他のすべてを見下ろして根を張っている。
近くには小石を積んで祭壇も築き、樫の葉を冠にして
頭にめぐらせ、彼らは犠牲の儀式を執り行なった。
ディンデュモンの畏るべき主、プリュギアに住む母神に、
さらにはティティアスとキュレノスに呼びかけながら。
クレタ島に数多《あまた》住みなすイダのダクテュロイ[9]のうち、
この二神だけが運命の分配者、そしてイダなる母神の
補佐役と呼ばれる——ダクテュロイとはかつて
ニンフのアンキアレが、ディクテにある洞窟の奥で、
オアクソス[10]の大地を両手で摑んで生んだ者たち。[11]
アイソンの子は母神に祈りを捧げつつ、燃えさかる
犠牲の獣に注ぎをして、嵐を去らせてくれるよう、
繰り返し嘆願した。それと同時に若者たちが、
オルペウスの指示で武装の踊り[12]を踊ってとび跳ね、

(7) 葡萄は豊穣の象徴で、大地の女神レアに相応しい。
(8) オークはレアの神木。
(9) クレタ島の（別伝プリュギアの）イダ山に住んでいた精霊たち。レアの従者で、クレタ島で幼いゼウスを世話したという。その名は「指」を意味する。
(10) クレタ島のオアクソス河畔の町。
(11) 「両手で」はダクテュロイを十人とする伝承を踏まえる。一般的な伝承では彼らの母はレアである。
(12) 武具を身につけて舞う踊り。

盾を剣で打ち鳴らしてゆく——人々が王を悼んで
なおも上げる不吉な悲嘆の叫び声が、風のなかへと
かき消えるように。そのとき以来プリュギアでは、
うなり板(1)とタンバリン(2)でレアを宥める習いである。
　嘆願を喜ぶこの女神はきっと、神聖なる儀式へと
心を向けてくれたのだ。相応しい徴《しるし》が現われた——
木々は実をたわわに稔らせ、彼らの足のまわりでは
大地がおのずから、柔らかい草原に花を咲かせた。
また獣たちも、巣穴や草むらから這い出して、
尻尾を振りつつ近づいてきた。女神はその他にも
異兆を起こした——以前にはけっして水の流れない
ディンデュモンであったのに、そのとき彼らのため、
乾いた頂からとめどなく水が溢れた。以来その湧水を
近隣に住む者たちは「イアソンの泉」と呼んでいる。
そのとき彼らは女神のために「熊たちの山」(3)で宴を開き、
畏るべき支配者レアを歌で讃えた。だが夜が明けて
風がすっかり収まると、船を漕いで島を発った。

(1) 木板または金属板に紐をつけた構造を持つ楽器。二本の紐を通し、紐のねじれの力で板を唸らせる。
(2) もしくは小型の太鼓(kettle drum)とも言われる。
(3) キュジコスのこと(九四一行)。

そこで競争心が勇士たち一人一人を駆り立てた——
最後まで漕ぎやめないのは誰なのかと。まわり一面
凪いだ大気が荒波を押し拡げ、海を眠りにつかせたのだ。
勇士らは静穏な海を恃んで、力のかぎりに船を前へと
進めていった。波間を駆けるその船には、疾風《はやて》の脚持つ
ポセイドンの馬たち(4)さえ追いつけなかったことだろう。
ところが夕闇が迫るなか、方々の河から暴風が起こり、
激しく吹きつけ海のうねりが目を覚まし始めると、
疲労に苛まれ漕ぎやめる者が出てきた。そこで皆が
全力をふり絞って漕ぐのを、両手の力で引っ張ったのが
ヘラクレス——しっかり組まれた船材を震わせた。
しかし彼らが、ミュシア人の陸地(5)を指して逸りつつ、
リュンダコス(6)の河口と、プリュギアからわずかの距離の
アイガイオン(7)の巨大な塚を眼に、通り過ぎようとした
まさにそのとき、ヘラクレスは荒波の畝を鋤きあげ、
櫂を真中から砕いてしまった。彼は砕けた一方の側を
両手で握って横向きに倒れ、もう一方は引き波が

(4) 馬は牛や海豚《いるか》と並ぶ海神ポセイドンの聖獣。「疾風の脚持つ」は非常な駿足を示す枕詞(エピテトン)。

(5) 七〇頁註(5)。

(6) プロポンティスに流れ込む河。

(7) ヘカトンケイレス(六〇頁註(5))の一人で、別名ブリアレオス。

海へと運び去っていった。彼は黙ったまま座り直して、
あたりを見まわした。手が安逸に慣れていなかったのだ。
　庭師や農夫らが野を離れて、待ち焦がれた夕食を
求めつつ、いそいそと自分の小屋へ戻ってゆく頃――
その小屋の戸口にたどり着くと男は疲れた膝を折り、
乾いた土にまみれた身体で、がさがさになった両手を
じっと見つめて自身の胃袋に繰り返し呪いをかける[1]――
その頃勇士たちは、アルガントネイオンの山の麓、
キオスの河口近くにあるキアニス[2]の地の村に着いた。
彼らが近づいてゆくと、かの地に住まうミュシア人は
親しさを示して快く受け入れ、一行の必要に応えて、
旅に携える食料と羊、葡萄酒をたっぷり持たせてくれた。
それからある者は乾いた薪を、ある者は木の葉を、
寝所に敷くべく草地からたっぷり集めて運んできた。
そしてまたある者たちは火起こし棒を掻きまわし、
ある者たちは混酒器で酒を混ぜて[3]祝宴を準備すると、
闇の迫るなかアポロン・エクバシオス[4]に犠牲を捧げた。

（1）胃袋は貪欲の象徴で、空腹は人間にとって様々な禍の原因とされた。
（2）プロポンティス南東岸の地。そこにアルガントネイオン山とキオス河がある。
（3）三三頁註（2）。
（4）六二頁註（1）。

だがゼウスの息子[5]は、仲間らにしっかり食べよと
言いおくと、森のなかへ入っていった。何よりもまず、
自身の手に馴染む櫂《オール》を用意しようと思ったのだ。
歩いていると彼は一本の樅木を見つけた。枝を多く
担うこともなく、葉が繁るのもほどほどの木で、
すらりと延びたポプラの若木のようだった——
それほどの長さで、厚みもまたそれほどに見えた。
すぐさま彼は、矢を入れる箙《えびら》を弓ともどもに
大地の上に横たえると、獅子の毛皮[6]を脱ぎ捨てた。
それから青銅を巻いた棍棒[7]を打ちつけ、その樅木を
根もとの地面からぐらつかせると、両腕を幹にまわし
力を込めた。幅広の肩を押し当て、両足でしっかり
ぐっと踏ん張る。すると樅は深く根を張っていたのに、
それを掴んで、根に絡む土もろとも大地から引き抜いた。
その様子《さま》はあたかも、破滅をもたらすオリオン[8]が沈む
冬が来て、不意に起こった突風が高みから激しく
帆柱に吹きつけるときのよう。柱を留める楔もろとも

(5)ヘラクレスのこと。

(6)ヘラクレスを象徴する衣服。彼は一八歳のときにキタイロン山の獅子を退治して以来、その毛皮をまとい頭部を兜の代わりとした。

(7)弓矢とともにヘラクレスを象徴する武器。青銅を巻くのは棍棒に重みを加え、破壊力を増強するため。

(8)オリオン座は冬の星座。それが日の出直前に西の地平線に「沈む」のは十一月で、嵐の季節の到来を告げる。

支えの綱から引きはがす——そのようにヘラクレスは
樅木を引き抜くと、そのまますぐに弓矢と獅子の毛皮、
そして棍棒を拾いあげ、急いで船へ戻っていった。
　その頃ヒュラス(1)は、青銅の水差しを手に仲間から離れ、
清らかな泉の流れを探していた。主人の夕食のために
水をあらかじめ汲んでおき、他にも様々なことをすべて、
主人が戻ったとき、すみやかに然るべく整えるためだ。
このような習慣のなかで、ヘラクレスが彼を育てた。
幼い子供を父の家から、最初に連れてきて以来のこと。
その父は尊きテイオダマス(2)——大地を耕す牛をめぐって
彼に手向かい、ドリュオペス人のあいだで無残に殺された。
そのときテイオダマスは、深い悲しみ(3)に打ち拉がれて
休耕地の畑に犁を入れていたが、この男が渋るのも
構わずに、ヘラクレスが耕作の牛を渡せと命じた。
ドリュオペス人が正義を顧みずに暮らしていたため、
彼らと戦う切実な口実をでっち上げようと望んだのだ(4)。
だがそれを語れば、歌の筋から遠く離れてしまうだろう。

(1) ヘラクレスの従者（一三二一行）。

(2) ドリュオペス人の王。

(3) 詳細不詳。畑を耕す苦しみを言うものか。

(4) よく知られた伝承では、ヘラクレスが牛を求めたのは空腹に苛まれてのこととされる。

ほどなく彼[5]は、近隣に住む者たちが「湧水《ペガイ》」と呼ぶ
泉に至った。ちょうどその頃、ニンフたちが歌舞団《コロス》を
組もうとしていたのだろう――かの美しい山頂[6]に
住み暮らすニンフは皆、夜になると欠かすことなく
歌をうたって、アルテミスを讃える習いだったのだ。
山々の高み、あるいは急流に暮らすかぎりの者たちも、
森を見護る者たちも、遠くから来て隊列に加わる――
まさにそのとき、流れ美しき泉から水のニンフが
浮かんできて、少年がすぐ傍らにいるのに気づいた。
彼は美しさと甘美な魅力でばら色に輝いて見えたが、
それは月の半ばに見える満月が彼に向かって高天から
光を投げていたからだ。ニンフの心はキュプリス[7]に
掻き乱され、どうしても正気を保てはしなかった。
そして少年が身を屈め、水差しを流れのなかに
あてがって、まわりの水が青銅に勢いよく流れ込み
ごぼごぼと音をたてると、すぐさまニンフは左の腕を
高く伸ばして少年の首にまわし、柔らかい唇に

（5）ヒュラス。
（6）アルガントネイオン（一一七七行）のこと。
（7）四一頁註（9）。

口づけしようと激しく求めた。それから右の手で
その肘を引き寄せると、渦の真中へ沈めてしまった。
　彼が叫ぶのを聞いたのは仲間のなかでただ一人、
道を先へ進んでいたエイラトスの子、ポリュペモス——
巨大なるヘラクレスが帰るのを待っていたのだ。
彼は「湧水」[1]の近くまで急いだが、それはさながら
羊たちの鳴き声めがけて遠くから襲いくる野獣のよう。
空腹に燃え立ちながら追いかけるも、家畜の群には
届かない。牧夫の方が先んじて羊を小屋に入れたのだ。
野獣は疲れ果てるまで、絶えず呻《うめ》いて吠え立てる——
そのときエイラトスの子はそのように大きく呻いて、
鋭く叫んで一帯を廻ったが、その声も無駄に終わった。
彼はただちに長剣を抜き、後を追おうと駆け出した。
少年が獣の餌食となりはしないか、一人でいるのを
男どもが待ち伏せ、難なく捕らえて連れ去らないかと
恐れたのだ。それから抜身の剣を手に振るいつつ、
まさにヘラクレスと行き遇った。暗闇のあいだを抜け

(1) 一二二一行。

船へと急ぐその姿を確かに認めると、すぐさま彼は
胸をひどく喘《あえ》がせながら、痛ましい惨事を語った。
「哀れな友よ、つらい苦悩を私が最初にそなたに告げる。
ヒュラスが泉に行ったまま、無事に戻ってこないのだ。
盗賊が彼を襲って連れ去ったのか、さもなくば獣どもに
傷つけられたか――私はみずから彼の叫びを耳にした」
　こう言った。それを聞いた彼のこめかみから大量の
汗が噴き出し、臓腑の内では黒い血(2)がたぎり始めた。
彼は怒りに駆られ樅木を地面に投げ捨て、その足が
運ぶのに任せて、あちこちの道を走って廻った。
それはあたかも虻に刺された一頭の牛が駆け出し、
草地も湿地もあとにして、牛飼いにも牛の群にも
眼をくれず、あるときは停まることなく道を駆け、
あるときは立ち止まって幅広の首をもたげて、
意地悪な虻に刺され唸りを上げるときのよう――
そのように彼は怒り狂い、あるときはすばやい膝を
絶え間なく動かし続け、またあるときは走るのをやめ、

(2) 黒は憤怒と関係づけられる色。

大きな叫びを遠くまで繰り返し響かせるのだった。
　ほどなくして高くそびえる峰々の上に夜明けの星が
現われて、山から風が吹きつけた。するとティピュスは
すぐさま乗船を促して、風の恵みを受けようと言った。
勇士らは旅に逸ってただちに船に乗り込んでゆき、
船のうえに碇を引き揚げ、帆綱を引いて解いた。(1)
帆は真中に風を受けて膨らみ、一行は岸から離れて、
嬉々としてポシデイオン(2)の岬に沿って運ばれていった。
　だが、地の果てから昇りくる輝く眼をした暁が
天から光をふり注がせ、白い小径が見えてきて、
露に濡れた平原が明るい輝きを放ち始めるとき——
そのとき皆は不覚にも彼らを置いてきたと気づいた。
皆のあいだで諍《いさか》いが激しく起こり、言いようのない
大騒ぎとなった——仲間のうちで最大の勇士(3)を
置いて出帆したのかと。アイソンの子はなす術もなく
うろたえて、それがよいとも悪いとも何も言わずに、
ただ座ったまま、心のなかで大きな惨事を嘆いていた。

(1) 船の停泊時、帆は帆綱で帆桁に括られている。帆を張るために、その帆綱を引っ張って緩めると解する。

(2) アルガントネイオン山の西側、プロポンティスに突き出た岬。

(3) ヘラクレスのこと。

するとテラモン[4]が怒りに捕らわれこのように言った。
「そのまま暢気に座っていろ。ヘラクレスを置いてきたのは
おまえには都合のよいこと。おまえから出た計略だな――
もし神々が故郷への帰国を許されたとき、あの男の栄誉が
ヘラス各地に拡がって、おまえを隠すことがないように。
だが話していて何が楽しい。おまえの仲間たちから離れても
俺は戻るぞ。この策謀に加担した者らの助けなど要らぬ」
　こう言ってハグニアスの子ティピュスに飛びかかった[5]が、
彼の両眼は燃えさかる炎の巻毛のように輝いて見えた。
それから一行はまた、海の隔たりとやむことのない
暴風を制し、ミュシア人の大地まで戻っただろう。
もしこのときトラキアなるボレアスの二人の息子[6]が、
アイアコスの子を厳しい言葉で抑えなかったなら――
哀れな者たち。じつに彼らは捜索をやめたばかりに、
ヘラクレスの手によって後に忌まわしい報復を受けた。
ペリアスの死後、競技祭[7]から戻ってゆくこの二人を
海に囲まれたテノス[8]で彼は殺して、そのまわりに

(4) テオクリトス（『牧歌』第十三歌三八行）は彼を、ヘラクレスといつも食事を共にした仲間だと歌う。
(5) 船の舵を奪うため。
(6) ゼテスとカライス。彼らの父ボレアスは北風の擬人神。
(7) ペリアスの葬送競技。
(8) キュクラデス諸島の一つ。

大地を覆い被せると、上から墓石を二つ据えた。
そのうち一つは、見る者をおおいに驚かせることに、
北風が音をたてつつ吹きつけると揺れ動くのだ。
だがそのようになるのは後の日のことだった(1)。
　さて彼らに、深い海からグラウコス(2)が姿を見せた。
神々しいネレウス(3)の思慮に優れたこの解釈者は、
ぼさぼさに乱れた髪と胸部とを、脇腹の下から(4)
高く持ちあげ、逞しい手で船の後部をぐっと掴むと、
その声を聞こうと逸る勇士らに向かいこう叫んだ。
「なぜそなたらは偉大なるゼウスの神慮に逆らって、
勇敢なヘラクレスをアイエテスの町へ連れてゆくのか。
彼はアルゴスで邪悪なるエウリュステウスのために、
十二もの苦しい試練(5)を遂げるよう定められており、
不死なる神々と暮らす運命なのだ――残りわずかを
果たすなら。それゆえ彼の不在を嘆いてはならぬ。
そしてまたポリュペモスも、ミュシア人のあいだで
キオスの河口に名高い町(6)を建設して、カリュベス人(7)の

（1）ゼテスとカライスの死については、他にもハルピュイアイを追跡中のこと（第二歌二七三行以下）とするなど異伝が多い。
（2）一説にポセイドンの子とされる海神。やはり海神であるネレウス（次註）に愛され、船乗りから崇敬された。
（3）ギリシア神話の古い海神（Νηρεύς）で、一一〇行などで言及されるネレウス（ピュロス王 Νηλεύς）とは異なる。「海の老人」として崇められ、エーゲ海の深奥に五〇人の娘たち（ネレイデス）とともに住む。
（4）水中から脇腹が出る高さまで。
（5）一二頁註（4）。以下の順序の伝承が一般的。（一）ネメアの獅子、（二）レルネのヒュドラ、（三）ケリュネイアの雌鹿、（四）エリュマントスの猪、

広大な大地で一生を終えるべく運命づけられている。
またヒュラスは、神たるニンフに愛されて夫となった。
彼ゆえに二人はさまよい、置き去りにされたのだ」
　こう言うと、絶え間ない波をまとって海に沈んだ。
そのまわりでは海水が渦を巻きごぼごぼと暗く泡立ち、
波間を抜けて進んでゆく洞《ほら》なす(8)船を激しく打った。
英雄たちは喜んだが、さてアイアコスの子テラモンは
イアソンのもとへ急いで駆けつけ、その手で相手の
手を握ると、彼をしっかり抱きしめてこう言った。
「アイソンの子よ、どうか怒らないでくれ。たとえ私が
正気を失い過ったとしても。ひどい悲痛が私を駆り立て、
傲慢で耐えがたい言葉を吐かせたのだ。さあ過ちは
風に委ねて、以前のようによいつき合いをしてゆこう」
　すると今度はアイソンの子が分別のある言葉をかけた。
「友よ、じつにそなたはひどい言葉で私を責めた――
ここにいる皆の前で、私が恩人に仇を返したと言って。
だがけっして私はそなたに厳しい怒りなど抱いていない、

(五)アウゲイアスの家畜小屋、(六)ステュンパロスの鳥、(七)クレタの雄牛、(八)ディオメデスの雌馬、(九)ヒッポリュテの帯、(一〇)ゲリュオンの牛、(一一)ヘスペリデスの黄金の林檎、(一二)冥界の犬ケルベロス。一二二二行以下の記述によると、彼はこの四と五のあいだにこの冒険に加わった。
(6)ミュシアの都市キオスのこと。
(7)一一一頁註(13)。
(8)船に付される枕詞(エピテトン)。船腹が豊かに張った形状を言うものと解する。

先ほどまでは悲しかったが。そなたが怒り狂ったのは、羊の群でも財産をめぐってのことでもなく、仲間の男が原因だからだ。きっとそなたは他の者とも私のために争ってくれるだろう、似たようなことが起きたときには」

　こう言うと彼らは以前のように和解して席に着いた。かの二人はゼウスの神慮で、一方はミュシア人のために、河の名前を冠した町(1)を建設することになっていた――これがエイラトスの子ポリュペモス。もう一人の男はエウリュステウスの苦しい試練に戻ろうとしていたが、ミュシアの地を滅ぼすと言って威《おど》した。生きているのか死んだのか、ヒュラスの運命を彼らが探らないならば。約束の証にミュシア人は、最も優れた息子たちを民のなかから選んで彼に与え、けっして捜索の手を緩めることなく、いつまでも探し続けると誓約した。そのため今もなお、キオスの人々はテイオダマスの子ヒュラスを探し続けて、見事な造りのトラキス(2)を気にかける。約束の証に連れてゆくよう送り出した

(1) キオス（一三二一行）。

(2) テッサリア地方の町。ヘラクレスが晩年を暮らしたことで知られる。

彼らの子供たちは、まさにその地に住まわされたのだ。
　それから船を一日中、また夜になっても風が運び、
激しく吹きつけていたが、だが暁が昇ってくると、
風はぴたりとやんでしまった。彼らには陸地の岸(3)が
湾から突き出して、一杯に拡がるのが眺められた。
それを見て一行は日の出とともに櫂を漕ぎ着岸した(4)。

(3) プロポンティスの東端にあるオルビア湾の北辺、ビテュニアの大地。
(4) 写本にはこの後に一三六三行として第二歌の最終行と同じ一行があるが、ここの文脈では意味をなさない。底本に従い削除する。

第二歌

第二歌梗概

一―一六三　アミュコスとの戦い（ベブリュキアでの略奪）
一六四―五三六　ハルピュイアイの駆逐（ピネウスの予言）
五三七―六六八　「青黒岩《キュアネアイ》」から黒海へ（アテナの援助）
六六九―七一九　テュニアスまで（アポロンの顕現）
七二〇―八一四　アケルシアまで（リュコスの歓待）
八一五―八九八　イドモンとティピュスの死（舵取りの選出）
八九九―一〇二九　アレスの島まで（黒海南岸の民族と地理）
一〇三〇―一〇九二　島への上陸（アレスの鳥たちの駆逐）
一〇九三―一二八五　コルキスまで（プリクソスの子らとの邂逅）

そこにはベブリュケス人[1]の傲慢な王、アミュコスの
牛舎と羊の柵とがあった。この王をかつてビテュニアの
メリエというニンフが、ポセイドン・ゲネトリオス[2]と
共に寝て生んだが、誰よりも思い上がった男だった。
異国の者に対しても、自分と拳を交えて戦わずには
何人《なんぴと》もたち去ることはならぬという法外な掟《おきて》を課して、
近隣に住む多くの者を殺していたのだ。そのときも
船のもとまでやって来ると、思い上がった心から、
航海の目的や彼らの素性を尋ねることを蔑ろにして[3]、
皆のあいだですぐさま、このようなことを語った。
「聞け、海の放浪者ども。おまえたちが知るべきは
まさにこのこと――ベブリュケス人のもとへ来た者は
何人たりとも、私の拳に拳を振りあげぶつけることなく
ここから去ることは、けっしてできない定めである。

（1）ビテュニアに住む伝説的な民族で、トラキアからの移民。その王アミュコスはアルゴナウタイと争った粗暴な王として知られる。
（2）「一族を生み出す神」の意味。
（3）異国からの来訪者に対しては、旅の目的と素性を尋ねるのが習いだった（第一歌九六一行以下）。

それゆえ仲間のうちから最強の者を一人選び出し、
この場で私と拳を合わせて戦うように立たせるのだ。
もしも私が定めた掟を無視して踏みにじるのなら、
きっと過酷な苦しみが厳しく追い立てることになるぞ」
　尊大な心で言うと、皆はそれを聞き激しい怒りに
捕らわれた。とりわけポリュデウケスの怒りは激しく、
すぐさま仲間たちを護るべく立ちあがって言った。
「それまでだ。おまえが何者であると誇ろうとも、
我々に暴虐な力は示せない。言う通り掟に従ってやる。
この私がみずから進んで、戦う役目を引き受けた」
　きっぱりこう言い放つと、王は両眼をぎょろつかせ
彼らを睨んだ。あたかも槍に撃たれた獅子のよう。
山のなかで男たちに囲まれ、集団で追い込まれても、
もはや他の者には注意を払わず、その眼の先には
始めに自分を傷つけて殺し損ねた男しかいない――。
　さてそのときテュンダレオスの子[1]は、入念に編まれた
優美なマントを脱いだ。それはレムノスの女が彼に贈った

（1）ポリュデウケスのこと。その父親については一四頁註（1）。

歓待の証(2)。その一方でアミュコスは、黒い二重の外套を
留金もろとも、いつも携えていた山育ちのオリーヴの
節くれ立った牧杖(3)と一緒に、地面の上に放り投げた。
すぐさま彼らは戦いに適した場所を近くに探して、
それぞれの仲間たちを皆、砂の上に座らせたが、
体格も背丈もともに彼らは見ためと異なっていた。
一方は恐ろしきテュポエウス(4)の子か、あるいはガイアが
みずから生んだ怪物のよう、かつてゼウスへの怒りから、
この怪物が生まれたのだ。他方テュンダレオスの子は、
天空に見える星のよう。じつにその明るい星の輝きは、
夕暮れどきの暗闇のなか、最も美しく光って見える――
ゼウスの息子(5)はそのような姿だった。まだ柔らかい髭が
生え始めたばかり、眼も爛々としていたが、勇敢さと
力強さは獣のように漲《みなぎ》っていた。彼は両腕を振りまわし、
以前のように滑らかに動くかどうか、つらい仕事をして
船を漕いだことで動きが重くなっていないか確かめた。
だが一方のアミュコスはそれをせず、黙ったままで

(2) 歓待主が客人を見送る際に持たせる贈り物。

(3) 民を率いる指導者の印。

(4) ティタン神族がティタノマキア（三五頁註（9））に破れた際、怒ったガイアがタルタロス（奈落）と交わって生んだ巨大な怪物。ゼウスに挑戦して追いつめるも敗れ、奈落に突き落とされた（別伝エトナ山の下敷きにされた）。

(5) ポリュデウケス。

後ろに退《ひ》き相手に視線を定めたが、その心は高鳴って、
相手の胸から赤い血潮を迸《ほとばし》らせてやろうと逸った。
彼らのあいだで、アミュコスの従者リュコレウスが
鞣《なめ》していない革紐(1)を二本、それぞれの足もとに置く――
しっかりと乾き切った、あまりにも硬い革紐だった。
するとこの王は、思い上がった言葉で彼に呼びかけた。
「籤《くじ》引きなしにどちらでも気に入った方を取らせよう、
私がそう望むのだ。後から不満を言われても困るからな。
さあ手に紐を巻きつけよ。おまえは思い知り、他の者に
言うことになろう。しっかり乾いた牛皮をどれほど巧みに
私が切って、男たちの頬を血潮にまみれさせるかをな」
　こう言った。だが彼はそれに応じて争うことなく、
ほんのわずかに微笑んで、足もとに置かれた革紐を
躊躇《ためら》うことなく取りあげた。するとその前にカストル(2)と、
ビアスの子たる屈強なタラオスが進み出て、すみやかに
革紐を巻きつけながら、しきりに激励の言葉をかける。
王の方ではアレトスとオルニュトスが――愚かな者らだ――

(1)拳闘の際、手に巻いて用いる。鞣していない革紐は角が立ち、乾くと硬く殺傷能力が高まる。

(2)ポリュデウケスの双子の兄弟。

描き運命のなか、最後になるとも知らずにそれを巻いた。
　彼らは革紐を身につけ、離れて立って準備をすると、[3]
すぐさま顔の前にどっしりとした両方の拳を構えて、
互いに相手の正面から力を振るってぶつかりあった。
そのときベブリュケス人の王は、あたかも海の大波が
荒れ狂い、快速の船を上から襲うときのよう。船の方は
そのすぐ下で、抜け目のない舵取りの技術を頼って、
船べりを越え侵入しようとする波を逃れてゆく――
そのように王はテュンダレオスの子を近くから脅《おびや》かし、
休む暇も与えないが、こちらはいつまでも傷つかず、
巧みに攻撃をかわし続けた。たちまちどこが手強くて
どこに弱みがあるのか、激しい拳闘の癖を摑むと、
毅然として立ち、真正面から敵の打撃を打撃で迎えた。
それはちょうど船大工たちが鋭い木釘を鎚で叩いて、
押し返してくる船材に次々と打ち込むときのよう。
次から次へと槌音が響き渡ってやむことがない――
そのように二人は双方ともに、頰にも顎にも

（3）以下、比喩を多用したホメロス的な戦闘場面が描かれる。

拳を響かせ、噛みしめる歯は途方もなく大きな音で
鳴るのだった。絶え間なく打撃を与えてやまず、
ついには双方ともが恐ろしい息切れに捕らわれた。
そこでわずかに距離をとって立ち、つらい喘ぎを
吐き出しながら、おびただしい汗を額から拭ったが、
すぐにまた真正面からぶつかってゆく——その様子《さま》は、
草を食む雌牛をめぐって猛り争う二頭の雄牛のようだった。
そこで続いてアミュコスは、つま先でぐっと立ちあがり、
牛の屠殺者のように全身を伸ばして、相手をめがけて
重い一撃を振り降ろした。勇士は頭をわきへと傾け
その攻撃を避けると、ぎりぎりのところで前腕を肩に
受け止めた。そのまま相手の膝もとに膝を滑り込ませ、
耳の上から反撃を加えて、内側の骨を粉々に砕いた。
王は痛みに膝から崩れた。ミニュアイの英雄たちは
喝采を叫び、王の命は身体からどっと流れ出た。(1)
　ベブリュケスの男たちが王を見捨てることはなく、
彼らはいっせいに硬い棍棒と槍を振りかざして、

(1)この拳闘は、テオクリトス『牧歌』第二十二歌四四行以下でも歌われる。そこでは王は二度と客人に危害を加えないと約束し、その命を助けられている。また古註は、王が鎖に繋がれたとする別伝を伝える。

まっすぐポリュデウケスに向かって襲いかかった。
だが彼の前には仲間たちが、鋭利な剣を鞘《さや》から抜いて
立ちはだかった。(2) 始めにカストルが、向かってきた
男の頭を上から打つと、頭はまっぷたつに割れ、
あちらとこちら、両方の肩に分かれて落ちた。
彼自身(3)は巨漢イテュモネウスとミマスを迎え撃ち、
一方はすばやい足で飛びかかり胸の下を蹴りつけて、
倒して砂塵にまみれさせた。近くに襲いかかる
もう一方も、左の眉毛の上の部分を右手で殴って
まぶたを切り裂くと、その眼球が剝き出しになった。
アミュコスの従者を務める、剛腕を誇るオレイデス(4)は
ビアスの子たるタラオスの脇腹を傷つけはしたが、
殺すことはできなかった。青銅の槍は腰帯を貫くも、
皮膚を傷つけるだけで、臓腑には届かなかった。
同じくアレトスもまた、エウリュトスの屈強な息子
イピトスを、硬く乾いた棍棒で殴りかかって襲ったが、
彼はまだ死ぬ運命にない。じつにアレトスの方こそが、

(2) 以下、第一歌一〇四〇行以下と同様の叙事詩的な語り。比喩の多用と、殺され方の鮮明な描写も特徴的。
(3) ポリュデウケス。
(4) 彼とアレトス（一一四行）はベブリュケス人。

すぐクリュティオスの刃に倒れることになっていた。
　そのときリュクルゴスの勇敢な息子、アンカイオス(1)が
巨大な斧をすぐさま摑んで、黒々とした熊の毛皮を
左手で前にかざしつつ、ベブリュケス人のただなかへ
意気高らかに飛び込んだ。それと同時に突撃したのは
アイアコスの子ら(2)。勇猛なイアソンも彼らに続いた。
その様子はあたかも家畜小屋にひしめく無数の羊を
冬の日に灰色の狼たちが襲撃し、鼻の利く犬だけでなく
牧夫たちにも気づかれぬまま、怯《おび》えさせるときのよう。
数多《あまた》いる羊を同時に眺め渡しては、始めにどれを襲って
捕らえようかといきり立つが、羊はそのまま四方から
互いに重なりあって群がるだけ――そのように彼らは
思い上がったベブリュケス人を容赦なく怯えさせた。
その様子はまた蜜蜂たちの巨大な巣を、羊飼いか
蜜蜂の飼育者らが岩のあいだで煙で燻《いぶ》すときのよう。
始めのうちはその巣のなかでぶんぶんと羽音を響かせ
群をなし飛びまわっていた蜂が、ついに煤けた煙に

(1) 一四頁註(6)。
(2) ペレウスとテラモン。

燻し出されて、岩から遠くまで飛び出してゆく——
そのように敵はもう長くは踏み留まらず、算を乱して
ベブリュキア[3]に逃げ帰り、アミュコスの最期を伝えた。
愚かな者らだ——まさに近くで出来している、もう一つの
見えない禍難に気づかなかった。彼らの葡萄畑も村々も、
王が不在の隙を突いて、リュコスとマリアンデュノイ人[4]の
敵意ある槍のもと、そのときまさに荒らされていた——
鉄を産する大地をめぐり彼らは常から争っていたのだ。
すでに家畜小屋も羊の柵も打ち壊されようとしていて、
またすでに勇士ら[5]が、無数の羊をまわりから囲い込み
奪い去った。すると誰かが皆のあいだでこう言った。
「考えてみよ——もし神がこの地にもヘラクレスを
連れてきていたら、奴らは怯んで何もできなかったはず。
あの男がここにいたなら、きっと拳闘の決定もされず、
掟を告げるために王が来たとき、すぐにでも棍棒で
打ちのめして、この王がまさに告げようとした
掟もろとも、思い上がりを忘れさせたと思うのだ。

(3) ベブリュケス人の国または居住地。

(4) ビテュニアの北東部に住む民族で、ベブリュケス人と同じくトラキアからの移民。リュコスはその王。七五二行以下で一行《いっこう》を歓待する。

(5) アルゴナウタイのこと。

そう我々は迂闊にも彼を大地の上に置き去りにして、
海を渡ってきてしまった。きっと我々の一人ひとりが
恐ろしい破滅を知ることになる、彼は遠くにいるからだ(1)」
こう言ったが、すべてはゼウスの神慮(2)によるものだった。
彼らはひとまずそこで夜を過ごし、負傷した男たちの
傷の手当てをすると、不死なる神に犠牲を捧げて、
盛大な宴を整えた。混酒器と犠牲を焼く炎のそばで
眠りに捕らわれる者は一人もおらず、海辺に育つ
月桂樹(3)、彼らが艫綱をまわりに結んでいた木だが、
その枝葉で冠を編み、黄金色に輝く額に上から被せた。
オルペウスの竪琴に調子を合わせて讃歌を歌うと、
まわりでは風の凪いだ海岸が一同の歌に魅せられた。
彼らはテラプナイ(4)なるゼウスの息子を讃えるのだった。
　大地の果てから昇りくる太陽が、朝露に濡れた
山並みを照らして、羊飼いを起こしてゆく頃——
そのとき彼らは月桂樹の根もとからもやい綱を解き、
戦利品を持ってゆくのに必要な分だけ積み込むと、

（1）ヘラクレスの不在（その結果、一行《いっこう》の旅は厳しいものになる）は本作で繰り返し確認される。

（2）第一歌一三一五行以下。

（3）アポロンの聖木で、勝利や栄光の象徴。

（4）ペロポネソス半島、スパルタ近郊の村で、ディオスクロイ（一四頁註（1））の聖地。

吹く風を受けて、渦巻くボスポロス[5]を上っていった。
そこでは急峻な山にも似た大波が、襲いかかって
くるかのように船の行く手にせり上がり、雲の上まで
達してやまない——誰しもつらい運命を逃れようとは
思えぬだろう。それはまるで荒れ狂う叢雲《むらくも》のように、
船の真中にのし掛かってくるのだから。だがそのような
波であっても、優れた舵取りに出会えば穏やかになる。
それゆえ彼らもティピュスの巧みな技のおかげで、
脅かされはしたものの恙なく船を進めて、翌日には、
対岸にあるテュニアの大地[6]にもやい綱を結びつけた。
　そこには海辺にアゲノルの子ピネウス[7]の館があった。
この世で最もつらい苦難を忍んでいた男だったが、
その原因である予言の力は、遠い昔にレトの子《アポロン》から
授けられたもの。彼は他でもないゼウスをも畏れず、
聖なる意思を人間たちに誤ることなく示したのだ。
それゆえゼウスは長きにわたる老年を彼に与え、
眼からは甘美な光を奪い去り、数限りない御馳走を

(5) 七〇頁註（4）。
(6) ボスポロスのまだ入口付近、ビテュニアから海峡を挟んで西側の地。
(7) トラキアの都市サルミュデッソスの王で予言者。

楽しむことも許さなかった。近隣の住民が彼を訪ねて
神託を聞きに来るたび、多くの馳走を持参するが、
雲間から突如、ハルピュイアイ(1)が襲い来たって、
　嘴《くちばし》で手から口から、ひっきりなしに奪ってゆく。
あるときは、ほんのわずかも残すことなく奪い去り、
あるときは生きたまま苦しむように少しだけ残したが、
その上にひどい悪臭を注いでいった。それに耐えて
喉まで運べる者などおらず、近づくことも難しい――
彼に残された食事はそのような臭いを放つのだった。
　一行の声と足音を耳にすると、ピネウスはすぐに、
まさにその者たちが通り過ぎつつあると気づいた――
来れば食事を楽しめると、ゼウスが告げた男たちだ。
彼は命のない夢幻《まぼろし》のように寝所から起きあがり、
杖にその身をもたせつつ、しなびた足で壁を伝って
扉まで歩いていった。衰弱し老齢でもあるために、
進むたび手足が震えた。その肌はかさかさに乾いて
垢《あか》が付着し、皮膚が包むのはただ骨だけだった。

(1)「掠めとる女たち」の意味。海神タウマスとエレクトラの娘で、ホメロスでは疾風の精とされるが、後に有翼の醜い女怪の姿で定着した。

部屋を出ると膝がずしりと重く、中庭の敷居の上に(2)
座り込んだ。赤黒い眩暈《めまい》(3)が両側から彼を捕らえて、
足もとでは大地がぐるぐる回っているように思え、
声も出せないままに、力ない昏睡に倒れてしまった。
老人を見つけると、彼らはまわりに集まってきて
驚嘆した。やがて老人は胸の奥からやっとのことで
息をわずかに絞り出し、彼らに向かって予言を語った。
「聞いてくれ、ヘラス(4)全土が誇る英傑たち。もし本当に
そなたらが、王の冷酷な命令でアルゴーの船に乗り、
羊皮を求めてイアソンが率いる者たちであるのなら——
たしかにそなたらだ。私の心は今もなおすべてのことを、
予言の力によって知る。わが君、レトのご子息よ、
つらい苦難に苛まれるとも御身には感謝申しあげる。
罪なす者には苛烈極まるゼウス・ヒケシオス(5)にかけて、
またポイボス(6)にかけて、そして神々のなかでもとりわけ
そなたらの旅路を気遣う他でもない女神ヘラ(7)にかけて、
どうか私を助けてくれ。不幸な男を苦痛から救って欲しい。

(2) 英雄時代の王宮は中央に中庭があり、そのまわりを部屋を備えた柱廊が囲んでいた。
(3) ホメロスでは死が「赤黒い」と形容される。
(4) 二四頁註(2)。
(5)「嘆願者を守護する神」の意味。ゼウスが持つ権能の一つ。
(6) アポロンのこと。
(7) 五頁註(5)。

どうか私を無慈悲にもこのまま残して行かないで欲しい。
というのも私は、復讐女神《エリニュス》(1)に両眼を踏みつけにされ、
老年を果てなく引き延ばされているだけではないのだ。
加えてまた別の、本当につらい苦しみが頭上にある——
ハルピュイアイが、どこかは知らない破滅の場所から
飛び降りてきて、この口から食事を奪い去ってゆき、
私にはまったくなす術がない。私が食事を求めるとき、
その思いに自分で気づかぬことがあっても、この怪物は
気づくだろう。それほどすぐに空中を飛んでくるのだ。
ときにわずかな食事を残してくれることがあっても、
それはひどく不快で堪《こら》えがたい悪臭を発している。
それに近づき少しでも耐えられる人間は誰もいるまい、
たとえ金剛石《アダマス》(2)の、鍛えあげられた心の持ち主でも。
しかし私は痛ましい、満たされない思いに強いられて
そこに留まり、留まってそれを呪わしい胃に収める——
神が言うにはこの怪物をボレアスの子ら(3)が退けてくれる。
苦難を払うこの者たちは、けっして無縁の者ではない。

(1) 二〇八頁註 (3)。

(2)「不壊」を意味する神話的な金属。この世で最も硬い金属とされた。

(3) ゼテスとカライスのこと。

この私が本当に、以前は富と予言の力で人々により
讃えられたピネウスであり、父アゲノルから生まれて、
トラキアを治めたときには彼らの姉クレオパトラ[4]を
妻に迎えて、婚資を贈りわが館へと連れてきたのなら」
　アゲノルの子が言うと、深い悲嘆が英雄たちの各々を
捕らえたが、ボレアスの息子二人はとりわけ深く悲しんだ。
二人は涙を拭いその近くまで歩み寄ると、悲嘆に暮れる
老人の手を手にとって、ゼテスがこう言葉をかけた。
「哀れな人、思うにあなたほど惨めな人は、他には誰も
いないでしょう。でもなぜそれほどの不幸が苛むのか――
きっと予言の術を知るあなたは、破滅をもたらす不注意から
神々に罪を犯した。それゆえ神が激しく怒っているのです。
私たちの内なる心は思い惑います、お助けしたいとは
思うのですが――本当に神がこの栄誉を、私たち二人に
授けてくださるのか。地上に生きる者らへの神の咎めは
明らかなのです。ハルピュイアイの襲撃を、おおいに心は
逸りますが、退けることはできません。そうすることで

（4）ボレアスの娘。それゆえピネウスはゼテスおよびカライスと義理の兄弟関係にある。

神の好意を失わないと、先に誓ってくださらなければ」
こう言った。するとその老人は虚ろな瞳を見開いて
まっすぐに彼を見つめ、このような言葉を返して言った。
「黙るのだ。そのような考えを抱くではない、わが子よ(1)。
レトの御子が証人となるよう――この神は私に慈悲深くも
予言の力を授けてくれた。私に定まる忌まわしい運命も、
この眼に掛かる暗い叢雲も、証人となれ。それから地底の
神々も――私の死後にはこの神々さえ恵みを垂れぬよう(2)。
助けたからとていかなる怒りも神々から下されはしない」
　二人はその誓いを受け、怪物を撃退しようと逸り立った。
ただちに年少の者らが、ハルピュイアイの最後の略奪と
なるように老人に食事を整え、その近くに二人とも、
襲い来た怪物に剣で打撃を加えようと、立って控えた。
そして老人が食事に触れようとしたまさにそのとき、
怪物たちはすぐさま、まるで苛烈な突風か閃光のように、
雲間から不意に飛び出してきて、食物を奪い取ろうと
奇声を発して襲いかかった。それを眼にして英雄たちは

(1) 年少者に対する親しみを込めた呼びかけ。

(2) この誓いを偽った場合には、ということ。

口々に声を上げたが、そうしている間にハルピュイアイは
すべてすっかり喰らい尽くして、海を越えはるか彼方へ
飛び去ると、その場所には堪えがたい悪臭が残された。
怪物たちの背後からは、ボレアスの二人の息子が
剣を手にして後を追い駆けてゆく。ゼウスが彼らに
疲れを知らない力を吹き込んだのだ。それがなくては
追跡は叶わなかったことだろう。ピネウスのもとへ来て
そこから去るとき、怪物はいつも西風を追い越したから[3]。
あたかも山の肩のところで、狩りに訓練された犬たちが
角を生やした山羊の群、あるいは鹿どもの後を追って
駆けてゆき、すぐ後ろから身体を伸ばして襲いかかるも、
両方の顎の先でいたずらに歯を打ち鳴らすときのよう——
そのようにゼテスとカライスはすぐ近いところを駆けて、
指先は獲物に触れるものの、その手は虚空を摑まえる。
だがきっと彼らは神々の意思に反して、はるか彼方の
「浮島」[4]の上で追いつき、怪物を切り裂いたことだろう。
もし脚速きイリス[5]がそれを眼にして、天空の高みから

(3) 西風(ゼピュロス)は風のなかで最も脚が速いとされる。

(4) イオニア海、ザキュントスの南にあったという二つの小島。

(5) 虹の女神。海神タウマスとエレクトラの娘で、ハルピュイアイとは姉妹関係にある。

跳び降り、このように説きつつ制止しなかったなら。

「ボレアスの息子らよ、ハルピュイアイを剣で撃つのは許されない——偉大なるゼウスの犬(1)なのだ。今後けっして彼女らは老人に近づかぬと、この私が誓いを立てよう」

こう言ってイリスは、神々皆から何にもまして恐れられ、また崇められる、ステュクス(2)の水を注いで誓いを立てた——アゲノルの子ピネウスの館に、これから二度とこの怪物が近づくことはあるまいと。それは運命の定めでもあった。その誓いに彼らは身を引き、船を目指して急いで戻ろうと踵《きびす》を返した——以前は「浮島」と呼ばれた島の名が、「引き返しの島」と呼び名を変えたのはそのためである。ハルピュイアイとイリスとは別れて去った。怪物たちはミノス(3)の島クレタにある洞窟に身を潜め、女神の方はすばやい翼で舞いあがりオリュンポスへ飛び去った。

そのあいだに勇士らは、垢にまみれた老人の皮膚からすっかり汚れを拭い落として、アミュコスから奪い連れてきた羊のうちで、選り抜きのものを犠牲に捧げた。

(1) 伝アイスキュロス『縛られたプロメテウス』ではグリフォン（八〇三行）と鷲（一〇〇二行）が「ゼウスの犬」と呼ばれている。
(2) 冥界の河。この河にかけて誓った言葉は、神々でも取り消すことができないとされた。
(3) 伝説的なクレタ王。クノッソスに華麗な宮殿を造営し、賢明な立法による善政を行なった。

そして館のなかに豪勢な食事を整えると、皆で座って
それを食べた。彼らとともにピネウスは貪るように[4]
平らげて、夢見の気分で心を喜ばせるのだった。
それから食事と酒とに満足すると、彼らは一晩中
眠ることなく、ボレアスの息子たちの帰りを待った。
すると一座の真中で、他でもない炉[5]のそばに座る
予言者が、航海を終わらせ旅を遂げる手立てを語った。
「聞くがよい。すべてを隈なく知ることは、そなたらに
許されていない。だが神の心に適うかぎりは隠さず語ろう。
以前にも私はゼウスのご意思を、軽率にもことごとくまた
最後まで明かす過ちを犯した[6]。神ご自身はこのように[7]、
人間たちに予言の術で完全ならざる神託を示して、
神々の意思をさらに求めさせるよう望んでいるのだ。
　私のもとを発つと、そなたらはまず「青黒岩《キュアネアイ》[8]」という
二つの岩を、海が狭まるところに見ることになろう。
言っておくが、これらを抜けて進んだ者は誰もいない。
その岩は根の先を海底につけ支えられてはおらず、

（4）原語（ἁρπαλέως）は「ハルピュイアイのように」とも訳しうる。
（5）家の中心的な場所。炉の女神ヘスティアが家を守護すると考えられた。
（6）一八一行以下。
（7）三一七行以下の語り方を指す。今回はゼウスの心に適う語り方をする。
（8）五頁註（2）。

しばしば正面から互いにぶつかり一つに合わさる。
その上には海の水が大きく逆巻き頭をもたげて、
まわりでは岩がちの海岸が、荒々しく響き渡るのだ。
だから今、この場で私が勧めることに従うがよい。
もし本当にそなたらが、賢明な心で至福の神々を崇め、
船路を分けゆく者たちならば。また軽率にも若さに従い
先を急いで、みずからいたずらに死を選んではならぬぞ。
　まずは野鳩を先触れとして岩に向けて船から放ち、
試してみることを勧める（1）。もし鳩がその岩を抜け、
翼に乗って黒海まで無事に飛んでゆくのなら、
もはやそなたら自身も旅路を躊躇うことはない。
その手に櫂《オール》をしっかり握って、海の狭まるところを
切り分けて進め。光明は今や祈りのなかにではなく、
その腕の力のなかにこそ、現われることになるからだ。
それゆえ他のことなど忘れ去り、勇気を奮って最後まで
力をふり絞れ。それまでは神に祈るのを禁じはしない。
だが鳩がまっすぐに飛び、途中で命を落としたならば、

（1）底本は「放つこと（ἐφιέμεν）」という写本の読みを採るが、ここでは「私は勧める（ἐφίεμαι）」という修正案に従って訳した。

引き返せ。不死なる神々には譲る方がはるかによいからだ。
破滅の運命を免れることはできない。たとえアルゴーが
鉄《くろがね》の船であろうとも、岩から逃れることはできぬのだ。
不幸な者たち、私の神託を無視して進もうとしてはならぬ。
たとえそなたらの眼に、私が実際の三倍、いやそれよりも
さらに激しく、天空の子ら(2)に憎まれていると見えてもだ。
予兆を無視して、船で先まで進もうとしてはならぬ。
　しかしそれらはなるようになろう。もしそなたらが
岩の衝突を無事に逃れて、黒海のなかに入ったならば、
ただちにビテュニア人(3)の大地を右手の方に保ちつつ、
砕ける波に気をつけて進んでゆけ。そうすれば今度は
速い流れのレバス河と「黒い岬(4)」をぐるりと廻って、
テュニアス(5)の島の停泊地にたどり着くことになる。
そこから海(6)を越えてそれほど進まぬうちに、対岸の
マリアンデュノイ人(7)の大地に船を着けるがよい。
その場所には、冥界へ降りてゆく通い路(8)があり、
海へと突き出たアケルシアの岬(9)がそびえ立つ。

(2) 神々のこと。その王ゼウスはウラノス（天空）の孫。
(3) ビテュニアの黒海側に住む民族。ベブリュケス人（一行）などと同じくトラキアからの移民。
(4) レバスの河口東方の岬（3図）。
(5) ビテュニア沖の小島。ヘラクレイア（一三三頁註（7））に属する港があった。
(6) ここからの航路は「4図」を参照。
(7) 九七頁註（4）。
(8) この地には、ヘラクレスがケルベロスを冥界から連れ出す際に抜けた割れ目があったという。
(9) 別名アケロン岬。

渦巻くアケロン河[1]がまさにその下を貫いて流れ、
巨大な裂け目から流れを海へ注ぎ出している。
そこからほど近く、そなたらが過ぎる多くの丘には
パプラゴネス人[2]が住む。彼らを最初に治めたのは
エネトイ族のペロプスで[3]、その血を引くと誇っている。
　さて「ヘリケの熊[4]」に向かいあう、四方が切り立つ
岬がある。人々はそれをカランビス[5]と呼んでいて、
その上では激しく吹きつける北風が二つに裂かれる——
それほどの高さで天にそびえ立ち、海に向かう。
この岬を廻るとすでに「大海岸[6]」が広がっていて、
海岸が果てるところには、突き出した岬[7]の向こうに
ハリュス河[8]の激しい流れが、恐ろしい唸りを上げて
注いでいる。この河のすぐ向こうには少し小さな
イリスの流れが、白い渦を巻きながら海へ流れ込む。
そこからさらに先へ進むと、他を圧して巨大な曲がり[9]が
大地から突き出している。続いてテルモドン[10]の河口が、
テミスキュラの岬の根もとの穏やかな懐に抱《いだ》かれて

（1）本来は冥界の河。同名の河は各地にあったが、ヘラクレイアのものが特に有名。
（2）勇将パライメネスに率いられトロイア戦争に従軍した、エネトイ（次行）に属する人々。
（3）四九頁註（7）。彼はギリシアに渡る以前、小アジアを支配したという。
（4）大熊座のこと。ヘリケは「旋回する星」の意味で、北極星のまわりを廻る。
（5）黒海を東西に二分する目印となる岬。
（6）ストラボンによると全長一〇〇〇スタディオン（約一八キロメートル）を越える。
（7）シノペの岬。
（8）小アジア最長の河（現クズルウルマク河）。
（9）イリス河からテミスキュラ（三七一行）に至る部分の湾曲

海へと注ぐ——広大な大地を抜けて流れてきた河だ。
そこにはドイアスの平野[11]があり、近隣の三つの町には
アマゾネス[12]が住む。隣では男たちのうち最も惨めな
カリュベス人[13]が、岩がちで御しがたい大地を領して
仕事に励んでいる。彼らが心を砕くのは鉄の仕事だ。
その近くには多くの羊を飼うティバレノイ人が、
客人を護るゼウスの岬[14]、ゲネタイエの向こうに住む。
さらには彼らに境を接してモッシュノイコイ人[15]が、
木々の繁る陸地と山のふもとに暮らしている。
彼らの家は木造の塔のなかに造りつけられていて、
造りは木製、頑丈な塔を備える。彼らはその塔[16]を
「モッシュン」と呼び、自身もそれにちなんで呼ばれる。[17]
　彼らのもとを通り過ぎ、滑らかな島[18]に船を着けよ。
人の住まないこの島におびただしい大群でつきまとう
きわめて強欲な鳥どもを、あらゆる手を尽くして
追い出すのだ。その島にある石造りのアレス神殿は、
アマゾネスの女王、オトレレとアンティオペ[19]とが

部のこと。

(10) 九七〇行以下。

(11) 一四七頁註(5)。

(12) 伝説的な女戦士の一族。馬に乗り狩猟と戦争に従事した。

(13) 鉄を精錬した最初の民族とされる。一〇〇二行以下も参照。

(14) ゼウスは「客人の守護神(クセニオス)」でもある。ゲネタイエには、この神を祀る神殿があった。

(15) 一〇一五行以下。

(16) 前出の「木造の塔」(ここは読みが不確か)と「頑丈な塔」のどちらを指すか曖昧。両者の構造的な関係も不明瞭。この行と次行の削除も提案される。

(17) モッシュノイコイは「モッシュンに住む」の意味。

(18) 岩や木で覆われていない形状を言うか。古註には「ごつごつした」とある。

かつてこの地へ出征したとき、建立した神殿である。
その場所でそなたらに厳しい海から救いが現われる――
それを語るわけにはゆかぬが。それゆえ私は好意から、
船を着けるように言うのだ。しかし私が予言の力で
すべてを告げて、また罪を犯すどんな必要があるだろう。
　島と対岸の陸地からさらに進むと、ピリュレス人[1]が
暮らしている。それからピリュレス人の土地を越えると
マクロネス人[2]、続いてベケイレスの無数の部族もいる。
彼らの隣にはさらにサペイレス人が住み、彼らには
ビュゼレス人が土地を接する。その向こうにいよいよ
他でもない、戦好きのコルキス人がいる。だが船で
そのまま進んで、海の窪み[3]を可能なかぎり奥まで行け。
その場所ではキュタイア[4]の陸地の上を、はるか遠く
アマランタ[5]の山々とキルカイオン[6]の平野に発し、
渦を巻くパシス河[7]が広大な流れを海へと注ぐ。
その河が注ぎ出すところへ船を進めてゆくならば、
キュタイアなるアイエテスの城塔と、さらにアレスの

(19) アマゾネスの女王オトレレは、戦神アレスとの間にヒッポリュテ、アンティオペ、ペンテシレイアを生んだ。アンティオペはテセウスの妻でもある。

---

(1) 一二三一行以下。
(2) 黒海東部、トラブゾン付近に居住した民族。六五頁註(2)も参照。
(3) 黒海南東の湾曲部のこと。
(4) コルキスのこと。本来はパシス河沿岸の都市名(別名キュタ)。
(5) パシス河(次行)の水源がある山。
(6)「キルケの平野」の意味。キルケはアイエテスの姉(一八五頁註(3))。
(7) コルキスの主要河川(現ジョージアのリオニ河)。

陰深い森とが望まれるだろう。そこでは樫木《オーク》の梢《こずえ》に
羊皮が拡げられるのを、見るも恐ろしい怪物の大蛇が
まわりに眼を光らせて見張っている。昼夜を問わず
その無慈悲な両眼が、甘美な眠りに屈することはない」
　こう言った。聞いて彼らはたちまち恐怖に捕らわれた。
そして長いこと呆然と黙っていたが、やっとのことで
アイソンの立派な息子が困難に途方に暮れて口を開いた。
「ご老人、すでにあなたは船旅による試練の終わりと、
我々がそれに従い忌まわしい岩を抜け、黒海へ至る印を、
すっかり語ってくださいました。だが岩を逃れて先へ
進んだ後、我々がまたヘラスに帰国できるかどうか――
これについてもお聞かせ願えるならば嬉しいのです。
私はどんなことをして、またこの海の路をどのように
進んでゆくのか、仲間とともに私もまったく知りません。
コルキスのアイア(8)は、黒海と大地の果てにあるのです」
　こう言った。すると老人は彼に答えて語りかけた。
「わが子よ、破滅をもたらす岩を通り抜けさえすれば、

(8)コルキスの中心都市。そこにアイエテスが住む。

もはや恐れることはない。アイアを出るには別の航路を
神が導いてくださるし、アイアまでの道案内は充分なはず。
だが親しき者らよ、女神キュプリスの策略による助けを
心に留めよ。栄《は》えある試練の達成はこの神にかかっている。
これ以上のことについては、もう私に訊かないで欲しい」
　アゲノルの子がこう言うと、すぐさまトラキアなる
ボレアスの息子二人が天の高みから跳び降りてきて、
すばやい足を敷居にかけた。この二人が戻ってきたのを
眼にすると、英雄たちは座席を離れて立ちあがった。
言葉を求める彼らにゼテスは、困難を遂げまだひどく
弾む息を吐きながら語ってゆく――どれほど遠くへ
追っていったか、またイリスが怪物どもの殺害を止め、
心優しく誓約を与えてくれたこと、怪物どもは恐れから、
ディクテ(1)なる断崖の巨大な洞窟の奥に隠れたことを。
すると館のなかにいた仲間たちは皆、知らせを聞いて
喜んだが、ピネウスの喜びは格別だった。すぐさま彼に
アイソンの子は、溢れんばかりの好意から語りかけた。

(1) 三五頁註(8)。

「ピネウスよ、あなたの痛ましい窮状を心にかけて、
我々を遠くからこの地に至らせ、ボレアスの息子たちに
あなたを救わせようとした神が本当にいたのですね。
ですがもしその両眼にも光を与えてくれていたなら、
きっと故郷へ戻れたほどにも、嬉しかったと思います」
こう言った。だが老人は面《おもて》を落として彼に語った。
「アイソンの子よ、それを取り戻すことはできないし、
今後も治療の手立てはない。眼球は虚ろに蝕まれている。
それよりもどうか死を、すぐさま神が下さるように。
死んでしまえば私もあらゆる輝き(2)に包まれるだろう」
　二人はこのように互いに言葉を交わしあったが、
その後すぐ、まだ語りあううちに「朝まだきの子(3)」が
姿を現わした。老人のまわりには近隣の男たちが
集まってきた —— 以前から毎日のようにやって来て、
欠かすことなく自身の食事の分け前を届けていた人々(4)だ。
老人はこの者たち皆に、どんなに貧しい者が来ても、
念入りに神託を伝え、予言の力で多くの人を苦難から

(2) 成功や誉れの比喩であると同時に、生きているかぎりはピネウスが眼にできないもの。
(3) 暁のこと。原語は「早くに生まれる」を意味する暁の枕詞（エピテトン）だが、底本はここを固有名詞とする。
(4) 一八五行以下。

解き放った。それゆえ人々は彼を訪れ気遣うのだった。
この人々とともに老人と最も親しいパライビオスが
やって来て、館のなかに勇士たちの姿を認めて喜んだ。
かつてピネウス自身が語ったからだ――勇士らの一行が
アイエテスの城市を指してヘラスを発って進んできて、
テュニアの大地にもやい綱を結び、ゼウスの意思で、
襲いくるハルピュイアイを押し留めてくれるだろうと。
　この後老人は、隣人たちを思慮深い言葉で満足させて
見送ったが、パライビオスだけには、勇士らとともに
そこに留まるように命じた。そしてすぐさまこの男に、
自身の持つ羊の群から選り抜きの一頭を連れてくるよう
指示して行かせた。パライビオスが館から出てゆくと、
老人は集まった漕ぎ手たちに穏やかに語りかけた。
「親しき者らよ、すべての男が思い上がるのでも、
受けた好意を忘れるのでもないのだな。あの男もまた
そのような者で、自身の運命を知ろうとここに来た。
あの男はどれほど働き、どれほどの苦労をしても、

それでも暮らしの困窮はますます厳しくなるばかりで、彼を苛んでいたのだ。困窮は日を追うごとに大きくなり、いよいよ惨め、労苦に息をつく暇もまるでなかった。だが彼が贖《あがな》っていたつらい報いは、父親の過ちによるものだった――あるとき父親が一人、山中で木を伐っていたとき、樹木のニンフの懇願を軽んじたのだ。ニンフは泣きながら、言葉を尽くして情けを請うた。自身がそこで長い月日をこれまでずっと過ごしてきた、同じ齢の樫《オーク》の幹を伐らないようにと(1)。しかしその木を若さゆえの大胆さから、彼は無慈悲にも伐り倒した――後にニンフが彼と子供たちに稔りなき運命を授けたのはまさにこういうわけなのだ。あの男がやって来たとき、私には父親の過ちが判ったから、テュニアのニンフの祭壇を築き、その上で償いのための犠牲を捧げて、父親ゆえの運命から解かれるように請えと命じた。そこで神の下した破滅から逃れて以来、彼はけっして私を忘れず軽んじもしない。嫌がる彼を外へ遣るのも

(1) 樹木のニンフは木に棲み、木とともに生きる。木が伐られるとニンフの命も絶える。

やっとのこと。苦悩する私から離れようとしないのだ」
　アゲノルの子はこう言ったが、男はすぐに二頭の羊を
近くまで、群から連れて戻ってきた。老人に促されて
イアソンは立ちあがり、ボレアスの息子たちも続いた。
そして彼らはすぐさま予言の神アポロンに呼びかけ、
ちょうど日が暮れてゆくなか、炉の上で犠牲を捧げた。
それから充分に食事をとり、ある者は船のもやい綱の脇で、
ある者はそのまま館の方々で、かたまって眠りについた。
　夜明けには季節の風(1)が吹きつけた。この風が大地に
あまねく吹き渡るのは、ゼウスのこのような援助(2)による——
伝えによればキュレネ(3)という女が、古《いにしえ》の人々の時代に、
ペネイオス(4)の沼地近くで羊を飼っていた。乙女のままで
汚れなき臥所を持つのを喜んだのだ。だがアポロンが
この乙女を、河畔で羊を世話しているのを奪い去り、
ハイモニア(5)から遠く離れたリビュア(6)はミュルトシオンの
険しい丘の近くに暮らす、土地のニンフたちに預けた。
そこでポイボスにアリスタイオス(7)を生んだが、その子供を

(1) 字義通りには「年ごとの風」。北西から吹く。
(2) 別写本「命令」。
(3) リビュア（五〇四行）の主要都市キュレネの名祖となった女性。河神ペネイオス（次行）の娘。
(4) テッサリアの河。河神は河そのものでもある。
(5) テッサリアの古称。ペラスゴスの子ハイモンにちなむ。
(6) エジプトとエチオピアを除くアフリカ北岸一帯を指す呼称。ミュルトシオンはキュレネ西方の丘のことか。
(7) 後に農牧の守護神、養蜂の祖となる人物。ギリシア各地で信仰された。

麦畑豊かなハイモニア人は、アグレウス[8]またノミオス[9]と呼ぶ。
ポイボスは母親の方は愛情ゆえに、その土地で長く生きて
狩りを続けるニンフとしたが、息子の方は子供のうちに
ケイロン[10]の洞窟へと連れてゆき、彼に養育させたのだ。
子供が大きく成長すると、女神ムーサたちが彼のために
結婚を整えて[11]、医術と予言の術とを教えたうえで、
プティアの平原アタマンティオン[12]で、また切り立った
オトリュス[13]とアピダノス河の聖なる流れのあたりで
草を食む、女神たち自身の羊すべてを彼に任せた。
そして天空からシリウス[14]がミノスの島々[15]を焦がして、
長いこと住民たちに救いの手立てがなかったとき――
そのとき人々は遠矢の神《アポロン》に教えられて、疫病からの
守護者としてこの男を呼び寄せた。父神の命令を受けて
彼はプティアを発ち、またリュカオンの一族に連なる
パラシア[16]の人々を集めて、ケオス[17]の地に留まった。
そしてゼウス・イクマイオス[18]の大いなる祭壇を設《しつら》えて、
山のなかで、かの星シリウスはもちろん、クロノスの子

(8)「狩人（の神）」の意味。
(9)「牧人（の神）」の意味。
(10) 三七頁註（9）。
(11) 彼の妻はテーバイ王カドモスの娘アウトノエ。
(12) プリクソスとヘレの父、アタマスにちなむ呼称。
(13) テッサリア地方、プティア近くの山。
(14) 暑熱と疫病の季節の到来を告げる明るい星。七月終わりに、日の出直前の東空に昇る。
(15) キュクラデス諸島のこと。クレタ王ミノスの統治にちなむ呼称。
(16) アルカディアのこと。リュカオンはその古王。
(17) キュクラデス諸島北西部、ギリシア本土に最も近い島。
(18)「雨を降らすゼウス」の意味。

ゼウス自身にも念入りに犠牲を捧げた。そのおかげで
ゼウスから送られた季節の風が四十日にわたってずっと
大地を冷まして、ケオスでは今もなお神官たちが、
「犬星」[1]が昇るのに先立ち犠牲の儀式を行なっている。
　このような話が伝えられるが、勇士たちはその場所に
足止めをされて留まり[2]、テュニアの人々は彼らに毎日、
ピネウスへの感謝から限りない歓待の品を贈った。
それから勇士たちは、至福なる十二の神々[3]のために
対岸の波打ち際に祭壇を築くと、そこに供物を捧げて、
快速の船を漕ぎ出そうと乗り込んだ。臆病な野鳩[4]を
連れてゆくのも忘れずに、この鳥が恐怖に捕らわれて
震えているのを、エウペモスがその手に掴み運んできた。
そして彼らは陸地から二重のもやい綱を解き放った。
　彼らが先へ進んだことはアテナの注意を逃れなかった[5]。
女神はすぐさま、自身の強い身体をもすばやく運べる
軽快な雲を急いで求めて足をかけると、漕ぎ手たちへの
親しみを胸に抱きながら、黒海へと向かって急いだ。

(1) シリウスのこと。
(2) 季節の風（四九八行）が北進を妨げている。
(3) ゼウスを始めとする「オリュンポス十二神」のこと。
(4) 三二八行。
(5) 神の介入を予示する叙事詩的表現。

そして故国を追われた放浪者のよう――私たち人間は
何としばしば苦難を忍びさすらうのか――どんな大地も
遠くにはなく、すべての道がすぐ眼前《めのまえ》に拡がっている。
自分の家を心に描くと、海を行き大地を進む道筋が
すべて一度に浮かんできて、次から次へすばやく思いを
廻らせては、狂ったように眼で道をたどってゆく――
まさにそのように(6)すばやくゼウスの娘は飛んでゆき、
訪れる者を拒む(7)テュニアの岸辺に足を降ろした。

一行が曲がった瀬戸の狭まるところ(8)に至ったとき――
そこはごつごつした岩礁に両側から閉ざされて、
渦巻く潮《うしお》が進みゆく船の下から打ちつけてくる。
彼らはおおいに慄《おのの》きながら船を先へと進めたが、
すでにその耳には打ちあう岩(9)の轟きが休むことなく
響いていて、海岸が波に洗われ唸り声を上げていた――
そのときエウペモスが野鳩を手に摑み立ちあがると、
舳先まで歩みを進めた。他の者たちはハグニアスの子
ティピュスの指示で、思い思いに漕ぐ手を緩めた、

(6) 心の動き（ノエーマ）はホメロス以来、しばしば速いものの喩えとされる。
(7) この表現は黒海を指す固有名詞とも解釈しうる（黒海は「客人を拒む海」とも呼ばれるため）。そうすると「黒海に属するテュニアの岸に」となる。
(8) 三一八行。
(9)「青黒岩」（五頁註（2））のこと。

その後でみずからの力を恃《たの》んで漕ぎ、岩のあいだを
抜けるために。だがすぐに河筋の最後のカーブを
曲がりきり、その岩が開いてゆくのを眼にすると、
彼らの勇気は一気に崩れた。エウペモスが翼に乗って
飛んでゆくよう野鳩を放つと、彼らはいっせいに
頭を上げて行方を見守る。野鳩は岩のあいだを飛び、
二つの岩がもう一度、真正面からぶつかり合って、
一つに合わさり凄まじい音をたてた。大波が沸き立ち
高く頭をもたげる様子《さま》は雲のよう。海原は恐ろしい
叫びを上げて、広大な天があたり一帯に轟き渡った。
ごつごつ尖った岩礁の下に海水がなだれ込んで、
うろをなす洞穴の数々が咆哮すると、泡立つ波の
白い飛沫《しぶき》が、沿岸にそびえる崖より高く飛び散った。
それから渦潮が船を巻き込んでゆく――岩は野鳩の
尾羽根の先を切り裂くも、鳩は無事に飛び去った。
漕ぎ手たちが大声で叫ぶなか、まさにティピュスが、
力を込めて漕げと叫んだ。岩がふたたび左右に分かれて

開こうとしていたのだ。漕ぎゆく彼らを震えが捕らえ、
先の大波がもと来た方に引いてゆき、岩のあいだへ
一行を運び込む——そのとき途方もなく大きな恐怖が
皆を襲った。頭上から避けがたい破滅が迫っていたのだ。
すでに右手にも左手にも広大な黒海が見渡されたが、
そのとき不意に彼らの前で波が大きくせり上がり、
切り立つ断崖のように膨らんだ。彼らはそれを見て
頭を斜めに身体を屈めた——大波が真上から船に
襲いかかって、すっかり覆い隠すかと思われたのだ。
だがそれよりもはやくティピュスが、漕ぐことで
重く沈む船の力を緩めた(1)。波の塊は竜骨の下へ
なだれ込んで、船尾を捕らえて船そのものを
岩から遠く引き離し、船は高々と運び去られた。
仲間たち皆のあいだをエウペモスが、力のかぎりを
櫂に込めよと叫んでまわると、彼らは声を張りあげて
水面を打つ。だが船は漕ぎ手に従い進んだはずの
二倍も後ろへ流された。勇士らは力を込めて漕ぎ続け、

（1）皆に漕ぐのをやめさせた。

櫂はまるで湾曲した弓のごとくにしなるのだった。
　それからすぐに、今度は反対側から波が押し寄せ、
船はたちまち転石のように、洞《ほら》なす海の[1]荒波に乗り
先へ先へと落ちてゆく。そして「打合い岩《プレガデス》」[2]の真中で
渦巻く流れが船を捕らえる——二つの岩が両側から
揺れ動きつつ轟いて、船材は枷《かせ》をはめられていた。
するとそのときアテナが巨大な岩を左手で押し留めて、
右手で船をぐいと押し、岩のあいだを抜けさせた。
船はまるで翼ある矢のように空中を飛んでいったが、
それでも岩は正面から勢い激しくぶつかりあって、
船尾の飾りの先端を切りとった。[3] そしてアテナは
オリュンポスへ飛び立った、彼らは無事に逃れたのだ。
岩はといえば一つところに互いに並び、しっかりと
根を下ろした。[4] これこそ至福なる神が定めていたこと、
岩を眼にしてあいだを船で抜ける者が来たときには。
　彼らは空とともに大きな海が彼方へ拡がるのを
眺めながら、身も凍る恐怖からようやく逃れて

（1）波が立つことにより大きく窪んだ海。

（2）青黒岩はまた「打合い岩（シュンプレガデス）」とも呼ばれる。

（3）五七二行の野鳩の描写と重なる。

（4）浮島であることをやめ、黒海の入口に屹立する一対の巨岩となった。

息をついたことだろう。冥府から救われたように
思ったのだ。そしてティピュスが真先に話し始めた。
「私たちがこの危難を逃れえたのは、きっとこの
船のおかげだ。誰よりも感謝すべきは女神アテナ――
アルゴスが船に木釘を打ちつけたとき、神々しい力を
吹き込んでくれた。滅びることは許されていないのだ。
アイソンの子よ、船が岩のあいだを抜けて逃れることを
神が私たちに許した以上、そなたはもはや王の命令を
そのように恐れることはない。これから先の試練は
容易《たやす》く遂げられる、アゲノルの子ピネウスはそう言った(5)」
　こう言うと同時に彼は、ビテュニアの大地に沿って、
海のただなかを抜け船を進める。するとイアソンが
この舵取りに、穏やかな言葉を返して語りかけた。
「ティピュスよ、私の悲嘆をなぜそのように慰めるのか。
私は判断を誤り、恐ろしく取り返せない過ちを犯した。
ペリアスが命令を下したまさにその場で、この船旅を
すぐに断わるべきだったのだ。たとえこの身を容赦なく

(5) 四二〇行以下。

ばらばらに切り刻まれて、死ぬことになったとしても。
それが今、尋常ではない恐怖と耐えがたい不安との
重荷を担って、[1]身震いさせる海の通路を船で行くのも
恐ろしいが、陸地に足を下ろしても恐れはやまない——
どこに行っても敵意を抱いた男たちがいるのだから。
そなたらが私のために最初に集まってくれたとき以来、
私は来る日も来る日も、嘆かわしい夜に目を凝らしては、
あらゆることを考えている。そなたは簡単に言うが、
それは自分の命だけ気にすればよいからだ。だが私は
自分のことなど少しも恐れぬ。この者やあの者を思い、
同じくそなたや他の仲間たちのことを恐れるのだ——
皆を無事にヘラスの大地へ連れ帰ることができるかと」
　こう言って勇士たちの心を試すと、[2]彼らはいっせいに
勇気に満ちた言葉を叫んだ。仲間の叫びにイアソンは
胸のうちで心を喜ばせ、今度は率直に言葉をかけた。
「仲間たち、そなたらの勇敢さには私の心も励まされる。
おかげで今は、冥府《ハデス》の深淵[3]を抜けてゆくことになろうとも、

(1) 底本はここを「(恐怖と不安に)屈する」と解するが従わない。

(2) 以上の後悔の言葉がイアソンの企みであることを示唆する表現。

(3) 冥界の底にある割れ目、タルタロスのこと。

もはや私は恐れに捕らわれなどしない。痛ましい危難の
なかにあっても、そなたらは揺るがぬからだ。だが我々は
すでに「打合い岩」を抜けたのだから、おそらくこの先には、
そのように恐ろしいことはもうないはずだ。もし我々が
本当に、ピネウスの助言に従いこの船を進めるならば」
　こう言った。彼らはこのような話はすぐにやめて、
船を漕ぎ弛《たゆ》まぬ労苦を続けていった。たちまち彼らは(4)
速い流れのレバス河とコロネ(5)の頂、そしてほどなく
「黒い岬」も通り過ぎ、続いて過ぎていったのは
ピュリスの河口――この場所でかつてディプサコス(6)が、
アタマスの息子(7)を自身の館で歓待した。羊と一緒に
オルコメノス(8)の城市から逃れてきたときのことだ。
この男を生んだのは草原のニンフで、暴虐を好まず、
父なる流れ(9)の水のほとりで母と一緒に暮らしつつ、
岸辺で羊に草を食ませることを喜びとしていた――
彼の塚がほどなく見えて、広大なる河岸と平原、
それから深い流れのカルペスを眼にしながら、

（4）ここからピネウスの予言通りの航路がたどられる（三四五行以下）。
（5）七八九行でもレバス河と一対で言及されるが詳細不明。
（6）この地の英雄だと思われるが詳細不詳。
（7）プリクソス。
（8）ボイオティアの町。プリクソスの故郷で、ミニュアス（一八頁註（3））が創建した。
（9）ピュリス河のこと。ディプサコスはこの河の息子ということになる。

一行は進んでいった。陽が落ちて夜になっても、
風のないなか、疲れを知らぬ櫂《オール》に力を込め続けた。
あたかも水に浸され緩んだ耕地《はたけ》を、牛たちが犁を引き
切り裂いて進むときのよう。言いつくせないほどの汗が
脇腹と首から噴き出して滴り、その両眼は軛《くびき》の下から
斜めに鋭く睨みあげて、からからに乾いた吐息が
口から絶え間なく唸りを上げる。そして一日中、
大地の上に蹄を打ち込みつらい仕事を続けてゆく――
そのように英雄たちは海から櫂を引きあげ続けた。
　陽はまだ神聖な輝きを放たずに、かといって暗闇も
もはや深くはなく、微かな光が夜の上に拡がるとき――
それは目覚めた人々が薄明と呼ぶときのことだが、
そのとき彼らは、荒れ果てた(1)島テュニアスの港に
漕ぎ入れて、つらい仕事に疲れ果てて陸地に上がった。
すると彼らにレトの息子《アポロン》が、リュキアから昇ってきて(2)
はるばるヒュペルボレオイ(3)の広大な国へ向かおうと、
その姿を現わした。進んでゆく神の頬の両側では

(1) 一一一頁註(18)。
(2) アポロンの異称「ポイボス」は輝きを意味し、この神の太陽神としての性格を示す。リュキアは小アジア南西部、アポロン縁の地名(第一歌三〇八行)。
(3) 極北の地に住む伝説的な民族(その名は「北風の向こう側」の意味)。アポロン崇拝で知られ、母親レトも彼らのあいだで育った。

黄金《きん》の巻毛が房をなして、ゆらゆらと揺れていた。
左手には白銀造りの弓を握り、背中には矢筒が
肩から吊り下げられていて、その足もとでは
島全体が揺れ動き、波が陸地に打ち寄せていた。
彼らはそれを見て驚きに捕らわれ呆然と、誰一人
神の美しい眼(4)を正面から見据えようとはしなかった。
俯いて大地に顔を向けて立ち、一方神ははるか遠く、
海を指して高天を進んでいった。ようやくオルペウスが
このような言葉を発して、勇士たちに教えて言った。
「さあ神聖なるこの島を、アポロン・ヘオイオス(5)の
島と呼ぶことにしよう。夜明けに過ぎゆくお姿を、
皆に現わされたのだから。手近なもので犠牲を捧げ、
岸辺に祭壇を設えるのだ。これから後にこの神が、
ハイモニア(6)への無事なる帰国を授けてくださるなら、
そのときこそは、角生えた山羊の腿(7)を捧げよう。
だが今はとりあえず、煙と注ぎで宥《なだ》めるのがよい。
神よ、我々にどうかご慈悲を。お姿を現わしたうえは」

(4) 太陽そのもの、またはその輝きのこと。

(5)「暁なるアポロン」の意味。

(6) 一一八頁註(5)。

(7) 角が立派に生えるまで育てた、とっておきの山羊の腿肉。

こう言うと、ある者はただちに小石で祭壇を整え、
ある者は島中を歩いて、子鹿なり野生の山羊なり
見つけることができはしないか探してまわった。
深い森にはそのような動物が多く棲んでいるのだ。
彼らにレトの子《アポロン》は獲物を与え、皆はそのすべてから
習いの通りに腿肉を二本ずつ取り、ヘオイオスに
呼びかけながら、神聖なる祭壇の上で焼いてゆく。
燃える火を囲んで拡がり、美しきヒエパイエオン(1)、
ヒエパイエオン・ポイボスと歌いつつ踊るのだった。
そのような皆に合わせてオイアグロスの立派な息子(2)が
ビストニア(3)の竪琴を奏で、澄んだ声で歌い始めた。
あるときパルナッソス(4)の岩がちな尾根の下で、
まだ裸の(5)まま、まだ巻毛を喜んでいた少年神が、
いかにして怪物デルピュネ(6)を弓で殺したのかを——
どうかご慈悲を。神よ、御髪がいつまでも切られず、
いつまでも傷つかぬよう(7)。そのようであるべきなのだ。
ただコイオス(8)の娘レトだけが親しき手でそれを撫でる——

(1)「射よ（ヒエ）」と「子よ（パイ）」に由来するアポロンの呼称。七〇五行以下の伝承を参照。底本はここを「イエパイエオン」（「イエ」は「癒せ」の意味）と読む。
(2)オルペウスのこと。
(3)第一歌三四行。ここでは優れた詩歌を象徴する地名。
(4)ギリシア中部、ポキス地方の山。その南麓にアポロンの神託で名高いデルポイがある。
(5)通常「髭を生やさず」と解されるが、「裸の」がこの意味で用いられる例は他にない。
(6)デルポイの神託を護っていた大蛇。これをアポロンが射殺し、神託をわが物とした。
(7)アポロンは「髪を切られぬ神」とされる。青年になるまで髪を切らない風習を踏まえた、この神の若々しさを讃える表現。

コリュキオン(9)のニンフたる、プレイストス(10)の娘たちが
「射よ、射よ」(11)と叫びつつ、何度も言葉で神を鼓舞した。
ポイボスを讃えるこの美しい反復句《リフレイン》はそれに由来する。
　さて彼らは、歌と踊りでこの神を讃え終わると、
穢れのない注ぎをして、犠牲に手を触れ誓いを立てた――
きっといつまでも心をぴったり一つに合わせて、
互いに助けあうのだと。そしてそこには今もなお、
心優しきホモノイア(12)の神殿が建つ。この神殿こそ、
そのとき彼らが名高き女神を敬い築いたものである。
　三度目の陽光がやって来たとき、それから彼らは
力強く吹く西風とともに、険しい島をあとにした。
そこから対岸に渡り、サンガリオスの河口と、
マリアンデュノイの男たちが住む豊穣なる大地、
さらにはリュコス(13)の流れとアンテモエイシス(14)の湖を、
臨みつつ通り過ぎてゆく。風に吹かれて船の帆綱と
索具とが皆ことごとく震えるなか、彼らは進んだ。
そして明け方、まだ暗いうちに風が眠りについたとき、

(8) ティタン神族。ポイベを妻としてレトを生む。
(9) パルナッソス北面の洞窟。
(10) デルポイの河（古註）。河はまた河神でもある。
(11) 写本は *ἰήιε* だが、それを *ἵη ἵε* と読む Fränkel の校訂案を採る。
(12)「協調」の女神。
(13) この河名はマリアンデュノイ人の王（七五二行）に由来する。
(14) この湖名はリュコスの娘に由来する（古註）。

嬉々としてアケルシアの岬の停泊地にたどり着いた。
その岬は急峻なる絶壁をなして高くそびえ立ち、
ビテュニアの海[1]を臨む。その下に根を張る岩々は
海に洗われ滑らかで、まわりでは波がうねって
大きく咆哮していたが、高いところを見あげると、
頂には枝葉を拡げるプラタナス[2]が繁っている。
この岬から陸地の奥に向かって、うろをなす渓谷を
降ってゆくと、そこには冥府へ通じる洞窟があり、
森と岩とがそれを覆う。その場所では凍える息吹が
恐ろしく冷たい奥底から絶え間なく吹きあげてきて[3]、
白色に輝く氷柱をいつでも太らせているのだが、
太陽が中天に達する頃にはその柱が暖かく溶ける。
静寂がこの不気味な岬を支配することはまるでなく、
鳴りどよむ海に圧《お》されて、そしてまた奥底からの
息吹に震える木の葉のもとで、呻き声を上げている[4]。
そしてそこにはアケロン[5]が流れを注ぐ河口もある[6]——
この河は岬のなかを貫いて、唸りを上げ東の海へと

(1)黒海南西部のこと。
(2)北半球に広く自生する落葉樹。
(3)この洞窟が冥界に通じることを示唆する。冥界は冷たくて暗い。
(4)主語は「静寂」。
(5)三五五行。
(6)黒海のこと。

注いでいて、洞なす谷間が高所から流れを落とす。
この河こそは後の時代に、ニサイア[7]なるメガラ人が
ソナウテス[8]と呼んだ河。マリアンデュノイ人の大地に
まさに住もうとしていたとき、彼らはひどい嵐に
遭遇したが、船もろともにこの河に救われたのだ――
その場所で彼らはただちに、アケルシアの岬を船で
通り抜け、風がやむとすぐそのなかに船を着けた。
　かの地の支配者リュコスもマリアンデュノイ人も、
停泊した男たちがアミュコスの殺害者[9]だと気づくのに
長くはかからなかった。すでに噂で聞いていたのだ。
しかし彼らはそのことゆえに一行と盟約さえ結び、
国中から集まってきて、ポリュデウケスその人を
神のごとくに歓迎した。彼らはじつに長きにわたり、
尊大なベブリュケス人と激しく戦ってきたからだ。
それから皆で城市を指して進んでゆき、その日は
リュコスの立派な館で親しく宴を執り行ない、
互いに語らいながら、心を楽しませて過ごした――

（7）メガラ（アテナイ西方の都市）の港。メガラ人はボイオティアのタナグラ人とともに黒海沿岸に入植し、港湾都市ヘラクレイアを建設した。

（8）「船乗りの救済者」の意味。

（9）本歌冒頭のエピソードを参照。

アイソンの子は王に対して、自身の仲間それぞれの
生まれと名前を、またペリアスの命令を語った。
そしてレムノスの女たちから歓待を受けた次第と、
ドリオネス人の町キュジコスで為したすべてのこと、
ミュシアとキオスに到達し、その地に英雄ヘラクレスを
置いてきてしまったこと、またグラウコスの言葉と、
ベブリュケス人とアミュコスを殺害した次第も語った。
さらにはピネウスの予言と苦悩、いかにして彼らが
「青黒岩《キュアネアイ》」を逃れたか、いかにして島でレトの子に
出会ったのかも語ってゆく。王は次々と語られる
話を聞いて魅了されたが、取り残されたヘラクレスに
いたく悲しみ、皆に対してこのように語りかけた。
「友よ、そなたらはアイエテスのもとへそれほど遠い
船路を行くのに、何という男の助力を失ったことか——
彼のことはまさにここ、父ダスキュロスの館で眼にして、
私自身がよく知っている。アシアの陸地を徒歩で抜け、
戦争好きのヒッポリュテ(1)の帯を得ようと、彼がここまで

(1) アマゾネスの女王で、オトレレ（三八六行）とアレスの娘。父から黄金の帯を与えられたが、それを求めるヘラクレスに奪われた。

来た日のこと。私に柔らかい髭が生えてきた頃だった。
そのときはちょうど、我々の兄であるプリオラス(2)が
ミュシアの男たちに殺されたばかり——あのとき以来、
国人はこのうえなく哀切な挽歌で兄を悼んでいる——
葬送競技であの方はティティアスを拳闘で打ち負かした。
これは美しさでも剛腕でも、あらゆる若者に優れた
猛者だったが、地面にその歯を打ちつけられた。
それから彼はミュシア人ともども、我々と境を接する
耕地に住まうミュグドネス人を私の父に服属させて、
ビテュニアの諸部族を大地と併せて手に入れた——
レバイオス(3)の河口とコロネの高みに至るまでをだ。
それに加えてペロプスの血を引くパプラゴネス人(4)も、
ビライオス(5)の黒い流れに囲まれた全域が降伏した。
　だが今や、ヘラクレスが遠くに住むのをよいことに、
ベブリュケス人と掟破りのアミュコスが私を襲い、
長きにわたり領土を大きく切り取って、深い流れの
ヒュピオスの草地に境石を置くまでになってしまった。

(2) ここではリュコスの兄とされるが、ティティアス(七八三行)の子とする異伝もある。
(3) レバス河(三四九行)に同じ。
(4) 三五八行。
(5) ビテュニアを大きく湾曲して流れる河。

ところがそなたらから報いを受けた。思うにあの日、
テュンダレオスの御子がベブリュケス人と戦ったのは、
神の意志に沿うことだった。あの男を殺してくれたのだ(1)。
それゆえ今、どんな返礼でもする用意が私にはある——
喜んでお礼をしよう。自分よりも強い男が先に助けて
くれたとき、そうするのが弱者の為すべきことだからだ。
そなたたち皆と旅をともにする一人として、私の息子
ダスキュロスを従わせよう。これが一緒に行くならば、
海を抜けて進みまさにテルモドンの河口(2)に至るまで、
きっと男たちから歓待を受けることになるはずだ。
またテュンダレオスの御子らには、アケロン岬(3)の高みに
そびえる社を建立しよう。海を行くすべての船乗りが
はるか彼方からそれを見て、加護を祈ることだろう。
そのうえで彼らを神々と同じく扱い、町の前に拡がる
よく耕された耕地《はたけ》から、豊かな区画を奉献しよう(4)」
　そのようにして彼らは宴会を囲み一日中楽しんだ。
だが夜が明けると、船まで心を逸らせて降っていった。

(1) この二行には「テュンダレオスの子よ、そなたがあの男を殺したその日、私が［……］戦いを構えたのは［……］」という異読も伝わる。

(2) マリアンデュノイ人の国から東方、イリス河を越えたあたりにある。そこまでがリュコスの勢力範囲ということだろう。

(3) 一〇九頁註（9）。

(4) カストルとポリュデウケス（ディオスクロイ）は後に航海の守護神として崇められ、暴風雨の夜に帆柱の先に現われる光（後の「セント・エルモの火」）は、この二人の星とされた。

皆と一緒にリュコス自身も見送りに出て、数限りない
贈り物を持たせ、それとともに息子を家から送り出した。
　そこでアバスの子イドモンを運命の定めが襲った。(5)
予言に優れた男だったが、予言の術も彼を少しも
救わなかった。死の必然に導かれていったのだ——
葦の生い繁る河辺の湿地に横たわり、その脇腹と
言いようもなく大きな腹を、泥で冷やしていたのは
白き牙持つ野猪だった。破滅をもたらすこの怪物を
沼地に棲むニンフたちさえ恐れていたが、男たちには
誰にも知られず、広い沼をわがもの顔に餌《え》を食んでいた。
だがまさにアバスの息子が泥で濁った川沿いの土手を
進んでいたとき、この野猪が思いがけないところから、
葦の繁みを飛び出して高く跳ねあがり、腿に激しく
襲いかかると、腱を骨ごとまっぷたつに切り裂いた。
彼は鋭く叫んで地面に倒れ、撃たれた彼に仲間たちが
いっせいに叫びを返した。間髪入れずにペレウスが、
沼へ飛び込み逃げてゆく危険な野猪に槍を放つと、

(5) この死は第一歌四四三行以下で、イドモン自身が予言している。

猪はふたたび真正面から襲ってくる。しかしイダスに
傷つけられ、すばやい槍に唸りを上げて崩れ落ちた。
そして猪は倒れた地面にそのまま残して、瀕死の傷を
負った仲間を、悲しみながら皆で船へと運んでゆく――
彼らの温かい腕のなかで、イドモンは命を吐き出した。
　そこで一行は航海のことを心配するのはやめにして、
悲嘆に暮れつつ、遺体の弔いのためそこに留まった。
三日のあいだ彼らは嘆き続けて、その翌日にようやく
盛大に埋葬を行なった。集まったのは民人だけでなく、
王であるリュコスみずから参列し、その脇で無数の羊が
世を去る者への習いの通りに、喉を裂いて捧げられた。
こうしてかの地にこの勇士の墳墓が盛られたのだ――
そこには後の世の人にも分かる目印に、オリーヴ[1]の
船材の丸太が置かれ、アケルシア岬のわずかに下手で
葉を繁らせている。そしてまた私がムーサの導きで
このことも隠すことなく歌わなくてはならぬなら、
ボイオティア人とニサイア人[2]にポイボスが命じたのは、

（1）女神アテナの聖木。

（2）一三三頁註（7）。

彼を城市の守護者と呼んで宥め、歳を経たオリーヴの丸太のまわりに町を築くことだった。(3) ところが彼らは、アイオロスの末裔、敬神の念篤いイドモンではなくアガメストルを、(4) 今日に至るまで崇拝している。

他には誰が死んだのか。そのとき英雄たちはもう一つ、世を去った仲間の墓を築いたから――かの男らの二つの墓標は、今もまだそこにあるのだ。ハグニアスの子ティピュスが死んだと伝えられる。彼もまたさらに先まで船を進める運命にはなかった。アバスの子(5)の亡骸を皆で埋葬したその日のうちに、故郷から遠くその地で短い(6)病が彼をも眠らせた。つらい災厄に遭い一行は耐えがたい悲嘆に襲われた。じつに彼らはこの男の埋葬もすぐに済ませると、その場所で海を眼前にして途方に暮れて座りこみ、黙ったまま外套できつく身体を包み、飲食のことさえ何も考えなかった。あれこれと思い悩んで心が沈む、帰国はとうてい望むべくもなくなったからだ。(7)

(3) こうしてヘラクレイアが建設された。
(4) この地の英雄だろう。本作の成立当時、ヘラクレイアではこの英雄が崇拝されていたと考えられる。
(5) イドモンのこと。
(6) ホメロスでは通常「(人が)短命の」を意味する語。
(7) 舵取りティピュスを失ったことにより。

彼らはさらに長いこと悲しみに暮れたことだろう——
そのときヘラがアンカイオス(1)に、尋常でない猛き心を
投げ入れなければ。アステュパライア(2)がポセイドンに、
インブラソスのほとりで生んだこの男は、船を導くのが
際立って巧みだった。ペレウスに駆け寄り彼は言った。
「アイアコスの子よ、試練を忘れて異国の地に
長々と留まることが、どうして誉れか。イアソンが
羊皮を求めてパルテニアから私を連れて来たのは、
戦争に長けているよりも、船の技術に優れるからだ。
それゆえ船については少しも恐れずにいてもらいたい。
他にも同じく、熟練の技を持つ男たちがここにいる。
彼らの誰を船尾に登らせても、航海を損なうことは
けっしてない。さあはやくこれらすべてを納得させて、
勇気を出して試練を思い出すよう皆を促してくれ」
こう言った。するとペレウスの心は喜びに膨らみ(3)、
彼はすぐさま迷うことなく、皆のあいだで語りかけた。
「哀れな者たち、こうして無益な悲嘆に暮れて何になる。

(1) パルテニアから来たアンカイオス（第一歌一八八行）。
(2) フェニキア（Phoenicia）の名祖ポイニクスの娘。
(3) 別写本「弾み」。

思うに彼らが死んだのは割り当てられた運命によるもの。
私たちの仲間のなかには舵取りがいるではないか——
それも大勢。だから冒険を引き延ばすのはやめにしよう。
さあ悲しみは捨て去り、励むべき仕事に精を出すのだ」
　彼に対してアイソンの子が途方に暮れて言葉を返した。
「アイアコスの子よ、その舵取りはどこにいる。
かつては熟練の技術で我々の誇りであった者たちが、
このようにうなだれ、私よりも嘆いているではないか。
だから私は、死んだ仲間と同様につらい破滅を予見する。
残虐なアイエテスの城市にも向かわず、岩のあいだを
ふたたび抜け出て、ヘラスの大地まで戻ることも
叶わぬならば。まさにこの地で我々は甲斐なく歳を
とってゆき、誉れもなく、惨めな運命《さだめ》に隠されるのだ」
　こう言った。するとアンカイオスがおおいに意気込み、
快速の船を導く役目を買って出た。[4]神の促しがあったのだ。
続いてエルギノスとナウプリオス、またエウペモスが、
舵を取ろうと心を燃やして立ちあがる。ところが彼らは

（4）ヘラ（八六五行）。

引き留められ、仲間の多くがアンカイオスに賛意を示した(1)。
　それから十二日目の夜明け、一行は船に乗り込んだ。
彼らのために西風が強く吹きつけてくれたからだ。
軽快に櫂を動かしアケロンの流れを抜けて海へ出ると、
風を恃んで帆綱を解いた。帆は一杯に拡がって、
晴天のもと大きく前へ、彼らは船路を分けてゆく。
ほどなく彼らはカリコロス(2)の河口を通り過ぎた。
この場所は、人々の伝えによれば、ニュサに生まれた
ゼウスの息子(3)が、インドの部族を離れテーバイに住処を
移した際に(4)密儀をし、厳めしい聖なる夜々《よる》を過ごした
洞窟の前で、歌舞団《コロス》を組織したと言われるところ——
それゆえ土地の者たちはこの河をカリコロスと呼び、
洞窟の方はアウリオン(5)という名で呼ばれている。
　続いて彼らはアクトルの子ステネロスの墓を見た。
この男は、アマゾネスとのいとも勇敢な戦い(6)から
戻る途中——ヘラクレスとともに攻め込んだのだ——
その場所で矢傷を負い、海に臨む浜辺で命を落とした。

(1) エルギノスが舵取りを任されたとする別伝もあったという。
(2) パプラゴニアの河。その名は「美しい歌舞団（コロス）」を意味する。
(3) ディオニュソスのこと。その出生地ニュサの所在地は、トラキアともリビュアともインドとも言われる。
(4) ディオニュソス崇拝は東方からテーバイに移入された。
(5) 「小屋」または「洞窟」を意味するが、「夜を過ごした場所」とも解しうる。
(6) ヒッポリュテとの戦い（七七七行以下）のこと。

一行はそこから先へは進まなかった。他でもない
ペルセポネ(7)が、同郷の男らにわずかでも会いたいと
懇願するアクトルの子の、涙を誘う魂を送ったからだ。
その魂は盛りあげられた墳墓に登って船を見つめた――
戦争に赴くときのままの姿で、緋紫色の飾り毛を持つ
四つ臍《ほぞ》の兜が、美しい輝きをあたりに放っていた。
そしてまた陰鬱な闇に沈んだが、それを見て一行は
驚愕した。アンピュクスの子モプソスが神意を悟って、
船を岸に着け、注ぎで霊を宥めるように皆に命じた。
彼らは急いで帆を引き揚げて、もやい綱を海岸に
投げ渡すと、ステネロスの墳墓を然るべく整え、
御霊《みたま》のために注ぎをして、羊たちの犠牲を焼いた。
注ぎが終わると、今度はアポロン・ネオッソオス(8)に
祭壇を設えて腿肉を焼いてゆく。オルペウスもまた
竪琴を捧げた。それゆえこの地にはリュラの名がある(9)。
　その後すぐに一行は、吹きつける風に促されて
船に乗り込み、帆を降ろし拡げると両舷の帆脚まで

(7) ゼウスとデメテル（穀物と豊穣の女神）の娘。野原で花を摘んでいてハデス（冥界の神）に攫われ、後に冥界の王妃になった。

(8)「船を救う神」の意味。

(9) リュラ（lyra）とは竪琴のこと。

張り渡した――船はすでに勢いよく、海のなかへと
運ばれていた。それはあたかも天高く飛びゆく鷹が
吹く風に翼を拡げ、すばやく運ばれてゆくときのよう。
翼でじっと風を受けて、羽ばたかせることがない。
こうして彼らは海に注ぎ込むパルテニオス[1]の、
きわめて穏やかな河の流れを過ぎていった。
この河でレトの娘《アルテミス》が、狩りを終え天へと昇って
ゆくときに、心地よい水で身体を冷やすのだ。
それから夜も休みなく、さらに先へと船路を急ぎ、
セサモス[2]と高くそびえるエリュティノイ、さらには
クロビアロス、クロムナ、木々繁るキュトロスを過ぎた。
そこからまた太陽が光を差し始める頃、カランビスを
曲がり「大海岸」[3]に至ると、それからは櫂で漕ぎ、
一日中、昼に続いて夜のあいだも進んでいった。
　ほどなく彼らはアッシュリア[4]に上陸した。そこは
他でもないゼウスがアソポスの娘シノペ[5]を住まわせ、
約束に欺かれ、乙女のままでいる恩恵を授けた地。

（1）「乙女河」の意味。アルテミスが処女神であることが河名の由来。
（2）以下、パプラゴニアの町名が並ぶ。すべてホメロス『イリアス』第二歌八五一行以下で名の挙がる町。
（3）三六四行。
（4）レウコシュロイ人（「白いシュリア人」の意味）が住む地域。
（5）港湾都市シノペの名祖となった女性。ギリシアの河神の娘だが、アポロンに攫われてこの地で交わり、レウコシュロイ（前註）を生んだという。ここでは別伝が採られている。

すなわち神は少女との睦言を望み、この少女が
望むものなら何でも与えようと頷いたのだが、
彼女は巧妙にも乙女のままでいることを求めた。
そのようにまた、共寝を求めるアポロンをも欺き、
さらにはハリュスの河神も欺いた。男たちも誰一人、
望み通りに彼女を抱いて、従えることはなかった。
　その地にはトリッカ(6)の気高きデイマコスの息子たち、
デイレオンにアウトリュコス、またプロギオスが、
ヘラクレスからはぐれた後(7)、その日まで住んでいた。
彼らはそのとき優れた勇士たちの一団を認めると、
迎えに出て、偽ることなく自分たちのことを語った。
そしてこれ以上、その地に留まろうとは望まずに、
北西の風が吹いてくるとすぐさま船に乗り込んだ。
　それから彼らとともに一行は、疾《はや》い風に運ばれて
ハリュスの河をあとにした。近くを流れるイリスと、
アッシュリアの三角洲(8)からも離れて、その日のうちに
アマゾネスの港を抱く岬を、遠くからまわり込んだ(9)。

(6) テッサリアの町。
(7) 彼らはともにアマゾネスとの戦い（七七七行以下）に赴いた。
(8) ハリュスとイリスの両河川が作る堆積地。
(9) アマゾネスは好戦的な民族だから。

そこはかつて、アレスの娘メラニッペ(1)が進んでくるのを英雄ヘラクレスが待ち伏せた場所。そして妹のためにヒッポリュテが、身の代として色とりどりに輝く帯を手渡すと、この英雄は無傷のままで女を送り返したのだ(2)。

　その岬の懐に抱かれた、テルモドンの河口近くに一行は船を着けた。海が荒れ前進を阻んだからだ。これに似た河は一つもなく、これほど多くの流れを大地に放って、あちこちに注ぎ出す河もない。それを指で一つずつ数えるとすれば、百まで四つ足りないだろう。だが真の源泉は一つだけで、その湧水が、アマゾニア(3)という呼び名で伝わる高く険しい山々から、平野へと流れ降っている。そしてそこから切り立った大地の上に真正面から流れを拡げて、それゆえその経路は曲がりくねり、それぞれが常に別の方向へ、大地の最も低い部分を見つけたところで旋回する——あるものは遠くへ、あるものは近くで曲がる。数ある支流は名もないまま、

(1) ヒッポリュテ（一三四頁註(1)）の妹。

(2) 通常の伝承では、ヘラクレスは戦って帯を手に入れる。

(3)「アマゾネスの山」の意味。

どこへともなく尽きてゆくが、本流は隠れることなく
細流と結び、膨れた岬の下でアクセイノス(4)になだれ込む。
　そのとき彼らが長く留まったなら、アマゾネスと
戦いを交え、争いは血を流さずには済まなかったはず——
穏やかならざる性格で、また掟を重んじることもない
アマゾネスが、ドイアスの平野(5)あたりに住んでいたのだ。
苦悶をもたらす暴虐とアレスの仕事(6)が生業《なりわい》だったが、
それは彼女たちがアレスとハルモニア(7)から生まれ出た
一族であったから。このニンフがアクモンの森の谷間で
共寝をしてアレスに生んだ、戦争を好む娘たちだった——
もしゼウスのもとから、北西の風が戻されなかったならば。
しかし彼らは風を受けて、弧を描く岬をあとにしたが、
その地では、テミスキュラ(8)のアマゾネスが武装していた。
彼女らは一つの城市に集まっては住まず、広い大地の
あちこちに、部族ごと三つに分かれて暮らしていたのだ。
一つはまさにこの部族で、その当時はヒッポリュテが
治めていた。他にはリュカスティアの部族が暮らし、

(4)「客人を拒む海」の意味。黒海のこと。この海はまたエウクセイノス(「客人に優しい海」の意味)という美称でも呼ばれる。

(5)詳細不詳。古註によるとドイアスはアクモン(九九一行)の兄弟。

(6)戦争のこと。

(7)水のニンフで、その名は「調和」を意味する。

(8)アマゾネスの「三つの町」(三七三行)の一つ。またテルモドンの河口を抱く岬の名(三七一行)でもある。

また槍を投げるカデシアの部族がいた。一行は翌日と続く夜とを、カリュベス人[1]の大地に沿って船を進めた。

　この人々は牛たちによる耕作にも、心を蕩《とろ》かす果実の栽培にもまったく携わらなかった。また彼らは露に濡れた放牧地で羊たちの世話をすることもなく、鉄を生む固い大地を割り裂いて、それを交換して暮らしを支える糧を得る――暁が昇るときには彼らはきっとつらい仕事を進めていて、黒く煤けた炎と煙にまみれながら、厳しい労苦に耐えている。

　彼らのもとを過ぎるとすぐゼウス・ゲネタイオス[2]の岬を廻って、ティバレノイ人の地を急いで過ぎた。その土地では、女たちが夫のために子供を生むとき、他でもない夫の方が寝所に伏して、頭を縛って呻き苦しむ[3]。その一方で女たちは夫の食事の面倒をしっかり見て、産後の湯浴みを彼らのために準備する。

　続いて今度は聖なる山[4]と、モッシュノイコイ人が山のなかで「モッシュン[5]」に暮らす大地を過ぎた。

（1）一一一頁註（13）。
（2）ゲネタイエの岬（三七八行）にちなむ呼称。
（3）いわゆる「擬娩」の風習を伝える最古の例。これについては古来多くの報告がある。
（4）トラブゾン近郊の山。固有名詞かもしれない。
（5）三八一行以下。

彼ら自身がその住居にちなんだ名前で呼ばれるが、
他にも彼らには風変わりな習慣と仕来りがある。
私たちには人前であれ広場であれ、公然と行なうのが
正しいことを、彼らはすべて家のなかで密かにする。
その一方で私たちが館のなかで励むことを屋外で、
通りの真中で行なっても、非難を受けはしないのだ。
人前で夜の営みが憚《はばか》られもせず、戸外で餌を食む
豚のように、他人がそばにいても少しも恥じずに、
地面の上で公然と、女たちとの情事にふける。
そして王は最も高いモッシュンに王座を占めて、
数多《あまた》の民にまっすぐな裁きを下すのであるが——
惨めなことだ。法の行使をわずかでも誤るならば
幽閉されて、その日は飢えたまま過ごすことになる。
　彼らのそばを通り過ぎ、すでにアレスの島[6]へ正面から
近づいていた、日がな櫂《オール》を漕ぎ続けて、船路を分けて
進みながら。暖かいそよ風は夜明け前に去ったのだ。
するとそのとき頭上から、島に棲むアレスの鳥が

(6) 三八二行では「滑らかな島」と呼ばれた。

空を抜け飛んでくるのが眼に入った。その鳥は急いで進む船の上へ大きく羽ばたき迫りきて、鋭い羽根をそこに放つと、神々しいオイレウスの左の肩に命中した――撃たれた彼は手から櫂を放り出して、一行は羽根の矢を見て驚嘆した。だがその矢は隣に座るエリュボテスが引き抜いて、傷口の方は、自身の持つ鞘《さや》から下がる剣帯を外し、それを縛ってきつく留めた。先ほどの鳥に続いて別の一羽が飛んでくる姿が見えたが、これには英雄、エウリュトスの子クリュティオスが――曲がった弓を先に引き、鳥に向かってすばやい矢を放ったのだ――すると(1)矢は命中し、鳥は旋回して速き船の近くに落ちた。

　彼らに対してアレオスの子アンピダマスが提案した。

「アレスの島は我々の近くにある。そなたら自身もこの鳥どもを見て分かる通りだ。しかし私が思うには、上陸するのに矢はあまり助けとならない。さあ他に何か有益な策を整えよう――ピネウスの教え(2)をそなたらが

(1) 底本に従い写本の読みで訳したが、一〇四三行の「クリュティオスが」との繋がりが悪い。「それからすぐに矢を射当て」と訳しうる校訂案を採るべきかもしれない。

(2) 三八二行以下。

忘れることなく、島に船を近づけようと思うのなら。
かつてヘラクレスがアルカディアへ行ったときも、(3)
ステュンパロスの湖に漂う鳥を弓で撃退することは
できなかったのだ――それを私はこの眼で見た――
だが彼が青銅のがらがら(4)を手に持って振り動かし、
そびえる丘から打ち鳴らすと、鳥は恐怖に慄《おのの》いて
甲高い叫びを上げ、遠くまで飛び去っていった。
だから今、我々もそのような策略がないか考えよう。
これまでに私が考えたことを聞いてもらいたい――
そなたらは飾り毛が高く伸びる兜を頭に被って、
半数は互い違いの漕ぎ座で漕ぐのだ(5)。そして残りの
半数は、磨かれた槍と盾とを並べて船を固めよ。
そのうえで全員が一緒になって、思い切り大きな
叫びを上げる――それに馴染まぬ鳥どもが、喧騒と
揺れる飾り毛、上向きに構えた槍を恐れるように。
我々が島まで行けるようならば、そのときには
盾を激しく打ち鳴らして騒がしい音をたてるのだ」

(3) ヘラクレス第六の難業「ステュンパロスの鳥」への言及。それを彼が「この眼で見た」というのは、一般的な難業の順序を考えると奇妙なこと(八二頁註(5))。

(4) 女神アテナが与えた鳴子で、鍛冶神へパイストスの手になる。

(5) 全体の半数でバランスよく船を進めるための措置。

こう言うと、皆がそれを有益な策略だと喜んだ(1)。
彼らが青銅の兜を頭に載せると、兜は恐ろしい
輝きを放って、その上では緋紫の飾り毛が
揺らめいた。それから一方の者らは互い違いに
座って漕いで、また一方は槍と盾とで船を隠した。
それはまるである男が家を飾り、雨からの守りとも
なるように、住まいの屋根を瓦で覆うときのよう。
一つの瓦に次の瓦を、ぴったり隙なく敷きつめる――
そのように彼らは盾を一つに繋いで船を覆った。
それから戦列がぶつかるとき、敵対する大軍から
進軍してくる男たちの鬨《とき》の声が上がるような――
そのような高らかな叫びが、船から天まで拡がった。
鳥の姿はもはや一羽も見えなかったが、船で島に
近づいて盾で大きな音をたてると、たちまち無数の
鳥たちが戦列を乱してあちらこちらに飛び交った。
あたかもクロノスの子(2)が、激しい雹《ひょう》を雲間から
町や家へ投げつけるときのよう。その下に暮らす

(1) 以下の語りはホメロス『イリアス』の戦闘場面を思わせる。「兜」「鬨の声」「戦列」などの戦場のイメージと、鮮やかな比喩の多用が主な要因。

(2) ゼウスのこと。ギリシア神話の最高神で、雷や雨など気象を司る。

住民たちは、屋根の上から打ちつける響きを聞いても、
慌てることなく座っている。嵐の季節は彼らを不意に
襲ったわけではなく、前もって屋根を補強したのだ――
そのように次々と羽根の矢を一行に射かけながら、
鳥たちは空高く海を渡って、地の果ての山へ去った。

だがピネウスはどのような考えから、優れた英雄たちの
神々しい一団をその島に上陸させたのか。またそれから
どのような助けが、願いに応えて訪れようとしていたのか。

プリクソスの息子ら[3]がオルコメノス[4]の城市を目指して、
アイアから海を進んでいた。コルキスの船に乗り込み、
キュタイアなるアイエテスのもとから、父親の莫大な富[5]を
受けとるために。死に際して父親がこの旅を命じたのだ。
そして彼らはその日、島のすぐ近くまで来ていたが、
いとも激しい北風をゼウスが起こし吹き荒れさせ、
雨を降らせてアルクトゥロス[6]の湿った道の目印とした。

（3）アルゴス（一一二二行）を長男とする四兄弟。
（4）一二七頁註（8）。
（5）一五七頁註（6）。
（6）牛飼い座の主星。九月初旬に日の出直前の東空に昇り、雨の季節の到来を告げる。

するとその風は、昼のあいだは山中で穏やかに吹き、
木々の高みに繁る枝葉をわずかにそよがすだけだったが、
夜には勢いを増して海に吹きつけ、金切り声の暴風で
大波を起こした。黒い霧が空をすっかり覆い尽くし、
星々はどこにも輝く姿を雲間から現わしていない。
見通しの利かない暗闇が一面にのし掛かっていた。
プリクソスの息子らはずぶ濡れになり、忌まわしい
破滅に震えて、波に翻弄されつつ運ばれていった。
吹きすさぶ風は帆を奪い去り、船そのものをも
打ちつける波で散々揺さぶり二つに砕いた。
そこで神々に教えられ、彼らはじつに四人とも
巨大な船材に手を伸ばした。鋭い木釘で繋がれた
幾つもの船材が、砕けた船から飛び散ったのだ。
そして彼らはすんでのところで死から救われ、
波と荒ぶる風が、悲嘆に暮れる彼らを島へ運んだ。
すぐさま凄まじい嵐がはじけて、海にも島にも、
そしてまた島の対岸、暴虐なモッシュノイコイが

住み暮らすかぎりの土地にも降り注いでゆく。
プリクソスの息子らは、頑丈な船材もろともに
勢いよく波が運び、夜の暗闇のもと、島の岸辺に
打ちあげられた。ゼウスが送った限りない雨は
陽が昇るとともにやみ、ほどなく彼ら[1]は近くから
互いに出会うと、アルゴス[2]が誰より先に語りかけた。
「ゼウス・エポプシオス[3]にかけてお願いです。皆さんが
どなたであれ、懇願する者らを憐れみお助けください。
荒々しいつむじ風が海に襲いかかって、哀れな船の
船材を打ち砕いてしまいました。私たちは必要あって
その船に乗り込み、波間を分けて進んでいたのです。
聞き入れていただけないかと、皆さんの膝にすがるの[4]は
そのためです。肌を覆うだけの布を恵み、同年輩の男らが
苦境にあるのを憐れんで、同行させてくださいませんか。
ゼウス・クセニオス[5]とヒケシオス[6]にかけて、異国の嘆願者を
敬ってください。嘆願者も異国の者もともにゼウスのもの。
この神はきっと我々のことも、ご覧になっておいでです[7]」

(1) プリクソスの息子たちとアルゴナウタイ。
(2) プリクソスの長男。アルゴー船の建造者とは同名異人。
(3)「世界の監視者」の意味。この世の万象に目を配り支配する。
(4) 膝にすがるのは正式な嘆願の姿勢。ここでは比喩的に言われている。
(5)「(異国からの) 来訪者の守護神」の意味。
(6)「嘆願者の守護神」の意味。
(7) ゼウスが世界の監視者 (一二二三行) であることを踏まえた表現。

それに対してアイソンの子が分別ある仕方で尋ねた。
ピネウスの予言(1)が実現しようとしていると考えたのだ。
「それらはすべて、ただちに喜んで差しあげましょう。
でもどうか本当のことを話してください。大地のどこに
お住まいで、どんな必要が海を越えるよう強いたのか。
それにあなた方ご自身の栄《は》えある名前と生まれもです」
それに対してアルゴスは、苦しみつつも言葉を返した。
「アイオロスの裔《すえ》(2)プリクソスという者が、ヘラスから
アイアまで来たことは、きっと皆さんもご存知でしょう。
プリクソスは羊に跨がり、アイエテスの城市に至った
者なのですが、この雄羊こそ、ヘルメスが黄金に
変えた羊――羊皮は今日もなお見ることができます。
枝葉を繁らす樫木《オーク》の上に拡げられていますから――(3)
それからその羊を、羊自身の指示により、神々のうち
ピュクシオス(4)なるクロノスの子に犠牲として捧げました(5)。
彼はアイエテスの館に迎えられ、王は娘のカルキオペを
婚資も取らずに、心をいたく喜ばせ彼に与えたのです。

(1) 特に三八八行。
(2) 一一三頁註(13)。プリクソスの祖父で、イアソンも彼の子孫(三六五頁「系図」を参照)。
(3) この行は一二七〇行(本訳では前行から二行に跨がる)と同じ本文。削除も提案されている。
(4) ゼウス(クロノスの子)の権能のひとつで、「国を追われた者の守護神」の意味。
(5) そのうえで彼は黄金の羊毛をアイエテスに贈った。

私たちはこの二人から生まれました。ですがプリクソスは
すでに齢《よわい》を重ね、アイエテスの館のなかで世を去って、
それで私たちはただちに、父に言いつけられた通り、
アタマス(6)の財産を求めオルコメノスへ行くところです。
さらに私たちの名も本当に知りたいとお望みならば、
この者の名はキュティッソロス、これはプロンティス、
これはメラスです。私のことはアルゴスと呼んでください」
　こう言った。すると勇士たちは偶然の出会いを喜び、
おおいに驚いて彼らをとり囲んだ。それからイアソンが
ふたたび相応《ふさわ》しい仕方で、このように言葉を返した。
「それではじつに我々の父方の縁者にあたる方々が、
好意を持つ者たちに苦難の援助を求めるのですね。
なぜならクレテウスはアタマスの兄弟として生まれ、
クレテウスの孫がこの私――ここにいる仲間とともに、
まさにヘラスからアイエテスの城市へ行くところです。
ですがそれらを互いに報告しあうのは後にまわして、
今はまず服を着てください。あなた方が救いを求めて

(6) プリクソスの父で、オルコメノスの先王。父親を失った今、アルゴスはその財産の正当な継承者である。

私の手もとに至ったのは、思うに神々のご指示なのです[1]」
　こう言うと、船から衣服を出して彼らに着させた。
それから皆で一緒になって、羊を犠牲に捧げるために、
アレスの社[2]を指して進み、祭壇を囲んですみやかに
場所を占めた。その祭壇は屋根を持たない社殿の外に
小石を積んで造られて、社のなかには神聖なる黒い石が
据えられていた。それはかつてアマゾネスが皆で祈りを
捧げた石――対岸から島へ渡ったとき、その掟では
羊や牛を犠牲としてこの祭壇で焼くことは許されず、
彼女らが豊富に飼育していた馬[3]を屠《ほふ》る習いだった。
そして一行が犠牲を捧げて、整えた食事を済ませると、
そのときアイソンの子が皆のあいだで話し始めた。
「ゼウス自身が[4]すべてに眼を光らせる。我々人間は、
敬虔な者も不正な者も、けっしてその眼を逃れられない。
あなた方の父親を継母[5]の手による殺害から連れ出して、
離れた場所[6]で数限りない財産を彼に授けたように、
そのように今度はあなた方も、破滅をもたらす嵐から

(1) この言葉は一一一〇行の「神々に教えられ」と響きあう。
(2) 三八五行以下。
(3) 騎馬で戦うために。一一一頁註(12)も参照。
(4) 本文が不確か。「まことにゼウスは」という修正読みの提案もある。
(5) アタマスの後妻イノのこと。彼女は先妻の子プリクソスとヘレの兄妹を策略で殺そうとした。
(6) コルキスで。

無事に救い出してくれたのです。この船に乗れば
アイアでも、神々しいオルコメノスの豊かな城市でも、
どこでも好きなところまで行くことができます。
なぜならこれはアテナが考案し、ペリオンの頂から
青銅の斧で木を伐り出して、女神とともにアルゴスが
建造した船なのです。それにあなた方の船は無惨にも、
大波が砕いてしまった。黒海の狭い入口で一日中
互いに衝突しあう岩まで(7)、たどり着かないうちにです。
さあ、だからあなた方も、黄金《きん》の羊皮をヘラスまで
持ち帰ろうと望む我々を助け、旅路を導いてください。
私がこの旅をしているのは、アイオロスの末裔《すえ》に対する
ゼウスの怒り、プリクソスの犠牲を贖うためですから(8)」
　こう言って促したが、彼らはそれを聞きひどく恐れた。
羊皮を持ち帰ることを望むなら、アイエテスは一行を
好意的に迎えはしまいと思ったのだ。そこでアルゴスは
そのような船旅に精を出すのを非難してこう言った。
「親しき者らよ、何であれ必要が生じたときには、

(7) 一行《いっこう》が通り抜けた後、この岩は動かなくなった（六〇四行以下）。そのことをイアソンは知らない。

(8) プリクソス兄妹がゼウスの犠牲とされたのは継母イノの偽計による。そのためゼウスは犠牲の実行者アタマス（兄妹の父）と、その一族（アイオロスの末裔）に怒りを抱いている。

私たちの力を尽くして、惜しむことなくお助けします。
ですが恐ろしいことに、アイエテスは破滅的な残忍さの
持ち主です。そのため私はこの船旅が本当に恐ろしい。
彼はヘリオス(1)の子であると誇り、まわりにはコルキス人の
限りない部族が暮らしています。その恐ろしい叫び声と
強大な力とは、アレス(2)にさえも引けをとらないでしょう。
かといってアイエテスの眼を逃れ、羊皮を手に入れるのも
容易ではない。そのように恐ろしい蛇が羊皮を囲んで、
不死のまま眠りもせずに護っています。それはガイアが
カウカソス(3)の山の肩、テュパオンの岩のところで生んだ蛇。
その場所でテュパオン(4)が、クロノスの子ゼウスに対して
力強い両手で殴りかかったとき、その雷霆《いかずち》に撃たれて、
頭から熱い血を流したと言われています。彼はそのまま
ニュサ(5)の山々と平野に至って、その場所で今もなお、
セルボニス(6)の湖の水中深くに横たわっています」
　こう言うと、多くの者たちの頬がさっと青ざめた。
そのような厳しい試練を聞いたからだ。だがすぐさま

(1) 太陽神。

(2) 戦神。残虐で激しい闘争を象徴する。

(3) 黒海の北東岸からカスピ海にかけてそびえる大山脈（現コーカサス）。コルキスはその南にある。

(4) テュポエウス（三八行）の別名。この怪物の死については様々な伝承がある。

(5) ディオニュソスの名と関連づけられる山。一四二頁註（3）。

(6) シリアとエジプトの境にある湖。

ペレウスが、勇ましくも言葉を返して語りかけた。
「友よ、そのように話して[7]恐怖を煽《あお》らないで欲しい。
けっして我々は、武具を身につけ挑戦を受けるに際して
アイエテスに及ばぬほど、武勇を欠く者たちではない。
思うにかの地へ向かう我々も、至福なる神の血筋に
ごく近く連なる以上は、[8]戦争の仕方は心得ている。
それゆえ王が好意を示して黄金の羊皮を渡さぬのなら、
コルキス人の部族なども彼の助けとなりはしまいぞ」
　このようにして彼らは互いに言葉を交わしあい、
もう一度食事をとって、腹を満たして眠りについた。
　夜明けに目覚めた一行に、力強い順風が吹いていた。
彼らは帆を掲げると、吹きつける風を受けるよう一杯に
それを拡げて、すみやかにアレスの島を発っていった。
そして続く夜には、ピリュラの島[9]を過ぎて進んだ——
その場所はウラノスの子クロノスがまだオリュンポスで
ティタン族[10]の王であり、ゼウスがクレタの洞窟に隠れ、
イダなるクレテス[11]のあいだで育てられていたときに、

（7）別写本「心に（恐怖を煽る）」。

（8）第一歌五四八行。

（9）ピリュレス人（三九二行）の住む島。

（10）天空ウラノスと大地ガイアが生んだ古い巨神族。後にゼウスと戦って敗れ（ティタノマキア）、クロノスの王権はゼウスに継承された。

（11）クレタ島に住む若き半神たち。レア（次行）から赤子ゼウスの守護を任された。イダ（別名ディクテ）については三五頁註（8）。

レア[1]を欺きピリュラと寝た場所。情事にふける二人を
そのさなかに女神が見つけ、クロノスは寝所から
跳びあがると、たてがみ長き馬に変じて走り去った。
オケアノスの娘ピリュラは恥じらいから、住み慣れた
その地を発ってペラスゴイ人の高い山並み[2]に至り、
その場所で一方では馬に、他方では神にも似た
大いなるケイロン[3]を、姿定まらぬ交わり[4]で生んだ。
　そこから今度はマクロネス人を、またベケイレスの
果てしない大地と傲慢なるサペイレス人、それに続いて
ビュゼレス人のもとを過ぎた。絶えず先へと航路を分けて
船を急がせ、穏やかな風を受けて運ばれていったのだ。
すると進みゆく彼らの眼に黒海の奥地が姿を現わし、
さらにはカウカソスの山々の急峻な断崖が、視界に頭を
もたげてきた。その場所ではごつごつした岩のまわりに
青銅の不壊なる枷で手足を縛られ、プロメテウス[5]が
繰り返し襲いかかってくる鷲を肝臓で養っている――
その鷲が帆柱よりもさらに高く雲のすぐ近くを飛んで、

（1）クロノスの妻。

（2）テッサリアの山地（特にペリオン山）のこと。ペラスゴイ人については三九頁註（5）。

（3）三七頁註（9）。

（4）神であり馬でもあるクロノスとの性交を言う。

（5）ギリシア神話のトリックスター。人類に火をもたらしてゼウスの怒りを買い、カウカソス（一二一〇行）に鎖で縛られ無限に再生する肝臓を鷲に啄ばまれる罰を受けた。

夕闇のなかで鋭く羽音を響かせるのを彼らは見たが、
それでも翼に乗って過ぎると、すべての帆を震わせた。
それは天高く飛びゆく鳥とは姿が異なり、よく磨かれた
櫂《オール》のようなすばやい翼を羽ばたかせて飛ぶのである。
ほどなくして、肝臓を引きずり出されるプロメテウスの
苦しみに満ちた呻き声が聞こえてきた。天には悲嘆が
鳴り渡り、やがてまた生肉を喰らう鷲が山を離れて、
同じ道をたどって飛んでゆくのを彼らは眼にした。
　夜になると、アルゴス(6)の優れた知識によって、
パシス河の広き流れと黒海の果てにたどり着いた。
彼らはただちに帆と帆桁は小さく畳み、帆柱入れの
空洞のなかに仕舞った。それから帆柱もすぐに緩めて
その脇にもたせかけると、すばやく櫂を動かして、
大いなる河の流れに乗り入れる。するとその激流は
四方で泡立ち船に道を譲ってゆく。峻険なカウカソスと
キュタイアなるアイアの城市を左手にして進んでゆき、
そこから反対側にはアレスの平野(7)と、この神の神聖なる

(6) プリクソスの息子。辺境ゆえ彼の導きが必要（一一九二行以下）。

(7) 後にイアソンの試練の場となる、戦神アレスの神域。

森が見えた──その森(1)で、枝葉を繁らす樫木《オーク》の上に
拡げられている羊皮を、大蛇が見張って護るのだ。
アイソンの子はみずから黄金《きん》の盃を手に、混ぜ物のない
葡萄酒の甘美な注ぎを河に注いで、ガイアだけでなく
土地の神々、悲運に遭った英雄たちの御霊《みたま》に捧げた。
そして神々が好意を示し慈悲深い援助を授けるように、
船のもやい綱を幸先よく受け入れるように懇願した。
すぐさまアンカイオスが皆のあいだでこう言った。
「コルキスの大地とパシスの流れに、ついに我々は
たどり着いた。さあ皆で話しあい策略を練るときだ──
これからアイエテスを穏やかな言葉で試すのがよいか、
あるいは何か他にも相応しい手立てがあるのかを」
　こう言った。イアソンはアルゴスの助言を受けて、
草木の繁る沼地のなかに船を入れ、碇を降ろし水上に
停泊するように命じた。その沼地は進みゆく一行の
すぐ近くにあった。そこで彼らは暗い夜を過ごしたが、
その後ほどなく、待ち望む彼らに暁が姿を現わした。

(1) 第四歌一六六行では「アレスの森」と言われる。

第三歌

第三歌梗概

一―五　エラトへの呼びかけ（ここからの主題提示）
六―一六六　女神たちの策謀（エロスの説得）
一六七―二七四　アイエテスの館へ（コルキス王の一族）
二七五―二九八　エロスの矢（メディアの燃えあがる恋）
二九九―四三八　アイエテスとの対面（試練の提示）
四三九―六〇八　船への帰還（アルゴスの提案）
六〇九―七四三　カルキオペへの助力要請（メディアの夢）
七四四―八二四　夜半の苦悩（メディアの決意）
八二五―一一六二　イアソンとメディア（薬と策謀の伝授）
一一六三―一二七七　試練への準備（ヘカテへの祈願）
一二七八―一四〇七　試練への挑戦（イアソンの活躍）

さあ今こそエラト(1)よ、そばに立ち私に語りたまえ――
そこからいかにしてイアソンが、メデイアの愛に助けられ、
羊皮をイオルコスに持ち帰ったか。あなたはキュプリス(2)の
権能にも与《あずか》り、男を知らぬ乙女たちを恋の物思いにより
魅する者。それゆえあなたは愛にちなむ名で呼ばれる(3)。

このように(4)彼らは、生い繁る葦のあいだに隠れたまま、
身を横たえて待っていた。それに気づいたのが女神たち、
ヘラとアテナで、ゼウスを始め他の不死なる神々から
離れたところ、奥部屋に退《さ》がって計画を練り始めた。
まずはヘラの方から先にアテナのことを試そうとした。
「ゼウスの娘よ、まずあなたから考えを話してください。
どうすべきでしょう。アイエテスの黄金《きん》の羊皮を手に入れて
ヘラスに持ち帰らせるために、何か計略を企むのですか(5)。

（1）詩神ムーサの一人で恋愛詩を司る。この神への呼びかけとともに、以下の五行で本歌の主題が提示される。

（2）四一頁註（9）。

（3）「エラト」という名は「愛する」を意味する動詞（ἐράω / ἔραμαι）を想起させる。

（4）第二歌末尾の叙述を受ける。

（5）アテナは知恵と計略の女神でもある。

あの王を穏やかな言葉で説得するなど、できるはずが
ありませんから。(1) たしかに彼は恐ろしいほど傲慢ですが、
それでも何も試みないまま手を引くのはよくないでしょう」
　こう言った。するとアテナはすぐに女神に語りかけた。
「私自身もそのようなことを心に廻らせていましたが、
ヘラさま、はっきり訊いてくださいましたね。でもまるで
その計略が浮かばぬのです――勇士らの心を支えるには
どうすべきなのか。あれこれ考えてはみたのですが」
　こう言った。女神たちは足もとの床に眼を据えたまま、
それぞれ別々に考え込んだ。するとほどなくヘラの方が
先によい策を思いついて、このような提案を口にした。
「キュプリスのもとへ行きましょう。二人して彼女を訪れ、
息子(2)に言うよう促すのです――息子が言うことを聞いて、
魔術に優れたアイエテスの娘(3)をその矢で射り、イアソンに
恋させることができはしないか。あの娘の助言があれば
イアソンは、羊皮をヘラスに持ち帰れると思うのです」
　こう言うと、抜かりない妙案はアテナをも喜ばせ、

(1) 第二歌一二七九行以下を踏まえた言葉。

(2) エロスのこと。「愛」の擬人神で、有翼の少年の姿で描かれる。その矢に射られた者は恋心を掻き立てられる。

(3) メデイアのこと。魔女キルケ（三一〇行）の姪で、薬草を使った魔術に通じる。

それから女神はもう一度、穏やかな言葉を返した。

「ヘラさま、父は私をあの子の矢を知らぬ者に生み(4)、憧れを掻き立てる魔法などはまったく存じませんが、他でもないあなたが良いと思う策ならば、私はきっと従います。対面の折にはどうかあなたが話してください」

　こう言うと二人は立って、キュプリスの住む壮大な館に向かう。それは両足の萎えた夫(5)がゼウスのもとから妻として最初に連れてきたとき、彼女のため建てた館。二人は塀のなかに入り、寝室のある柱廊(6)の下に立ったが、それは女神が常々、ヘパイストスの寝所を整える場所。しかし夫は朝早く鉄床のある鍛冶場へ出かけた――「浮島《プランクテ》(7)」にある広い洞窟で、そこであらゆる青銅造りの工芸品を火を吹きつけて鍛えていた。女神は一人で館に留まり、象眼を施した椅子(8)に扉に向かって座っていた。白い両肩のそれぞれに髪を垂らして黄金の櫛できれいに整えているところ、長い巻毛を編もうとしていた。眼前《めのまえ》に女神らを見ると手を止めて、

(4) アテナは性交によらず、メティス（知恵の女神）を飲み込んだゼウスの頭から、武装した姿で生まれた。アテナ自身も恋を知らない処女神とされる。
(5) ヘパイストスのこと（一七頁註（7））。
(6) 一〇一頁註（2）。
(7) シチリア島の北東、エオリア諸島にあるとされた。その一帯は火山が多い。プランクテとは「さまよう岩」というほどの意味。
(8) 象牙と銀で螺旋形の模様をつけた椅子。

なかに入るよう呼びかけると、椅子から立ちあがり、
二人を寝椅子に座らせた。それから自分も腰かけて、
まだ梳《す》かないままの髪を両手に持ってまとめあげた。
女神は微笑み(1)、このように探りを入れる言葉をかけた。
「奥さま方、ずいぶんとご無沙汰でしたが、何を考え
必要としてお越しですか。ことに優れた女神ですから
今まであまり見えない方々が、二人してどうしましたか」
それに対してヘラが答えてこのような言葉をかけた。
「からかうのですね、二人とも破滅に心乱れているのに。
アイソンの子と、羊皮を求めてともに来た仲間たちが、
すでにパシスの河のなかに船を停めているのです。
試練のときが近づいて、もちろん皆のこともですが、
とりわけアイソンの子を、ひどく心配しています。
彼のことはこの私が、その旅の目的地が冥府《ハデス》であって、
地の奥でイクシオン(2)を青銅の枷から解こうとしても、
この四肢にある力を尽くして守ってあげるつもりです。
ペリアスが悲惨な運命を逃れ、高笑いをしないように——

(1) アプロディテは伝統的に「微笑みを好む」女神とされる。

(2) ラピタイ族の王で、ペイリトオス（第一歌一〇三行）の父。ヘラを犯そうとしてゼウスの怒りを買い、冥界で絶えず回転する火焔車に手足を縛られる罰を受けた。

西洋古典叢書

月報 137

2018＊第5回配本

レムノス島／カベイリオンの海崖
【入り江を挟んだ南方対岸に見える岬がヘパイステイアの所在地】

目　次

連載・西洋古典雑録集⑾…………………6

２０１８刊行書目

2019年2月
京都大学学術出版会

片方のサンダルをはいた男

岩谷　智

芥川龍之介の『歯車』にこんな一節がある。

僕はこのホテルの部屋に午前八時頃に目を醒ました。が、ベツドをおりようとすると、スリツパアは不思議にも片つぽしかなかつた。それはこの一二年の間、いつも僕に恐怖だの不安だのを与える現象だつた。のみならずサンダアルを片つぽだけはいた希臘神話の王子を思ひ出させる現象だつた。（第二章「復讐」）

「サンダアルを片つぽだけはいた希臘神話の王子」、すなわち『アルゴナウティカ』の主人公イアソンを「僕」はまがまがしい復讐者とみなして恐れおののいている。小説中、「一番偉いツオイスの神でも復讐の神にはかなひません」、「背中に絶えず僕をつけ狙つてゐる復讐の神を感じながら」、「同時に又復讐の神に追はれたオレステスを考へない訣にも行かなかつた」などとあり、「僕」が、あるいは芥川自身が、と言い換えたほうがいいかもしれないが、相当な強迫観念を抱えて生き方に苦しんでいるさまが見て取れる。

『アルゴナウティカ』はイアソンとイオルコス王ペリアスとの運命的出会いによって幕を開ける。イアソンの父アイソンとペリアスは異父兄弟であった。アイソンの父親はクレテウス、ペリアスの父親はポセイドン、そして母親はともにテュロである。ペリアスの王位が正当なものであるかどうかが疑問視されており、「片方のサンダルをはいた者によって滅ぼされるであろう」という予言が彼には下されていた。ついにあるとき「片方のサンダルをはいた男」がやってくる。ペリアスがその父ポセイドンのために開く犠牲の宴に加わるためである。「片方のサンダル」については、第一歌冒頭部分で「アナウロスの流れを徒歩で渡ったとき、サンダルの片方は泥から引き抜いたが、もう片方は川底にとられた」と簡単に言及され、第三歌でその詳しい経緯が女神ヘラによって語られる。それによれば、人の心を試すため老婆の姿に身をやつしたヘラは、冬の急流の岸辺に立ち、自分を向こう岸まで渡らせてくれる人を待っていた。そこに狩りから帰る途中のイアソンが現われ、ヘラを肩に乗せ、向こう岸まで運んだ、というのである。この出来事によってヘラはアルゴ船の冒険のあいだ、イアソンに庇護を与え続けることになる。とすれば『アルゴナウティカ』において、「片方のサンダル」は「復讐」ではなくむしろ「善行」あるいは「優しい心遣い」のシンボルになっているともいえる。付言すれば、イアソンは幼い頃からケンタウロス族の賢者ケイロンに育てられたが、そのすぐれた養育の成果がここに現われているといっても差し支えないかもしれない。

とはいえペリアスは、イアソンを亡き者にしようと、コルキスへの航海と金羊皮獲得というきわめて難しい課題を彼に与える。したがってこの冒険の前提として「片方のサンダルをはいた男」はペリアスにとって恐ろしい復讐者として立ち現われていることに変わりない。しかし『アルゴナウティカ』においてイアソンはじっさいに「復讐する者」として描かれているのであろうか。あるいはそもそも『イリアス』におけるアキレウス、『オデュッセイア』におけるオデュッセウス、はたまた『アエネイス』におけるアエネアスと同列に並びうる主人公として描かれているのだろうか。また、英雄というものが特別の資質を備え、その資質ゆえに永遠の誉れを得るものであるとすれば、イアソンはいかなる資質のゆえに英雄とみなされるのであろうか。アキレウスの武勇、オデュッセウスの知略、アエネアスの敬神に匹敵する資質をイアソンは持ちあわせているのだろうか。

英雄叙事詩の序歌にはその伝統的要素として、詩神への呼びかけと主題の提示がおかれる。『イリアス』においては周知のとおり「怒りを歌え、女神よ、ペレウスの子アキレウスの」であり、『オデュッセイア』では「ムーサよ、機略縦横なる男の物語をしてくれ」であり、同様に『アエネイス』では「私は勇武の人を歌う」となっている。ところが『アルゴナウティカ』は「古い時代の人々のいさおしを思い起こそう」で始まる。あたかも複数の主人公が登場するかのようである。特別な資質に対する言及もこの箇所ではみられない。さらにいえば、いまここで「人々」と訳したギリシア語は*φώς*であり、これは「女性に対する男性」「神に対する人間」という意味をもつごく一般的な単語である。ホメロスの場合これに相当する単語としてしばしば*ἀνήρ*が使われるが、その際そこには高貴な生まれ、あるいは戦いにおける卓越した力というニュアンスが含まれていることにも留意しておく必要がある。

つまりこの序歌においては、イアソンだけでなく他のアルゴ船乗組員たちの「いさおし」も主題であるかのようにみえるのである。そしてじっさいこの物語には特別の資質をもつ英雄が何人も登場する。たとえばペレウスであり、オルペウスであり、ヘラクレスである。ペレウスは腕力、知力ともにすぐれ、いわばもっともホメロス的な英雄である。イドモンが猪に襲われたとき最初に駆けつけるのは彼である。また、イアソンに与えられた試練を聞いて意気消沈するアルゴ船の乗組員たちにむかって、思案ではなく行動を、と呼びかけ、その試練を肩代わりする用意があるとまで言うのも彼である。オルペウスはその歌と竪琴の力でイダスとイドモンの争いを鎮め、アルゴ船の漕ぎ手の動きを揃え、シレンの歌をかき消す。アルキノオス王の館ではイアソンとメデイアの婚礼の祝歌を歌う。祭儀や祈願、犠牲式においても彼の歌が必要とされ、神々とのとりつぎ役としてオルペウスはアルゴ船の航海にとって不可欠な存在である。ヘラクレスの特別の資質はいうまでもなくその無双の力である。アルゴ船の漕ぎ座において彼はもっとも力を要する中央の席を当然のごとく与えられる。ヘラクレスはヒュラスの失踪を機に物語から消えてしまうが、その「不在」はその後、危機が訪れるたびにアルゴ船の乗組員たちに痛感されることになる。

さて、アルゴ船出航に際してイアソンは「一番すぐれた者」をリーダーとして選ぼうと提案する。乗組員たちは全員一致で武勇のほまれ高いヘラクレスを推す。しかし、ヘラクレスは固辞し、そのかわりに「招集した者が指揮を執るべきだ」と、これから生死をかけようとする冒険であるにもかかわらず、いかにも事務的といおうか、理由にもならない理由でイアソンを推薦する。リーダーとなるにふさわしい資質をイアソンが備えているから、とは金輪際言わないのである。

こうしてイアソンはひとえに金羊皮獲得のためのコルキ

ス遠征というタスクを与えられているという理由だけでリーダーに選ばれる。いわば消去法、あるいはせいぜい「同僚中の第一人者（primus inter pares）」というかたちでしかない。しかし物語が進むにつれ、他の英雄にはないイアソンだけの特別な資質が浮かび上がってくる。それは膂力や才知や敬神といった伝統的な英雄的資質ではない。しかしそれがなければ決してこの冒険は成功しなかったであろう資質である。それはすなわちイアソンの驚異的な、そして、危険なまでの「美しさ」である。第三歌でメデイアの前に姿を見せるイアソンは全天でもっとも明るい恒星シリウスにたとえられるほどである。

コルキス王アイエテスは金羊皮を譲り渡す条件としてイアソンに難題を課す。口から火を吐く二頭の牡牛を軛につなぎ、それで地を耕し、そこに竜の歯を種として播き、その種から生まれてくる青銅の武具をつけた勇士を倒す、という実現不可能とも思える一連の課題である。アルゴ船による大航海に匹敵する、あるいは、それより困難といってもよい試練である。

この試練をイアソンはその「美しさ」を武器に乗り越える。恋するメデイアはイアソンに魔法の薬を与える。イアソンは牡牛に立ち向かう前、その薬を武具と自らの体に振りかける。すると、言い表わしがたい勇気が湧きおこり、両腕は隆々と盛り上がる。竜の歯から生まれた勇士たちに対しては、メデイアの教えに従って、その真ん中に大きな岩を投げる。青銅の勇士たちはそれを奪い合って互いに殺し合う。言ってみればメデイアの力をかりなければイアソンはホメロスの英雄のような偉業は成し遂げられなかったのである。

この作品に登場するイアソンは武勇や知恵の力を具えたホメロス的英雄とは言いがたく、芥川が恐れなければならないような復讐者としては描かれていない。誤解を恐れずにいえば取るに足らぬ優男である。もし芥川が『アルゴナウティカ』を読んでいたとすれば、彼の中で一人歩きしていた感のある「サンダアルを片っぽだけはいた希臘神話の王子」のイメージも別のものに置き換わっていたかもしれない。小説と実際の人生は別とはいえ、彼を苦しめた強迫観念も薄らいでいたかもしれないし、その結果、彼の死ももう少し別のかたちになっていたかもしれない。そんなふうに夢想したりもする。

（西洋古典文学・千里金蘭大学教授）

連載

西洋古典雑録集 (11)

エピクロスの快楽主義

古代ローマで共和政から帝政に至る時代に生きた詩人に、ティトゥス・ルクレティウス・カルス（前五五頃没）とクィントゥス・ホラティウス・フラックス（前六五―前八）の二人がいて、彼らはともにエピクロス（前三四一―二七〇）の思想の影響を受けた作品を残したことで知られる。エピクロスの著作は後代の著作家による間接的引用を除けばことごとく散佚したけれども、ルクレティウスの現存する『事物の本性について』はエピクロスの原子論的世界像を詩の形式で描いている。一方、ホラティウスのほうは、これも現存する『歌集（カルミナ）』において、「カルペ・ディィエム」という言葉によってエピクロスの思想を簡潔に表現している。その部分を訳出すると、「こうして喋っている間にも、時が容赦なく過ぎてゆくだろう。明日のことには微塵も信を置くことなく、今日を楽しめ（dum loquimur, fugerit invida aetas: *carpe diem*, quam minimum credula postero）」（第一歌一一）とある。語義の説明をすれば、carpe はラテン語で花や果実を「摘む」を意味する他動詞 carpo の命令形。diem は「日」を意味する dies の対格形、つまり目的語になる。したがって、この表現は「今日（の果実）を摘み取れ」というのが直訳になるが、右に訳出したように「今日を楽しめ」という意味合いで用いられている。昨日（過去）のことはもう過ぎ去ったのだから、これをくよくよ嘆いても無駄である。明日（未来）のことはどうなるか分かろうはずがない。さすれば、いま現在を楽しむがよかろう、ということになる。こうした考え方は別にエピクロスに限らなくても、例えば「俺には今日が大事だ。明日のことなど誰が知ろうか」（『アナクレオン風歌集』八）などにもみられる。

しかし、このような考え方を徹底させると、哲学では快楽主義と呼ばれるものになる。快楽主義の始祖と目される人物はソクラテスの弟子のアリスティッポス（前四三五頃―三五五頃）である。アリスティッポスは北アフリカのキュレネの出身であったから、彼の学派はキュレネ派と呼ばれた。快楽を人生の目的としたが、その意味は肉体的な満足にあり、これを「滑らかな動き」によって生まれるものと規定し、逆に「粗い動き」は苦痛を生むと考えた（ディオゲネス・ラエルティオス『哲学者列伝』第二巻八六）。エピクロスはおそらくこのアリスティッポスの思想の影響を受けていると考えられるが、両者には重要な点で相違があると言われる。アリスティッポスは苦痛を取り除いても、それは快苦の中間状態でしかないと考えたのに対して、エピクロスのほうは人生の目的とされる快楽は、通常想定されるような快楽ではなく、むしろ肉体でも精神でも苦痛がない状態こそ真の快楽だと主張した。ディオゲネス・ラエルティオスが保存しているエピクロスの「主要教説（キュリアイ・ドクサイ）」の該当部分をみると、「快楽の大きさの規準は、苦痛をもたらすすべてのものが除去されることである」（三）と書かれている。

こうしてみると、エピクロスの快楽主義は放蕩者の快楽追求とはずいぶん異なっていることが分かる。彼の自然学は言うまでもなく原子と虚空間のみを説明原理とするアトミズムに基づいているが、これはデモクリトス（前四六〇頃―三七〇頃）の学説であり、これをその弟子のナウシパネスという哲学者から引き継いだものである。デモクリトスの原子論的世界観とエピクロスのそれとでは多少異なるところがあるが、それはともかくとして、デモクリトスには数多くの倫理断片も残っており、それらを体系的に整理するのは困難であるが、エピクロスが影響を受けただろうということは想像に難くない。ディオゲネス・ラエルティオスによれば、デモクリトスは人生の目的を「快活さ（エウテューミアー）」に求めたとされる。その意味については、「恐怖や迷信やほかの感情などいかなるものによっても心を乱されることなく、むしろそれによって心が穏やかで落ち着いた状態で過ごすようなもののことである」（『哲学者列伝』第九巻九五）と説明されている。ここで言う快楽とは精神的な意味でのそれのことであるから、表現の多少の違いはあれ、エピクロスの快楽主義はこれに近いものだと考えられる。

現存する資料を読むと、エピクロスは運命論を否定し、神の摂理などもないと考えている。簡単に言えば、一切の目的論的世界観からの脱却である。プラトンの『パイドン』を読むと、ソクラテスは当時の自然学説はなぜ物事がそのようにあるのが最善なのかを説明していない、と不満を述べているが（九九A以下）、これに対して、エピクロスはソクラテスが非を鳴らした機械論的説明こそよしとしたのである。エピクロスはアテナイの郊外に庭園（ケーポス）を購入し、そこで友人たちと日がな哲学談義を楽しんだと言われている。過去への執着を捨て、未来に虚妄な期待を抱かず、現在の生に喜びを見出したわけである。

（文／國方栄二）

西洋古典叢書

［2018］全 6 冊

★印既刊　☆印次回配本

●ギリシア古典篇

アポロニオス・ロディオス　アルゴナウティカ★　堀川　宏 訳

クイントス・スミュルナイオス　ホメロス後日譚★　北見紀子 訳

クテシアス　ペルシア史／インド誌☆　阿部拓児 訳

プラトン　パイドロス★　脇條靖弘 訳

プルタルコス　モラリア 4★　伊藤照夫 訳

リバニオス　書簡集 2★　田中　創 訳

●月報表紙写真――小アジアとギリシア本土間の北部エーゲ海航路を扼《やく》する位置にあるレムノス島は、有史以前から近代に至るまでたえず歴史を彩ってきた。また神話伝説の宝庫でもあり、鍛冶の神ヘパイストスがオリュンポスから落とされた地、アルゴー船の乗組員たちと女王ヒュプシピュレに率いられた女族との邂逅の地、クレタのアリアドネがディオニュソスに連れてこられた地、ピロクテテスがトロイアへの参戦の途次長く置き去りにされた地、とされている。古代ギリシアではまず第一にヘパイストスの島で、北東部に突き出た岬にあった町ヘパイステイアを中心に栄え、またその近くには彼の末裔たるカベイロイ族にちなんだ宗教儀礼が行なわれたカベイリオンが長く多くの人びとを集めた。写真はカベイリオンの丘の麓の海岸で、画面右下端あたりの崖下には「ピロクテテスの洞窟」もある。（一九九五年六月撮影　高野義郎氏提供）

この者は私に対して傲慢にも犠牲の栄誉を与えなかった。(3)
また以前からすでに、私にはイアソンが好ましかった、
一杯に溢れかえったアナウロス河(4)の流れのほとりで
人々の正しい心を試していたとき、狩から戻る彼に
出会ったのが始まりです。すべての山と高くそびえる
山頂に雪が積もって、それらから冬の季節の奔流が、
轟音とともに渦を巻きつつ、流れ落ちてきていました。
老婆に身をやつした私を彼は憐れみ、(5) みずからの肩に
担ぎあげると、激流のなかを渡って運んでくれました ——
それゆえ常に私の寵を受けるのですが、あなたが帰国を
授けないなら、ペリアスの暴虐も罰せられぬままなのです」
　こう言った。キュプリスは驚嘆して言葉を失くした。
ヘラが自分に懇願するのを目のあたりにして畏れを抱き、(6)
それから彼女は女神に対して優しい言葉で(7)語りかけた。
「畏《かしこ》き女神さま、どうかキュプリスを他の何より厭わしく
思ってください —— お望みになっているのに、言葉であれ
行動であれ、微力ながらも私がこの手に為しうることを

(3) 第一歌一四行。
(4) 第一歌九行。この河を渡るとき、イアソンはサンダルの片方を失った。
(5) 神はよく旅人に身をやつして人の心を試す。
(6) ヘラは女神のなかで最大の権力を誇る。
(7) 五一行の「探りを入れる言葉」と対をなす。

お断りするならば。お返しなど何もなさいませぬように」
　こう言った。するとヘラがまた慎重に言葉をかけた。
「私たちが来たのは暴力や実力行使を求めてではなく、
ただ優しく、お子さんに頼んでもらいたいのです――
アイソンの子への憧れでアイエテスの娘を魅了するよう。
あの娘が彼に好意を抱き、ともに考えを廻らすならば、
彼は容易《たやす》く黄金の羊皮を手に入れて、イオルコスまで
帰国できると思うのです。あの娘は機転が利きますから」
　こう言うと、キュプリスは両方の女神に語った。
「ヘラさまにアテナさま、あの子は私よりもお二人に
ずっとよく従うでしょう。生意気な子ですがあなた方には
少しは敬意を眼に浮かべるはず。でも私の言うことなど
まるで聞かずに、いつも口応えして軽んじるのです。
厄介なあの子に悩まされて、怒りのあまり弓もろとも、
厭わしく響く矢を眼前で折ってやろうとしたことも
ありました。するとあの子は怒ってこう威《おど》したのです――
自分がまだ気持ちを抑えているうちに手を離さないなら、

後できっと後悔することになる、[1]なんて言うのですよ」

こう言った。すると女神たちは微笑んで、互いに顔を見あわせた。キュプリスの方は、苛立ってこう言った。

「他人には私の苦しみなどお笑い草、皆に聞いてもらう必要などありません。自分で知っていればたくさんです。ですが今は、お二人にはそうすることが好ましいゆえ、何とかあの子を宥《なだ》めてみます。嫌だとは言わないでしょう」

こう言った。ヘラは女神のほっそりとした手を取って、穏やかな微笑みを浮かべつつ、言葉を返し語りかけた。

「さあキュテレイア[2]さん、お言葉通りにこの仕事を今すぐにしてください。お子さんに腹を立て、怒ったり言い争ってはいけません。いずれ腕白もやむでしょう」

そう言って椅子から立つとアテナもそれに従って、二人して急ぎ帰っていった。キュプリスもまた、息子がいるかとオリュンポス[3]の渓谷を指して出かけた。息子は離れたところ、ゼウスの豊かな園[4]にいたが、一人ではなくガニュメデス[5]も一緒だった。その美しさに

（1）アプロディテが神の身でありながら人間の男アンキセスに恋して、息子アイネイアスを生んだ話を想起させる。

（2）四八頁註（5）。

（3）三四頁註（5）。

（4）エロスはゼウスの庭園で、花に囲まれて暮らすという。

（5）トロイア王の子で絶世の美少年。ゼウスによって天界に攫われ、その酌人を務めたという。

かつてゼウスが魅了され、不死なる神々の家族として
天に住まわせた少年だ。二人は黄金の賽子《さいころ》をめぐり、
ちょうど仲のよい少年同士がするように遊んでいたが、
欲張りなエロスは、すでにすっかり一杯になった
左の手のひらをその胸の下に押し当てたまま、
まっすぐに立っていた。頬には甘美な肌の赤みが
咲いていたが、ガニュメデスは近くにうずくまって
俯《うつむ》いて黙り込み、その手に残った二つの賽子も
次々と空しく投じて、相手の笑い声に苛立っていた。
以前のものに加えてそれらもすぐに失うと、落胆して
何も持たずに立ち去り、キュプリスが近づくのにも
気づかなかった。女神は息子に向かって立つと、
すぐさまその下顎を、ぐっと掴んで言葉をかけた。
「何を笑っているのです、仕方がない子ね。今もまた
何も知らないあの子を騙《だま》して、ずるをして勝ったからなの。
でも私には心優しく、お願いする仕事を果たしておくれ。
そうすればゼウスのとてもきれいな玩具《おもちゃ》をあげます——

あの方がまだ言葉も話せぬ幼子でイダの洞窟にいたとき(1)、
優しい乳母のアドラステイア(2)が作ってくれたあの玩具、
まん丸い鞠(3)です —— おまえがもっと楽しいものを、
ヘパイストスの手から貰うことなどないはずですよ。
黄金《きん》の環が廻らせてあり、それぞれの環のまわりには
留め糸が二重になって、ぐるぐる巻きつけられています。
縫い目は隠され、そのすべてを覆って走る渦巻模様は
群青色。その鞠をおまえの手のなかで弾ませれば、
まるで星のように、燃えあがる光跡《ひかり》を宙に放つのです ——
それをおまえにあげますから、アイエテスの娘を射って、
イアソンを愛するよう魅了しなさい。何をぐずぐず
しているの、感謝の気持ちが薄くなってしまいますよ」
　こう言った。すると息子はその言葉を聞き喜んで、
玩具をすべて放り出すと、女神の上衣を左右から
両方の手でしっかり摑んで、力を加えて離さなかった。
その場ですぐ手渡すように懇願したが、女神は穏やかな
言葉をかけて頼みながら息子の頬を引き寄せると、

(1) 三五頁註(8)。
(2) クレタ島のニンフ。
(3) 美術作品において、エロスはよく鞠で遊ぶ姿で描かれる。

抱きしめて口づけした。そして微笑み答えて言った。
「おまえの愛しいこの頭と私自身の頭にかけて誓います。(1)
きっとおまえに贈り物をあげましょう、騙しはしません、
おまえがアイエテスの娘に矢を射かけてくれるならば」
　こう言った。息子は賽子を拾い集めて、念入りに
余すことなく数えると、母の輝く懐に投げ入れた。(2)
そしてすぐさま、木の根もとに立て掛けた矢筒を
黄金の帯で身体に結わえ、湾曲した弓を取ると、
偉大なるゼウスのあらゆる実のなる果樹園を抜け、
続いてオリュンポスなる天空の門(3)を飛び出した。
その場所からは天の降り路が地上まで延びていて、
高くそびえる山々の二つの頂が空を支える——
それは大地の最も高い場所であり、そこでは昇った
太陽が、一日の始めの光で赤々とした輝きを放つ。
足もとには生命《いのち》を育む大地と人々の住みなす町、
聖なる河の流れが次々と姿を現わし、また高き山々、
そのまわりの海も、広大な天を渡る彼には見えた。

(1) 頭は身体のとりわけ大事な部分。

(2) 女神は息子を宥めるために身を屈めている。

(3) ホメロス『イリアス』では叢雲からなる門とされ、時の女神たち（ホライ）が管理する。

英雄たちは人々から離れたままで、河のなかにある
沼地に隠れ、船の漕ぎ座に腰かけて話しあっていた。
アイソンの子がその真中で話していて、他の者は
各自の持ち場に並んで座り、静かに話を聞いていた。
「仲間たちよ、これから私は自分自身によいと思える
ことを話すが、その判断を下すのはそなたらの役割だ。
我々は必要を皆でともにし、話しあいも皆で一緒に
するのだから。[4] 考えや意見を黙って口にしない者は、
その者一人がこの旅路から、帰国を奪うと心せよ。
　他の者は武具を身につけたままで、静かに船に
留まっていて欲しい。私はプリクソスの息子たちと、
他に二人の仲間を連れてアイエテスの館へ行く。
そして王に会ったら、まずは言葉で試してみたい——
我々を親しく迎え入れ黄金の羊皮を渡してくれるか、
そうせずに力を恃《たの》んで我々の求めを退けるかを。
このようにまず王その人から悪意を確認したうえで、
戦いを交えるか、それを控えるなら我々の助けとなる

（4）第一歌三三六行以下。

他の手立てが何かないかを思案すればよいからだ。(1)
それでも言葉で試さぬうちから、すぐに力に訴えて
王からその持ち物を奪うのはやめよう。まずは言葉で
頼んでみて、好ましく思ってもらう方がよいはずだ。
武勇がなかなか遂げえぬことでも、言葉はしばしば
相応《ふさわ》しい仕方で宥めて、容易に為し遂げてしまうもの。
以前にもあの王は、継母の策謀と父による犠牲とを
逃れてきた、咎《とが》のないプリクソスを受け入れた。
あらゆる場所で誰もが、最も恥知らずな男でさえ、
ゼウス・クセニオス(2)の掟は敬い尊ぶものなのだから」
　こう言った。若者たちはアイソンの子の提案に
口をそろえて賛成し、誰一人として異論はなかった。
それから彼はプリクソスの息子たちと、テラモン、
アウゲイアス(3)に同行するよう促して、ヘルメスの杖(4)を
その手に取った。彼らはすぐに船を離れて葦の繁る
沼地を越え、盛りあがった平原をなす陸に上がった。
おそらくはこれがキルカイオン(5)と呼ばれる平野——

（1）イアソンはヘラ（一四行以下）と同様、言葉による解決を期待してはいない。

（2）一五五頁註（5）。

（3）太陽神ヘリオスの子。アイエテスとは兄弟関係にある。

（4）四二頁註（4）。

（5）第二歌四〇〇行。

そこには多くのプロマロス(6)と柳とが連なって生え、その枝先には、死体が縄で縛られ吊るされている。今でもなおコルキス人には世を去った男たちを火で焼くことは禁忌《タブー》であり、大地のなかに埋葬し、その上に土を盛りあげ墓をなすのも許されない。彼らは鞣《なめ》していない牛皮のなかに死体を包み、町からは離れた場所で木に吊るす。しかし女は大地に埋葬されるため、大地も空気と同じだけの分けまえに与る。それがなすべき仕来りなのだ。

　進みゆく彼らのためにヘラは親切にも一計を案じ、町中に厚い霧を投げかけて(7)、コルキスの無数の部族の眼を逃れアイエテスのところまで行けるようにした。一行が平原から町に入りアイエテスの館に至ると、そのときもまた、ヘラがすぐさま雲を散らした。

　皆は館の入口に立ち、王の中庭と、壁のまわりに整然とそびえる、幅広の門扉を備えた柱廊を見て驚嘆した(8)。館の高いところに位置する装飾壁は

(6) 柳の類と思われるが同定不可。

(7) ホメロス『オデュッセイア』第七歌一四行以下では、パイアケス人の町へ向かう英雄をアテナが霧で覆う。

(8) 一〇一頁註(2)。

石造りで、青銅の柱頭の上に作りつけられている。
彼らがやすやす敷居をまたぐと、その近くには
葡萄のつるが、青々とした葉を頭に戴き高く伸び
おおいに生い繁って、その下には四つの泉が
尽きることなく湧き出していた。それを掘ったのは
ヘパイストス——そのうち一つは乳で沸き立ち、
一つは葡萄酒、三つめは芳《かぐわ》しい香油が流れていた。
もう一つの泉は水を注いでいたが、プレイアデス[1]が
沈む頃には温かくなり、昇る頃には今度は氷のように
冷たくなって、洞《ほら》なす岩から湧き出したという——
キュタイアなるアイエテスの王宮で、技術に優れた
ヘパイストスがこのような驚くべき技を考案した。
神は王のため青銅の蹄の雄牛も造った。それらは口も
青銅で、激しく燃える炎の息吹を吐き出すのだった。
さらに神はヘリオス[2]に感謝して、頑丈な金剛石《アダマス》[3]の
一枚造りの犁も鍛えた。プレグラの戦い[4]で太陽神は、
疲れ果てた鍛冶神を馬車に受け入れてくれたのだ。

(1) 牡牛座の肩の部分にある七つ星の星団。和名は昴《すばる》。十一月に沈み、五月に昇る。

(2) 太陽神。アイエテスはその息子。

(3) 一〇二頁註(2)。

(4) ギガントマキア(オリュンポス神族と巨人族ギガンテスとの戦い)のこと。プレグラはその戦場の名。

そこには中央扉(5)も鍛造されて、続いて幾つもの
建てつけのよい両開きの扉と部屋が左右に並び、
意匠を凝らした回廊がそれぞれの方向へ延びていた。
それと交差して高くそびえる建物が両側に建つ——
そのなかにとりわけ高い建物があり、そこには
王であるアイエテスがその妻とともに暮らして、
別の一つはアイエテスの子アプシュルトス(6)の住まい。
彼を生んだはカウカソスのニンフ、アステロデイア(7)で、
それはテテュスとオケアノスとから生まれた最後の娘
エイデュイア(8)を、正妻として王が迎える前のこと。
コルキスの息子らは彼をパエトン(9)の名で呼んだ、
すべての若者たちのあいだで際立っていたからだ。
それらの建物には侍女たちと、アイエテスの二人娘、
カルキオペとメデイア(10)も住んでいた。この娘(11)に彼らは
〈……………………〉(12)
娘は部屋を出て姉の部屋へ訪ねてゆくところだった。
ヘラが館に引き留めたのだ。以前には家にいることも

(5) 入口から中庭を抜けるところの扉に至る。
(6) メデイアの兄。
(7)「星の女性」の意味。パエトン（二四五行）と呼ばれる息子の母に相応しい名前。
(8) ヘシオドス『神統記』九五八行ではイデュイアとされる。「知っている（賢明な）女性」の意味。
(9)「輝く者」の意味。太陽神ヘリオスに同名の息子がいる（第四歌五九七行）。
(10) この二人はエイデュイアの娘。カルキオペについては第二歌一一四八行以下も参照。
(11) メデイアのこと。
(12)「（イアソンらがメデイアに）出会った」という内容を含む一行の欠落が想定される。

ほとんどなく、一日中へカテ(1)の社に仕えていた——
まさにこの娘自身が女神に仕える巫女だったのだ。
　彼らを間近に見て娘は叫んだ。カルキオペは耳敏く
それを聞きつけ、侍女たちは糸と紡錘《つむ》を足もとに
投げ捨てると、いっせいに部屋の外へと駆け出した。
侍女たちとともにカルキオペは息子ら(2)の姿を眼にして、
喜びから両手を高く差しあげた。息子たちも同じく
彼女を見ると右手を差し出し挨拶をして、喜んで
母を抱きしめた。彼女は泣きながらこう語った。
「やはり薄情にも私を残して、遠くをさまよう
はずがなく、運命がそなたらを連れ戻してくれた。
哀れな私——そなたらは父プリクソスに命じられて、
嘆かわしくも心を惑わせ、何という憧れをヘラスに
抱いたことか。あの人は死の間際に、厭わしい苦悩を
私の心に命じたのです。なぜアタマスの財産を求めて、
オルコメノスの城市へ——オルコメノス(3)が誰であれ——
行く必要があったのか。母親は嘆くがままに捨て置いて」

(1) 地母神で死者たちの女王。あらゆる魔術に通じ、月夜には松明を手に亡霊や冥界の犬を従えた姿で、十字路や三叉路に現われるとされた。

(2) アルゴスたち四兄弟。

(3) ここでは人名。都市オルコメノスの創建者ミニュアスの、息子とも父とも言われる人物。

こう言った。アイエテスは最後に部屋から現われて、アイエテスの妻エイデュイアも、カルキオペの声を聞きみずから出てきた。すぐさま中庭全体が、ざわめきで満ち溢れた――召使いはこちらでは巨大な雄牛を囲んで皆で働いて、あちらでは乾いた薪を斧で割り、ある者は湯浴みの水を火にかけていた(4)。王に仕える身にあって、仕事を怠る者は誰一人としていなかった。

　そのあいだにエロスは灰色(5)の空を抜けて、姿を隠しやって来た。その荒々しい様子はあたかも草を食む雌牛を襲う虻(6)のよう。牛飼いたちが牛蝿と呼ぶ虻だ。神はすぐさま前室(7)の戸柱に隠れて弓を張り、矢筒から初めて射られる、激しい苦痛をもたらす矢を抜き出した。そこからすばやく歩み出ると、あたりを鋭く見渡してこっそりと敷居をまたいだ。まさにアイソンの子の足もとに身を屈め、矢筈《やはず》(8)を弓弦の真中にあてがうと、ただちに両手で引き絞り、メデイアに狙いを定めびゅんと放つ。彼女は心を捕らわれて言葉を失くした(9)。

(4) 来訪者は素性や訪問目的を問われる前に、湯浴みと食事でもてなされる習慣だった。
(5) 白みがかった輝きを示す。第一歌一八二行なども参照。
(6) 恋の狂気を具体化した比喩。鋭い針で雌牛（若い娘）を襲う。
(7) 広間に付随した玄関部分。
(8) 矢尻の弦にかける部分。
(9) 恋を失語と関係づけるのはサッポー（前七―六世紀の詩人）以来の伝統。以下、二九八行までの描写は至るところでサッポー（特に「断片」三一）を踏まえる。

　エロスは天井高い広間から踵《きびす》を返し、甲高く笑って
駆け出した。娘の心の奥深くから、矢は炎のように
燃えあがった。彼女はアイソンの子に正面から、
潤んだ眼差しをしきりに投げかけ、賢明な判断は
苦しみに悶《もだ》える胸から飛び去ってゆき、他のことは
何も思い浮かばずに、心は甘美な苦悶で溢れていった。
あたかも糸紡ぎの仕事に励む雇われ女が、夜になり
屋根の下に明かりを用意しようと炉端に座って(1)、
くすぶる燃えさしに小枝をくべるときのよう。
わずかばかりの燃えさしから、凄まじく激しい
炎が起こり、小枝をすっかり灰にしてしまう――
そのように破滅をもたらす恋が心の奥に身を屈め
密やかに燃え(2)、心を苦悶で麻痺させて柔らかな頬を
青ざめさせたかと思うと、今度は赤く色づかせた。
　召使いが彼らのために食事の用意を整えて、
彼らも温かい湯を浴びて身体の汚れを落としたとき、
一同は心ゆくまで飲み食いをして楽しく過ごした。

(1) 写本は「早朝に起き出して」という読みを伝える。

(2) メデイアの心（くすぶる燃えさし）は内側に猛烈な火を宿し、小枝がくべられるのを待つだけの状態にある。

それからアイエテスが、自身の娘の息子たちに、
このような言葉で呼びかけながら問いただした。
「わが娘とプリクソスの若き子ら――彼はあらゆる
客人のうち、私の館でとりわけ大事にもてなした男――
どうしてアイアに戻ったのか。あるいは何か災難が
急ぐそなたらを途中で妨げたのか。果てしない旅路を
示した私に、そなたらは耳を貸そうとしなかったな。
かつてヘリオスの馬車に乗り廻ったことがあったから、
知っていたのだ――父上がわが姉キルケ[3]を連れて
西の大地へ行ったときに、私たちはテュレニアの
陸地の岸辺[4]にたどり着いた。コルキスの地から[5]
遠く離れたその土地で、姉は今も暮らしている――
だが物語りの何が楽しい。旅を妨げる何があったか、
はっきり言うのだ。またついて来たこの男らは
何者か、うろなす船[6]から上陸したのはどこなのか」
　このように尋ねる王に対して、兄弟のなかでまず
アルゴスが、アイソンの子の旅路に不安を覚えて、

(3) 太陽神ヘリオスの娘で、メデイアの叔母。伝説的な島アイアイエの森に住み、薬草を使った魔術に通じる。
(4) イタリア半島中部、ラティウム地方西岸のキルケイイ岬のこと。この地はアイアイエ（前註）と同一視された。
(5) あるいは「コルキスのアイアから」とも解しうる。
(6) 船に付される伝統的な枕詞（エピテトン）。第一歌一三二八行も参照。

穏やかに(1)語りかけた。皆より年上だったからだ。
「アイエテス、あの船はすぐ吹き荒れる嵐に遭って
砕けました。私たちは水に落ち、板材にしがみついて、
エニュアリオス(2)の島の陸地へ大波が打ちあげました。
薄暗い夜でしたが、どなたか神が救ってくれたのです。
以前には、荒涼とした島のあちこちにアレスの鳥が
棲んでいたのに、もはやそれも見当たりません。
それを追い払ったのがこの方々です。その前日に
自分たちの船を離れ上陸したのを、ゼウスの意志か
あるいは何か運命が、私たちを哀れに思い引き留めて
くれたのです。彼らはプリクソスとあなた自身の
誉れ高き名を聞くや、食物も衣服もたっぷり与えて
くれました。あなたの町を指して旅をしていたのです。
　目的を知ろうとお思いなら、隠しなど致しません。
この方を祖国と財産とから遠くへ追いやろうと望む
王(3)がいて、その力がアイオロスの末裔《すえ》(4)すべてのなかで
際立って(5)強大であるがゆえに、この地まで旅せよと

（1）この言葉では王を説得できない（一四行以下）。
（2）アレスの古称。
（3）ペリアス（第一歌三行）。
（4）三六五頁「系図」を参照。
（5）「際立って」は本文上、二行前の訳文「望む」の直後に位置する。底本は両者のあいだに区切りを置くが、そこで区切らず「おおいに望む」と読む校訂もある。

送り出した――まったく無理難題です。その王曰く、羊皮がヘラスに戻らぬかぎり、アイオロスの一族は容赦ないゼウスの怒りと腹立ちも、プリクソス以来の耐えがたい穢れと報いも、逃れえないというのです(6)。船はパラス・アテナの手になるもので、コルキス人の男らが持つ船とはまるで物が違います。そのなかでも最悪のものに私たちは当りました。荒れ狂う海と風とがすっかり引き裂いてしまったのです。一方でこの船は、どんな暴風が吹きつけても、木釘は少しも緩みません。それはまた風によっても、男たち自身が櫂《オール》を漕いで休むことなく駆るときと、同じくらいよく走ります。この船に全アカイア(7)の最良の英雄たちを結集して、あなたの町を指し彼は来ました――あなたの好意を期待して、多くの町と厭わしい大海をさまよって(8)。ご自身の喜びにもなりましょう。力ずくで奪おうと来たのではなく、あなたの贈り物に相応しいお返しを望んでいるのです。サウロマタイ(9)が厄介な敵だとは

(6) 一五九頁註（8）。

(7) ギリシア全土のこと。

(8) ホメロス『オデュッセイア』の冒頭、またその主人公の冒険を想起させる表現。

(9) アゾフ海付近に居住したスキュタイ系の民族。北方からコルキスに境を接する。

話したので、あなたの支配下に従えてくれるはずです。
　またこの方々がどういう人たちか、名前と生まれを
知りたいと本当にお望みなら、逐一お話し致します。
こちらが――他の面々はこの方のためにヘラスから
参集しました――クレテウス家のアイソンのご子息、
名はイアソンです。本当にクレテウスの一族なら、
私たちには父方の親戚ということになりましょう。
クレテウスとアタマスはともにアイオロスの息子で、
プリクソスもまたアイオロスの子アタマスの息子です。(1)
こちらは――ヘリオスに子があるとはお聞きですか――
アウゲイアス。この方がテラモン、いとも誉れ高き
アイアコスのご子息。アイアコスの父親は他でもない
ゼウスでした。この方々に同行する他の仲間も皆、
同じく不死なる神の息子や孫にあたる方ばかりです」
　アルゴスはこのように語った。王はその話を聞くと
怒り狂って、心は苦々しい憤怒で高く膨れあがった。
そして苛立ち語ったが、カルキオペの子らへの怒りは

(1) 以上、三六五頁「系図」を参照。

特に激しかった。そのせいで彼らが来たと考えたのだ。
激情に燃える王の両眼が眉の下から輝きを放った。
「今すぐこの眼の届かぬところへ、役立たずめが、
さっさとこの大地から奸策もろとも出てゆかぬか——
禍《わざわい》をなす羊皮とプリクソスとを誰も眼にしないうちに(2)。
ヘラスからすぐ行動をともにして(3)、羊皮ではなく王笏と
王の栄誉を手にすべく、そなたらはここへ来たのだな。
そなたらが先に私から饗応《もてなし》を受けていなかったなら(4)、
きっとその舌を切りとり、両手をともにたたき斬って、
足だけを残して追放しているところだ。これからも
まだ旅に出よう、などという気を起こさぬようにな。
それに至福の神々にまで何という嘘を担がせたことか(5)」
　激昂してこう言った。アイアコスの子の心は大きく
奥底から膨れあがって、内側では激情が真正面から
破滅の言葉を吐こうと求めた。だがアイソンの子が
押し留めた。みずから先に穏やかな言葉で答えたのだ。
「アイエテスよ、この旅をご容赦ください。我々が

(2) すでに世にないプリクソスを「眼にしない」とは奇妙な言い方だが、定型的な威しの表現として、「羊皮とプリクソスに由来する試みが禍に終わらぬうちに」の意味で解する。
(3) 事実に反する王の思い込み。プリクソスの子らはヘラスに至っていない。
(4) 来訪者は饗応を受けるとゼウス・クセニオス（一五五頁註(5)）の庇護下に置かれる。
(5) 三三六行以下と三六二行以下の発言を踏まえる。

あなたの町と館に来たのはけっして仰せの理由《わけ》ではなく、
そんな野心もありません。誰が他人の持ち物を求めて、
みずからの意志で、これほどの海を渡れましょうか。
私を駆り立てたのは神(1)、そして暴君の冷酷な命令です。
嘆願者らに憐れみを――あなたの素晴らしい評判を
この私がヘラス全土にもたらします。またすでに我々は
戦いにより、すぐに返礼する心積もりもできています。
その王笏に従えようとお望みなのがサウロマタイでも、
あるいは他のいずれの部族であっても構いません」
　柔らかい口ぶりで機嫌をとって話したが、王の心は
二つのことを激しく求めて、胸のなかで波打った――
あるいは彼らに襲いかかりこの場で殺してしまおうか、
それとも力を試してやるか。考えるうちにこちらの方が
より好ましく思われた。そこで彼に答えて語りかけた。
「客人よ、なぜそなたは一切を詳《つまび》らかに明かすのか。
本当に神の血を引く者たちなら、そうでなく他人の物を
求めて来たのでも構わない、私に引けを取らないなら、

(1) 冒険の契機となる予言を与えた神、アポロンが念頭にある。

黄金の羊皮を持ち帰らせよう。それが望みであるのなら。
ただし力を試してからだ。優れた男を妬みはしない。
そなたらがみずから語るヘラスの王と私は違う。
　その力と勇気の試練は、命賭けのものではあれ、
この手によっては為し遂げられるものにしよう——
私にはアレスの平野[2]で草を食み、口から炎の息を吐く
青銅の蹄をした雄牛が二頭[3]いるが、私はその牛に
軛《くびき》を渡して、アレスの固い休耕地を追い立てている。
四ギュエース[4]のその畑にすぐに端まで犁を入れて、
犁跡に蒔くのはデメテルの穀物[5]を生む種子《たね》ではなく、
恐ろしい大蛇の牙。それが育って武具をまとった
戦士になる。この男らをその場でただちに殺し、
八方から向かってくるのを私の槍で刈りとるのだ。
夜明けに牛を軛につけて、夕暮れには収穫を終える——
もしそなたがこれらをこのように為し遂げるなら、
その日のうちに例の羊皮を王のもとへ持ち去るがよい。
だがそれまでは渡せない。期待を抱いてもならぬ。

（2）第二歌一二六八行。
（3）二二三〇行。
（4）ホメロス『オデュッセイア』第七歌一一三行で、アルキノオス王の広大な果樹園が「四ギュエース」と言われる。途方もない広さを示すが、具体的には不明。
（5）豊穣の女神デメテルがもたらす稔り（小麦など）のこと。

優れた男が劣った者に譲るのは相応しくないからだ」

　こう言った。イアソンは黙って足もとを見つめたまま、苦境に手立てが見つからず、何も言えずに座っていた。長いこと考えを廻らせたが、敢然と受けることなどできなかった。手にあまる大仕事だと思えたからだ。ようやく彼は王に答えて賢明な(1)言葉で語りかけた。

「アイエテスよ、私を閉め出そうとなさるのもじつに当然のこと。だから私もその試練を、途方もないことですが、引き受けましょう、死の運命が待ち受けても。人間には苛烈な必然ほど恐ろしいものは他にないはずなのです——王のもとから私をここまで引きずってきた必然ほどには」

　なす術なく打ち負かされてこう言った。すると王は悲嘆に暮れる彼に向かって、恐ろしい言葉をかけた。

「今は仲間のもとへ戻るがよい、苦難を望むのだから。だがそなたが牛に軛をかけるのに恐れをなしたり、破滅をもたらす収穫に尻込みしたりするならば、私は万事然るべく手を打つことになる——他の男も

(1) この「賢明」さはイアソンの思慮の結果ではない。神の関与が窺われる。

自分より優れた者に挑戦するのを恐れるようにだ」
　王の言葉は露骨だった。イアソンが席から立つと、
アウゲイアスとテラモンもすぐに立った。続いたのは
アルゴス一人――そのあいだに彼が頷き、兄弟たちは
まだそこに残るよう示したのだ。彼らは館を出ていった。
なかでもアイソンの子は神々しく、美しさと優雅さで
際立っていた。少女(2)は艶やかなヴェールをずらして
斜めの向きからその姿に眼を注ぎ見つめていたが、
その胸は苦悩でくすぶり(3)、心はあたかも夢のように
這い出して、去りゆく人の後を追おうと羽ばたいた。
それから男たちが悲嘆に沈んで館から出てゆくと、
カルキオペはアイエテスの怒りを警戒しながら、
息子らを連れてすみやかに部屋まで退がっていた。
メデイアもまた同じく去ったが、エロス(4)が掻き立てる
じつに多くの思い悩みに、しきりに心惑わせていた。
すべてがまだ彼女のすぐ眼前に浮かんでいた――
あの人がどんなだったか、どんな服を着ていたか、

(2) メデイア。

(3) 二九一行以下。

(4) 原文では複数形が使われる。「恋の諸力」という意味あいか。以下、六八七行、七六四行、九三七行でもエロスは複数形で現われる。

何を語って、どのように椅子に座り、どんな風に扉から
出ていったか。考えを廻らすにうちに、彼ほどの人は
他にいないと思われたし、耳のなかでは引きもきらずに
声だけでなく、心蕩《とろ》かす言葉までもが聞こえていた。
彼のことを思うと恐かった——牛かまたアイエテスが
その手で彼を殺すのだ。すでに死んでしまったように
少女はひたすら嘆くのだった。尋常でない憐憫から、
悲しみに暮れるその両頬を柔らかな涙が流れていった。
静かにすすり泣きながら、甲高い声で彼女は言った。
「哀れな私をこの苦悩がなぜ捕らえたのか。あの人が
英雄のなかで特に立派に死のうとも、惨めに死のうと
構いはしない——でも本当は無事に逃れて欲しかった。
そうだ、ペルセスの尊き姫神さま[1]、どうかあの人に、
生き延びて家への帰還をお許しください。でも牛たちに
屈することが運命なら、その前に分かって欲しい——
あの人が惨めに死ぬのを私は喜んでいないのだと」
　少女はじつにこのように心を物思いで惑わせていた。

（1）ヘカテ（二五一行）のこと。

その一方で勇士らは、人々で賑わう町から出て、
来るときに平野からたどった道をまた進んだが、
そのときイアソンに、アルゴスがこう語りかけた。
「アイソンの子、私が話す策は気に入りますまい。
ですが苦境にあって試さないのも得策とは思えません。[2]
あなたもすでに私から娘のことを聞きご存知ですね ——
ペルセスの姫神ヘカテに教えられ魔術に通じた娘です。
この娘を説得できれば、試練に臨んで屈する恐れは
もはやなくなると思うのです。しかし気がかりも
小さくはない —— 母上が引き受けてくれるかどうか。
とにかく私はもう一度引き返して、頼んでみます。
私たち全員に、共通の破滅が迫ってきていますから」
　仲間を思って言うと、彼はこのように言葉を返した。
「友よ、それがあなたに好ましいと思われるのなら、
咎めはしない。さあはやく行き、隙のない言葉で頼んで
母君を促してみてもらいたい。我々に残された望みは
惨めなものだな。帰国を女に頼るしかないのだから」

（2）この言葉はヘラの言葉（一六行）と響きあう。

こう言うと一行はすぐ沼地に着いた。仲間たちは
彼らが戻ってきたのを見て、喜んで口々に尋ねたが、
するとアイソンの子は悲嘆に沈んで彼らに語った。
「仲間たちよ、残忍なアイエテスの親しき心[1]は我々に
怒り狂っている――だがそれをいちいち話したとて、
私にも、次第を尋ねるそなたらにも、何の意味もない。
王が言うには、口から火を吐く青銅の蹄の雄牛が二頭、
アレスの平野で飼われている。その牛どもを従えて
四ギュエースの休耕地を耕すようにと命令があった。
大蛇の顎から抜き取った種子を渡し、そこから青銅の
武具をまとう大地の種族が生えるから、その日のうちに
殺さねばならぬという。それを私は――他には何も
妙案が思いつかなかったのだ――無条件で引き受けた」
　こう言うと、それは不可能な試練だと皆が思った。
そして長いこと黙ったまま、静かに互いに眼をやった。
破滅と手立てのなさに落胆したのだ。だがついに
ペレウスが、勇士たち皆のあいだで勇ましく語った。

（1）皮肉的な表現。

「今こそどうすべきかを考えるとき。だが相談も、
腕の力に頼るほどには、役に立つことはあるまい。
アイソンの勇ましき子よ、アイエテスの牛どもに
軛を渡そうと考え、苦難に心を向けるのならば、
ぜひとも約束を守りその身の準備を整えるがよい。
だがもしそなたの心が、勇敢さを恃むのに少しでも
躊躇《ためら》うなら、自身が無理することはないし、他に誰か
勇士を求めて座って見まわす必要もない。この私が
黙っていないぞ、幾らつらくとも死ぬだけではないか」
　アイアコスの子がこう言うと、テラモンが心逸らせ
すぐさま急いで立ちあがった。続いて三人目にイダスが
意気盛んに立ち、それにテュンダレオスの双子[2]が続く。
オイネウスの子[3]も一緒に立った――まだ柔毛《にこげ》の花さえ
咲かせていなかったが、男盛りの勇士たちの仲間に
数えられた。そのように力強く彼の心は高揚していた。
他の者は黙って彼らに譲ったが、アルゴスがすぐ、
試練を求めて逸る彼らに、このような言葉を語った。

(2) カストルとポリュデウケス。
(3) メレアグロス。

「仲間たち、たしかにそれが最後の手段。だが思うに
私の母が、あなた方に相応しい援助をしてくれましょう。(1)
ですから心が逸るとも、もうしばらくは今まで通り、
船に留まっていただきたい。堪《こら》えることになりますが、
それでも惨めな破滅へと突き進むよりよいでしょう。
　アイエテスの館で育った娘がいます。この娘に
女神ヘカテが卓越した薬草使いの妙技を教えた――
陸地と水の流れが育む、あらゆる草を扱う魔術です。
それらの草を使うなら、倦《う》むことのない火も勢いを
弱めますし、唸りを上げて流れる河をすぐに止めたり、
星々や聖なる月が進む道を縛りつけたりするのです。(2)
この娘のことを、館からここまで来る道の途中で、
私たちは思い出しました。その姉である我々の母が、
試練を助けるよう娘を説得できないかと思ったのです。
皆さんの方でもこの案に賛同してくださるならば、
今日のうちにもアイエテスの館へ戻り試してみます。
きっとこの試みは、神が助けてくださるでしょう」

（1）先の不安（四八〇行以下）は隠される。

（2）星辰の運行を止めることで時間を止める。

こう言うと、神々は彼らに恵み深くも兆《きざし》を送った——
鷹の攻撃を逃れようとする気弱な鳩が、恐慌を来して
空の高みからアイソンの子の懐に落ちたが、一方の鷹は
船尾の飾り(3)に落ちて刺し貫かれた(4)。モプソスがすぐに
神意を悟って、皆のあいだでこのような言葉を語った。
「仲間たちよ、そなたらに示されたこの瑞兆は神々の
意志によるもの。このように解くより他に、よい解釈は
ありえない——いかなる策を用いても娘に近づき、
説得を試みることだ。思うに娘は拒まないだろう、
キュプリスの力で帰国が叶うとしたピネウスの言葉(5)が
間違いでないならば。禍を切り抜けた穏やかな鳥は
あの女神が遣わしたのだ。どうか私の心が胸のなかで
この占いの鳥に従い予見する、その通りになるように。
さあ仲間たち、キュテレイア(6)に助力を求め呼びかけて、
今すぐにでもアルゴスの勧めることに従うがよい」
　こう言った。若者たちはピネウスの指示を思い出して
賛同したが、アパレウスの子イダスは一人跳びあがり、

（3）六九頁註（7）。
（4）ホメロス『イリアス』第二十二歌一三九行以下ではヘクトルを追うアキレウスが、鳩を追う鷹に喩えられる。アキレウスはその後ヘクトルを殺すが、ここでは鳩は窮地を逃れて鷹の方が死ぬ。
（5）第二歌四二三行以下。
（6）アプロディテのこと（四八頁註（5））。

恐ろしい怒りに満ちた大声を張りあげて言った。
「何てことだ。まったく我々は女どもと一緒に旅して
ここまで来たのだ。もはやエニュアリオス(1)の大いなる
力ではなく、キュプリスに援助を呼びかけるとはな。
鳩や鷹などに眼を向けて、試練に腰が引けているのだ。
失せてしまえ――おまえたちは戦いの勲《いさお》など忘れ、
かよわい娘を誑《たら》し込もうと、泣きついていればよい」
　気を高ぶらせてこう言った。仲間の多くは少しだけ
ざわついたが、イダスに反論する者は誰もなかった。
怒りを抱えたまま彼が腰を下ろすと、イアソンがすぐ
仲間たちを促しながら、自身の考えをこう語った。
「アルゴスは船を発ち行くがよい、そうすることが
皆の総意なのだから(2)。だが我々も河を出て上陸し、
もはや公然ともやい綱を結ぼう。戦いに怯えて
これ以上ぐずぐず隠れているのはよくないからだ」
　こう言うと、アルゴスをすぐに発たせて
急いで町まで戻らせたが、一方で勇士たちは

(1) 戦神アレスの古称。

(2) 一七三行以下の原則に則った発言。イダスは不満を表すが、代案を示さぬまま着座した。他に手立てがないことは彼にも分かっている。

アイソンの子の指示で、船の上に碇を引き揚げ、
沼(3)から少しだけ漕ぎ出して船を陸地に上げた。
　ただちに(4)アイエテスはコルキス人の集会を開いた。
館からは離れた、以前から習いであった集会の場で、
ミニュアイに耐えがたい謀略と悲嘆を整えたのだ。
王は宣言した――厳しい試練への挑戦を引き受けた
あの男を、牛たちが八つ裂きにしたあかつきには、
木々繁る丘に広がる森を伐って(5)、男たちもろともに
船を燃やしてやる、思い上がった企みをする者どもに、
苦痛に満ちた大言壮語をきっと吐かせてやるのだと。
アイオロスの裔《すえ》プリクソスさえ、幾ら助けを求めても、
館に受け入れ、炉端(6)に座らせるなどしなかったはず。
穏やかさと敬虔さであらゆる客人を凌《しの》いだ彼さえ、
ゼウス自身がヘルメスを天から使者に遣わして、
暖かいもてなしを受けられるよう図らなかったら。
ましてや王の大地に押し入ろうとする略奪者が、
いつまでも罰を受けずにいられるはずがない。

(3) 第二歌一二八一行以下。
(4) 四四二行での退去後すぐに。
(5) 船を燃やすための薪を得るために。大量の薪が示唆される。
(6) 一〇七頁註(5)。

他人の所有物《もの》にその手を掛けようなどと思って、
こそこそ隠れて謀議をなし、牧夫らの家畜小屋を
耳障りな襲撃で、打ち壊そうと企む輩などは。
　また王は独りごちた(1)——相応しい償いをするのは
プリクソスの息子らもだ。悪事をなす男どもに従い、
仲間となって戻ったからだ。奴らは栄光と王笏(2)から
憂いなく彼を追おうとしているが、それはかつて
父ヘリオスから聞かされた忌々しい予言のまま——
自身の一族による綿密な謀議と計略、幾多の道を
たどって迫る破滅から(3)、彼は逃れなくてはならない。
父親に命じられ長い旅路を求める奴らを、アカイア(4)の
大地へ送ったのはそのためなのだ。娘たち(5)はまさか
厭わしい謀りごとを企てる恐れなど少しもないし、
息子であるアプシュルトスもその気遣いはない。
この禍事《まがごと》はカルキオペの子らにより企まれた(6)——
それから王は怒りに震えつつ、耐えがたい所行を
民衆に宣言し、破滅を免れる者が誰もないよう、

(1) 直訳は「自身に対して言った」。以下六〇五行までを、王の心中での言葉と解する。あるいは「自身に対して」を「相応しい」または「償いをする」にかけて読み、同箇所もコルキス人への宣言と解する読み方もある。
(2) 王権の象徴。
(3)「幾多の道をたどって迫る」は、トロイア戦争の英雄オデュッセウス（策謀に長けた英雄）を想起させる表現。
(4) ギリシアのこと。
(5) カルキオペとメデイア。
(6) 王の疑念はカルキオペの子らがギリシアの血縁にあることに由来する。王にとって彼らは外部に属し、イアソンらとともに王権を脅かしている。

船のみか男たちをも見張れとおおいに凄んだ。
そのあいだにアルゴスはアイエテスの館に戻り、
あらゆる言葉を尽くして母に救いを求めていた——
メデイアに援助を頼んでくれないかと。母は自分でも
すでにその考えだったが、恐れが心を引き留めていた。
もしやそれは運命《さだめ》に反する懇願で、父親の激しい怒りに
娘が怯んで無駄に終わりはしないか、あるいは願いが
諾《うべな》われても、所行《こと》が露見し明るみに出はしないかと。
少女はというと、深い眠りが苦悶から解き放ち、
寝所に横になっていた。しかしほどなく心惑わす
破滅の夢が、苦しむ女によくあるように苛み始めた。
彼女は思った(7)——客人がつらい試練を引き受けたのは
羊の毛皮を持ち去ろうと考えてのことではなくて、
その目的でアイエテスの城市まで来たわけでもない。
彼が来たのは、自分を正式な妻として家に迎える
ためだったのだ。牛についても彼女は夢想した——
自分が試練に挑戦し、やすやすと果たしてゆくのを。

(7) この表現は、ホメロス『イリアス』第二歌冒頭でアガメムノンにゼウスが遣わす偽りの夢(彼に出撃を決意させ、ギリシア軍に大損害を与える)を想起させる。

だが彼女の両親は約束を反故にしようとするのだ。
彼らが牛に軛をかけよと命じたのは、娘にではなく
あの人に対してだったから。そのことから父親と
客人たちに白黒つかない諍《いさか》いが起こり、両者が彼女に
決定を委ねるのだった。心が求める通りにせよと。
彼女はすぐに客人の方を、両親のことは気にかけず
選んだが、彼らは激しい悲嘆に襲われ、怒りのあまり
叫びを上げた——悲鳴とともに夢は彼女を解放した。(1)
恐怖に震えて娘は跳ね起き、寝室の壁のあちこちに
視線をやった。ようやく気持ちを落ち着かせて、
もと通り胸に収めると、悲痛な声をあげて言った。
「哀れな私、何と恐ろしい夢に威《おど》されたことだろう。
英雄たちのこの旅が何か大きな禍をもたらさないか、
そのことが恐い。客人のため私の心は乱される——
ここから遠い故郷《ふるさと》でアカイア娘(2)に求婚をすればいい。
私はどうか乙女のまま、父さまたちのお世話をさせて。
いいえそれでも、心を犬(3)のようにして、姉さまから

(1) この夢はメデイアの願望を反映する。そこでは争いの的は羊皮ではなく彼女であり、試練の達成にまつわる「約束」(六二五行)も彼女をめぐって交わされている。
(2) ギリシア人の娘。
(3) 恥知らずの象徴。叙事詩の伝統ではヘレネ(夫を捨てて異国の王子パリスと出奔した)が、自分のことを「犬」と言う。

離れていないで試してみよう。姉さまは子供のことで
心を痛めて、私に試練を助けるよう頼むかもしれない。
そうなればこの心に燃えるつらい苦悩も消えるはず」
　こう言うと、彼女は立ちあがり部屋の扉を開けた——
裸足のまま部屋着だけの格好で(4)。自身の姉のもとへ
行こうと心逸らせて、中庭への敷居をまたいだが、
しかしそのまま長いこと部屋の戸口に留まっていた。
恥じらいが妨げたのだ。彼女はくるりと向きを変え、
もう一度部屋に戻ったが、ふたたび外へ出てくると、
またなかへ、行ったり来たりいたずらに足を運ぶ。
行こうとするたび、恥じらいが内から引き留め、
恥じらいに摑まる彼女を、大胆な憧れが励ますのだ。
三度試みたが、三度とも行けなかった。四度めに
また駆け戻ると、少女は寝所に俯《うつぶ》せに倒れ込んだ。
その様子《さま》はどこかの花嫁が寝室で、兄弟と親が
嫁がせてくれた、男盛りの夫を思い泣くときのよう。
恥じらいと分別から、侍女たちの誰とも言葉を

(4) 部屋の外では普通、部屋着の上に何かを羽織る。

交わさずに、部屋の隅に座り込んで悲嘆に暮れる。
お互いの思いやりを二人が楽しむよりも前に、
運命がその人を滅ぼした。彼女は心を燃やしても
声には出さず、夫のいない寝所を見つめ嘆き悲しむ。
女たちから馬鹿にされ、嘲笑などされてはならない――
そのようにメデイアは泣くのだった。そうするうちに
不意に彼女に近づいて、嘆きに気づいた侍女がいた。
少女につき従っていた年若いこの娘は、カルキオペに
すぐに知らせた。彼女は息子たちのあいだに座って、
妹の助力を得る手段を考えているところだったが、
それでも知らせを無下にはしなかった。侍女の話は
思いがけないものだったからだ。彼女はひどく驚いて、
部屋を出て妹の部屋へ急いだ――そのなかで妹は
悲嘆に暮れて身体を横たえ、左右の頬を引き裂いた(1)。
両眼が涙で霞《かす》むのを見て彼女は妹に言葉をかけた。
「ああ何てこと、メデイア、どうしてそんな涙を流すの。
何があったの。どんな恐ろしい悲しみが胸を襲ったの。

(1) 伝統的な嘆きの身振り。

もしかして神の病(2)がおまえの身体に取りついたとか。
あるいは私や子供のことで、破滅をもたらす非難など、
お父さまから聞いたのですか(3)――ああ、父さまたちの
この家も城市も見なければよかった。コルキス人の
名も届かない地の果てで、生きていればよかったのだ」
　こう言った。娘の頬は赤く染まり、返事をしようと
逸る彼女を長いこと、乙女の恥じらいが引き留めた。
何か言おうと思っても、舌の先に言葉が上がって
来たかと思うと、すぐに胸の奥底へ飛び去ってしまう。
愛らしい口もとまで何度もせり上がってくるのだが、
声となり先まで進んでくれはしない。ようやく彼女は
ずる賢くもこう言った。大胆なエロスが促したのだ。
「カルキオペ、お子たちのことで私の心は震えます。
お客人たちと一緒に、父さまがすぐ滅ぼさないかと。
いましがた短い眠りに微睡《まどろ》んでいたとき、そのような
悪夢を見ました――どなたか神が空夢にしてくれるよう。
お子たちのことで姉さまがつらい思いを抱かぬように」

(2) 恋はよく神の遣わす「病」と言われる。
(3) かねてからの危惧はこちらにある（四四九行など）。

　姉を試してこう言った。もしかして姉から先に、
子供たちを助けるように、頼んでくるかと思ったのだ。(1)
何という禍事を聞いたことかと、耐えがたい悲嘆が
姉の心に不安の波を打ち寄せた。姉はこう答えて言った。
「そのことは皆、自分でも心に廻らせ(2)ここに来ました。
おまえが救いをともに考え、整えてくれはしないかと。
さあ、大地《ガイア》と天《ウラノス》に誓って欲しい。私から聞いたことは
心のなかに留め置いて、私の助けになってくれると。
神々とおまえ自身、また両親にかけてお願いです——
子供たちが惨めな死のもと不幸な最期を遂げるのを
見ずに済むよう。さもなくば愛しい子らと一緒に死に、
今後はおまえに冥府《ハデス》から厭わしい復讐女神《エリニュス》(3)となるように」
　こう言うと、たちまち涙をとめどなく溢れさせて、
身体を低く屈めながら両手で膝に取りすがると、(4)
その懐に頭を埋めた。それから二人で抱きあって、
哀れを誘う嘆きを上げると、痛ましい悲しみに暮れる
二人のかぼそい泣き声が、館のなかに響き渡った。

(1) 彼女は恋の成就のため、姉の苦悩を利用する（六四一行以下）。

(2) 一八行のアテナの言葉と響きあう。女神たちの計略がまさに実現しつつあることを思わせる表現。

(3) 特に血族の殺害者に取り憑き、責め苛んで狂乱させる恐ろしい女神。有翼で頭髪は蛇、黒衣をまとい手に松明か鞭を持つ姿で想像された。

(4) 正式な嘆願の姿勢。

姉に対してメデイアが先に、嘆きつつ言葉をかけた。
「不憫な姉さま、どうすればお気持ちが癒えましょう。
忌まわしい呪いに復讐女神なんて言うのですから。
お子たちを救う確かな力が私にあればよいのですが。
姉さまが誓えと求めたもの、コルキス人の強き誓いよ
ご照覧あれ——広大な天とその下に拡がる神々の母(5)、
大地にかけて誓います。姉さまの願いが遂げられるべき
ものならば、この身に備わる力のかぎりお助けしましょう」
　こう言うと、カルキオペはこのような言葉で答えた。
「どうか客人に——あの人も助けを必要としています——
試練を制する策謀なり計略なり、考えてあげられませんか、
私の子供たちのために。あの方のもとからもアルゴスが、
おまえの助けが得られないかと、懇願に来ています。
話の途中で私はあの子を部屋に残してここに来ました」
　こう言うと、娘の心は内側で喜びに舞いあがった。
たちまち美しい肌は赤く染まり、熱くなってゆく娘を
靄《もや》(6)が捕らえた。そして娘はこのように言葉を返した。

(5) 大地（ガイア）は天空（ウラノス）を生んだ後、彼と交わり多くの神を生み出した。

(6) 恋の靄。アルキロコス（前七世紀の詩人）では眼に注がれ、冷静な判断力を奪うとされる（「断片」一九一）。

「カルキオペ、姉さまたちに好ましく嬉しいように
やってみます。どうかこの眼に暁が輝くこともなく、
もはや私が生きるのをご覧になることもないよう――
もしも私が何であれ、姉さまやお子たちの命よりも
大事に思うことがあるなら(1)。あの方々は私の兄弟、
大切な親族で歳も近いのです。そのようにこの私も、
姉さまの妹でありまた娘であるとも思っています。
幼い私を、あの方たちと同じくその乳房《むね》で育てて
くれましたから――母さまがいつも言っていました。
さあ戻って、私の援助は黙って隠しておくのです。
父さまたちに気づかれずに、約束を果たせるように。
夜明けに私はヘカテの社へ行き、雄牛を手懐ける薬を
客人に届けましょう。この諍いを起こしたあの人に(2)」
　こうして彼女は部屋を出て戻ってゆき、妹の助けを
息子たちに伝えた。だがメデイアは一人になると、
ふたたび恥じらいと厭わしい恐怖に捕らわれた。
それは自身の父に逆らう男のための策だったから(3)。

(1) この誓いは虚偽を孕む（二〇八頁註（1））。

(2) 彼女は夢のなかでの諍い（六二八行）を現実であるかのように語る。

(3)「男」はまた「夫」とも解しうる語。メデイアの夢想（六一九行以下）を踏まえた表現。

それから夜が大地の上に暗闇を運んできた――
海を行く船乗りはヘリケとオリオンの星々(4)とを
船の上から眺めやり、旅する者も門番なども
すでにして眠りを求めて、子供たちを亡くした
母親をも、深い眠りがひしひしと包み込んでゆく。
犬どもの鳴き声もいまや町中から消えて、物音ひとつ
聞こえずに、深まりゆく暗闇を沈黙が支配していた。
　だがメデイアには甘美な眠りなど訪れなかった。
アイソンの子を思い、雄牛らの強大な力を恐れて、
数々の思い悩みで眠れないのだ――そのせいで彼は、
アレスの休耕地《はたけ》で惨めな死を遂げようとしていた。
メデイアの心は胸のなかでしきりに波立ったが、
それはちょうど陽光が家のなかで、たらいや桶に
注がれたばかりの水から勢いよく跳び出して、
きらめき渡るときのよう。光は部屋のあちこちで
忙《せわ》しなく渦を巻き、飛びまわっては揺れ動く――
そのように少女の心も胸のなかで揺れていた(5)。

(4) ともに北天の星で、航海時に目印とされた。ヘリケ（大熊座）は方向を定める目印、オリオンは時刻を知る目印という（アラトス『星辰譜』三七行以下、七三〇行以下を参照）。

(5) 不安が光に喩えられることで、それが持つ明るい側面が示唆される。

眼からは憐れみの涙が流れ、内側では絶え間なく
苦痛が苛む。それは身体中にくすぶって、繊細な
神経をめぐり、頭を支える首筋のつけ根に至る。[1]
倦むことのないエロスが心[2]に悲嘆を射るときには、
その場所に最も激しく痛みが突き刺さるのだ。
雄牛たちを宥める薬を彼に渡すと決めたそばから、
いやそれはできない、自分も一緒に死のうと考え、
またすぐに、自分が死ぬでも薬を渡すでもなく、
このまま知られずその身の不幸を耐えようと思う。[3]
それから座ってあれこれ悩み、声に出して言った。
「哀れな私。あれかこれ、どちらの不幸に進もうか。
何をしたって私の心は救われず、苦痛の助けも何もない。
このままずっと燃え続けるのだ。いっそアルテミスの
すばやい矢に射られ、死んでしまえばよかったのに[4]――
あの人に出会う前、姉さまの息子たちがアカイアの地に
至らぬうちに。[5]あの一行は神かいずれかの復讐女神《エリニュス》が
私のために、かの地から連れてきたやまない悲嘆。

(1) 当時の医学研究の知見を踏まえた表現。
(2) 直訳は「横隔膜」。ホメロスにおいて、痛みや思考の座とされる。
(3) エウリピデスの悲劇『ヒッポリュトス』でのパイドラの苦悩（三九二行以下）を思わせる表現。
(4)「アルテミスの矢に射られる」は女性の急死を意味する定型表現。
(5) 彼らは実際にはギリシア（アカイア）に至っていない。一八九頁註（3）も参照。

試練に挑んで死ねばいい、休耕地で死ぬのがあの人の
運命ならば。父さまたちの眼を逃れ薬を使うなど、
私にできるはずがない。どんな言葉で弁明するのか。
どんな策謀が、援助を隠すどんな計略があるだろうか[6]。
仲間を離れ一人でいたら、あの人に声をかける[7]だろうか。
不幸な私——あの人が死んでも、苦しみから解かれる
望みなどない。けれど命を失ったなら、私を待つのは
きっと苦悩にちがいない。恥じらいなんて要らない、
誉れ[8]など要らない。あの人は私のおかげで救われ、
無事な身体で、行きたいと思うところへ行けばいい。
けれど私の方は、試練が果たされたその日のうちに
どうか死なせて——梁に首を吊るしてでもいい、
そうでなければ滅びの薬を飲んだって構わないから。
でもこうして私が死んでも、それから受けるのは
やっぱり嘲り。私を襲った運命を城市《まち》全体が叫んで、
遠くまで伝えるだろう。コルキスの女が私のことを
あちこちで噂しては、不当な非難を加えるだろう——

(6) カルキオペの言葉(七二〇行)を踏まえる。
(7) 原語は「(相手の)胸にしがみつく」とも解しうる。メデイアの願望を反映した表現。
(8) 王家の娘に相応しい誉れ。恥じらい(前行)はそれをもたらす。

あれは異国の男にそれほどまでに思い焦がれて(1)
死んだ女、情欲に負けて家だけでなく両親までも
辱めた女だと――あらゆる恥辱を身に受けるのだ。
ああ、私の心の迷い。まさにこの夜のうちに、
この部屋のなかで命を絶つ方がずっとよいはず――
この不名誉な口に出せない所行《こと》をしないうちに、
不可解な死を遂げて、ひどい非難をすべて逃れる」
　こう言うと、数多くある自分の薬を収めた箱を
取りにゆく――癒しの薬も、滅びの薬もあった。
それを膝に置くと悲嘆に暮れて、とめどなく泣き
胸もとを濡らした。そのまま涙を流し続けて、
わが身の運命を激しく嘆いたが、このとき彼女が
求めていたのは、命を滅ぼす毒薬を選んで飲むこと。
それを取り出そうと心に望み――不幸な娘だ――
箱を縛る紐をまさに解こうとしていた。だが不意に
その心に、厭わしきハデス(2)の破滅の恐怖が押し寄せて、
少女は長いこと言葉を失い動けなかった。まわりには

(1) 遠くのものを無闇に求めることは愚かとされた。
(2) 冥界の王。

心嬉しい人生の営みが、あれこれと浮かんでくる。
生きているうちに起こる様々な喜びを思い出し、
少女らしく、嬉々とした友の姿を思い出した。
それらを心で実際に一つずつ触れてゆくうちに、
彼女には太陽も以前《まえ》より愛おしく見えてきた(3)。
そしてその箱をまた自身の膝の上から降ろした——
ヘラの促しに考えが変わったのだ。もはや決心を
思い廻らすことはなく、今まさに昇りつつある暁が
はやく現われて欲しいと願った。あの人に魔法の薬を
約束通り手渡して、直接会うのが待ち遠しかった。
扉から閂《かんぬき》をしきりに外し、曙光《ひかり》が差してこないかと
何度も確かめる。そうするうちに「朝まだきの子(4)」が
喜ばしい光を投げかけて、町中で人が動き始めた。
　そのときアルゴスは、弟たちにはまだそこに留まり
少女の考えと心積もりを確かめるよう言いつけて、
自身は先にそこを離れ、ふたたび船へ戻っていった。
　さて少女の方は、暁が現われるのを眼にするや、

(3)「陽光を見る」は生を意味する定型表現。

(4) 暁のこと。一一五頁註(3)。

手入れもされず垂れさがるまま揺らめいていた
黄金《きん》色の髪をすぐさま両手でまとめ上げると、
涙の乾いた頬を拭い、それからネクタル(1)のように
芳しい香油を塗って肌を輝かせる。美しい上衣を
身にまとい、精巧に曲がったピンでそれを留めると、
神々しい(2)頭の上から銀色に輝くヴェールを被った。
そこで館のなかを歩きまわり、苦しみを忘れて
床を踏みしめてゆく——すでにその足もとにある
恐ろしい苦痛も、後に高まることになる苦悩も忘れて。
彼女は侍女たちを呼び——香を焚いた部屋の戸口に
全部で十二人が控えていたが、彼女と同じ年頃で、
まだ男と一緒に寝たことのない者たちだった——
ヘカテの壮麗な社まで自分を運んでくれるよう、
四輪の馬車に騾馬たちを急いで繋ぐように命じた。
　こうして侍女たちは馬車の用意にかかったが、
少女の方はそのうちに、うろをなす箱のなかから
薬を取る——プロメテイオン(3)と呼ばれる薬だという。

(1) 芳香を放つ神々の飲み物。

(2) 直訳は「アンブロシアーのような」。アンブロシアーは神の食べ物で、ネクタル（前註）とともにその不死性の源泉。

(3) この名はプロメテウス（八五二行）に由来する。

(4) ヘカテの異称。この名はまたペルセポネ（一四三頁註

真夜中の犠牲によって独り子のダイラ[4]を宥めて、
それを身体に塗り込むなら、じつにその者は
青銅で撃たれても傷つけられることはなく、
燃える炎に屈することもない。その日のうちは
武勇に加えて力もまた、尋常でないものとなるはず。
それが最初に生い出でたのは、生肉を喰らう鷲が
カウカソスの山の肩で、苦痛を受けるプロメテウス[5]の
血なまぐさい体液[6]を大地に滴らせたときのこと。
その花は地面から一ペーキュス[7]の高さに現われ、
コリュコスに咲くサフラン[8]に似た色をして、
一対の茎に支えられている。そして大地の内側に
まるで切ったばかりの生肉のような根を張る。
山に生える樫《オーク》の黒い樹液にも似たその根の液[9]を、
メデイアはカスピ海[10]の巻貝に集め薬を作った――
流れのやまない水により七度[11]その身を浄めてから、
また七度、若者を養うブリモ[12]、夜にさまようブリモ、
地底の女王、死者たちを支配する女神に呼びかけ、

（7）」にも関係づけられる。
（5）カウカソスとともに、一六二頁註（5）を参照。
（6）神々の身体を血の代わりに流れる液体（イーコール）で、不死性の象徴。それを「血なまぐさい」とするのは撞着的な響きがある。
（7）二七頁註（5）。
（8）アヤメ科の多年草で紫色の花をつける。鮮やかな黄色の染料として珍重された。コリュコス（トルコ南部キリキア）はその名産地。
（9）生肉（八五七行）から滴る血を想起させる。
（10）しばしばオケアノス（三四頁註（4））の入り江とされる。大地の果てにある。
（11）または「流れのやまない七つの河で」（古註）。
（12）ヘカテの異称。

夜闇のなか黒い外衣《ころも》を身にまとって作ったのだ。
ティタン族の根(1)が切られるたび、暗い大地が
地底から唸りを上げて振動し、イアペトスの子
自身もまた、苦痛に心掻き乱されて呻くのだった(2)。
　この薬を少女は取り出し、神々しい胸のまわりに
締めていた、香を焚きしめた帯のなかに仕舞った。
それから戸外へ飛び出して快速の馬車に乗ると、
その両側から二人の侍女が一緒に乗り込む。
彼女自身が手綱をとり、造り見事な鞭《むち》を右手に
町を駆け抜けてゆき、そして残りの侍女たちは、
車の籠(3)に後ろから手を掛け、幅広の大通りを
駆けながら下ってゆく――軽やかな薄衣《うすぎぬ》の裾が
色白の太腿のあたりまで持ちあげられていた。
それはまるでパルテニオス(4)の暖かい水のほとりか、
そうでなければアムニソス(5)の河で水浴を終えた
レトの娘神《アルテミス》のよう。黄金造りの車に立って、
脚速き若鹿を駆りながら山々のあいだを抜け、

(1) プロメテウスの父イアペトスがティタン神族であることを踏まえた表現。
(2) あたかもプロメテウス自身が切り刻まれているかのような表現。メデイアが後にペリアスや、自身の子の殺害者となることを予示する。
(3) 車本体に取りつけられた脱着可能な荷台の籠。
(4) 第二歌九三六行。
(5) クレタ島の河。そのほとりに出産の神エイレイテュイア（しばしばアルテミスと同一視される）の神殿があった。

遠くからはるばる芳しい百頭牛《ヘカトンベー》[6]を受けにゆく。
女神に従うニンフたちは、まさにアムニソスの
水源から集まった者らもいれば、数多《あまた》の泉が湧く
山頂の森を発ち来た者もいる。まわりでは獣らが
身体を震わせ、進む女神に喉を鳴らして尻尾を振る――
そのように少女らは町を駆け抜け、まわりでは
民衆が、王家の娘の眼を避けて[7]道を譲った。
それから城市の造り見事な街路をあとに、
幾つかの平野を駆け抜け社までたどり着くと、
そのとき少女はすばやく駆ける馬車からすぐに
降り立って、侍女たちのあいだでこう語った。
「皆さん、私はじつに大きな過ちを犯しました――
私たちの大地をうろつく異国の人たちがいる場所に
来てはだめだと気づかなかった。手立てのない困惑に
町全体が撃たれてしまい、そのため以前は毎日のように
集まった女たちが、誰一人ここに来ていないのです。
でも私たちはせっかく来たのだし、他には誰も

（6）百頭の雄牛を焼いて神に捧げる盛大な儀式。

（7）高位の者への敬意と同時に、彼女の眼が持つ魔力（第四歌一六六九行以下）を恐れて。その魔力は祖父ヘリオスに由来する（第四歌七二七行以下）。

来ないのだから、さあ心ゆくまで、おおいに楽しく
遊びましょう(1)。柔らかい野原からきれいな花を
摘み集め、それからいつもの時間に帰りましょう。
　それに皆さんは今日、この願いを聞いてくれれば、
お土産をたくさん持って家に帰れることでしょう。
アルゴスが私に翻意を促し、カルキオペまでもが
促すのです――でも私から聞くことは、黙って心に
留めておいて。お父さまの耳に入ると困ります――
姉さまたちは私に、牛のことで約束をした客人を、
贈り物と引き換えに破滅の試練から救えと言います。
それで私はこの話をよいと思って(2)、あの客人にも
仲間を連れずに、一人で会いに来るよう(3)求めました。
持ってきた贈り物を貰ったら、それは私たちのあいだで
取り分けて、あの人にはお返しにもっと恐ろしい物、
薬を渡すのです。あの人が来たらお願い、遠くにいて」
　こう言うと、巧みな計略(4)が侍女たち皆を喜ばせた。
アルゴスはすぐにアイソンの子を、仲間のもとから

(1) 歌いながらのボール遊び。ホメロス『オデュッセイア』第六歌におけるナウシカアと侍女たちの遊びが想起される。

(2) この文脈では「客人を滅ぼすのに好都合だと思って」ということ。

(3) 姉からの助力要請を受け入れたとき（七二七行以下）、彼女はこの要求をしていない。だが事態はこの後、彼女の言葉通りに進んでゆく。

(4) 来訪者を滅ぼす計略として「巧み」であると同時に、メデイアの思いを実現するという意味でも「巧み」。後者については七八一行も参照。

一人だけ連れ出した。この少女が夜明けにヘカテの
神聖なる社に行くと兄弟から聞き、平野を抜けて
イアソンを導いた。彼らとともにアンピュクスの子、
モプソスの姿もあった。神の遣わす鳥たちの意味を
解くのに優れ、仲間への助言にも優れた男である。
　そこにはまさに、人の世でこれまで見たこともない
姿があった。ゼウス自身の子供らも、他の不死なる
神の血を引く英雄たちも、これほどに美しくはない。
その日ゼウスの奥方[5]は、イアソンの姿をそのように、
対面しても話をしても惚れぼれするものに変えて、
仲間たちさえ、優美さに輝く彼の姿を見つめては
驚いていた。アンピュクスの子は行くのを喜んだが、
彼にはおそらくすでに一切が分かっていたのだ。
　神殿の近くに広がる野の道筋に、ポプラの木が
一本あった。無数の葉を繁らせるその木には
やかましい鳴き声の烏[6]がよく群をなしていたが、
そのうちの一羽が、高い枝先で翼を羽ばたかせて、

(5) ヘラ。

(6) 烏《からす》は後の文学において、しばしば結婚と結びつけられる。

ヘラの計らいに従ってモプソスを咎め立てた。
「これは不名誉な予言者、子供でも分かることに
考えを廻らすことができぬとは――娘が若い男と
甘い言葉も愛の言葉も交わせるはずがないではないか、
二人のところに他の者らがついて来てしまっては。
立ち去れ、予言も助言もできない奴め。キュプリスも
安らかなエロスも、おまえを愛して息を吹かない(1)」
こう言って罵った。モプソスは神が語らせた
鳥の声を聞くと微笑み、このように言葉をかけた。
「アイソンの子よ、そなたは女神の社へ行くがよい。
そのなかで娘に会ってとても親切に迎えられるが、
それはキュプリスの計らいによる。この女神こそが
試練を助ける――アゲノルの子ピネウスの予言通りだ(2)。
だが二人、私とアルゴスはこれから先へは進まずに、
この場所でそなたの帰りを待とう。そなたが一人で
娘に頼んで、巧みな言葉でこちら側に引き込むがよい」
いとも優れた助言をすると二人はすぐに賛同した。

(1)「息を吹く」は、「恋を引き起こす」と「(予言者としての)霊感を吹き込む」という二義を重ねた表現。

(2) 第二歌四二三行以下。

しかしメデイアの心は、皆と遊んでいてもなお、
他のことに考えが向かなかった。どんな遊びを
してみても、楽しく過ごせるのは束の間だけで、
どうしても心が離れてしまう。侍女たちの群に
眼を落ち着けておくことができず、小径の方へと
顔を向けては、しきりに遠くを見やるのだった。
足音であれ風であれ、物音が駆け抜けたような
気がするたびに、その胸にある心が何度も割れた。
　その人はほどなく、待ち望む少女の前に現われた。
まるでオケアノスから天高く昇るシリウス[3]のよう。
美しくひときわ眼を引く輝きを放ち昇りゆくが、
羊たちには言葉を絶する禍《わざわい》をもたらす星——
そのようにアイソンの子は見るも美しい姿で来て、
現われるなりつらい恋の苦しみを呼び覚ました。
少女の心は胸からこぼれ落ち、眼はひとりでに
暗く霞んで[4]、真赤な火照りが頬を捕らえた。
膝からは力が抜けて[5]、前にも後ろにも動かせず、

（3）一一九頁註（14）。

（4）七二六行の「靄」と同根の語。死を思わせる語でもある（第四歌一五二五行）。

（5）エロスは伝統的に「四肢を緩める神」とされる。

足も地面に張りついてしまう。そうしている間に
侍女たちは一人残らず、二人のもとから退いた(1)。
　二人は声もなく、黙ったまま向きあったが、
その姿はあたかも樫木《オーク》か高くそびえる樅のよう。
山間に並び立ち、風のないうちはじっと根を張り
動かないが、それから風を受けると揺れ動いて、
とめどなくさざめき続ける——そのように二人は
エロスに吹かれて言葉を溢れさせようとしていた。
アイソンの子は少女が神による苦悩(2)に陥っていると
気がついて、機嫌をとってこのような言葉をかけた。
「姫さま、一人で来た私をなぜそれほど恐れるのです。
私は他の男たちのように傲岸不遜な者ではないし、
そのことは以前、祖国に暮らしたときからずっと
変わりません。だからどうか私をあまり怖がらずに、
何でも好きなことを尋ねたり話しくれて構いません。
むしろ私たち二人は、お互いのことを思いやって、
過ちの許されない神聖な場所に来ていますから、

(1) 九一一行のメデイアの要求通りに。
(2) 六七六行。

包まずに語って、尋ねてください。嬉しい言葉で私を欺いてもいけませんよ。心に適う薬をくれるとあなたから先に、お姉さまに約束したのですから。

　さあ、他でもないヘカテとご両親、それから客人や嘆願者に手をかざす[3]ゼウスにかけてお願いです――私は嘆願者として、また客人としてここに来ていて、やむを得ぬ必要からお膝にすがります[4]。呻きに満ちた試練を乗り越えるには、あなたの助けが不可欠なのです。もちろんその援助には、後ほど私が然るべき感謝を致します――離れて暮らす二人に相応しい感謝として、その名と栄誉を輝かせましょう。他の英雄たちもまた、ヘラスに帰国の暁にはあなたを讃えるはずですし、彼らの妻や母親たちもそうするはず。おそらく今頃は浜辺に座って、私たちのことを嘆いているでしょう。彼女たちの痛ましい悲嘆を追い散らしてくれませんか。

　かつてテセウス[5]も、ミノスの娘御アリアドネ[6]が好意を寄せて、つらい試練から解き放ちました――

(3) 降りかかる禍から護る。
(4) 正式な嘆願の姿勢。
(5) 一一頁註(6)。
(6) クレタ島の王女。テセウスが怪物ミノタウロス(「ミノスの牛」の意味)の退治に挑んだとき、糸玉を与えて彼を助けた。

この少女を生んだのはヘリオスの娘パシパエ[1]です。
ですが彼女はまた、ミノスが怒りを収めると船に乗り、
男と一緒に祖国を出発しましたが、不死なる神々も
やはりこの娘を愛し、天の真中にあり彼女を讃える
冠の星座[2]にしました。それはアリアドネの星とも呼ばれ、
天に輝く図像のあいだを、一晩中まわっています[3]——
あなたも同じく神の感謝を受けましょう。あなたが救う
男たちの旅はそれほどのもの。じつにそのお姿から、
穏やかな優しさに溢れた方だとお見受けします」
　このように讃えて言った。すると少女は眼を伏せて、
いとも甘美な笑みを浮かべた。称賛に持ちあげられて
内側で心が蕩け、眼を上げて正面から彼を見つめた。
始めにどんな言葉をかけたらよいか分からずに、
すべてを一遍に、すっかり口にしようと逸った。
香を焚いた胸の帯から薬を取り出し、思い切って
差し出すと、男は喜んですぐさまそれを手に収めた。
できるなら心もすっかり胸から抜いて、男の手に

（1）クレタ王ミノスの妻。雄牛と交わりミノタウロス（二二五頁註（6））を生む。父親がヘリオスなので、メデイアとは姉妹関係にある。

（2）冠座のこと。テセウスと出奔後、アリアドネはディアの島（第四歌四二四行）でテセウスに置き去りにされる。そこで神ディオニュソスが彼女を愛して冠を与え、天に昇って星座となった。

（3）冠座は北天の星座で地平に沈むことがない。アリアドネの栄光が隠れないことを示す。

渡しただろう。必要とされるのが嬉しかった——
そのように恋[4]は、アイソンの子の黄金《きん》色の頭から
甘美な炎[5]をきらめかせて、少女の眼から輝きを
奪い去ろうとした[6]。胸の内では心が熱くなり
溶けていった。まるでバラの繁みに落ちた朝露が、
夜明けの光に暖められ溶けてゆくかのようだった。
二人とも恥じらいから眼をじっと地面に落として、
そうかと思うと互いにふたたび視線を投げあい、
眉を輝かせ憧れに満ちた微笑みを交わすのだった。
ようやく少女は何とかこのように言葉をかけた。
「よく聞いてください、私の謀る援助はこうです——
お父さまに会いに行けば、大蛇の顎から取った牙を、
破滅の種蒔きをするようその手に受け取るはず。
そうしたら夜を真中で二つに分かつ時を見張り、
やむことのない河の流れで身を浄めてから、
他の方々から離れ、一人で黒い外套をまとって、
円くなるよう穴を掘ります。その穴のなかで

(4) 底本に従い普通名詞として訳した。あるいは固有名詞として「エロス」と解するべきか。
(5) 炎はすべてを焼き尽くす。それを「甘美」とするのには撞着的な響きがある。
(6) 九六三行（目が暗く霞む）と同趣旨の表現。

雌の羊(1)を屠《ほふ》ったら、穴のまわりに丁寧に積んだ
薪の上に、切り分けないままの生肉を置くのです。
それから蜜蜂が集めた苦労の果実(2)を杯から注ぎ、
ペルセスの独り子、ヘカテを宥めてください。
そこで私の言葉の通りに女神を鎮めたなら、
薪積みのもとから退きます。足音が聞こえても
後ろを振り返ってはいけませんし、犬が吠えても(3)
振り向いてはだめです——どうか一切を損なわず、
ご自身も首尾よくお仲間のもとへ戻ってください。
　夜明けが来たらこの薬を湿らせて、裸になって
香油のように塗り込むのです。するとその身体には
限りない勇気と大いなる力が漲《みなぎ》り、もはや死すべき
人間ではなく、神々に等しいとさえ思われるはず。
さらに槍はもちろん盾と剣にも撒《ま》いてください。
そうすれば大地に生える男たちが振るう槍も、
耐えがたく襲う雄牛どもの破滅の炎も、あなたを
切り裂くことができません。効力は長く続かず

（1）ヘカテには黒い雌の仔羊や仔犬が捧げられる。
（2）蜂蜜のこと。
（3）ヘカテは犬を伴って現われる（一八二頁註（1））。

一日限りのものですが、それでもけっして試練から
退《ひ》かないことです。もう一つ別の策も授けます——
力の強い牛たちを軛につけて、力を込めて勇敢に、
固い休耕地《はたけ》の隅々まで、すみやかに犁を入れます。
すると黒い土に大蛇の牙が蒔かれるそばから、
犁跡に沿って大男たちが生い出でてきますから、
休耕地から大勢が飛び出してくるところを狙って、
気づかれぬように、巨大な石を投げるのです。
彼らはそれをめぐって、餌を争う猛犬のように
互いに殺しあうでしょう。ご自身も急いで戦いに
向かってください。そうすることで羊皮をヘラスに、
アイアから遠い地へ持ってゆける。どこでもいい、
好きなところへ、行きたいところへ発つのです」
　こう言うと、少女は黙って足もとに視線を落とし、
神々しい頬を温かい涙で濡らしてゆく。イアソンが
はるか遠くへ去り、海をさまようことになるのが
つらかった。少女はふたたび正面から彼を見据えて、

悲痛な言葉で呼びかけながら、右手を取った(1)。
その眼からはすでに恥じらいが去っていたのだ。
「いつの日か故郷《ふるさと》に戻っても、メデイアの名前を
思い出して(2)。私も同じく、遠くにいるあなたのことを
忘れません。どうか私に教えてください——お屋敷は
どこですか。海を越えてどこまで渡ってゆきますか。
もしかして豊穣なオルコメノスの近くまで、それとも
アイアイエの島のあたりですか(3)。先の娘は誰ですか。
お名前を挙げられた名高いお方が誰であっても、
その母親のパシパエは父さまと同じ一族なのです(4)」
　こう言った。少女の涙によって、イアソンにも
破滅の恋が忍び寄る。彼は答えてこのように言った。
「夜はもちろん昼のあいだも、けっしてあなたを
忘れはしません。運命(5)を逃れたなら——もし本当に
アカイア(6)まで無事に逃れたならば。またアイエテスが
もっと過酷な別の試練を、我々に課すのでなければ。
ですが我々の祖国のことを知りたいとお望みなら、

(1) 右手を取るのは信義の証。
(2) ヒュプシピュレの言葉（第一歌八九六行以下）を想起させる。
(3) オルコメノスはプリクソスの故郷で、アイアイエはキルケの住む地。ともにメデイアの知るギリシアの地名。
(4) 二二六頁註（1）。
(5) 死の運命。
(6) ギリシアのこと。

話しましょう。私の心もそうせよと命じています。

　険しい山に囲まれた大地があります。至るところで羊がたっぷり草を食むその場所で、イアペトスの子プロメテウスが、優秀なるデウカリオン[7]を生みました。この男が始めに都市を建設して、不死なる神々のため神殿を建てました。最初に人々を治めたのもこの男。近くに住む者たちはそこをハイモニア[8]と呼んでいます。その地には私の町イオルコスと他にも多くの町があるのですが、そこではアイアイエの島については名前すら耳にしません。けれどミニュアス[9]のことは、アイオロスの子ミニュアスですが、かつてそこを発ち、カドメイオイ[10]との境にオルコメノスを建てたといいます。でもどうしてこのような無駄な話を続けるのでしょう。我々の家のこと、またミノスの娘、名声広く知れ渡るアリアドネのことなどを――この輝かしい名前こそ、私にお尋ねの、あの愛らしい乙女が呼ばれる名です。あのとき彼女をめぐってミノスがテセウスと合意した、

（7）ギリシアの洪水伝説の主人公。ゼウスが起こした大洪水の際、父プロメテウス（第二歌一二四九行）の教えで箱船を作って難を逃れ、後の人類の祖となった。

（8）一一八頁註（5）。

（9）一一八頁註（3）。

（10）テーバイ人のこと。町の創建者カドモス（一一七八行）にちなむ呼称。

そのようにお父上も我々と友誼を結ばれますように」
　こう言って、穏やかな会話で宥めようとした。
だが少女はひどく痛ましい悲痛に心をかき乱されて、
悲しみに暮れ、激した言葉でイアソンに懇願した。
「ヘラスではそう約束を守るのが立派でしょうが、
アイエテスは男たちのなかで、先ほどのパシパエの夫
ミノスのようには振る舞いません。私もアリアドネとは
違います。ですから歓待(1)など口にしてはいけません。
でもどうかイオルコスに帰った後も、私のことは
忘れないで。私もあなたを、両親の意に沿わなくても、
忘れはしません。私を忘れ去ったときには、噂でも
遣いの鳥でも、遠くから私のもとまで来るように。
そうでなければ私の方を、すばやい嵐がこの国から、
海を越えてイオルコスまで攫《さら》っていってくれるように。
眼前《めのまえ》で非難をぶつけて、私のおかげで逃れたのだと
思い出させて差しあげます。そのときは思いがけなく、
あなたの館の炉の端(2)に、私が姿を現わしますよう」

(1) 一一〇一行のイアソンの言葉を受け、彼とメデイアとの結婚を含意する語と解する。

(2) 家の中心部分。

こう言うと、哀れな涙が両頬を伝って落ちた。
その涙に[3]イアソンは、少女に答えて言葉をかけた。
「かわいそうに、嵐は無駄にさまよわせておきなさい。
遣いの鳥も同じです。あなたの言葉は杞憂ですから。
もしあなたがあの国へ、ヘラスの大地に来るならば、
女たちにも男たちにも敬われ、大切にされるはず。
皆はあなたをほとんど神のごとく尊ぶはずです――
あなたの計略のおかげで子らの帰国が叶った者、
あるいは兄弟や一族の男たち、若い盛りの夫らを、
最悪の窮地から救われた者もいるのですから。
あなたは私と結ばれて、正妻の閨《ねや》で夫婦の寝所を
整えるのです。定められた死が二人をともに隠すまで、
他の愛情が私たちを引き離すことなどありません[4]」
　こう言った。それを聞き彼女のなかで心が溶けたが、
同時にまた、忌まわしき所行[5]を思ってぞっと震えた。
不幸な少女だ――ヘラスに住むのをいつまでも
拒むことはできなかった。ヘラがそう謀ったのだ――

（3）一〇七七行以下。

（4）メディアの残酷な未来を予示する、特に重要な言葉。詳細は「解説」三七五頁以下を参照。

（5）あるいは「(閨中にあり)判然と見えない所行」とも解しうる。

アイアのメデイアが故郷の大地を発って、ペリアスの
禍となるべく、神聖なるイオルコスまで至るように[1]。
　遠くから黙って様子を見守っていた侍女たちも、
すでに不安になり始めていて、少女が母親のもとへ
帰宅するには、明るい時間が不足しようとしていた。
だが少女は帰宅をまるで思わなかった——その心には、
男の姿もとり入る言葉も、どちらも嬉しかったのだ——
アイソンの子が遅まきながら用心して言わなければ。
「お別れの時間です。私たちが戻らぬうちに陽の光が
沈んでしまい、見知らぬ誰かにすべてが感づかれては
いけませんから。またここに来てお会いしましょう」
　こうして二人は互いに優しい言葉を交わしつつ
これほどまでの気持ちを確かめ、別々に帰路についた。
イアソンは仲間と船のところへ喜んで戻ってゆき、
少女は侍女たちのもとへ戻った。彼女らは駆け寄り
皆で迎えたが、囲んでも少女はまるで気づかない。
心が高く舞いあがって、雲間を漂っていたのだ。

（１）メディアはイアソンとともにイオルコスに行き、魔力を用いた謀略でペリアスを殺す。ペリアスに対するヘラの復讐（六四行以下）が遂げられて、イオルコスは「神聖なる」町になる。

みずから動く足に任せて快速の馬車に乗り込むと、
一方の手に手綱をとり、もう一方には見事な造りの
鞭を持って騾馬を駆る。馬は鞭を受け町を目指し、
家に向かって急いで駆けた。少女が家に着くと、
カルキオペが子供らのことで心を痛めて尋ねたが、
少女は思いを引き戻されて仕方ない。言葉もまるで
耳に入らず、問いかけに答える気にもなれなかった。
寝椅子の足もとにある低い足置きに座ったまま、
身体を傾けて片方の頬を左手に載せて支えた。
自分の計略で(2)何というひどい所行に加担したかと
思いを廻らし、まぶたのなかで眼を濡らした。
　一方でアイソンの子は、仲間たちをあとに残して
分かれて進んだその場所でふたたび彼らに落ちあうと、
事情をすべて説明しながら、英雄たちの待つところへ
連れ立って戻っていった。そのまま船に近づくと、
仲間らは彼を見るなり出迎えて、口々に問いかけた。
そこでイアソンは少女の計画を皆に語って聞かせつつ、

（2）一二五五行「あなたの計略のおかげで」と響きあう表現。

恐ろしい薬を示した。イダスだけは仲間から離れて[1]、
一人座って怒りを噛み潰していたが、他の者は喜んで、
そのときは夜の闇が引き留めたのでひとまず寛ぎ、
それぞれ身辺の支度にかかった。だが夜明けとともに、
アイエテスのもとへ行き種子《たね》を求めさせるために、
二人の男を派遣した。まずアレスの寵児テラモンで、
伴をするのがヘルメスの名高き息子アイタリデス。
彼らは道を進んでゆき、しっかりと役目を果たした。
彼らが来ると王アイエテスは、試練のための厄介な牙、
アオニア[2]の大蛇の牙を渡した――それはカドモス[3]が
エウロペを探しオギュゴス[4]のテーバイに至ったとき、
その場所でアレスの泉を見張るのを殺した大蛇。
それからアポロンが旅路を案内すべく予言とともに
従わせた雌牛の導きで、その地に住まいを定めた。
その牙をトリトンの女神[5]が大蛇の顎から抜き取って、
アイエテスと蛇を殺した張本人とに均等に分け与えた。
そしてアゲノルの子カドモスは、アオニアの平野に

(1) 五五六行以下。

(2) ボイオティアのこと。その中心都市がテーバイ。

(3) フェニキア王アゲノルの息子。ゼウスに攫われ失踪した姉(または妹)エウロペを探してギリシアに至り、「月形の印を持つ雌牛を求めて、それが身体を休めたところに都市を建設せよ」というアポロンの神託に従ってテーバイの創建者となる。

(4) ボイオティア初代の王。「オギュゴスの」で「古《いにしえ》の」を意味する。

(5) アテナのこと(第一歌一〇九行)。

種子を蒔いて、刈取りをするアレスの槍のもとに
残ったかぎりの、大地から生まれた民を創始した[6]。
一方でアイエテスは、その牙をこのとき喜んで与え、
船へ持ってゆかせた。牛に軛をつけえたとしても、
試練を最後まで彼が遂げるとは思わなかったからだ。
　ヘリオス[7]がはるか西の彼方で、アイティオペス人[8]の
最果てにある峰々を越えて暗い大地に沈んでゆき、
ニュクス[9]が馬たちに軛をかけるなか、彼ら英雄たちは
もやい綱の脇に寝所を整えていた。だがイアソンは
輝かしい光を放つ大熊座、ヘリケ[10]の星々が傾いて
天空の下で大気がすっかり静まり返ると、ただちに
必要なものをすべて携え、密かに働く盗人のように、
人気のないところへ行った。あらかじめ昼間のうちに
一切の支度を済ませていたのだ。雌羊と乳[11]はアルゴスが
出ていって群から手に入れ、残りは船から持ち出した。
　さて人々の行き交う道から離れ、木々の開けた
草地のなかに、穏やかな空が覗く場所を見つけると、

（6）蒔かれた牙から男たちが生まれ、それをカドモスが殺して五人が生き残る。この五人は「スパルトイ［蒔かれた者］」と呼ばれテーバイの貴族の祖となった、という伝承を踏まえる。ここでは殺害者がアレスとされるが、これは戦争そのものの擬人的表現とも読める。
（7）太陽神。
（8）世界の東西の果てに分かれて住むという伝説的な人々。神々を饗応する民としても有名。
（9）「夜」の擬人神。馬車を駆って高天を行くとされた。
（10）一一〇頁註（4）。
（11）ヘカテへの注ぎ（一二一〇行）は蜂蜜と乳を混ぜたもので行なわれた。雌羊については一〇三三行。

その場所でイアソンはまず、神聖なる河の流れで柔らかな身体を厳かに洗い浄め、青黒い外套を身にまとった。かつてレムノスのヒュプシピュレが、何度も交わした(1)愛の形見に、彼に持たせた外套だった。それから彼は地面から深さ一ペーキュスの穴を掘り、薪を積みあげると、続いて羊の喉を切り裂いて、その身体を丁寧に拡げて上に置く。薪積みの下に火を差し入れて燃やし、灌奠《かんてん》の混ぜ物を注いだ——試練を助けよとヘカテ・ブリモ(2)に呼びかけながら。祈願を終えて引き返すと、この恐ろしい女神はそれを聞いて、イアソンの捧げ物を受け取ろうと、地下深い隠れ処から出てきた。女神の頭を囲むのは樫《オーク》の若枝に絡みつく見るも恐ろしき蛇たちの冠。松明の炎が限りない輝きを放ち、そのまわりでは地底の犬どもが、けたたましい吠え声を上げていた。女神が進むとすべての草原が身震いし、沼地に棲む河のニンフたちが叫んだ。アマランタ(3)なるパシスの、

(1) あるいは「熱烈な」とも解しうる。

(2) 八六一行。

(3) 一一二頁註(5)。

あの河べりの地で跳ねまわり踊るニンフらである。
アイソンの子は恐怖に捕らわれたが、それでも後ろを
振り返らずに歩みを進めて、そのまま仲間たちの
もとに戻った。朝に生まれる「暁」がもう昇っていて、
雪を戴くカウカソスに上から光を投げかけていた。
　そのときアイエテスもまた、胸のまわりに頑丈な
胸当てをまとった。それはプレグラの巨人ミマス[4]を
アレスがその手で殺したとき、彼に与えた胸当だ。
そして頭には黄金《きん》色に輝く四つ臍《ほぞ》の兜を載せた。
まるでオケアノスから昇ったばかりの太陽が、
円い光をその身にまとって輝く姿のようだった。
そして幾重にも重ねた皮の盾と、さらには恐ろしい
無敵の槍を振りまわした。これに耐えうる英雄は、
ヘラクレスを遠くに置いてきた以上、他には誰も
いなかったはず——正面から戦えるのは彼だけだった。
また王のため、駿足の馬が引く頑丈な造りの戦車を
パエトン[5]が近くに置いて乗り込ませ、それから自身も

(4) プレグラの戦い（二二三三行）を戦った巨人族の一人。その殺害者はアレスの他、ゼウスともヘパイストスともされる。

(5) アイエテスの息子、アプシュルトスのこと（二四五行）。

それに乗り、手綱を手にして操った。彼らは試練に
立ちあうべく、城市を出て広い道路を駆けてゆき、
彼らと一緒におびただしい人々が先を急いだ。
さながらイストミアの競技(1)に向かうポセイドン――
馬車に乗り込み、他にもタイナロンやレルネ(2)の水域、
さらにはヒュアンテス人(3)のオンケストスの森にも行く。
この神はまたカラウレイア(4)や、ハイモニア(5)のペトラ、
あるいは森繁きゲライストス(6)に向かっても馬を駆る――
コルキス人を導くアイエテスはそのように見えた。
　そのあいだにイアソンは、メデイアの教え通りに
薬を湿らせ、盾だけでなく強靭な槍、また剣にも
振り撒いていった。両側から仲間たちが力を込めて
武具の強度を試したが、その槍を曲げることは
少しもできない。槍はまったく撓《たわ》むことなく、
力を加えた手のなかでしっかり硬く乾いていた。
するとその彼らに怒ったままのアパレウスの子イダスが、
槍の石突を巨大な剣で切りつけた。だが切っ先は

(1)コリントスのポセイドン神域で行なわれた競技祭。以下、ポセイドン信仰の中心地の名が列挙される。
(2)ペロポネソス半島アルゴリス地方の沼沢地。タイナロンは第一歌一〇二行。
(3)カドモス(一一七八行)に追い出されたボイオティアの先住民。
(4)サロニコス湾の島ポロスのこと。
(5)一一八頁註(5)。
(6)ボイオティアの岬。

鉄床から打ち返される鎚のように跳ね、英雄たちは
大きく叫んで、試練に希望が見えたことを喜んだ。
　それから彼は自分にも薬を撒いた。言葉を絶する
怯むことを知らない勇気が恐ろしいほど身体に湧いて、
両腕はともに尋常でない力に膨らみすばやく動いた。
まるで戦いに逸るアレスの馬(7)が、いななきながら
跳ねまわっては地面を打つときのよう。まっすぐに
耳をそば立て、自信に満ちて首を高く持ちあげる——
そのようにアイソンの子は手足に溢れる力を喜び、
青銅の盾とトネリコの槍とをその手に持って
振りまわし、あちこちへ何度も高く飛び跳ねた。
それを見れば、真黒な嵐をもたらす雲が拡がり、
そのあいだから冬の稲妻が次々と輝き渡って、
暗い天空を駆けめぐるかと思っただろう。
　こうして彼らは、もはやこれ以上長いこと
試練を躊躇うことはなく、次々と漕ぎ座について
すみやかに、アレスの平野に向かって急いだ。

(7) 軍馬のこと。

その場所は河をさらに遡った町[1]の対岸にあり、
町からの距離は、王の葬儀で縁者らが競走選手や
戦車乗りの競技を催すときに、出発点《スタート》から折り返しの
標柱まで、戦車で駆けるのと同じくらい[2]離れていた。
そこで彼らが眼にしたのはアイエテスと、コルキスの
他の諸部族――人々はカウカソスの高みに陣取り、
王はまさにその河の縁に沿って戦車を廻らせていた。
　アイソンの子は、仲間たちが艫綱を結ぶとすぐに、
槍と盾を手にして船を跳び出し、試練に向かって
進んでいった。彼はまた鋭い牙を一杯に満たした
輝き放つ青銅の兜を抱えて、肩からは剣を掛け、
身体は裸[3]。その姿は一方ではアレスに似ていたが、
あるいは黄金の剣持つアポロンにもどこか似ていた[4]。
休耕地《はたけ》を広く見渡して、雄牛に掛ける青銅の軛と、
その脇に頑丈な金剛石《アダマス》[5]の一枚造りの犁を見つけた。
それからその近くに行くと、強靭な槍をまっすぐに
石突から突き刺して、それを支えに兜を置いた。

（1）一行《いっこう》がいた停泊地（五七三行以下）から。

（2）この距離はレースによって異なるが、たいてい二〇〇―四〇〇メートルだった。

（3）後続の文と併せて、彫刻などの美術作品を思わせる。ヘシオドス『仕事と日』三九一行以下の、耕作は裸で行なうべしとの記述を踏まえるのかもしれない。二四五頁註（5）も参照。

（4）アレスは凄惨な戦争を、アポロンは調和のとれた美しさを象徴する。

（5）一〇二頁註（2）。

盾だけを持ち先へと進んで、雄牛たちの数限りない
足跡を探ってゆく。するとどこかは分からないが、
地下に身を潜めていた牛たちが――煤けた煙で
とり囲まれた堅固な牛小屋がそこにはあった――
燃える炎の息を吐きつつ二頭同時に跳び出してきた。
　英雄たちはそれを見て戦慄したが、彼はしっかり
踏ん張って、あたかも海中に突き出た岩が吹き荒れる
風に狂った大波に向かうように、襲撃を待ち受けた。
身体の前に盾をかざして身構えると、二頭の雄牛は
唸り声を上げながら、強力な角で襲いかかったが、
その突進はイアソンを少しも持ちあげなかった。
あたかも穴の開いた溶炉のあいだで、鍛冶屋たちの
丈夫な革製のふいごが、火花をきらめかせつつ
破滅の炎を燃えあがらせては、今度は息を止めて、
その下に炎が走ると、そこから恐ろしい咆哮が上がる――
そのように牛たちが口からすばやく炎を吐きつつ
吠え声を上げると、焼けつく熱が彼を包んで

稲妻のように撃ったが、少女の薬がその身を護った。
　すると彼は右側にいる雄牛の角の先端に手を掛け、
全力を込めて勢いよく引っ張り、青銅の首当てに
近づける。青銅の足にすばやく足で蹴りを入れ、
大地の上に膝をつかせた。もう一頭もこのように、
襲ってきたところに(1)一撃を加えて倒し、膝を折らせた。
幅広の盾を地面に放ると、左右の足で踏ん張って、
倒れた牛を二頭とも、あちらもこちらも前脚の上に
押さえつけ、近くから吹きつける炎に身を屈めた。
男の力にアイエテスは驚いた。テュンダレオスの子ら(2)が
そのあいだに――前もってそう言われていたのだ――
軛に近づき地面から上げ、牛に掛けよと彼に渡した。
それを彼は首筋に固く結びつけると、二頭のあいだに
青銅の轅《ながえ》(3)を持ちあげ、鋭い鉤爪で首当てに固定した。
それから二人は炎の下から逃れ出て船に戻ったが、
イアソンはふたたび盾を手に取り、背中の後ろに
ぶら下げた。そして鋭い牙で満たされた頑丈な兜と

(1) 別写本「膝の上に崩して倒した」。
(2) カストルとポリュデウケス。
(3) 軛と犂を繋ぐ長い柄のこと。その左右に牛が繋がれ犂を引く。

無敵の槍を摑み、ちょうど農夫がペラスゴス(4)の突き棒で
脇腹の真中を下から突くときのように、雄牛たちを
槍で突き刺しながら、しっかりと組みあわされた
金剛石の犁の持ち手を、力を込めて導いていった。
　雄牛らは始めのうちはおおいに猛り、激しく燃える
炎の息吹を吹きつけた。その息が燃えあがる様子《さま》は
まるで荒れ狂う風が唸りを上げるよう。船乗りたちは
その風を何よりも恐れ、大きな帆を巻きあげるのだ。
だがそれからほどなくして、槍による促しを受け
牛は進んだ。後ろにはごつごつした休耕地《はたけ》が耕され、
雄牛の力と力強い耕作者により切り裂かれていった。
犁跡に沿って、人がようやく運べるほどの土塊《つちくれ》が
次々砕けて恐ろしい音を響かせ、彼自身は後ろから
犁の刃を逞しい足で押さえてついてゆく。土塊を犁が
掘り起こしてゆくにつれ、自身から遠くに牙を蒔き、
何度も後ろを振り返った。大地に生える男たちの
破滅をもたらす作物(5)に、先に襲われるのを恐れたのだ。

(4) テッサリアの古称。「突き棒」と訳した稀語が、この地の方言であることを示す形容語句。

(5) 農耕の比喩。「作物」である男たちは大地から「生え出て」(一三五五行)、イアソンはそれを「刈りとって」(一三八二行) ゆく。四〇九行以下、また一一八五以下の記述も参照。

牛は青銅の蹄を踏みしめ、つらい仕事を進めていった。
　だが夜明けから刻々と過ぎてゆく一日の時間が
三分の一を残すのみとなり、(1) 仕事に疲れた農夫らが
牛を解く甘美なときがすぐに来るよう求める頃――
四ギュエースもあった休耕地は、疲れを知らない
耕作者により耕されて、牛は犁から解き放たれた。
そして牛は威して野原へと追い払い、自身はふたたび
船のところへ戻っていった。先ほどの犁跡にはまだ
大地に生える男らの姿はなかった。まわりから
仲間たちが言葉をかけて彼を励ます。彼は河から
自身の兜に水を汲んで喉の渇きの火を消すと、
膝を屈めて動きを軽くし、心を勇気で一杯にして
膨らませた――猛り立つ勇士の姿は、あたかも
狩人たちに牙を研ぎつつ、怒りに燃える口もとから
溢れる泡をまわりの地面に滴らせる猪のようだった。
　すでに大地の男たちは、耕地《はたけ》の至るところから
生え出てきていた。人々を滅ぼすアレスの神域は

（1）ホメロスでは、昼と夜のそれぞれが三分割して捉えられた。六八頁註（4）も参照。

まわり一面、頑丈な盾と両刃の槍(2)、輝きを放つ
兜によって逆立って、閃光はきらめきながら
地上から、大気を貫きオリュンポスまで至った。
まるで大地の上に大雪が降った後、闇夜のもとで
風が吹き、冬の雲をまた追(3)い散らすときのよう。
群をなす星座がすべて姿を現わして、暗い夜空で
一面に輝きを放つ――まさにそのように輝きながら、
戦士たちは大地から育ってゆく。だがイアソンは
知略に優れたメデイアの助言(4)を思い出し、野原から
大きな円石を摑みにかかるが、それはエニュアリオス(5)・
アレスの恐ろしき円盤(6)。男盛りの四人がかりでも、
大地から少しも持ちあげられはしなかっただろう――
それを片手で(7)持ちあげて駆け出すと、はるか遠くから
戦士らのあいだに投げ入れ、自身は盾の下に屈み
敢然と身を隠した。コルキス人は鋭く突き出た岩礁に
海が押し寄せ轟《とどろ》くときのように大きく叫んで、
アイエテスは巨大な円盤が飛ぶのを見て声を失う。

(2) あるいは「柄の両端に刃のある槍」とも解される。
(3) 別写本「すぐに」。
(4) 一〇五六行以下。
(5) アレスの古称。
(6) または「砲丸」とも解される。
(7) 写本の伝える読みを訳した。原文は語法的に疑義があり、「容易に」などの修正案が出されている。

男たちは獰猛な犬のように岩をめぐって跳びかかり、
吠えながら互いに殺しあった。彼らは自分たちの
槍に倒れて母なる大地に崩れたが、それはあたかも
吹き降ろす嵐に揺れる松か樫木《オーク》のようだった。
また火のように燃える星が天から跳び出し光跡を
残して進み、暗闇の大気のなかをきらめきながら
飛ぶのを見る男たちに予兆となる——そのように
アイソンの子は、大地に生える男らに襲いかかった。
鞘から抜いた剣を振るい、手当たり次第に切りつけて
刈りとってゆく。多くの戦士はまだ腹や脇腹まで
〈……………………〉(1)
半身だけ大気のなかに現わす者、あるいは膝まで
生え出た者、ようやく立ちあがったばかりの者、
すでに足を動かして戦いへ急ぐ者たちもいた。
あたかも国境《さかい》を接する人々のうちに(2)戦争が起こり、
自身の耕地が先に刈られないかと恐れる農夫のよう。
美しく曲がった研ぎたての鎌をその手に握って、

(1) 一行分の欠行が想定される。

(2) 別写本「国境をめぐって（戦争が起こる）」。

稔りきらない麦の穂を急いで刈りとり、陽の光に
乾いて硬くなる時期を待たない——そのように彼は
大地に生える男らの麦穂を刈る。犁跡に血が溢れる様子は、
泉から引いた水路が流れる水で満ちるかのようだった。
俯せに倒れ、荒れた土を歯で噛みしめる者もいれば、
仰向けに倒れる者、手をついて脇腹の上に倒れる
者たちもいた——その姿は海の怪物(3)のように見えた。
大勢が地中から足を抜かないうちに切りつけられ、
大気のなかに生え出た分だけ、大地に向かって
弱々しく濡れた頭を重く垂らしてうなだれていた(4)——
ゼウスが激しく雨を降らすと、果樹園で育ち始めた
ばかりの若木はおそらくこうなる。庭師たちの苦労(5)が
根もとから砕けて、大地に向かって頭を垂れると、
果樹を育てる農園の主は落胆し、死にたいほどの
悲しみに襲われる——そのように耐えがたい悲嘆が
そのときアイエテス王の心に忍び寄り、どうすれば
もっとすみやかに彼らを討てるか思案しながら、

（3）六三頁註（9）。

（4）ホメロス『イリアス』第八歌三〇六行以下の比喩（矢を受けた戦士が、雨に打たれて重い実の頭を垂れる芥子に喩えられる）を思わせる。このイメージは次行からの比喩を経て、アイエテスの悲嘆に接続される。

（5）若木のこと。

コルキス人と一緒になって城市へと戻っていった。
陽が沈んで、イアソンの試練はすべて終わった。

第四歌

第四歌梗概

一―五　詩神への呼びかけ（ここからの主題提示）
六―二一一　メデイアの逃亡と羊皮の奪取（大蛇との戦い）
二一二―三〇二　イストロスまで（コルキスから逃れる航路）
三〇三―五二一　クロノスの海まで（アプシュルトスの殺害）
五二二―七五二　アイアイエまで（キルケによる浄め）
七五三―九八一　プランクタイを通過（テティスの助力）
九八二―一二二二　ドレパネにて（イアソンとメデイアの結婚）
一二二三―一五三六　リビュアでの苦難（カントスとモプソスの死）
一五三七―一六一九　リビュアからの脱出（トリトンの助力）
一六二〇―一七八一　イオルコスまで（ギリシアへの帰還）

さあ今こそ女神よ、[1] コルキスの少女の苦悩と胸中《むねのうち》を
みずから語りたまえ、ゼウスの子ムーサよ。私が思いを
廻らせても、心は言葉を失って内側で旋回するのだ——
心を惑わすつらい恋の苦しみと言うべきか、あるいは
恥ずべき恐慌[2]か、なぜ少女はコルキスの部族を棄てたか。

　王は一族の重立った男たちを皆集め、自身の館で
夜を徹して、彼らに対する険しい謀略を練ったが、
試練を思うと忌々しくて堪らずに、アイエテスは
激しい怒りに燃えていた。娘たちが助けることなく
それが為し遂げられたとは、どうしても思えなかった。
　一方で少女にはヘラが痛ましい恐怖を心に投げ入れ、
深く繁った薮のなかで、吠え立てる犬どもに怯える
すばしこい子鹿のように戦慄した。彼女はたちまち

（1）第三歌冒頭と同じく、詩神への呼びかけとともに歌の主題が提示される。

（2）通常は戦場からの逃走を示す語。ここではアイエテスへの恐怖（一一行以下）が想定される。父を棄て国を去るのは「恥ずべき」こと。

事態を正しく見通したのだ――自分の援助に父はもう気がついて、すぐにでも惨めのかぎりを被るだろう。秘密を知る侍女たちのことも怖く、少女の両眼は炎で満ちて、耳には恐ろしい音が鳴り響いている。(1)しきりに喉もとに手を掛けては、しきりに編み髪を引き裂きながら、(2)嘆かわしい苦悶に呻くのだった。まさにそのときその場所で、少女は運命に逆らい薬を飲んで絶命し、ヘラの企みを無にしただろう――女神が彼女を狼狽させ、プリクソスの子らと逃げよと促さなければ。少女の心は胸のなかを飛びまわり、(3)暖かく溶ける。(4)それからはっと我に返って小箱から山のような薬をすべて、一緒くたにして懐に放る。自身の寝台と、両開きの戸を左右から支える柱に口づけをして壁を撫でると、長く垂らした編み髪を手で引きちぎり、(5)少女の日々を偲ぶ縁《よすが》となるよう母親のために部屋に残して、哀切な声で嘆いた。
「この長い編み髪を、私の代わりに残してゆきます、

(1) サッポーの詩（「断片」三一）を想起させる表現。激しい恋の耳鳴りを示すが、ここでは恐怖の描写をなす。
(2) 通常は死者を悼むときの嘆きの身振り。
(3) 不安の表現と解して次行「暖かく溶ける」と対置させる。
(4) 第三歌一〇一九行以下。
(5) あるいは「手（に持ったナイフ）で切って」と読む校訂案もある。

お母さま。私は遠くへ去りますが、どうかお元気で。
カルキオペも家の皆もお元気で。客人よ、あなたを海が
砕けばよかった——コルキスの地に着かないうちに」
　こう言うと、まぶたの下から涙をどっと溢れさせた。
それはまるで裕福な家から引いてこられた(6)囚われの
女のよう、運命により祖国から引き離されたばかり。
これまでにつらい苦労をしたことは少しもなくて、
惨めな暮らしや奴隷の仕事にもまだ慣れぬまま、
狼狽しながら女主人の厳しい手もとに進んでゆく——
そのように、可憐な少女は館から駆け出した。
扉を閉ざす閂《かんぬき》もみずから彼女に道を開いて、
すばやく唱えた呪文(7)を受けて跳ねあがった。
少女は裸足のまま狭い細道を駆け抜けてゆく。
左手は外衣《うわぎ》を眉の上にかざし、額のまわりと
美しい両頬を隠しつつ、右手では衣の裾の
端の部分を高く持ちあげた。人目のない道を
懸命に駆け続け、恐れに捕らわれながらも、

(6) 写本には「這い出した」とあり底本もそれを採るが、訳したような校訂案に従う。

(7) あるいは「すばやく効力を発揮する呪文」とも解される。

広い町を囲む城塔の外に至った。衛兵たちは
誰も彼女に気づかずに、その眼を逃れ少女は急いだ。
そこから休耕地(1)まで行こうと思った、その道は
よく知っていたのだ。魔法を扱う女たちの常として、
以前にもよく死体(2)を探して、地中に埋まる毒のある根(3)を
探し歩いていたから――震える恐怖が心を揺すぶる。
狂ったようにさまよう少女を、ティタン族の娘神、
地平から新たに昇るメネ(4)が見つけて、嬉しそうに
高笑いを上げると、心のなかでこう言った。
「ラトモスの洞窟に忍び込むのも私だけではなく、
美しきエンデュミオン(5)に焦がれる者が他にもいるよ。
恥知らずな女――おまえは巧みな呪文でたびたび私に
恋の喜び(6)を思い出させて、夜の暗闇に隠れ悠然と、
おまえの好きな魔法の仕事をしたものだったな(7)。
それが今、自分でも同じ狂気を身に受けたらしい。
無慈悲な神がイアソンを、つらい苦しみとなるよう
与えたのだ。さあ行け、賢いおまえではあるけれど、

(1) 先の試練が果たされた「アレスの平野」のこと。「神殿まで」という読みを伝える写本が多く、底本はそれに従う。
(2) 人間の骨は魔術の材料。
(3) それから薬を作る。
(4) 月の女神セレネのこと。ヘリオス(太陽)とエオス(暁)とともに、ティタン神族のヒュペリオンが生んだ。
(5) メネが愛した美青年。不滅の若さを願い、ゼウスによりラトモス山(小アジア南西部カリアにある)の洞窟で永遠の眠りにつくことを許された。
(6) エンデュミオンとの性愛のこと。それを思い出すことで月は天から消える。
(7) 原文は述語動詞を欠く。本文に修正を施すか、欠行を想定すべきかもしれない。

それでも嘆きに満ちた苦痛を担って進むがよい」
　こう言った。少女は急いで足早に駆けていった。
そして河の土手をよじ登り、対岸に輝いている
炎を眼にして喜んだ。まさにその火を英雄たちは、
試練の成功を祝い、夜通し燃やしていたのだった。
それから少女は闇を貫く甲高い声を張りあげて、
プリクソスの子らのうち一番若いプロンティスを
岸から呼んだ。彼は兄たちとともに少女の声を聞き、
アイソンの子も気がついた。仲間たちは今まさに
何が起きているか悟ると、驚きに静まり返った。
三度《みたび》叫び声が上がり、皆に促されプロンティスは
三度叫びを返す。そうするあいだに英雄たちは、
少女を求めてすばやく櫂《オール》を動かして船を進めた。
まだ対岸の陸地に船のもやい綱を投げないうちに、
イアソンはすばやい足を踊らせて、甲板の高みから
陸に跳び移った。その後からプリクソスの二人の息子、
プロンティスとアルゴスが大地に跳ぶ。すると少女は

彼らの膝に両方の手でしがみついて、訴えかけた。

「お願いです、不幸な私を、またあなた方ご自身も、アイエテスから救ってください。すべてがすっかり露見して、手立ては何もありません。さあ船に乗り逃げましょう、父さまが速き戦車に乗り込む前に。私が見張りの大蛇を眠りにつかせ黄金《きん》の羊皮を差しあげますから、どうかあなたは、異国のお方、お仲間たちのあいだで神々を、私にした約束(1)の証人に立ててください。ここから遠く旅立つ私を、庇護者もなく非難や恥辱に晒《さら》さないでください」

　悲痛な声で言った。アイソンの子は心をおおいに喜ばせて、すぐに少女を取りすがる膝からそっと抱き起こすと、優しく言葉をかけて安心させた。

「かわいそうに(2)——オリュンポスなるゼウス自身と、ゼウスの妃、婚礼の女神ヘラが証人となってください。きっとあなたを私の館に、正妻として迎え入れます。私たちが帰国を果たし、ヘラスの大地に至ったときには」

(1) 第三歌一一二八行以下。

(2) 第三歌一一二〇行と響きあう表現。

こう言うと、彼はすぐさま少女の右手[3]を手で握った。
すると少女は彼らに対して、ただちに聖なる森[4]まで
快速の船を進めてゆくよう促した。まだ夜のうちに
羊皮を奪い、アイエテスの意向に構わず持ち去るために。
その言葉を聞くや、彼らは急いで行動にかかった――
少女を船に乗り込ませ、すぐに陸から押し出したが、
勇士らが櫂に力を込めると、ぎしぎしと大きな音が
上がるのだった。少女はもと来た方へ駆けてゆき、
大地に両手を甲斐なく伸ばした。するとイアソンは
言葉をかけて安心させ、嘆く彼女を引き止めた。
　狩りをする男たちは猟犬を頼って、夜明け近くの
暗い時間をけっして眠ることなく過ごすものだが、
この男たちが眼から眠りを払いつつ暁の光を逃れ、
獣の残した足跡と獲物の臭いが、投げかけられる
白い光に、先に弱まってしまわぬよう[5]急ぐ頃――
その頃にアイソンの子とメデイアは船から降りて、
「羊の寝所」の名で呼ばれる草の繁った場所に立った。

(3) 二三〇頁註（1）。
(4) アレスの平野に隣接する森（第二歌一二六八行以下）。
(5) 獣の臭いは陽光の熱で弱まるとされた。

ミニュアスに連なるアタマスの息子(1)を背中に運んだ
あの羊が、その場所で初めて疲れた膝を折ったのだ。
近くには煤に汚れた祭壇の台座がある。それはかつて
アイオロスの裔プリクソスが、あの総身黄金《きん》の怪物を
犠牲に捧げた際、ゼウス・ピュクシオス(2)に建てたもの。
偶然出会ったヘルメス(3)が情け深くも言った通りに――
その場所に勇士らはアルゴスの指示で二人を降ろした。
　そして二人は小径を抜けて神聖なる森に至ると、
その上に羊皮の掛かった途方もなく巨大な樫木《オーク》を
探し求めた――羊皮はあたかも昇りゆく太陽の
燃える輝きに赤く染まった叢雲《むらくも》のようだった。
しかしその行く手には、異様に長い首(4)を伸ばして
あの蛇が、進む二人を眠らぬ眼《まなこ》で目敏く見つけ、
恐ろしい息を漏らしていた。まわりでは長く延びる
河の両岸と、どこまでも続く森が響きを返した。
ティタン族のアイア(5)から遠く隔たるコルキスの地、
リュコスのほとりに暮らす者にもそれは聞こえた――

(1)プリクソスのこと。

(2)一五六頁註(4)。

(3)黄金の羊はこの神からネペレ(プリクソスの母)に与えられた。なお第二歌一一四六行では、羊の犠牲は「羊自身の指示により」とある。

(4)怪物スキュラ(八二七行)を想起させる表現。この怪物は六つの「異様に長い」首を持ち、それぞれに載る「恐ろしい頭」(一五四行)には死を思わせる牙が三列に並ぶという。

(5)アイエテスの祖父ヒュペリオン(二五六頁註(4))がティタン神族であることにちなむ呼称。リュコス河(次行)は都アイアから遠い。

この河は唸りを上げるアラクセス[6]から流れ出ると、
聖なる流れをパシスに合流させ、二つの河は
その流れを一つにして、カウカソスの海[7]へ注ぐ。
産褥にある女たちは恐怖に眼を覚ますと、その懐に
護られて眠る生まれたばかりの幼子が蛇の吐息に
震えるのを見て、心を痛め両手で子供を抱きしめた。
あたかもくすぶり燃える森の上で、煤にまみれた
煙の渦が至るところに昇っては旋回するときのよう。
たち昇った渦をすぐさま別の渦が次々追いかけ、
下の方から螺旋をなして空高く舞いあがってゆく——
そのようにあの異形の魔物は、そのとき乾いた鱗で
覆われた途方もなく巨大なとぐろを巻いたのだ。
　大蛇がとぐろを巻くあいだに、その眼の下へと
少女は飛び込み[8]、最上の神ヒュプノス[9]に甘美な声で
助力を求め怪物を魅了するよう頼むと、夜をさまよう
地底の女王[10]に、企てを成功させるよう呼びかけた。
アイソンの子は恐れながらも後を追うが、大蛇はすでに

（6）アルメニアとジョージアを隔てる大河（現アラス河）。カスピ海に注ぐ。
（7）黒海東部のこと。カウカソスについては一六〇頁註（3）。
（8）「眼の下へと」と「飛び込み」は読みが不確か。
（9）「眠り」の擬人神。ホメロス『イリアス』第十四歌二三三行で「すべての神と人間の支配者」と呼ばれる。
（10）ヘカテのこと。

呪文によって魅了され、大地に生まれてとぐろを巻く
長い背骨を緩ませて、幾重もの環を伸ばしていった。
それはあたかも穏やかな海原で、黒い波が音も立てず
静かに揺蕩《たゆた》うときのよう。しかしそれでも大蛇は
恐ろしい頭を高くもたげて、破滅をもたらす下顎で、
彼らを二人ながらに捕らえようと怒り狂った。
この大蛇に少女は、切ったばかりの杜松《ねず》(1)の若枝で
薬液を浸し取り出すと、強い(2)薬を呪文とともに
眼に振りかける。両方の眼のまわりから薬の匂いが
強烈に眠りを投げかけ、大蛇はまさにその場所に
顎を置き身を横たえた。その幾重ものとぐろは
はるか後ろに、木々の繁った森を貫き延びていた。
　そこで男は少女の促しを受け、黄金の羊皮を
樫木《オーク》から奪いにかかり、彼女はじっと立ったまま
獣の頭を薬で撫で続けていた――それからようやく
イアソンその人が、船まで戻るよう彼女に命じた(3)。
こうして二人は陰多きアレスの森をあとにした。

(1) 杜松は蛇除けの効果があるとされるが、他の魔術的儀式でも使われた。
(2) 字義通りの意味は「損なわれていない」。
(3) 羊皮を手に入れて、イアソンは「ようやく」冒険の主導者としての立場を回復する。

あたかも月の半ばの満月が屋根の下の寝室(4)から高くに上がって放つ光を、優美な薄衣《うすぎぬ》をかざして受け止めている乙女のよう。美しい輝きを見て、彼女の心は内側で歓喜する――そのときイアソンはそのように喜び、大いなる羊皮を両手で掲げたが、するとその黄金色の頬と額に、羊毛のきらめき渡る炎のような光によって、赤い輝きが落ちてきた。羊皮の大きさは一年仔の牛(5)、あるいは狩人たちがアカイイネス(6)と呼びならわす鹿の皮ほどもあり、すべてが黄金で、表面をなすじつに見事な羊毛は豊かな毛に覆われてずっしり重い。彼が歩みを進めるたびに、足もとの地面がきらきらと輝いた。あるときは左の肩に羊皮を掛け、首の天辺から足もとへ垂らして進み、あるときはそれを丸めて何度もさすった――人間であれ神であれ誰かが前に現われて、それを奪われるのがひどく怖かったのだ。

「暁」が大地の上に拡がって、二人は仲間のもとへ

(4)高い階層にあるある寝室のこと。高貴な女性の居室とされる。

(5)生後一年の小さな牛。神への捧げ物としてよく言及される。

(6)小鹿の種族名、または特定の発達段階をいう呼称か。アリストテレス『動物誌』第二巻五〇六a二四などに言及がある。

たどり着いた。若者たちはゼウスの稲妻のように輝く
大いなる羊皮を見て驚嘆し、皆それぞれに興奮して、
触れてみたい、自分の手で持ってみたいと切望した。
アイソンの子は他の者たちを制し、織られたばかりの
新しい布でそれを包んだ。そして少女を抱きあげて
船の艫《とも》に座らせると、皆のあいだでこう語った。
「仲間たちよ、もはや退《ひ》くことなく(1)祖国へ向かおう。
今や旅の目的は——このつらい航海にあえて乗り出し、
それを指して苦しみながらも耐え忍んできた目的は——
少女の計略に護られて、やすやすと果たされたのだ。
ともに行こうと望むこの少女を、私は正妻として
故郷《ふるさと》に連れ帰る。そなたらは彼女を、全アカイアと
そなたら自身を救ってくれた立派な人だ、護ってくれ。
思うにきっとアイエテスは軍勢を率いやって来て、
河から海へ出てゆくのを妨げようとするだろう。
さあそなたらの一方は、船全体に一人ひとりが
交互に座り櫂を漕いで船を進めよ。残りの半分は

（1）帰国の旅を戦いに見立てた表現。待ち受ける困難を示唆する。

牛皮の盾をかざして、襲ってくる矢をすばやく防ぎ、
どうか帰国を護ってくれ。今や我々の腕のなかには、
我々自身の子供らと愛する祖国、年老いた両親たちが
抱かれている。(2) ヘラスが得るのが屈辱か、大いなる
誉れであるかが、我々の企てにかかっているのだ」
　こう言って戦いの武具をまとうと、仲間たちは
限りなく猛り立って大きく叫んだ。イアソンは
鞘から剣を抜き放ち、船をもやう艫綱を絶ち切って、
少女のそばに武装した姿で、舵取りを任された
アンカイオスと並んで立つ。船は櫂で進んでゆき、
すみやかに河を抜けるべく休みなく先を急いだ。
　すでにメデイアの恋と所行は、傲慢なアイエテスと
コルキス人のすべてに、広く知られてしまっていた。
彼らは武装して集会に集ったが、(3) その数は荒々しい
風に吹かれて海に起こる波頭ほどあり、あるいは
落葉の季節に、枝葉を繁らす森から地面へと落ちる
葉の数ほどもあった——誰がそれを数えられよう——

(2)「子供ら」「両親たち」は字義通りの意味とともに、それぞれ祖国の未来と過去を暗示する。それが今、若い彼らの「腕」(武力を示唆する)に抱かれている。

(3)この集会場については第三歌五七七行を参照。

そのように無数の人々が河岸に沿って押し寄せ、
叫びを上げて猛り狂った。そのなかでアイエテスは
見事な造りの戦車に乗って、ヘリオス[1]が彼に授けた
風の息吹のように駆ける馬で際立って見えた。
左手には装飾を施した盾を掲げ、他方の手には
並外れて巨大な松明、脇には彼の巨大な槍が
前に向かってまっすぐに延び、馬の手綱は
アプシュルトス[2]が両手でとった。船はもう前方へ
海を切り進もうとしていた——力強い漕ぎ手と、
海へと降《くだ》る大いなる河の流れに押されながら。
すると王は忌々しい災厄に両手を掲げて、
ヘリオスとゼウスに悪行[3]の照覧を求めると、
すぐさま民の全体に恐ろしい宣言をした——
もし少女を大地の上でも、揺れ動く海の波間に
まだある船を見つけてでもよい、摑まえてきて、
この一切の悪行に復讐しようと燃え立つ心を
王が満足させなければ、彼の怒りと災厄をすべて

(1) 太陽神でアイエテスの父。

(2) メデイアの兄（第三歌二四一行）。パエトンと呼ばれる彼が太陽神の馬（二二〇行以下）を操るのは不吉。その前提となる神話については、二八八頁註(3)を参照。

(3) イアソンらは歓待を受けたにもかかわらず、彼の娘と羊皮を奪い去ろうとしている。

余すことなく被って、命をもって知ることになると。

アイエテスは言った。その日のうちにコルキス人は船を降ろして、それぞれの船に索具を投げ渡すと、その同じ日に海へと出てゆく。その数を眼にすればとても船団とは思えず、鳥たちがおびただしく集まり群をなして、海原で鳴き騒ぐかと思っただろう。

勇士たちには、アイアのメデイアが一刻もはやくペラスゴスの大地(4)に至りペリアスの館に禍《わざわい》となるよう(5)、女神ヘラの計らいにより軽やかに風が吹き続けた。その風を受けて三日目の夜明けにはパプラゴネス人の海岸に至り、ハリュス河を前にして艫綱を結んだ(6)。そこに上陸して犠牲によってヘカテを宥めるよう、少女が彼らに命じたのだ。しかし犠牲を捧げるべく少女が何を整えていったかは――誰も知ることがないように。心が私にそれを歌えと促さぬよう――語るのが恐ろしい(7)。だが英雄たちが女神のために波打ち際に築いた社は、その日から潰えずにあり、

(4) テッサリアのこと。
(5) 第三歌六四行以下。
(6) ここからの航路については「1図」を参照。
(7) 秘儀の内容を語ることへの恐怖。ヘカテは死者の女神（一八二頁註（1））であり、その儀式は秘匿されるべきもの。

今日もなお、後に生まれた人々も見ることができる。
そしてすぐアイソンの子は、また他の英雄たちも、
ピネウスを思い出した――アイアからの航路は
異なるものになると彼は言った[1]。だがその意味は皆、
分からなかった。尋ねる彼らにアルゴスは言った。
「私たちはオルコメノスに向かっていた[2]――皆さんが
以前に出会った、その過たぬ予言者が告げた航路は
まさにその道。トリトンの娘たるテーベ[3]から生まれた、
神々の聖職者たち[4]が示している、別の航路があるのです。
　天空を旋回する星座はまだ一つも現われておらず、
ダナオイ人[5]の聖なる一族を探しても、手がかりはまだ
何もなかった。ただアピスなるアルカディア人だけ――
月が生まれる以前から、山で樫の実を食べ生きたという
アルカディア人だけが世にあり[6]、ペラスゴスの大地も、
デウカリオン[7]の名高き子らに支配されていなかった。
その当時、古き生まれの男たちの母アイギュプトス[8]は
麦畑に富むアエリアと、またアエリアの全土を潤す

（1）第二歌四二〇行以下。
（2）第二歌一〇九三行以下。
（3）エジプトの都市テーベの名祖となったニンフ、またはその都市のこと。トリトンはここではナイル河のこと（二六九行）。
（4）エジプトの神官は太古の伝統を保持するとされた。
（5）叙事詩におけるギリシア人の総称。その名祖ダナオスには、エジプトのテーベからギリシアに渡ったという伝承がある。
（6）アルカディア人は最古のギリシア人だと信じられた。アピス（またはアピア）はペロポネソス半島のことで、その最初期の伝説にあるアピス王に由来する。
（7）二三一頁註（7）。
（8）エジプトのこと。「広大な流れの河」（二六九行）はナイル河。

広大な流れの河はトリトンと呼ばれていました。
ゼウスの降らせる雨はその土地をけっして充分には[9]
潤しませんが、河のおかげで耕地《はたけ》は麦穂を生やします。
その場所から一人の男が[10]、自身の民の剛腕と力強さ、
勇敢さとを頼りにして、エウロペとアシア[11]を隈なく
経廻ったと言われています。旅の先々で幾つもの町を
建設しました――今でも人の住む町もあるでしょうし、
人のいない町もある。じつに長い年月が過ぎたのです。
ところがアイアは今なお揺るがず、この男がアイアに
住まわせた人々の子孫も、途絶えずに残っています。
この人たちが父祖から受け継ぐ古い記録を刻みつけ
回転柱[12]に保存して、あらゆる経路とその果てが、
海と陸地の両方とも、旅人のために記されている。
　オケアノス[13]から分かれ、北辺を流れる河があります。
商船でも航行できる広くて深い河ですが、それを彼らは
イストロス[14]と呼び、遠くまでたどって示しました――
しばらくは果てしない耕地を、一本だけの流れをなして

(9) 底本は「充分に／豊富に」を次文の「生やします」にかけて解すが従わない。
(10) エジプトの古王セソストリスのこと。この人物についてはヘロドロス『歴史』第二巻一〇二以下で語られている。
(11) ヨーロッパと小アジアのこと。
(12) 中心軸を回転させて読む、人の背丈ほどの四角錐の柱。ソロンの法を刻んだアテナイのものが有名。
(13) 三四頁註（4）。「1図」の北辺。
(14) 現ドナウ河。今日の地理的感覚からすると、ここではかなり北方に位置づけられている。

切り進みます。水源は北風の吹いてくる向こう側、
はるかリパイ[1]の山中で、唸りを上げて湧くのです。
しかしトラキア人とスキュタイ人の領土に至ると、
そこで二つに分かれ、こちらは東の海[2]へ流れを注ぎ、
向こうへと離れる流れは懐深い湾[3]を通って注ぎますが、
この湾はトリナクリアの海が内陸へと入ったもので、
この海はあなた方の大地に接しています。もし本当に
アケロオス[4]が、あなた方の大地から流れ出るなら」
　こう言った。女神は彼らに幸先よい予兆を授けて、
それを見て彼らも皆、この道を採って進むことに
賛同を叫んだ——天空から一筋の光が現われ、
進むべき方向を指して彼方へ伸びていったのだ。
彼らはおおいに喜び、リュコスの子[5]をその場に残し
帆を拡げると、パプラゴネス人の山々を眺めつつ
海原を越え進んでいった。だが彼らはカランビスを
曲がらなかった。イストロスの巨大な流れに一行が
至るまで、風も天空の火の輝きも続いたからだ。

(1) 北の果てにあるという伝説的な山。北風（ボレアス）はこの山から吹くとされる。
(2) 黒海のこと。
(3) 現アドリア海。この海はイオニア海（次行「トリナクリアの海」）の湾と見なされた。なおトリナクリアは「三つの突端を持つ島」の意味で、シチリア島のこと。
(4) イオニア海に注ぐギリシア最大の河川。アルゴスは黒海側の河口（二八九行）からイストロスに入り、イオニア海を通ってギリシアに至る経路を提案している。
(5) 第二歌八〇二行以下。彼はギリシアへ行くべき者ではない。

他方コルキス人は、その一部は空しく捜索を続け
「青黒岩《キュアネアイ》」のあいだを抜けて黒海の外へ出たが、
他の者らはアプシュルトスに率いられ河(6)に至った。
だが彼は脇へと逸れてカロン・ストマ(7)から入り、
それゆえ英雄たちよりも先に大地の首(8)を横断して、
イオニアの海から奥深くまで抱かれた湾に入った。
すなわち、イストロスに囲まれたペウケという名の
三角形の島があるが、幅広の辺は海岸まで延び、
狭い角の方は流れに向かっている。そのまわりで
行く河が二手に分かれて(9)、一方はナレクスと呼ばれ、
もう一方の底辺がカロン・ストマ。ここを通って
アプシュルトスとコルキス人はより迅速に先へ進み、
英雄たちはそこから遠く北上して、島の北端から(10)
降っていった。河べりの草地では野に暮らす羊飼いが、
船を恐れて無数の羊を置き去りにした。怪物の棲む(11)
海のなかから、獣たちが出てくるのを見たかのように。
それまで一度も海行く船を見たことがなかったのだ――

(6) イストロスのこと。
(7)「美しい口」の意味。
(8) 地峡のこと。ギリシア本土と北方の大地がくびれた地峡で結ばれ、その地峡をイストロスが東西に流れるとイメージされている。したがって黒海とアドリア海は、今日の地理的感覚に比べて格段に近い。
(9) 河の上流から見た表現。
(10) ナレクス（三一二行）を通って。
(11) 海に付される伝統的な枕詞（エピテトン）。

トラキア人と交わるスキュタイも、またシギュノイも、
グラウケニオイも、すでにラウリオンの荒涼たる
広大な平野に住んだシンドイも[1]、船は初めてだった。
　そしてアングロンの山と、アングロンから遠く離れた
カウリアコスの断崖を過ぎて――まさにこのあたりで
イストロスは二手に分かれ[2]、あちらとこちら両方の海に
流れを注ぐのだ――またラウリオンの野も過ぎたが、
そのときコルキス人はクロノスの海[3]に漕ぎ出ると、
彼らを見逃さないように、あらゆる経路を遮断した。
彼らは遅れて河を降って海に出て、近くにある双子島[4]、
アルテミスに捧げられたブリュゴイ人[5]の島に進んだ。
その一方には神聖な社があったが、アプシュルトスの
大軍を避け一行が上陸したのはもう一方の島だった。
多くの島の内側にあるこれらの島にはゼウスの娘[6]を
畏れはばかり近づかず[7]、他の島々にはコルキス人を
隙なく配して、海への航路を封鎖していたからだ。
同様に島々に近く延びる海岸にも、サランゴンの河と

(1) 以上、中央アジアに住む諸民族の名。ただし「グラウケニオイ」(写本) は他にない名なので、「トラウケニオイ」などと読む校訂案もある。

(2) これも河の上流から見た表現。

(3) アドリア海北部のこと。ここから三三七行までは「5図」も参照。

(4)「河口から近い」の意味で解する。あるいは「(二島が) 近く並んだ」とも解される。

(5) アドリア海奥地の北岸に居住した民族。

(6) アルテミスのこと。

(7) 主語としてコルキスの軍勢を想定する。

ネスタイオイ人(8)の大地に至るまで軍勢を残した。
　そこでそのとき痛ましい戦いで、多勢に無勢の
ミニュアイは敗れていたはず。しかしそうなる前に
彼らは取り決めを結び、大きな争いを回避した——
黄金の羊皮については、アイエテス自身が彼らに
約束したのだから(9)、試練を為し遂げた以上は、
いつまでも正当に彼らのもの。策略を弄したか、
望まぬ者からこのように公然と奪ったかは問わない。
だがメディアは——それが争われているのだ——
一行から引き離してレトの娘神《アルテミス》に預け、そのうえで
父の館に戻るべきか、それとも勇士たちに従って
ヘラスの大地に向かうべきか、この世の習いを司る
王の誰かに正当な裁きを下してもらうこととする——。
　そこで少女はそれらを一つずつ考えていったが、
そのとき彼女の心は鋭い悲嘆に激しく揺すぶられた。
すぐにイアソン一人を、仲間のもとから呼び出して
別のところへ連れてゆき、そのままはるか遠くに

(8) アドリア海北岸に居住した民族。

(9) 第三歌四一八行以下。

離れると、面と向かって苦悶に満ちた言葉をかけた。
「アイソンの子、私のことであなた方が合意したのは
何を望んでのことでしょうか。目的を遂げた喜びから
何もかも忘れてしまい、必要に迫られて言ったことなど
まるで心に掛かりませんか。ゼウス・ヒケシオス(1)への
誓いはどこへ、甘美な約束はどこへ行ったのですか。
それを頼りにこの私は良識に反し、恥知らずにも
みずから望んで、祖国と家の誉れと両親を棄てた——
私にとって一番大切なものをです。そして一人で遠く、
哀れな翡翠《かわせみ》たちと一緒に(2)、海を運ばれてゆきますが、
それもあなたが困っていたから——どうか無事に雄牛と
大地に生まれる男たちの試練を果たして欲しかったのです。
あなたはついに羊皮をも、事態が知られてしまったとき、
私の愚かさゆえに手にして、私は女にとって呪わしい
不名誉となりました(3)。だから私はあなたの娘で妻、
血を分けた妹として(4)ヘラスの大地へついて行きます。
お願い、何としても私を護ってください。私を一人

(1) 一〇一頁註(5)。

(2) 翡翠の雌は雄から引き離されると悲しげな声で鳴くという。そこから愛する夫を失い翡翠に姿を変えたアルキュオネの伝説が生まれた。

(3) 女性は性的に放縦であるという通念を踏まえた表現。彼女は「愚かさゆえに」イアソンを助け、女性の悪評が立つ原因となった。それゆえ故郷に帰れない。

(4) 他に頼りのない守護されるべき者として。ホメロス『イリアス』第六歌四二九行以下のアンドロマケの言葉「あなたは私にとって父であり母であり、また兄であるとともに、あなたは私の頼もしい夫なのです」(松平千秋訳)を踏まえる。

あなたから引き離し、王たちのもとへ行くのはやめて、
このまま私を救ってください、二人がともに同意した
正義の掟《おきて》が揺るがぬように——さもなくばどうか
あなた自身がこの喉の真中を今すぐ剣で貫いて、
情欲に相応しい報いを、私の身に与えてください。
　残酷な人。もしお二人(5)がこの耐えがたい取り決めを
委ねたその王さまから、私が兄のものであるとの裁きが
下されたなら、私はどうして父の前に出られましょう。
本当に名誉なこと。自分がなした恐ろしい所行《こと》ゆえ、
あらゆる懲罰と過酷な苦しみが痛ましくも私には
加えられ、あなたは心嬉しい帰国を手にするのですか。
あなたが寵愛を誇る万物の女王、ゼウスの奥方(6)がそれを
許しませぬよう。いつかまたあなたが苦痛に喘《あえ》ぐとき、
私のことを思い出すよう。あなたの羊皮が夢と同じく、
暗闇へと儚《はかな》く去るよう。そして私の復讐女神《エリニュエス》(7)が
あなたをすぐに祖国から追うように——それは私が
あなたの非情から被ったこと。この言葉がいたずらに

(5) イアソンとアプシュルトス。

(6) ヘラのこと。

(7) 二〇八頁註（3）。ここではイアソンがメデイアの殺害者と見なされている。「エリニュエス」は「エリニュス」の複数形。

地に落ちるのは許されない。大いなる誓いを破ったのです、
無慈悲な方——お二人が取り決めのおかげで安穏として
私を嘲笑《わら》っていられるのも、きっと短いあいだだけです(1)」
　激しい怒りを沸き立たせてこう言った。彼女は船を
焼き尽くしすべてをすっかり破壊して(2)、自分自身も
荒れ狂う火に身を投げようと逸り立った。イアソンは
恐怖を抱いて、穏やかな言葉でこのように語りかけた。
「よしなさい、かわいそうに(3)。それは私も望みません。
私たちが探っているのは、戦いを遅らせる手段——
じつに雲ほどの男たちが敵意を抱き、あなたを狙い
燃え立っています。この地に住むすべての者らが
アプシュルトスに加勢して、あなたを虜囚のように(4)、
父親の家へ連れ戻そうといきり立っているのです。
刃を交えれば、私たちは一人残らず忌まわしい破滅を
遂げるでしょう。その方がきっとつらい苦痛になる——
私たちは死に、あなたを彼らの獲物として残すのなら。
この取り決めが完遂するのは、彼を破滅に至らせる

（1）以上、メデイアはイアソンの誓約違反を確定的なものとして復讐を宣言する。

（2）父親アイエテスを想起させる表現（第三歌五八一行以下）。「すっかり」ではなく「眼前で」と読ませる校訂案もある。

（3）九五行また第三歌一一二〇行と響きあう表現。ここではメデイアとの約束を彼が忘れていないことを示唆する。

（4）三五行以下と対応する比喩表現。

策略なのです。あなたの庇護者で兄でもある指揮官が
いなくなれば、近隣の住民がコルキス人を助けて、
あなたを得ようと向かってくることもないはずです。
私はコルキス人と、躊躇せず真正面から戦いましょう。
私があいだを抜けてゆくのを彼らが許さぬ場合には」
　宥めながらこう言うと、少女は破滅の言葉を口にした。
「よく聞いてください。恥ずべき所行に及んだ以上は、
これも企まねばなりません。[5] 私を始めに惑わしたのは
過ちでしたが、恥ずべき望みを実現したのは神なのです。[6]
あなたは撃って出てコルキス人の槍を防いでください。
そして私はあの人があなたの手中にやって来るよう
誘いますから、あなたは輝く贈り物で迎えるのです――
戻ってゆく伝令たちを何とか私が説得して、あの人が
たった一人で、私の言葉に従って来てくれるならば。
そこでこの所行がお心に適えば――私は構いません――
あの人を殺して、コルキス人と戦いを構えてください」
　このように二人は合意し、アプシュルトスに大いなる

(5) ここからメデイアの次なる計略が語られる。彼女はコルキスでの試練だけでなく、ギリシアへの帰国も自身の力で助けることになる。

(6) その意思には従わねばならない、ということ。

策謀を用意した。そして数々の歓待の贈り物を運んだが、そのなかにヒュプシピュレから貰った、神聖な緋紫の外套も入れた。海に囲まれたディア(1)で優雅《カリテス》(2)の女神がみずからディオニュソスに織ったもの。この神が後にそれを息子トアス(3)に与え、彼がヒュプシピュレに残して、彼女がアイソンの子に入念に織られた歓待の印として、多くの宝物と一緒に持たせたのだ。それに触れても眺めても、甘美な憧れが満たされることはないだろう。その外套のアンブロシアーのような香りは、ニュサの王が(4)葡萄酒とネクタル(5)に微酔《ほろよ》い、みずからなかに包まったあの日からずっと続いていた——神はミノスの娘(6)の美しい胸を抱いたが、この娘はかつてテセウスに従いクノッソスから来たのに、ディアの島に捨て置かれた。(7)

そしてメデイアは伝令たちに言葉を伝えると——すなわち自分が約束通りに女神の社にたどり着き、夜闇があたりを覆ったらすぐに来るよう、説得せよと言ったのだ。それは大いなる黄金《きん》の羊皮を取り戻し、

(1) ナクソス島の古称とされた。ディオニュソスとアリアドネの伝説（二二六頁註（2））で名高い。
(2)「カリテス」は「カリス（優雅）」の複数形。
(3) ヒュプシピュレの父。
(4) ディオニュソスのこと。
(5) アンブロシアー（前行）とともに、二一六頁註（1）（2）。
(6) アリアドネのこと。ミノスについては一〇六頁註（3）を参照。
(7) イアソンはレムノスで愛したヒュプシピュレから貰った外套を、アプシュルトス殺害のために手放す。その外套にアリアドネが描かれ、テセウスとの出奔の悲しい結末が語られることは、メデイアを待ち受ける暗い未来を暗示する。

アイエテスの館へふたたび持ち帰るための策謀を
ともに練るため。なぜならプリクソスの息子たちが
彼女を無理やり捕まえて、異国の者に引き渡したのだ——
このような欺きを伝えると、少女は魅惑的な魔法の薬を
大気と風に撒《ま》き散らした。それは野に棲む野獣たちを、
遠くにいても、急峻な山から降りてこさせたことだろう。

残酷なエロス[8]、人間の大いなる苦悩、大いなる嫌悪よ、
じつにあなたによって、呪わしい争いと嘆きと悲しみ、
さらには他にも数限りない苦難が掻き立てられる。
神よ、敵の子供にこそ[9]高くせり上がって襲いかかれ。
メディアの心に厭わしい惑いを投げ入れたように——
ではどのように彼女は、会いに来たアプシュルトスを
恐ろしい死で制したか。これこそ次に歌うべきこと。

　取り決めに従いアルテミスの島に少女を残して
たち去ると、両軍は二手に分かれてそれぞれの船を

(8) 三人称の叙述から二人称の呼びかけに転じる、アポストロペーという叙事詩の技法。一一九八、一四八五、一七七三行など頻出。

(9) 我々の子供にではなく。前提として、エロスは万物を支配するという通念がある。

岸に着けた。だがイアソンは島のなかに身を隠し、
アプシュルトスとさらにはその仲間らを待ち受けた。
するとこの男はいとも恐ろしい約束に欺かれて、
すみやかに自身の船で海のうねりを抜けて進むと、
陰鬱な夜が迫りくるなか、聖なる島に上陸した。
彼はすぐさま一人だけで会いに来て、妹の言葉を
確かめた――まるで幼子が、大人でさえも渡れない
激しく流れる冬の急流を試すように――自身の妹が
異国の男たちに対して、策謀を企てる気があるのかを。
そして二人が互いに細部まで合意しようとしていた
まさにそのとき、アイソンの子が抜身の剣を振りあげて、
待ち伏せていた繁みから跳び出した。少女はすぐさま
その眼を背けて、兄が切りつけられて殺されるのを
見ないように、柔らかなヴェールで両眼を覆った。
イアソンは彼に、まるで屠殺者が角強き巨大な雄牛を
屠《ほふ》るように切りつけた――対岸に住むブリュゴイ人が
かつてアルテミスに建てた社の近くで見張っていたのだ。(1)

(1) 主語はイアソン。
(2) 神殿本体の前にあるホール

彼は社の前室[2]で膝から倒れて、ついにこの優れた男は[3]
最期の息を吐き出しながら、傷から流れる黒い血を
両方の手で受け止めた。そして避けようとする少女の
銀色に輝くヴェールと上衣を鮮血で真赤に染めた[4]。
それを横目で睨みつけ、すべてを打ち拉ぐ容赦なき
復讐女神《エリニュス》[5]が、彼らがなした破滅の所行を目敏く認めた。
アイソンの優れた息子は死体の端[6]を切り取ってゆき、
三度《みたび》その血を舐めとって、三度穢れを口から吐き出す——
殺害者はこうして謀略の殺しを贖《あがな》わねばならぬのだ。
彼は柔らかい死体を大地に埋めたが、そこには今でも
その骨が、アプシュルテスの人々[7]のあいだで眠る。
　他の英雄たちは、少女が出撃の合図に掲げた松明が
向こうから明るい輝きを放つのを見るや、すぐさま
コルキスの船[8]に近づき、自分たちの船を並べて着けて、
コルキス人の軍団を殺していったが、その様子《さま》は
鷹が群なす鳩を襲うか、あるいは野生の獅子どもが
羊の大群に踊りかかり畜舎を混乱させるかのよう。

部分。メデイアとアプシュルトスはここで話していた。
（3）四七七行「優れた息子」と対応する表現。
（4）殺害者を染める血は穢れの象徴であるとともに、復讐女神にとっての目印でもある。イアソンに対して顔を赤く染めていたメデイア（第三歌六八一行など）が、ここでは殺害の血に染まる。
（5）二〇八頁註（3）。
（6）指やつま先、耳、鼻などのこと。それらを切断して数珠繋ぎにしたものを、死体の脇を通して首にかけるマスカリスモスという風習があった。その目的は殺害の穢れの浄めとも、怨霊による復讐の防止とも言われる。
（7）アドリア海北東部の島々に住んでいたとされる人々。
（8）アプシュルトスを運んだ船。

敵は一人として死を逃れえず、勇士たちは殺し続けて炎のように燃え広がる。遅れて[1]ようやくイアソンが加勢に心逸らせて駆けつけた——だが助力はまるで必要とされず、勇士らはすでに彼のことを案じていた。

　そこで彼らは皆で座って、航海について隙のない計画を立て始め、彼らのもとに少女も来て加わった。協議のなかで誰よりも先にペレウスが話を始めた。

「さあすぐにでも、まだ夜のうちに船に乗り込み、敵が押さえているのとは逆の航路を漕いでゆく[2]のがよいと思う。夜が明けて彼らが事態をつぶさに見れば、我々をさらに追撃せよといかなる提議がなされても、従うことはないだろう。指揮官を奪われた以上は、意見が激しく割れてまとまることはないはずだ[3]。軍勢がばらばらに割れてしまえば、その後で戻る我々にとって、この船旅は容易なものになるだろう」

　こう言うと、若者たちはアイアコスの子の案を讃えた。彼らはただちに船に乗り込むと、櫂《オール》に力を込め続けて

(1) 埋葬などのため。四九一行までの叙述と併せて、戦闘の迅速さを示す言葉と解する。

(2) アドリア海を北西に進むということ。

(3) イアソン（四〇五行以下）と同じ見立て。

(4) この島名は「琥珀の島」または「陽光の島」と解しうる。

(5) 通常はポー河と同一視されるが、音韻上の類似からロダノス河（現ローヌ河）とも結びつけられる。本作ではこの二河川を繋ぎ合わせて、アドリア海からサルドニア海へ抜ける想像上の経路（六二七行以下）が実現される。

休みなく漕ぎ、エレクトリス(4)なる神聖な島に至った――
他の島々よりも北にある、エリダノス河(5)近くの島だ。
　コルキス人は指揮官が殺されたのに気がつくと、
そのときはクロノスの海(6)を隈なく探し、アルゴー船と
ミニュアイを追撃しようといきり立った。だがヘラが
天空から凄まじい稲妻を放ち、彼らの行方を妨げた。
ついに彼らは――アイエテスの荒々しい怒り(7)に怯え、
キュタイア(8)の地に住まうのが厭わしくなったのだ――
それぞれが別々の場所に散らばって長く暮らした。
ある者たちは英雄たちが押さえていたその島に
上陸して、アプシュルトスから名をとって暮らす(9)。
ある者たちはイリュリア(10)の暗くて深い河のほとり、
ハルモニアとカドモスの墓所(11)のところに城塔を建て、
エンケレエスの男ら(12)とともに住み、ある者たちは
山々のあいだに暮らす。この山地はケラウニア(13)と
呼ばれるが、それは彼らが対岸の島に渡るのを
クロノスの子ゼウスの雷霆《いかずち》が阻んだことに由来する。

(6)三三一七行。

(7)二三〇行以下。

(8)一一二頁註(4)。

(9)アプシュルテス人(四八一行)。

(10)アドリア海北岸一帯を指す呼称。

(11)二二六頁註(3)。彼はテーバイを建設後、一年間アレスに仕えて大蛇殺しの罪を贖い、ゼウスから妻としてハルモニア(アレスとアプロディテの娘)を与えられた。孫のペンテウスに譲位後はイリュリアの支配者になり、妻とともに蛇身に変じて最期を遂げたという。

(12)イリュリア南部を支配した、カドモスを祖とする王族。

(13)「雷電の山々」の意味。イリュリア南部、アドリア海が最も狭まるあたりに連なる険しい山脈。

さて英雄たちは、帰国の道がすでに恙なきものに
思えたとき、航路を先へ進んでヒュレエス人[1]の陸地に
もやい綱を結んだ。島々が群れ集まって海に突き出し、
あいだを進んでゆく者に困難な道となっていたのだ。
ヒュレエス人はもはや以前のようには、彼らに攻撃を
企てなかった。むしろ進んで航路を心配してくれて、
その返礼としてアポロンの大きな鼎《かなえ》を手に入れた。
必要に強いられ海を越えゆくイアソンに、二つの鼎を
ポイボスが、遠くまで持ってゆくよう与えたのだ[2]——
まさにこの航海のことを尋ねようと、聖なるピュトを
訪れたときに[3]。それが据えられた地はどこであれ、
けっして敵の攻撃に滅びはしないと定められていた。
それゆえ今でもこの鼎はかの大地に隠され、穏やかな[4]
ヒュロスの都市のあたりに、いつまでも人間の眼に
触れぬよう、地表からはるか深くに埋められている。
　だがその場所に、王のヒュロスはもはや生きては
いなかった——この王を美しきメリテ[5]がヘラクレスに、

(1) イリュリア北部、現クロアチア沿岸部に住んでいた民族。その名は王ヒュロス（五三七行）にちなむ。
(2) もう一つの鼎は後ほどトリトンに与えられる（一五四七行以下）。
(3) 第一歌二〇九行以下、同三〇一行以下など。
(4) 次行「都市」の修飾語。「来訪者を拒まない」の意味に解される。
(5) 蜂蜜（メリ）を想起させる名だが詳細不明。五七二行に同名の島への言及がある。
(6) パイアケス人（七六八行）の王。なお幾つかの写本では、本行の後に「わずかだけ留まった。だがそれから島を出た」という一行（五三九a）がある。五三九行への註記の竄入だろう。
(7) 養蜂の祖アリスタイオスの

パイアケス人の国で生んだ。彼はナウシトオス(6)の館と
ディオニュソスの乳母、マクリス(7)のもとへ来たのだ、
恐ろしい子殺しを浄めてもらおうと。その場所で彼は
アイガイオス河の娘を愛して従わせたが、この娘が
水のニンフのメリテであり、屈強なヒュロスの母(8)。
やがて彼は青年となり、民を治めるナウシトオスの
眼差しのもとその島に暮らすことをもはや望まず、
土着のパイアケスの人々を集めて、クロノスの海へ
漕ぎ出した――王たる英雄ナウシトオスが彼と一緒に
旅を整えてくれたのだ。そしてその地に住み着いたが、
放牧していた牛を護って、メントレス人(9)に殺された。

女神たち(10)よ、どうしてこの海を越えアウソニアの地(11)と
リギュスティデス(12)の島のまわりに――人はこの島々を
ストイカデスと呼ぶ――アルゴー船の数限りない痕跡が
たしかに認められるのか。何に強いられ、必要があって、
これほど遠くまで進んだのか。どんな風が運んだのか(13)。

娘。一一三一行以下の記述も参照。

(8) Brunck はこの後に「パイアケス人の国で（母となった）。彼はわずかだけ留まった。だがそれから島を出た」という二行（五四四—五四五行）を置く。前述の五三九aを説明するための措置だが、以後の校訂本はそれに従わない。

(9) ヒュレエス人と隣接するリビュルニデス人（五六四行）の一部族。

(10) ムーサたち。

(11) イタリア半島のこと。

(12) フランス南沖、ローヌ河口付近にある群島。ストイカデスとは「列をなす島々」の意味。

(13) ギリシアへの経路から外れたこの地にも、アルゴー船にまつわる数々の伝承があった。その謎を詩人はこれから解いてゆく。

思うにアプシュルトスの巨体が倒れて、他でもない
神々の王ゼウスが、彼らの所行に怒りを覚えたのだ。
そしてアイアイエ(1)なるキルケの助言で殺害の血を
浄め去り、帰国に先立ち無数の苦難を舐めることを
定めたのだ。だが勇士らは誰一人それに気づかず、
ヒュレエス人の大地を発って、遠くへと急いで進み、
以前にはコルキス人が次々と満たしていた、
海中に並ぶリビュルニデスの島々をあとにする——
イッサとデュスケラドス、それに美しきピテュエイア。
それからこの島々に続きケルキュラ(2)を通り過ぎた。
それはかつてポセイドンがアソポス(3)の娘、髪麗しき
ケルキュラを愛して攫《さら》い、プレイウスの大地から遠く
住まわせた場所。船乗りの男たちが海から見ると、
鬱蒼とした森が全体を覆っていて、その姿から
この島は、ケルキュラ・メライナ(4)と呼ばれる。
続いてメリテ(5)も過ぎ、穏やかな順風に恵まれて

(1) 一八五頁註(3)。
(2) 現コルチュラ島。以下、その名の由来が語られる。
(3) ペロポネソス半島の河。プレイウス(次行)はその上流の町。
(4)「黒いケルキュラ」の意味。
(5) 現ムリェト島。

急峻なケロッソス、さらにはその彼方に広がる
ニュンパイアも通り過ぎた。そこにはアトラスの娘
カリュプソ(6)が住んでいた。雲に覆われたケラウニア(7)の
山々が見えたようにも思ったが、そのときヘラは
彼らへのゼウスの意図と、大いなる怒りに気づいた。
そしてその航海の成就を図り、真正面から吹きつける
嵐を起こした。その暴風に攫われて彼らはふたたび
岩がちな島エレクトリスに運ばれてゆく。すると突然、
船が疾走するさなか、うろなす船の言葉を語る船材が
人間の声で叫んだ――その船材はドドネの樫《オーク》から
アテナが切り出し、波切の真中にはめたもの(8)――
ゼウスの声と激しい怒りを耳にするや、彼らはすぐに
破滅の恐怖に捕らわれた。アプシュルトスの残酷な
殺害をキルケが浄めなければ、長大な海の旅路(9)も
つらい嵐も逃れることはできない――そのように
声は語ったのだ(10)。またポリュデウケスとカストルに、
不死なる神に祈りを捧げ、アウソニアの海(11)から通じる

(6)海のニンフ。ホメロス『オデュッセイア』では西の彼方のオギュギエ島に住み、漂着した主人公を愛して何年ものあいだ引き留めた。
(7)五一九行。その姿は通常、雲に隠れている。
(8)この一文は第一歌五二六行以下と原文が同じ。
(9)別写本「苦難」。
(10)五五七行以下。
(11)イタリア半島の西側、現ティレニア海のこと。

航路を求めるように命じた。そのなかでキルケを、
ペルセとヘリオスの娘を、見つけることになるだろう。
　アルゴー船は暗闇のもとでこう叫んだ。それを聞くと
テュンダレオスの子ら(1)は跳び起き、神々に両手を掲げて
一つひとつ祈りを捧げたが、ミニュアイの他の英雄は
落胆に捕らわれていた。船は帆を張りはるか彼方を
指して急ぎ、エリダノス(2)の流れの奥へ乗り入れた――
そこはかつてパエトン(3)が燃える雷火に胸を撃たれて、
半ば焼け焦げヘリオスの馬車から、底深き湖の
落ち口のなかへ沈んだ場所。その湖は今もなお
くすぶる傷から耐えがたく不快な蒸気を噴きあげ、
いかなる鳥も軽快な翼を拡げて、その水域の上を
超えてゆくことができない。飛びゆくさなかに
炎に向かって飛び込んでしまうのだ。まわりでは
ヘリオスの娘たち(4)が背の高いポプラに閉じ込められ、
哀れを誘う悲しい嘆きの涙をこぼして、輝き放つ
琥珀の滴を、まぶたから大地の上に注いでいる。

(1) カストルとポリュデウケスのこと。一三六頁註（4）も参照。

(2) 二八二頁註（5）。ここからの航路は「1図」を参照。

(3) 太陽神ヘリオスの息子。父にせがんで太陽の馬車を駆る許可を得たが、荒馬を制することができずに馬車は暴走。軌道を外れて大地を焼き焦がしたため、ゼウスの雷霆に撃ち殺された。

(4) パエトンの姉妹。彼の死を悼みポプラに変じて、その涙（樹液）は琥珀になったという。

それらの滴は太陽によって砂浜で乾かされて、
そして黒ずんだ湖が大きな唸りを響かせて吹く
風に煽《あお》られ波を岸辺に打ちつけると、そのたびに
うねる流れをなして、すべてが一挙にエリダノスに
転がり込む。だがケルトイ人[5]が加える話によれば、
渦巻く水に運ばれるその琥珀は、レトの御子たる
アポロンが、はるか昔に流した無数の涙だという。
それは神がヒュペルボレオイ[6]の聖なる一族を訪れた
ときのこと――輝くラケレイア[7]、アミュロスの河畔で
名高きコロニスが生んだ息子[8]のことで腹を立て、
父親に叱責されてきらめく天空をあとにしたのだ。
琥珀についてケルトイ人のあいだではこう語られる。
　彼らは空腹も覚えることなく喉の渇きも感じずに、
愉しいことを考える余裕もなかった。彼らはとにかく
昼のうちは、エリダノスが煙を上げるパエトンから
とめどなくたち昇らせる耐えがたい悪臭に苦しみ、
意識が遠のくほどに悩まされた。そして夜になると、

（5）北イタリアから西ヨーロッパ一帯に広く居住した民族の総称。後のケルト人。

（6）一二八頁註（3）。

（7）テッサリア地方、アミュロスの河口付近の町。

（8）医神アスクレピオスのこと。アポロンとコロニス（ラピタイ族の娘）の子。医術で死者を蘇らせたため、ゼウスの雷を受けて殺された。それに怒ったアポロンは雷火を造ったキュクロプスたちを殺し、天界を追放された。

今度は甲高い声で嘆き続けるヘリオスの娘たちの
鋭い悲鳴を聞くのだった。彼女たちが流す涙は
まるで油の滴のように(1)、水の流れに運ばれていった。
　そこから彼らはロダノスの深い流れのなかに進んだ。
この河はエリダノスへと流れ込んで、合流点では
混じりあう流れが逆巻き唸りを上げる。その水源は
大地の最も奥深く、ニュクス(2)が門と館を構える場所(3)。
そこから発した流れが、一方ではオケアノスの岸辺に
吐き出され、また一方ではイオニアの海(4)に注いで、
残る一つはサルドニアの海(5)の果てしない湾へと、
七つの河口を通して流れ込む。彼らはこの河から、
ケルトイ人の果てしない陸地に開けた、嵐の厳しい
湖のなかに船を進めた。その場所できっと彼らは
惨めな破滅に遭っただろう。オケアノスの懐に至る
一つの支流がそこから出ていて、気づかぬうちに
それに入ろうとしていたのだ。入れば無事には
戻れなかったはずだ。だがヘラが天空を跳び出して、

六二五
(1)滑らかで艶やかな様子。琥珀がイメージされている。

六三〇
(2)「夜」の擬人神。その館はギリシアから見て北西にあるとされた。「大地の最も奥深く」とは冥界の底にある割れ目、タルタロスのこと。
(3)ノレス河（現ライン河）をたどって北方にある。

六三五
(4)ここでは現アドリア海のこと。二七〇頁註(3)。
(5)地中海西部、サルデーニャ島とスペインに挟まれた海域。

六四〇
ここでは地中海中部（リビア湾）の広大な湾と見なされている。

ヘルキュニオス[6]の頂から叫ぶと、それを恐れて
皆が震えた。広大な天が凄まじく鳴り響いたのだ。
女神の加護で彼らは道を引き返して、それから
帰国の実現のために進むべき行路に気づいた。
　海に洗われる岸辺に着くには長くかかった——
一行はヘラの指示で、ケルトイ人の無数の部族と
リギュエス人[7]のあいだを抜けて、何事もなく進んだ。
進む彼らに女神が毎日、恐ろしい霧を注いだのだ。
そして真中の河口[8]を通って彼らの船は海に出ると、
ゼウスの子ら[9]に護られて無事にストイカデス[10]の
島に上った。そのため彼らを讃えて祭壇と犠牲式が
揺るぎなく整えられ、彼らはその船旅に守護者として
従ったばかりか、ゼウスから後世の船をも任された。
　今度はストイカデスをあとにしてアイタリア[11]の
島に渡り、そこで疲れきった身体から噴き出す汗を
小石で拭った。浜辺には今でも人の肌色に似た
石が転がる。そこには彼らの円盤と驚くべき武具[12]も

(6) おそらくは現在のドイツ南部、シュヴァルツヴァルト（黒い森）にある岩山としてイメージされている。
(7) イタリア北西部の沿岸（リグリア地方）などに居住した民族。ケルトイ人とともに好戦的な性格だった。
(8)「七つの河口」（六三四行）のうち。
(9) カストルとポリュデウケス。一四頁註（1）も参照。
(10) 五五四行。
(11) イタリア中西部、トスカーナ地方の島（現エルバ島）。
(12) 別写本「驚くべきぼろ布」。この読みを採る場合、「痕跡」の比喩表現と解される。

残されて、「アルゴーの港」とも呼ばれている。

　そこからすみやかにアウソニアの海のうねりを、テュレニア(1)の海岸を眺めつつ一行は抜けていった。アイアイエ(2)の名高き港に着くと、すぐ船を出てもやい綱を岸に投げ渡す。そこで彼らはキルケが海の水を頭から被り、身を浄めている(3)のに出会った。夜見た夢にそれほどまでに怯えていたのだ――館の部屋も中庭も、すべてが血を滴らせていて、異国からの訪問者を魅了するのに彼女がそれまで使ってきた薬を、炎がすっかり焼き尽くす夢。燃えあがるその炎を彼女はみずから、殺害の血(4)を両手で掬《すく》い鎮めると、破滅の恐怖はその身を去った。そのため夜明けがやって来ると彼女は起き出して、編み髪と衣服とを海の水で洗い浄めていたのだ。生肉を喰らう獣にも似ず、かといって人間と同じ身体でもない、それぞれの四肢があれこれ混じった獣たちが、群をなして進んできた(5)。それはあたかも

（1）イタリア半島のこと。
（2）魔女キルケが住む島。ここが当座の目的地だった（五五七行以下）。
（3）浄めには海水や湧水（どちらも動き続けて淀まぬ水）が相応しいとされた。
（4）通常は「犠牲獣を殺した際に流れる血」と解されるが、「殺害された人間の血」とする解釈もある。キルケはその血を常備していたということか、あるいは六六五行の「血」との関係で解釈すべきか。
（5）ホメロス『オデュッセイア』第十歌二一二行以下に、キルケの魔法で獣に変えられた人間たちの叙述がある。ここはそれを踏まえつつ、さらに奇怪さを増した叙述になっている。

羊の群が畜舎を出て、羊飼いに従うときのようだった。
以前《まえ》にもよく似た怪物を大地がみずから、四肢が様々に
組み合わされた姿で、泥土から生み出したことがある(6)。
大地はまだ乾いた大気でしっかり固まってはおらず、
焼けつく陽の光によって水分もまだ充分に受けとって
いなかった(7)。長い時間が怪物の形を整えそれぞれの
種族に分けた——そのように種の定まらない者たちが
彼女に従い、英雄たちは限りない驚きに捕らわれた。
各々がすぐキルケの姿を、またその眼を一瞥して、
それがアイエテスの姉であると容易に気づいた(8)。
　彼女は夜に見た夢の恐怖を追い払うと、それから
すぐに引き返していったが、心に策謀を抱きつつ
手で撫でる仕草をして、一緒についてくるよう命じた(9)。
仲間たちはアイソンの子に指示されて、彼女を無視し
そこに留まり、彼はコルキスの娘を連れていった。
二人はともに彼女と同じ道を進んで、キルケの館に
たどり着いた。二人が来たことに戸惑いつつも(10)、

(6) 生命が泥土から生じたという考えは、哲学者アナクシマンドロス（前六世紀）に遡る。以下、自然哲学の用語を使った叙述が続く。

(7) 原初の泥土から太陽の熱で水分が蒸発し、それが雨となって降り注ぐことで海や河川が形成されたとする理論を踏まえる。

(8) キルケの眼が特徴的であることについては七二七行以下。

(9) ついてゆけば、魔法で獣に変えられるだろう。「策謀」はそれを示唆する。

(10) 彼女は二人が忌まわしい来訪者だと予感している。

キルケは彼らに、輝く椅子に腰を下ろすよう促した。
だが彼らは何も言わずに黙ったまま、[1]炉に駆け寄って
そこに座った――それが惨めな嘆願者の習いなのだ――
少女は両手の上に額を伏せて、その一方でイアソンは
アイエテスの息子を殺した柄のついた立派な剣を
大地に突き刺し、両眼をまぶたのなかに伏せたまま、
けっして彼女を正面から見なかった。するとキルケは
国を追われた彼らの運命《さだめ》と殺害の罪にすぐ気づいた。
そこで彼女は、殺害を犯した者らをおおいに憎み、
おおいに護りもするゼウス・ヒケシオス[2]の掟を尊び、
犠牲の儀式を進めていった。炉にすがり救いを求める
罪を犯した[3]嘆願者は、それにより穢れを取り去るのだ。
　始めに彼女は、取り返しのつかない殺害を贖うために、
出産をしたばかりでまだ乳房が張っている雌豚の仔を
二人の上に拡げると、その喉を切り裂いて、彼らの手を
血で濡らしてゆく[4]。そしてまた他の注ぎも行ないつつ
カタルシオス[5]の名で呼びかけて、殺害者の嘆願を

（1）殺害の穢れを持つ者は、生まれたばかりの仔豚の血でそれを浄められるまで、声を出してはならないとされた。

（2）一〇一頁註（5）。

（3）底本は「無慈悲な（嘆願者）」という写本の読みを採り「嘆願に来ている無慈悲な男」の意味で解するが、ここでは訳したような校訂案に従う。

（4）前註（1）。血の穢れは血によって浄められる。

（5）「浄めの神」を意味するゼウスの呼称。

無下に退けることのない神、ゼウスを宥めていった。
そして彼女に仕えて身のまわりのすべてを世話する
水のニンフたちが(6)、穢れをまとめて館から洗い流すと、
彼女は館のなかで炉端に座って祈りながら、捧げ物(7)と
葡萄酒のない宥めの注ぎ(8)を燃やしてゆく——怒りに狂う
恐ろしき復讐女神《エリニュエス》たちを鎮めるために、そしてまた
ゼウス自身も両人に穏やかに優しくしてくれるように。
悲痛な思いの二人の嘆願が、見知らぬ者の血に手を
穢してのものであれ、親族殺しによるものであれ。
　そして務めをすべて終えたとき、彼女はそれから
二人を立ちあがらせて磨かれた椅子に座らせると、
自身も近くに向かいあって席についた。そしてすぐ
言葉をかけて、航海の目的を事細かに聞き出すと、
二人がどこから彼女の大地と館を指してやって来て、
こうして炉端に座ったのかも問いただす。夜見た夢の
忌まわしい記憶が、思案する彼女の心に蘇ったのだ。
彼女はまた、少女が両眼を地面から上げるのを見た

(6) キルケは四人のニンフを召使いとしていたという（ホメロス『オデュッセイア』第十歌三四八行以下）。

(7) 穀物の粉と蜂蜜、油を混ぜあわせた粘度の高い液体、あるいは菓子のようなもの。

(8) 水と乳、蜂蜜を混ぜた液体で、前行の「捧げ物」に注いで燃やす。

そのときから、同族の[1]少女の声を聞きたかった。ヘリオスの一族は皆、眼から黄金のような輝きを、燦然ときらめかせてはまっすぐ遠くへ放つため、見ればすぐさま、そうであると分かったのだ。

　苛烈な心のアイエテスの娘は、詳細に尋ね続ける叔母に対して、コルキスの言葉で一つずつ答えながら、穏やかに説明した――英雄たちの冒険と彼らがたどった旅路のこと、厳しい試練をめぐり被ったかぎりの苦難、不安に苛まれた姉の計画で[2]彼女が罪を犯した経緯と、父親の暴虐極まりない脅威をプリクソスの子らと遠く逃れた次第も語った。アプシュルトスの殺害を話すのは避けたかったが、叔母が気づかぬはずがなかった。だが涙を流す少女を憐れみ、このような言葉をかけた。

「不憫な娘――じつにひどい、恥ずべき旅[3]を企てました。アイエテスの厳しい怒りは長くは逃れられないでしょう。あの人は息子を亡くした報復に、ヘラスの地の住処《すみか》まで急いで行くはず。耐えがたい所行《こと》を為したのだから。

（1）キルケはメデイアの叔母で、ともに太陽神ヘリオスの系譜に連なる。

（2）第三歌六七四行以下。実際には助力を要請したのが姉カルキオペ、その要請を自身の願望成就のために利用して、計画を立て実行したのはメデイアである。

（3）「旅」と訳した語の本義は「帰国」。

けれどあなたは救いを求め、私の一族でもありますから、
ここに来た以上は、さらなる不幸を企みはしません。
でも館からは出てゆくのです。誰かは知りませんが、
父親に許されぬまま手に入れた、この異国の男と一緒に。
炉のそばで嘆願するのもやめなさい。なぜなら私には
その計画[4]も、恥ずべき逃避もよいとは思えないからです」
　こう言った。惨めな苦悩が少女を捕らえ、眼を上衣で
覆い隠して悲嘆の涙を流していたが、やがてイアソンが
その手をとって戸口へ向かい、館の外へ連れ出した――
少女は恐怖に震えていた。二人はキルケの館を去った。
　しかしクロノスの子ゼウスの妃[5]は二人を見過ごさず、
彼らが館を去ってゆくのをイリス[6]が認めて女神に告げた。
女神自身が命じたのだ――いつ二人が船に向かうか
見張るように。女神はふたたび彼女を促しこう言った。
「親しきイリスよ、私の頼みを訊いてくれたことが
あるならば、さあ今回も軽やかな翼で遣いに発って、
テティス[7]に命じてください。海を出てここに来るよう。

(4) 七三四行「姉の計画」と対応する表現。メデイアの説明にあるごまかしを、キルケが見抜いていることを示唆する。

(5) ヘラのこと。

(6) 虹の女神。天界と地上とを結ぶ使者として働く。

(7) 海神ネレウスの娘で、海の女神。トロイア戦争の英雄アキレウスの母としても有名。

私は彼女を必要としているのです。それが済んだら、
ヘパイストスの青銅の鉄床が、重々しい鎚の打撃で
叩かれている海岸(1)へ行きなさい。そしてアルゴー船が
過ぎ去るまで、炎の息吹を休ませるよう言うのです。
それからアイオロス(2)のところ、高天に生まれる
風を統べるアイオロスのもとへも行き、この王にも
私の望みを伝えるのです――空の下を吹く一切の風を
停止させ、どんなそよ風も海原を波立たせぬように、
あの男たちがアルキノオスの統治するパイアケス人(3)の
島に着くまで、順風のゼピュロス(4)だけが吹くようにと」
　こう言った。イリスはすぐオリュンポスから跳び、
軽快な翼を拡げて空を切り裂き、アイガイオンの
海に潜った。まさにそこにネレウスの館(5)があるのだ。
彼女はまずテティスのもとへ行き、ヘラから言われた
言葉を伝えて、女神のところへ行くように促した。
続いてヘパイストスのもとへ行き、鉄の鎚を振るうのを
すみやかにやめさせると、煤にまみれた神のふいごは

（1）第三歌四二行に出てきた「浮島（プランクテ）」のこと。

（2）アイオリア（現エオリア諸島と同一視される）に住む風たちの支配者。

（3）豊穣なスケリア（現ケルキラ島と同一視される）に住む伝説的な海洋民族。ホメロス『オデュッセイア』においては、王アルキノオスが漂着した主人公を歓待し、故郷へ帰還させる役割を果たす。この王は本作でも帰国のキーマンとなる。

（4）「西風」の擬人神。

（5）八二頁註（3）。「アイガイオンの海」はエーゲ海のこと。

吹くのを控えた。それからまた三番目にヒッポテスの
名高き息子アイオロスのところへ行った。そして彼にも
言付けを伝え、旅を終えてすばやい膝を休ませたとき——
そのときテティスは、ネレウスと姉妹《きょうだい》のもとを発って、
海から出てオリュンポスへ、ヘラのところにやって来た。
女神は彼女を自身の近くに座らせると、考えを示した。
「よいですか、尊きテティス。伝えたいことがあります。
アイソンの優れた息子と、試練を助ける他の英雄たちを、
私がこの胸でどれほど大事に思うかはご存知ですね。
プランクタイ(6)の岩を抜け進む彼らを、私がどのように
救ったのかも——そこでは炎の嵐が恐ろしく唸り、
固く尖った岩礁のまわりに波が沸き立っているのです。
そして今、スキュラの巨岩と激しく水を噴出させる
カリュブディスとを過ぎる旅路(7)が、待ち受けています。
さあ、この私は幼い頃からあなたを育て、海に住みなす
娘たちのなかでも、とりわけ愛したではありませんか。
それはあなたが、ゼウスに求められても断じて臥所を

(6)「プランクテ」(第三歌四二行)の複数形。それを「抜けて進む」彼らをヘラが「救った」(七八七行)とあるのは一見奇妙で議論も多いが、ヘパイストスとアイオロスの協力を取りつけた今、この航路の安全はすでに半ば確保された。それを言うものと解して訳した。あるいはホメロス『オデュッセイア』第十二歌七二行(ヘラがプランクタイを抜けさせたという記述)を受けるとも解しうる。

(7)シチリア島とイタリア本土とのあいだ(現メッシーナ海峡)を抜ける航路のこと。スキュラとカリュブディスについては、それぞれ八二七行と八二五行。

共にせず——あの人の頭にあるのはいつもそのこと、
神々とでも人間とでも、寝ようとばかりするのです(1)——
私のことを憚《はばか》って心に畏れを抱きつつ、求めを拒んで
くれたからです。ゼウスはそれから、けっしてあなたが
不死なる神の妻とはならぬと、大いなる誓いを立てた。
それでもまだ、嫌がるあなたを窺い続けていましたが、
ついに尊きテミス(2)があの人に一切を告げたのです——
じつにあなたは父親よりも優れた息子を生むという
定めであると。それであの人は、他の者が自分に代わり
不死なる神々を支配するのを恐れて、その力を永遠に
持ち続けるため、あなたを求めていたものの諦めました。
そして私は、あなたが心に適う結婚をして優れた子らを
生むように、地上に生きる人間のうち際立って優れた男(3)を
夫としてあなたに与えた。祝宴には神々を余すことなく
呼び集めて(4)、みずからこの手に松明を掲げましたが(5)、
それもあのとき示してくれた優しい敬意のためなのです。
　さあよいですか、私はあなたに誤つことのない話を

(1) ゼウスは恋多き神であり、様々な女神、ニンフ、人間とのあいだに子を儲けている。

(2)「掟」の擬人神で、ウラノス（天空）とガイア（大地）の娘。予言の能力に優れ、アポロンがデルポイに来る以前にはその神託所を司ったとされる。

(3) ペレウスのこと。そして生まれたのがアキレウス。

(4) ただし「争い」の女神エリスは招かれなかった。それが後にトロイア戦争の原因となり、その戦争でアキレウスは死ぬ。

(5) 結婚式で松明を掲げるのは花嫁の母の役割。七九一行も参照。

語りましょう――今はケンタウロスのケイロン(6)の住処で
あなたの乳を求めつつ、水のニンフらの養育を受ける
あなたの息子がエリュシオンの野(7)に至ったときには、
アイエテスの娘メデイアの夫になるとの定めです(8)。
あなたは義母になるのだから、娘を助けてやりなさい。
それにペレウスのことも。なぜ怒り(9)を解かぬのです。
過ちは犯しました、でも過ちは神々をも襲うのですよ。
きっと私の要請を受け、ヘパイストスは燃えさかる
火の勢いを弱めてくれるでしょう。ヒッポテスの息子
アイオロスも、すばやく駆ける風たちの動きを妨げ、
彼らがパイアケス人の港に着くまで、西風だけを
吹かせてくれるはず。あなたには恙ない旅路の配慮を
お願いします。恐ろしいのは岩礁と荒れ狂う波の勢い。
それだけを、他の姉妹と逸らしてもらいたいのです。
どうか彼らがなす術なくカリュブディス(10)のなかに落ち、
全員が飲み込まれて攫われることを防いでください。
そしてスキュラ(11)の忌まわしい隠れ処を通り過ぎ――

(6) 三七頁註（9）。

(7) 神の祝福を受けた者が死後に住むとされた理想郷（仏語で champs-Élysées シャンゼリゼ）。

(8) 抒情詩人イビュコスやシモニデスの物語詩が伝える伝承（古註）。

(9) この怒りについては八六六行以下で語られる。

(10) メッシーナ海峡西北端にあったとされる伝説的な渦巻。一日に三度海水を飲み込んでは吐き出し、そばを通る船をことごとく難破させたという。

(11) カリュブディス対岸の洞窟に棲むという怪物。海豚《いるか》や海豹《あざらし》の他、通り過ぎる船乗りを襲い捕食したという。二六〇頁註（4）も参照。

破滅を企むアウソニアのスキュラをポルコス[1]に生んだは
夜をさまようヘカテ、クラタイイス[2]とも呼ばれる神——
恐ろしい顎に襲われ、選り抜きの英雄たちがけっして命を
落とさぬようにお願いします。どうか際どくはあっても
彼らが破滅を逃れるよう、船を導いてやってください」
　こう言うと、テティスは女神にこのように答えた。
「もし本当に獰猛な火が勢いを弱め、吹きつける嵐が
ことごとくやむのであれば、そのときにはきっと私が
自信を持って約束します——波が行方を阻もうとも、
西風が強く吹くならば、船を救って差しあげましょう。
しかしまずは長く果てしない道を進んで、私の助けと
なってくれる姉妹に会わねばなりません。それから船の
艫綱が結ばれているところへも行き、夜明けとともに
帰国の旅に出発するよう、思い出させてやらなければ」
　こう言うと天空を跳び出して、青黒い海の渦へと
飛び込むと、自身の姉妹である他のネレイデスに、
助けるように呼びかけた。姉妹たちはそれを聞いて

(1) 海神ネレウスの弟。より一般的にはポルキュスと呼ばれる（一五九九行）。
(2)「力強き女神」の意味。

集まってきたが、テティスはヘラの要請を告げ、
すぐさま皆をアウソニアの海へと送り出してゆく。
そして自身は閃光よりも、まさに向こうの大地から
高く昇ってゆこうとしていた太陽の光よりも速く、
水のなかを抜け軽やかに先を急いで、ついには
テュレニアの陸地にあるアイアイエの岸辺に至った。
彼らは船のすぐそばで、円盤を投げ矢を射るなどして
楽しんでいた。女神はアイアコスの子ペレウスに近づき、
その指先に触れた。彼こそは女神の夫であったのだ。
誰も女神をはっきりと見ることはできず、彼女はただ
ペレウス一人の眼にだけ姿を現わして、声をかけた。(3)
「もうこれ以上、テュレニアの岸辺に留まっていては
いけません。夜が明けたら快速の船の艫綱を解くのです。
旅の助力者ヘラに従いなさい。なぜなら彼女の命令で、
ネレウスのうら若き娘たちが皆で一緒に駆けつけて、
プランクタイと呼ばれる岩礁《いわば》を船が抜けてゆくのを
護ろうとしている――それが定められた航路なのです。

(3) 神の姿は通常、人間には見ることができない。

でもあなたは、彼女らを従えて近づく私を見ても、
その姿を皆には教えず心に留めなさい。いつか私を
不用意に怒らせたよりも、さらに怒ることになります」
　こう言うと、海の深みに沈んで見えなくなったが、
恐ろしい苦痛がペレウスを打った――まだ子供だった
美しきアキレウスのことで女神が怒り、寝室と寝所を
出ていったとき以来、一度も姿を見なかったからだ。
女神は真夜中に、息子の死すべき肉体をまわりから
燃えさかる火で絶えず焼き、昼になると今度は
柔肌にアンブロシアー[1]を塗り込んで、息子を不死にし、
厭わしい老年をその肌から遠ざけようとしていたのだ。
だがペレウスは寝所から跳び出すと、愛するわが子が
炎に包まれ喘いでいるのに気がついて[2]、それを見て
恐ろしい叫びを上げた――何と愚かな。テティスは
それを聞くと、泣きわめく子を乱暴に地面に投げつけ、
自身は風のような姿に変じて、あたかも夢のように、
すみやかに館を出ていった。そして心に怒りを抱いて

(1) 二一六頁註(2)。これを傷口に塗れば快癒し、死体に塗れば腐敗を防ぐとされた。

(2) 一説にはアキレウス以前に六人の子供が、テティスのこのような養育で命を落としたという。

(3) 以上の話は、『デメテル讃

海に飛び込み、以来けっして戻ってはこなかった[3]——
それゆえ彼はどうしようもなく心を締めつけられたが、
それでも仲間たちにテティスの指示をすべて語った。
すると彼らは勇み立ち、していたことを途中でやめて
競技を終えると、夕食と地べたの寝所を整えて、
食事を済ませいつものようにそこで夜を過ごした。
　光をもたらす「暁」が天の端に差してきたとき——
まさにそのとき軽やかな西風が高みから吹いてきた[4]。
彼らは陸から漕ぎ座へと進んで、歓喜に沸きつつ
海の深みから碇石を引き上げた。他の索具も
ことごとく然るべき仕方で巻き取り、帆布を高く
引っぱり上げ、それを拡げて帆桁の紐で括りつけた。
風は強く吹き船を運んで、彼らはほどなく美しき
アンテモエッサ[5]の島を見た。そこにはアケロオスの娘、
澄んだ声のセイレーンたち[6]がいて、島にもやい綱を
投げる者があると、甘美な歌で魅了しては滅ぼしていた。
彼女らはムーサたちの一人、姿美しきテルプシコレ[7]が

歌』二二三行以下で語られるデモポン養育の話を想起させる。デメテルはこの子供の乳母として、アンブロシアーを塗り込み火で焙ることで彼が不老不死になるよう育てていたが、母親がそれに気づいて泣き叫んだため女神の計画は頓挫する。

（4）ヘラの計画が実現しつつあることを示す表現（七六八行以下）。

（5）「花咲く島」の意味。セイレーンの住処（次註）を踏まえた名。

（6）ホメロス『オデュッセイア』第十二歌に登場する半人半鳥の怪物。甘美な声で船乗りを誘惑しては殺したという。その住処は同歌一五九行で「花咲く草地」と言われる。

（7）歌舞と合唱抒情詩を司る詩神。

アケロオスと寝て生んだ娘たち。かつてデメテルの
まだ少女だった力強き娘に、(1)一緒に遊ぶなどして
傅《かしず》いたこともあったが、そのときは(2)一方では鳥に、
また一方では乙女とも見えるような姿だった。
彼女らは良港のある島の高みからいつも見張って、
じつにしばしば、大勢の心を蕩《とろ》かせ損なっては
嬉しい帰国を奪ったが、彼らにも躊躇うことなく
百合のような声(3)を口から発した。彼らはすぐにでも
船の上からもやい綱を陸地に投げるところだった——
オイアグロスの子、トラキア生まれのオルペウスが
ビストニアの(4)竪琴をその手に抱えて弦を張り、
すばやく駆ける歌の旋律を高速で響かせなければ。
同時に(5)弦をかき鳴らし、その音色で耳が塞がれるよう
図ったのだ。そして竪琴は乙女らの声に打ち勝った。
西風だけでなく艫から起こってきた波も一緒になって、
鳴り響きつつ船を運び、彼女らの声は聞きとれなかった。
しかしそれでも仲間のうち、テレオンの優れた息子

(1) ペルセポネ（一四三頁註(7)）のこと。
(2) 一行《いっこう》が彼女らを見たとき。
(3) 「優雅で美しい」の意味。
(4) 第一歌三四行。優れた詩歌を象徴する地名。
(5) セイレーンたちの歌と同時に。

ブテスだけは、セイレーンらの澄んだ声に心が蕩けて、
それよりも先に磨かれた漕ぎ座から海に飛び込んだ。
彼は陸に上がろうと、うねる海を泳いでいった――
哀れな男だ。まさにその場で帰国を奪われつつあった。
だがエリュクス(6)を治める女神キュプリスが彼を憐れみ、
まだ渦のなかにいるのを拉し去った。そして慈悲深く
姿を現わし彼を救って、リリュベイス(7)の岬に住まわせた。
　一行は深く悲しみ乙女らのもとを去ったが、また別の
より恐ろしい船の難所が海の交わる海峡に迫っていた。
一方の側にはスキュラの滑らかな岩が見えてきて、
他方にはカリュブディスが、絶えず水を吐き出して
唸りを上げる。さらにはプランクタイも大波を受けて
轟いていた。そこは以前(8)にはきらめく炎が山頂から、
火に熱せられた岩の上に高く噴出していた場所で、
その煙により天も暗くなり、陽の光を見ることさえ
できなかっただろう。そのときへパイストスは仕事から
手を休めていたが、海はまだ熱い息吹を吐いていた。

九一五　(6)シチリア島北西部の山。頂に有名なアプロディテ（キュプリス）の神殿があったという。

九二〇　(7)シチリア島西端の港湾都市（現マルサラ）。ブテスの神殿があったという。

九二五　(8)イリスがへパイストスに仕事をやめさせる以前。

そこで彼らのために、ネレウスの若い娘が方々から
集まってきた。また後ろから舵の羽根(1)に手を触れたのは
尊きテティス――プランクタイの岩礁を導いてゆく。
それはまるで海豚《いるか》たちが晴れた日に海のなかから
跳び出してきて、急いで進む船のまわりを群をなし
廻るときのよう。前方に見えたと思うと今度は後ろに、
また脇からも現われて、船乗りたちを喜ばせる――
そのように娘らは水中から駆けあがっては、皆で一緒に
アルゴーのまわりを廻り、テティスが航路を導いた。
そして彼らがプランクタイに衝突しそうになると、
娘たちはすぐに衣の裾を白い膝の上まで持ちあげ、
まさにその岩礁と打ち寄せる波よりも高いところを、
あちらとこちら、両側に分かれて軽快に駆けていった。
船は流れる水に激しく揺すぶられ、まわりには波が
高く起こって荒れ狂い、岩にぶつかり飛沫《しぶき》をあげる。
その岩礁は断崖のように高く屹立したかと思うと、
今度は深みに沈み込んで海底にぐっと押しつけられ、

(1) 水中で船の進行方向を定める舵板のこと。

その上を獰猛なうねりが一気に覆い尽くすのだった。
娘らの姿はあたかも、砂浜の波打ち際に近いところで
二手に分かれて、(2)襞《ひだ》なす衣を腰の上までまくりあげ、
まん丸い鞠で遊ぶ少女のよう。それからその少女らは
次から次へと互いに鞠を渡してゆき、天高くそれを
放り投げて、けっして地面に近づけることがない——
そのように娘らは駆けてゆく船を交互に投げ渡して、
けっして岩にぶつけぬよう、波の上を飛ぶようにして
運んでゆく。まわりでは水が激しく噴き出していた。
島を治めるへパイストスその人も、滑らかな崖の頂に
まっすぐに立ち、重厚な肩を鎚の柄にもたせかけて、
娘らの姿を眺めていた。また輝き渡る天の上でも、
ゼウスの妃が立ちあがり両手でアテナを抱きしめた——
それほどに大きな恐怖が、見護る女神を捕らえたのだ。
春になると昼の時間が長くなるが、それと同じほど
長きにわたって娘たちは仕事を続けて、響きを上げる
岩のあいだを船を持ちあげ通していった。すると彼らは

(2) あるいは「腰の両側に(まくり上げて)」とも解される。

ふたたび風を受け前方へと駆け始め、そしてほどなく、
ヘリオスの牛を養うトリナキア(1)の草地を過ぎていった。
　そこで彼女らは、ゼウスの妃の命令を為し遂げて、
あたかも海鳥(2)のように海の深みへ沈んでいった。
羊たちの鳴き声が大気の向こうから聞こえてきて、
同時に牛の唸る声が、近くで彼らの耳を打った。
羊の方は瑞々しく濡れた繁みで、ヘリオスの
娘らのうちまだ若いパエトゥーサ(3)が、白銀造りの
牧杖をその手に抱え世話していて、一方で牛たちを
任されたランペティアは、輝くオレイカルコス(4)の
杖を振るって群を後から追っていた。その牛たちを
勇士たちも、平原と湿地をなす草原のあちこちに、
河の水辺で草を食むのを眺めていた。そのなかには
青黒い身体をした牛はなく、すべてが乳のような
色をして(5)、黄金色の角を誇らしげに戴いていた。
この牛たちを昼のうちに通り過ぎて、夜が来ると
広大な海の深みを嬉々として分けてゆく。そしてまた

(1)トリナクリア(二九一行)の別名。ホメロス『オデュッセイア』第十二歌一二七行以下に、太陽神が牛を飼う島とある。

(2)原語 αἴθυια は伝統的に水凪鳥(ミズナギドリ)と訳されるが、特定の種を指す語ではない。

(3)ランペティア(九七三行)とともにホメロス『オデュッセイア』で言及される太陽神の娘。トリナキアで羊と牛を飼う。

(4)「山の銅」を意味する伝説上の金属または合金。

(5)白色の牛は太陽神への捧げ物とされた。

(6)イタリア半島の「かかと」部分とギリシアとのあいだの海峡。「手前」というのは、ギリシアまたはエジプトから見た表現。

早くに生まれる「暁」が進みゆく彼らに光を注いだ。
　イオニアの海峡(6)に入る手前、ケラウニアの海のなかに
広大な土地を拡げる肥沃な島(7)があり、その島の下には
刈り鎌が隠されるという——ムーサらよ許したまえ、
古《いにしえ》の人々の話を私は好んで語るのではない——その鎌で
かつてクロノス(8)が、父親の陽物を無情にも切り取った。
だがそれはまた大地の女神デオの刈取り鎌とも言われる。
デオ(9)は以前その地に暮らしたことがあり、マクリス(10)に
好意を抱いて、豊かに稔った麦の穂を刈り取る術《すべ》を
ティタン族(11)に教えたのだ。このことからパイアケス人の
聖なる乳母(12)はドレパネの名で呼ばれる——このように
パイアケス人自身も、ウラノスの血を引く一族なのだ。(13)
　彼らのもとへアルゴーは、多くの苦難に阻まれながら、
トリナキアの海から風に乗り到来した。それを祝って
アルキノオス(14)と民人は、神々に感謝の犠牲を捧げると、
喜んで彼らを迎えた。それから城市全体が彼らへの
歓喜に沸いた——自身の子を喜ぶかと思えるほどに。

（7）現ケルキラ島。以下、ドレパネ（九九一行）という島名の由来が語られる。二九八頁註（3）も参照。

（8）三四頁註（6）。父ウラノスの男根を切り取ることにより、世界の支配権を継承した。この神話はヘシオドス『神統記』一七六行以下などで語られる。

（9）穀物と豊穣の女神デメテルのこと。

（10）一一三一行以下。

（11）一六一頁註（10）。ここではドレパネの先住民として想定されている。

（12）「肥沃な島」（九八三行）のこと。ドレパネは「鎌の島」の意味。

（13）パイアケス人が、鎌で去勢されたウラノスの血潮から生まれたという伝承を踏まえる。

（14）七六八行。

そして英雄たちもまた、まるでハイモニア(1)の真中に
踏み入れでもしたかのように群衆のなかで歓喜したが、
彼らはほどなく武装して、喊声《ときのこえ》を上げようとしていた。
そのようにすぐ近くに、コルキス人の無数の軍勢が
現われたのだ。彼らは黒海の入口から「青黒岩《キュアネアイ》」の
あいだを抜けて、勇士たちを捜索して進んできた(2)。
彼らは何としてもメデイアを奪い返し(3)、父親の館へ
連れ帰ることを望んでいたが、さもなくばその場で、
あるいは後ほどアイエテスの船団が来てからでもよい、
苦悶に満ちた戦争を構えると容赦なく威《おど》しつけた。
しかし王たるアルキノオスが、戦いを求め逸る彼らを
引き止めた。王は双方に対して、戦争には訴えずに、
激しく燃え立つ争いを解決するよう切望したのだ(4)。
　少女は呪わしい恐れに捕らわれ、イアソンの仲間に
しきりに懇願を繰り返して、またアルキノオスの妻
アレテの膝に対しても、両手でしきりに取りすがった。
「お願いです王妃さま、どうか情けを。私をコルキス人に

(1) 一一八頁註（5）。
(2) 三〇三行以下。
(3) 原文の ἔξαιτον は意味不明瞭。ここでは動詞 ἐξαιτέω（要求する）との繋がりを認めて訳した。
(4) この三行は、アルキノオスに裁定が任されたことを示唆する。

引き渡して、父のもとまで連れ戻させないでください——
ご自身も人間の種族のお一人であられるなら。人の心は
ちょっとした過ちで、すぐにも破滅に陥ってしまうもの[5]、
私からも分別ある心が去ったのです。ですがけっして
情欲からではない——ヘリオスの聖なる光もご照覧あれ、
夜をさまよう女神、ペルセスの姫神[6]の秘儀も照覧あれ——
私はけっしてみずから望んで、異国の男たちと一緒に
かの地を去ったのではありません。[7]罪を犯して他には
策がなかったとき、厭わしい恐怖に説き伏せられて、
思いついたのがこの逃亡。私の帯はまだ、父の館にいた
ときと同じく、穢れなく清らかなまま。[8]どうか憐れみを、
お妃さま。夫君《おっとぎみ》にも頼んでください。どうかその身に
不死なる神々が、満ち足りた人生と輝かしい幸せ、
また子供たちと不滅なる城市の誉れを授けますよう」
　少女は涙を流してこのようにアレテに懇願すると、
勇士たちのそれぞれに対しても、順々にこう訴えた。
「いとも優れた勇士の皆さん、まさにあなた方ゆえに、

(5) メディアはここで自身の過ちを、人間一般によくあることとして提示する。よくある過ちゆえ、同情されて然るべきもの。
(6) ヘカテのこと。
(7) 本歌冒頭から継続するテーマ。先にイアソンに語った言葉（三六〇行以下）との対照も注目される。
(8) 帯は純潔の象徴。

あなた方の試練のおかげで、私は苦しんでいるのです。
私の助けで雄牛らに軛をつけ、大地に生まれる男たちの
破滅の作物も刈り取った。私のおかげでハイモニアに
帰国して、黄金《きん》の羊皮をまもなく持ち帰ろうとしている。
ここにいるこの私は、祖国だけでなく両親も失くし、
また家も、人生の楽しみもすべてすっかり失ったのに、
あなた方には祖国も家も、ふたたび暮らせるように
尽くしました。眼に喜びを溢れさせ、まだご両親にも
会えるはず。でも私には運命は厳しく、輝く幸せを
奪い去られ、厭われながら異国の人とさまよっている。
約束と誓いを恐れるがいい、嘆願者の復讐女神《ヒケシア・エリニュス》(1)と、
神々からの報復を恐れるがいい —— 私がアイエテスの
手中に落ちて、苦痛に満ちた恥辱を受けて殺されるなら。
神殿もない、助けてくれる城塔もない、他の逃げ場も
ありはしない、ただあなた方にすがる他ないのです。
まったく残酷で非情な人たち —— 私がやむにやまれず
異国の王妃さまのお膝に手を伸ばすのを眼にしても、

(1) 二〇八頁註(3)。「ヒケシア」は「ヒケシオス」(第二歌二一五行)の女性形。殺害されたメデイアによる復讐の嘆願が想定されている。

心にやましさも覚えないのだ。羊皮を手に入れようと
逸り立っていたときなら、コルキス人の全軍とでも、
傲慢なアイエテス自身とも槍を交えたはず。それが今は
武勇を忘れてしまった、相手は派遣部隊に過ぎないのに」
　こう言って取りすがった。その懇願を受け男たちは
皆ことごとく少女を励まし、悲しまぬよう言葉をかけた。
彼らは鋭い穂先の槍を手のひらに握って振りまわし、
鞘から剣を引き抜くと、彼女が(2)もしも不当な裁きに
遭うのであれば、援助を躊躇うことはないと宣言した。
　一行のあいだで心を悩ます男たちに、(3)仕事から
休息をもたらす夜が訪れ、大地が一様に静まり返った。
だが少女には眠りがわずかの安らぎも与えることなく、
胸のなかでは、数々の苦悩に心が旋回し続けていた。(4)
あたかもつらい仕事に耐える女が、夜のあいだに
紡錘《つむ》を廻らすときのよう。夫を奪われた女のまわりで
父親のない子供らが泣き叫んで、女は自身を襲った
運命の悲しさを思い、(5)両頬を涙がこぼれ落ちる——

(2) 別写本「彼らが」。
(3) あるいは「心を悩ます」のをメデイアとして、「メデイアが心を悩ませているとき男たちに夜が訪れた」とする校訂案もある。
(4) 第三歌でのメデイアの不眠（七五一行以下）を想起させる。そこでの恋の苦悩の結果、彼女はイアソンを助け故郷を捨てたが、現状は彼女が望んだ通りになっていない。
(5) 別写本「嘆き」。

そのようにメデイアの頬は濡れて、胸のなかでは
心が鋭い苦痛に刺し貫かれ、のたうちまわっていた。(1)
　そのとき城市にある館では、これまでと同じように、
アルキノオス王と、アルキノオスの威厳に満ちた
妻のアレテが、夜の闇のなか夫婦二人の床に入って、(2)
少女について思案を廻らせていた。妻は契りを交わした
夫への習いの通りに、情愛に溢れた言葉で語りかけた。
「ねえあなた、お願いします——心悩ますあの少女を
コルキス人から救い、ミニュアイに好意をお示しください。
アルゴス(3)とハイモニアの人々は私たちの島に近いですが、
アイエテスの住まいは遠い。アイエテスのことを私たちは
何も知らず、ただ噂を聞くだけです。つらい運命に苦しむ
あの少女の嘆願を受けて、私の心はすっかり砕けました。
王さま、彼女を父親のもとへ連れ帰るのを、コルキス人に
許しませぬよう。始めに牛どもを魅する薬を与えたのは
誤ってしたことです。それからすぐに過ちを過ちにより
癒そうとして——私たちが間違うときによくあること(4)——

（1）原語は *εἱλεῖτο* で、一〇六一行の「旋回し続けていた（*εἱλίσσετο*）」および一〇六三行の「廻らす（*ἑλίσσει*）」と対応する。

（2）メデイアに重ねられた寡婦のイメージ（一〇六二行以下）と対照をなす。この後の睦まじい会話は、メデイアが望みながらも手に入れられずにいるもの。

（3）一二頁註（2）。ここではペロポネソス半島、またはギリシア全体を指す。

（4）一〇一六行以下との対応に注目。先にメデイアは「過ち」を特別でないこととしたが、ここでアレテは「過ちを過ちにより癒そう」とすることを「よくあること」だと言う。

傲慢な父の厳しい怒りを逃れたのです。またイアソンは、
私が聞くにはそのときから、彼女を正式な妻として
館に迎えるという、大いなる誓いに縛られている[5]。
ですからどうかアイソンの子にも、あなたがみずから
誓いを破らせないでください。あなたのせいで父が娘を、
怒りに任せて耐えがたく傷つけることもないように。
親がわが子に抱く嫉妬はひどく激しいものですから——
姿美しいアンティオペ[6]にニュクテウスがどんな策を
弄したか。またダナエ[7]も父親の悪意ゆえ、海のなかで
どんな苦難に耐えたことか。最近もこのすぐ近くで、
暴虐なエケトス[8]が自分の娘の眼のなかに、青銅の杭を
突き刺しました。娘は嘆かわしい運命にやせ衰えつつ、
暗い[9]小屋のなかで青銅の粒を挽き続けているのです」
　こう言って懇願した。妻の言葉に王の気持ちは
柔らかく溶けて、王はこのように言葉を返した。
「アレテよ、武具を身につけコルキス人を追い払い、
少女のため、勇士らに好意を示してやることはできる。

(5) アレテはメデイアが語らなかったことも正しく知る。

(6) テーバイ王ニュクテウスの娘で、アンピオンとゼトスの母。ゼウスによって二人を懐胎し、父の怒りを恐れて祖国を逃れてシキュオンに至るも、父の策謀によりその地を滅ぼされた。

(7) 英雄ペルセウスの母。ゼウスによって彼を生み、父親の怒りを買う。母子ともに箱に入れられ海に流された。

(8) ホメロス『オデュッセイア』第十八歌八四行以下で、訪問者の身体を切り刻むと言われる恐ろしい王。

(9) 失明により。

だがゼウスのまっすぐな裁き(1)を軽んじるのは恐ろしい。
またおまえの言葉通り、アイエテスを無視するのは
賢明でない。アイエテスほど王らしい王はなく、
望めば遠くからでもヘラスに争いを仕掛けてくる。
それゆえ皆のあいだで最善となるような裁きを、
私は下さねばならぬ。おまえには隠さずにおこう——
あの娘が生娘なら、父親のもとへ連れ戻させるよう
指示を出す。だが男と臥所をともにする身なら、
夫から娘を引き離しはしない。そして腹に子供を
宿しているなら、その子供も敵に渡すことはない(2)」
　こう言った。すると眠りはすぐさま王を安らがせた(3)。
王妃は賢明な言葉(4)を胸にしまうと、ただちに寝所から
起き出して館を抜け進んでゆく。侍女たちが急いで
まわりに集まり、王妃を囲み忙しく動きまわった。
王妃はこっそり自身の伝令を呼び言葉をかけた——
その賢明な判断により、アイソンの子が少女と契りを
交わすように、またアルキノオス王には嘆願せぬよう、

（1）ヘシオドス『神統記』八一行以下で、神の恩寵を受ける王は「まっすぐな裁き」を下し、過つことなく争いを収めると言われる。

（2）ここで王が裁定の方針を妻に伝えるのは、これから先の妻の行動を予測してのことのように読める。

（3）一〇六〇行と対比的な表現。

（4）特に一一〇四行以下の王の言葉を指す。

促すために。なぜなら王はみずから赴き、コルキス人に
裁定を下すだろう――少女が生娘なら父親の館まで
連れ帰らせるが、男と寝所をともにする身であるなら、
もはや彼女を正式な夫婦の愛から切り離すことはないと。
　こう言った。伝令の足はただちに彼を館のなかから
運んでいった――運命に適う[5]アレテの言葉と神を畏れる
アルキノオスの判断とを、イアソンに伝えるために。
そして町から近くヒュロスの港[6]で、勇士らが船の脇で
武具を身につけ夜警に立つのを見つけると、伝言を
すべて伝えて、英雄たちの心はそれぞれ歓喜に沸いた。
伝令の語った言葉はおおいに嬉しいものだったのだ。
　彼らはすぐに習いの通りに、至福なる神々のために
混酒器で酒を混ぜ、祭壇の上に羊を厳かに引いてゆくと、
まさにその夜のうちに、少女のために夫婦の寝所を、
かつてマクリス[7]が暮らした聖なる洞窟に整えた――
それは蜜蜂を養う仕事と、多くの手間をかけて得られる
オリーヴの油を発見した、賢きアリスタイオス[8]の娘。

（5）あるいは「幸先のよい」とも解される。

（6）この港の名祖については五三七行以下。

（7）ディオニュソスの乳母（五四〇行）。

（8）一一八頁註（7）。「賢き」は別写本では「蜂蜜を世話する」または「蜂蜜のような心の」と解しうる語。

彼女はアバンテス人のエウボイアで、ニュサに生まれた
ゼウスの息子(1)を、まさに最初にその懐に受け取って、
乾いた唇のまわりを蜜で湿らせた。それはヘルメスが
この神を火から救い出したときのこと(2)。だがヘラが
それを見つけ、怒りに燃えて島から彼女を追い出した。
彼女は島から遠く離れた、パイアケス人の聖なる洞窟に
住むようになり、住民に限りない恵みをもたらした。
　その場所に彼らは大いなる床を敷き、その上から
まばゆい黄金《きん》の羊皮を掛けた——結婚が讃えられ、
歌い継がれてゆくように。二人のためにニンフらが、
色とりどりの花を白い懐に摘み集めて運んできたが、
彼女たち皆のまわりを火のような輝きが取り囲む——
そのような輝きが、黄金の毛房からきらめいていた。
羊皮はニンフらの眼に甘美な憧れを燃えあがらせたが(3)、
皆しきりに望むものの、手を伸ばすのは躊躇った。
そこにはアイガイオス河(4)の娘と呼ばれる者もいれば、
メリテイオン(5)の山頂あたりに暮らす者たちもいて、

(1)ディオニュソスのこと。

(2)テーバイの王女セメレはディオニュソスを懐胎していたとき、ゼウスの本当の姿を見たいと願い雷火に焼かれて落命した。一般的な伝承では、その時まだ六ヵ月の胎児であったディオニュソスはゼウスの太腿に縫い込まれ、月満ちてから取り出されたとされるが、ここでは別伝が採られている。

(3)このような羊皮の魅力は一八四行以下でも語られた。

(4)ドレパネの河（五四二行）。

(5)「メリテの山」の意味。

平野を出てきた森のニンフたちもいた。ゼウスの妃
ヘラがみずから、イアソンの誉れとすべく発たせたのだ。
その神聖な洞窟は今でもなお「メデイアの洞窟」と
呼ばれるが、そこでニンフたちは芳《かぐわ》しい衣を拡げ(6)、
二人を互いに結びあわせた。一方で勇士たちは
手に戦いの槍を振りまわし、悪意を抱く敵の軍勢が
先に武力に訴え、不意を突き襲撃してくるのに備えた。
そして葉のよく繁った小枝を冠にして頭に載せると、
オルペウスが清澄な竪琴の音を響かせるのに合わせ、
花嫁の間の入口で婚礼の歌を美しく歌ってゆく。
アイソンの優れた息子は結婚を、アルキノオスの
領土ではなく、イオルコスへの帰国が叶った後、
父の館で成就したいと望んでいて、メデイア自身も
そう考えたが、必然がそのとき二人を結ばせた。
我々苦しみを受ける人間の種族は、確実な足どりで
喜びに踏み込むことがけっしてない。いつも何かしら
つらい悲しみが、幸福な気持ちと並んで歩みを進める。

(6) 愛を交わす二人が他から見られぬようにとも、結婚を彩るためとも解される。

それゆえ彼らも甘美な愛に蕩けてはいたが、恐れもまた感じていた――アルキノオスの裁きは実現するのかと。

　神々しい輝きをまとって昇る「暁」が、暗い夜を空から追い散らしていった。島の岸辺は笑みをこぼし、遠くから延びてくる草原の小径も、瑞々しい朝露に濡れ笑い声を上げる。街路にも物音が起こり始めていた。住民は城市の至るところで活動し始め、そこから遠くマクリスの岬[1]の先端《さき》では、コルキス人が動き出した。ただちにアルキノオスは取り決め[2]通り、少女について自身の考えを伝えるためそこへ向かった。王はその手に黄金の、正義を授く王笏を握っていた――そのもとで町中に暮らす民が、まっすぐな裁きを受ける王笏だ。王の後ろには続々と、戦いの物の具を身にまとったパイアケス人の重立った者らが、隊列を組んで進んだ。

　英雄たちを見物しようと、女たちは皆で群をなし城塔から外へ出てきて、さらには野に暮らす男たち[3]も、噂を聞いて集まった――狙いを外さぬ知らせの言葉を

(1)古註にはドレパネの対岸、ギリシア本土エペイロス地方の岬とあるがどうか。底本は島にある岬だろうと言う。
(2)言及はないが、一〇一〇行の時点で結ばれた。
(3)町の外で農業や狩りなどに従事する者たち。

ヘラが送ったのだ。ある者は羊の群から特に立派な雄羊を、
ある者はまだ働いたことのない若い雌牛(4)を連れてきて、
他の者らは葡萄酒を入れた酒甕を、混ぜられるよう(5)
近くに置いた。犠牲の煙が遠くへ立ち昇ってゆく。
女たちは習いの通りに、手間をかけ織った衣と
黄金の捧げ物、またそれらの他にも輝かしい品々、
結ばれたばかりの夫婦に相応しい贈り物を運んできた。
そしていとも優れた英雄たちの姿形を眼にしては
驚いたが、そのなかでもオイアグロスの息子(6)は
際立っていて、巧みにつま弾く竪琴と歌に合わせ、
輝きを放つサンダルで、大地をしきりに打っていた。
ニンフたちも皆で一緒に、彼(7)の歌が結婚に触れるたび、
心を魅する婚姻の歌をうたった。またあるときは
自分たちだけで輪になって踊ったが、それはヘラよ、
あなたを讃えてのこと。じつにあなたがアレテの心に、
王の賢明な言葉を知らせることを思いつかせたのだ(8)。
　さてアルキノオスは、始めにまっすぐな裁きの執行を

(4) 神への犠牲に相応しい。
(5) 三三頁註(2)。
(6) オルペウスのこと。
(7) 底本は「彼ら」という写本の読みを採るが、校訂案に従って訳した。
(8) 一一一一行以下。このコメントはそこで王を安らがせた「眠り」もまた、ヘラの介入によるものという印象を抱かせる。ホメロス『イリアス』第十四歌二三三行以下において、ヘラは「眠り」に命じてゼウスを安らかに眠らせる。

言い渡すと――すでに結婚の成就が告げられていた――
最後までそれが守られるよう心を配った。破滅の恐怖も
アイエテスの厳しい怒りも王を邪魔することはなく、
破棄することを許さぬ誓いで両者をきつく縛ったのだ。
それゆえコルキス人は要求しても無駄だと悟って、
王自身の裁定に従うか、さもなくば港と大地から
遠く離れたところに船を泊めよと命じられると、
そのとき彼らは自身の王の叱責を恐れ、(1) 仲間として
迎えてくれと懇願した。それからまさにその島に
じつに長いあいだパイアケス人の男たちと暮らして、
そしてエピュラから来た一族、バッキアダイ(2)の男らが
時を経てその土地に住むようになると、対岸の島へ(3)
移住した。そこからアマンテス人(4)のケラウニアの山へ、
ネスタイオイ人(5)の地やオリコス(6)にも行こうとしていた。
しかしそれらは充分に時が流れてから起こったこと。
その島には今でもモイラたち(7)とニンフらの祭壇があり、
アポロン・ノミオス(8)の神域で年ごとの犠牲を受け取る――

(1) 一二三〇行以下。
(2) 前八―七世紀にコリントスを支配した名門貴族。一族出身の僭主キュプセロスに国を追われ、ケルキラ（ドレパネ）など各地に移住した。「エピュラ」はコリントスの古称。
(3) あるいは「島の対岸［本土］へ」と読むべきかもしれないが、古註で「近くの島へ」とパラフレーズされているのが気になる。
(4) ギリシア北西部エペイロス地方、オリコス（次行）からケルキラ北方にかけて居住した民族。
(5) 二七三頁註（8）。
(6) ケラウニア山脈（二八三頁註（13））の北にある港湾都市。コルキス人が建設したという。
(7) 「運命」の女神。クロト（紡ぐ者）、ラケシス（割り当て

それらの祭壇をメデイアは建てた。そしてミニュアイが発ってゆくとき、アルキノオスは多くの友誼の品を、アレテも多くの品を贈り、さらにはメデイアのために、パイアケス人の侍女を一二人、館から選び従わせた。

　七日目にドレパネを発つと、晴れ渡った空のもと、明け方に順風が強く吹き、彼らは風の息吹に押されて航路を先へと駆けていった。しかしこの英雄たちには、さらにリビュア[9]の地でも苦難を舐めるまで、アカイア[10]の大地に上陸することは、けっして許されぬ運命だった。

　彼らはすでにアンブラキア人の名にちなむ湾[11]を過ぎ、帆を拡げて、すでにクレテス人の陸地[12]をあとにした。それからエキナデスを中心に列島をなす狭い島々をあとにすると、まさにペロプスの大地[13]が現われてきた。そのときだ、破滅の嵐が北から吹きつけ彼らを途中で摑み去り、すっかり九夜と同じだけの昼をかけてリビュアの海へ運んでゆき、彼らはシュルティス[14]の奥深いところに至った——船がひとたびその湾に

る者）、アトロポス（変ええぬ者）の三姉妹で、運命の糸を紡いでそれを切り分け、人間たちに割り当てたという。

（8）一一九頁註（9）。

（9）九頁註（12）。

（10）テッサリア南部、またはより一般的にギリシアのこと。

（11）エペイロス地方の南、アカルナニアに至る手前にある巨大な湾（現アンヴラキコス湾）。

（12）アカルナニア地方のこと。エキナデス（次行）はその南、コリントス湾入口付近にある群島。

（13）ペロポネソス半島のこと。

（14）アフリカ北岸にあるとされた、流砂を伴う伝説的な湾。航海の難所として知られる。

押し込められると、もとに戻ることの叶わない場所。
至るところに浅瀬があり、至るところに深みから
水草が繁って、その上に音もなく海の泡が漂うのだ。
砂浜は遠くへ広がり彼方に霞《かす》んで、地を這う獣も
空飛ぶ鳥もまるで姿を現わさない。その場所に彼らを
潮の流れが――この波はひっきりなしに陸から退き、
それからふたたび荒々しい勢いをつけ戻ってきては、
浜の上に押し寄せる――あっという間に砂地の奥まで
押し込んで、竜骨はわずかしか水中に残らなかった。
彼らは船から跳ぶと、空を眺めて広大な大地の背中が
空と同じだけ遠く、果てしなく延びてゆくのを見て、
深い悲しみに捕らわれた。水場はどこにもなく、
踏み跡も牧人たちの小屋も、遠くどこまでも
見当たらず、すべてが動かぬ静寂に包まれていた。
彼らは深い悲しみに沈んで、互いに尋ねあった。
「これは何という土地だろうか。嵐は我々をどこに
押し込めたのか。呪わしい恐怖などには構わずに、

岩のあいだを抜け、あえて同じ道(1)を進めばよかった。
じつにゼウスの定めた運命を越えて進んででも、
偉大なことを望みながら滅びた方がよかっただろう。
今となっては我々に何ができよう——風に妨げられて
わずかの時でもここに留まる以上は。眼前《めのまえ》に広がる
広大な陸地の果て(2)では、何と荒涼としていることか」
　こう言った。そのなかでまさに舵取りアンカイオスが、
困難に途方に暮れ、嘆きに沈む仲間たちに呼びかけた。
「我々はきっと最悪の運命に捕らわれて、破滅を逃れる
道はない。このような荒野に迷い込んだ以上、我々には
このうえなく惨めな苦しみしかない——たとえ強風が
陸地から吹いてくれてもだ。遠く見渡せば至るところ
浅瀬のような海しか見えぬし、海の水は白く砕けて、
灰色の砂の上に意味もなく(3)打ち寄せるだけではないか。
この聖なる船も惨めなことに、とっくに陸地から
離れたところで砕け散っていたはず。けれど海から
上げ潮が大きく起こって、船を高く持ちあげてくれた。

（1）「青黒岩（キュアネアイ）」を抜ける道。彼らはこの岩がもう動かないことを知らない（一五九頁註（7））。

（2）海岸地方をいう表現。

（3）船を運ぶことなく。

だがもう潮は海原へ退いてゆき、ただ船で行けない
浅い水だけが、大地の上にわずかに拡がり漂っている。
それゆえ私には、船旅と帰国の望みはすべて絶たれた
ように思える。かくなるうえは他の誰かに、己の技術を
示して欲しい。舵取りの座は無事な帰還を求める者に
任されるのが相応しいのだ。しかし我々の苦難の果てに
帰国の日を叶えることをゼウスはまるで望んでいない」
　涙を流してこう言った。船を操る心得のある者は、
ことごとく彼の悲嘆に同意した。一同の胸のなかでは
心が霜に覆われて、頬には一面に蒼白が拡がった。
その様子《さま》は魂の抜けた亡霊のような男たちが
町中をさまよい歩き、戦争や疫病が発生するのを
待ち受けたり、あるいは牛たちがした無数の仕事(1)を
すっかり押し流す、激しい嵐を待つときのよう。
それはたとえば彫像がおのずから血の汗を滴らせ(2)、
牛の鳴く声が神域(3)に聞こえるときであったり、
あるいは太陽が昼のさなかに天から夜を連れてきて(4)、

(1) 耕された畑のこと。
(2) 以下、不吉な予兆。それにより町の人々は「亡霊のよう」（一二八〇行）になる。
(3) 神域は普段は静寂な場所。
(4) 日蝕のこと。

明るい星々が大気を抜けて姿を現わすときのこと――
そのようにそのとき勇士らは、長く延びる海岸に沿い
呆然とさまよい歩いた。(5) ほどなくして薄暗い夕闇が
訪れると、彼らは哀れにも腕をまわして互いに抱き合い、
それぞれがきっと離ればなれに砂のなかに倒れ伏し
命を落とすことを思って、涙ながらに別れを惜しんだ。
そして各々が寝場所を選びに次々遠くへ散ってゆき、
みずからの外套で頭を包んで覆い隠すと、(6) 空腹のまま
食事もとらず、夜に続いて翌日もずっと横たわり、
いとも惨めな死を覚悟していた。離れたところでは
少女たちが集まって、(7) アイエテスの娘のそばで泣いた。
まるで岩の裂け目から落ちた、まだ羽毛の生え揃わない
雛たちが、見捨てられたまま甲高く鳴くときのように、
あるいは美しく流れるパクトロスを見下ろす断崖で(8)
白鳥たちが歌い始めると、(9) そのまわりで露に濡れた
草原と河の美しい流れとが響きを返すときのよう――
そのように少女らは黄金《きん》色の髪を砂塵《すな》に垂らして、

(5) ホメロス『イリアス』第二十四歌一二行、パトロクロスを失った悲しみに苛まれ、呆然と砂浜を歩くアキレウスを思わせる表現。
(6) 死者を悼む悲しみの表現。第二歌八六一行以下も参照。
(7) メデイアのためにアレテが従わせた侍女たち（一二二二行）。
(8) リュディアの河。古くは砂金を産したという。
(9) 白鳥は死の直前、自身の死を悼んで最も美しく鳴くという。

夜中ずっと、哀切な悲嘆の声を上げるのだった。
　こうしてその場所で皆がこの世を去っただろう――
いとも優れた英雄たちが試練を遂げることもできず、
名を残さぬまま、人々に知られることもないままに。
しかし彼らがなす術《すべ》なく弱ってゆくのを憐れんだのは、
リビュアを守護する半神たち――かつてアテナが
父親の頭のなかから輝く姿で跳び出したとき、(1)
トリトン(2)の水辺で女神を迎え水浴させた女たちだ。
ちょうど日盛りで、まわりではじつに鋭い陽の光が
リビュアを焦がしていたが、彼女らはアイソンの子の
近くに立つと、両手でそっと頭から上衣を外した。
だがイアソンは神を見るのを憚って、反対側へ
その眼を逸らした。彼女らは彼にだけ姿を現わし、
恐怖に戸惑うイアソンに、穏やかな言葉で語りかけた。
「不運な人、なぜそれほどまでに絶望に打ち拉がれて
いるのでしょうか。黄金の羊皮を求めて旅したことも、
身に受けた苦難もすべて存じています。海原をさまよい、

（1）一六九頁註（4）。
（2）アテナの出生地。ボイオティアのトリトン河や、テッサリア地方の同名の河のこととも言われるが、ここではリビュアのトリトニス湖のこと。

陸地でも水の上でも、多くの偉業を為し遂げましたね。
私たちはこの地に孤独に暮らす、人語を話す神であり、
リビュアを守護する半神、またその娘でもあります。
さあ起きなさい――もうそのように嘆くのはやめて、
仲間たちを起こし、そしてアンピトリテ(3)があなたに
ポセイドンのよく駆ける馬車をすぐに解き放ったら、
そのときはご自身たちの母親にお返しをなさい――
皆さんを長くお胎《なか》に抱えた労苦に対する返礼です。
そうすればまだ聖なるアカイア(4)に帰国できましょう」
　こう言うとその女性たちは、立っていたその場所で、
声とともにたちまち姿を消した。するとイアソンは
あたりを見まわしつつ、地面に座るとこう言った。
「どうかご慈悲を、荒地の尊き女神たち。帰国について
語られた意味はまるで分かりません(5)。ですが仲間たちを
呼び集め、窮地を脱する手立てが何か見つからないか、
話してみましょう。大勢の知恵の方が勝りますから」
　こう言うと急いで跳び起き、砂にまみれて汚れた姿で、

(3) ネレウスの娘たち（ネレイデス）の一人で、海神ポセイドンの妻。

(4) 一二二六行。

(5) 神託は謎めいた仕方で語られ、その解釈は人間に任される。

仲間たちに向け遠く叫んだ。それはちょうど森のなか、
連れ合いを求めて吼《ほ》える獅子のよう。重々しい声が
山のあいだに響き渡ると、渓谷は遠くまで振動し(1)、
畑にいる牛たちも牛の飼い主も、恐怖を感じて
激しく震える——だが勇士らには、親しい仲間が
呼びかけたからまったく恐ろしい声ではなくて、
彼らは俯《うつむ》いて集まってきた。するとイアソンは
嘆く仲間を停泊する船のそばに、女たちと混じって
座らせると、すべてを隠さずに語って聞かせた。
「聞いてくれ、仲間たち。嘆いている私のもとに
女神が三人、上は首から背中と腰のまわりにかけて
山羊の皮を身にまとった、少女のような女神が現われ、
頭のすぐ近くに立ったのだ。彼女たちは私の上衣を
軽やかな手で引っ張って頭から取り、私に命じた——
みずから起きあがり、そなたらを起こしに行くよう。
そして我々を長いことその胎《はら》に抱えた労苦に対して、
我々自身の母親に満足な返礼をせよと言ったのだ。

(1) 別写本「轟いて」。

それはポセイドンのよく駆ける馬車をアンピトリテが解き放つときのことだと。だがこの神の言葉について、私にはまるで意味が分からない。彼女たちは自身を、リビュアを守護する半神で、その娘でもあると言った。また我々がここに至るまでに、陸地でも水の上でも耐えた苦難を、ことごとく知っているとも言ったのだ。だがその場所にはもう彼女たちは見えず、何か霞か雲のようなものが、姿を途中で隠してしまった」

　こう言うと、彼らは皆それを聞いて驚嘆した。そのときミニュアイに素晴らしき前兆が現れた——海から陸の上に恐ろしいほど巨大な馬が、黄金色のたてがみをなびかせ、首を高くもたげて跳び出し(2)、身体をすばやく震わせて流れる水を四肢から払うと、疾風《はやて》のような足で駆けていった。すぐさまペレウスがおおいに喜び、まわりに集う仲間らに言葉をかけた。

「私が思うところでは、ポセイドンの馬車についてはもうすでに、愛する奥方(3)の手によって解き放たれた。

(2) 馬はポセイドンを象徴する動物。ここでは高波や津波を想起させる。

(3) アンピトリテのこと。

母親というのは、まさにこの船に他なるまいと考える。
なぜならじつにその胎にいつも我々を身ごもって、
苦痛に満ちたつらい労苦に耐え忍んでくれたからだ。
さあこの船を揺るぎない力と疲れを知らない肩で
持ちあげて、砂地をなす大地の奥に運んでゆこう——
馬が歩みをすばやく前へ進めていった向こうまで。
あの馬は乾いた大地に沈むまい。その足跡は我々に
海からの入り海などを、奥地に示してくれるだろう[1]」
　こう言った。的を射た判断が彼ら皆を喜ばせた。

　これはムーサたちの物語。私はピエリアの女神[2]に従い
歌っていて、私が聞いたこの話に間違いは何もない——
王たち[3]のいとも優れた息子らよ、あなた方はその力で、
その勇敢さで、荒涼としたリビュアの砂地を越えて、
なかに積んだ積荷もろとも、船を肩に高く掲げて、
十二日ものあいだ、昼も夜もまったく休むことなく
それを運んでいったという。だが彼らが苦しみつつも

(1)ポセイドンの馬がふたたび海を目指すことを前提とした表現。荒涼とした大地の彼方に航行可能な海があるはずという期待を示す。そこまで船を運ぶことが「返礼」(一三五四行)となる。
(2)ムーサたちのこと。
(3)ここでは神々のこと。第一歌五四八行、第三歌三六五行以下などを参照。
(4)トリトニス湖は塩水だった。
(5)次註を参照。アトラスはティタン神族の一人で、ティタ

為し遂げた、つらく痛ましい難業を誰が語れようか。
たしかに彼らは神々の血を引く者たち。必然により
強いられて途方もない難業に耐えた。そして遠くまで
ひたすら進み、嬉々としてトリトニス湖の水辺に運ぶと、
嬉々としてそこに入り、逞《たくま》しい肩から船を降ろした。
　それから怒り狂った犬どものように駆け出して、
あちこちに湧水を探し求めた。(4) つらい苦痛だけでなく、
焼けつく渇きに苛まれていたのだ。彼らは無駄には
さまよわず聖なる平野に至ったが、その平野では
大地生まれの大蛇ラドンが、昨日まで黄金《きん》の林檎を
アトラスの庭園(5)で見張り、まわりではニンフたち、
ヘスペリデス(6)が、魅力的な歌をうたって働いていた。
そのときは大蛇はすでにヘラクレスに切り裂かれ(7)、
林檎の根もとに倒れていて、わずかに尻尾の先端が
まだ痙攣を続けるだけで、その頭から黒い背中の
端に至るまで命を失い延びていた。その血のなかに
レルネのヒュドラ(8)の猛毒を矢が残したため、蠅《はえ》どもが

ノマキア（三五頁註（9））に加わった罰として、世界の西果てで天を支える役を科された。

（6）宵の明星ヘスペロスの娘たち。世界の西果てにある園に住み、ヘラがゼウスとの結婚祝いに贈られた黄金の林檎を護っていた。この園の所在地は、アトラス山脈の彼方など様々に伝えられる。

（7）「ヘスペリデスの黄金の林檎」は十二の難業の一つ（八二頁註（5））。大蛇ラドンを殺して奪ったとも、アトラスを欺いて取りに行かせたとも言われる。

（8）九つの頭（諸説あり）を持つ巨大な水蛇。頭を一つ切り落とすと、そこから新たに二つが生え出たという。ヘラクレスはこれを倒し、その毒に矢を浸して毒矢とした。これも十二の難業の一つ。

腐敗してゆく傷口に留まり、次々と干からびてゆく。
近くではヘスペリデスが、銀色に輝く手を黄金色の
頭に当てて甲高く嘆いていた。勇士らは不意に
皆でそこに近づいたが、彼らが殺到するとニンフらは、
その場ですぐに砂埃と土に変じた。オルペウスは
神の予兆に気づき、仲間のため彼女らに祈って言った。
「美しく優しき神よ、どうかご慈悲を。この地を治める
女王よ――御身らが天空の神の一員であれ、そうでなく
地下の神でも、孤独に暮らす[1]ニンフと呼ばれる方々でも――
さあどうかニンフたち、オケアノスの神聖なる一族[2]よ、
こいねがう我々の眼前に現われ、岩間から注ぐ水なり、
あるいは大地から噴き出す聖なる河の流れでもよい、
神々よ、どうかお示しください。その水があれば、
激しく燃える喉の渇きも鎮まりましょう。いつかまた
船を進めて我々がアカイアの大地に戻れたならば、
そのときは重立った神々とともに、無数の贈り物と、
注ぎのものに犠牲の宴を、心を尽くしてお捧げします」

（1）一三二二行と同じ語。
（2）ニンフたちは大洋オケアノスとテテュスの娘とも言われる（ヘシオドス『神統記』三四六行以下）。

このように熱心な言葉で懇願すると、ニンフたちは近くで(3)苦悩する者らを憐れんだ。そしてまず大地から草を生い出でさせると、その草から新芽が吹き出し高く伸びて、それから若木になって枝葉が繁ると、大地の上はるか高くにまっすぐ成長していった。ヘスペレはポプラに、エリュテイスは楡《にれ》になって、アイグレは柳の聖なる幹に変わった。(4)するとその木々のなかから、ニンフらの以前と寸分違わぬ姿が現われ出たのだ——何と驚くべきことか。アイグレが願い求める彼らに答え、穏やかな言葉で語りかけた。

「まったくあなた方の苦難のじつに大きな助けとして、あの恥知らずな男は(5)ここへ来ました。あれは見張りの大蛇から命を奪い、女神たちの黄金の林檎を取りあげて去っていった。私たちには惨めな苦痛が残りました。

昨日、じつに恐ろしい暴虐ぶりで力の強い一人の男が来たのです——両眼が厳めしい額の下で輝いていた、非情な人です。肩にまとう巨大な獅子皮は生のまま、

(3) あるいは「すぐさま」とも解される。

(4) 以上、三人のヘスペリデスの名が挙がる。

(5) ヘラクレスのこと。

鞣《なめ》していない。携えるのはオリーヴの頑丈な枝[1]と、
そして弓。その弓で矢を放ちこの怪物を殺しました。
ともかくあの男も、大地を歩いて渡ってきたため、
喉の渇きに喘いでいました。水を求めてこの土地を
駆けまわっても、どこにも見つかりそうにありません。
でもここトリトニス湖の近くには一つの岩があって、
それを自分で気づいたか、それとも神が教えたのか、
下から足で蹴りあげると、大量の水が噴き出しました。
すると彼は、両方の手とそして胸とを大地に預け、
裂けた岩からとめどなく水を飲み続けて、草を食む
家畜のように前に屈み、底なしの腹を満たしたのです」
　こう言うと皆は喜び、アイグレが泉を示してくれた
その場所に、すぐさま嬉々と駆けてゆきそれを見つけた。
まるで狭い裂け目のまわりで、大地を分ける蟻どもが
群をなし這いまわるときのように、あるいは蠅が
わずかに流れる甘い蜜に飛び来たり、ひしめき合って
飽くことなく求めるかのよう――そのときミニュアイは

（1）棍棒のこと。弓とともに、ヘラクレスを象徴する武器。

そのように岩間の泉に群がって、這いまわった。
そして誰かが潤った唇で寛いだ言葉を語っただろう。
「何ということ。じつにヘラクレスは遠くにあっても、
渇きに苦しむ仲間を救った。どうか我々が陸地を通って
進むあいだに、道行く彼に会うことができますように」

　こう言って言葉を交わすうちに、この仕事に相応しい
者らが選ばれ、捜索のためそれぞれ別の方角へ急いだ。
その足跡は、夜のうちに風が吹き砂が動いたことで、
かき消えてしまっていたのだ。ボレアスの二人息子(2)は
翼を恃《たの》んで出発した。すばやい足を頼りに出かけたのは
エウペモスで、リュンケウスの特技は両眼を鋭く遠くまで
投げること。彼らとともに五人目にカントスが急いだ。
この男は神々による運命と勇敢さとが、ヘラクレスから
事情をじかに聞くために、この捜索に駆り立てた――
エイラトスの子ポリュペモスをどこに残したのかと(3)。
彼自身の仲間のことを、ことごとく尋ねたかったのだ。
だがポリュペモスはミュシア人に名高き町を建設すると(4)、

(2) ゼテスとカライス。

(3) 一行《いっこう》はミュシアの地にヘラクレスとポリュペモスを置いて出航したため（第一歌一二七三行以下）、その後の事情を知らない。

(4) 第一歌一三四五行以下。

遠征の思いやまずにアルゴーを探し求め、陸地を渡って
遠くまで歩いて進んだ。ついに海辺のカリュベス人[1]の
大地に至り、その場所で彼は運命に打ち負かされた。
そして丈高い白ポプラの下、海からほど近いところに、
彼のため墓が築かれた。さてそのときヘラクレスを
果てしない大地の彼方に、リュンケウスは朧《おぼろ》げに
見たかと思った。それはあたかも月初めの日に、
新月が微かに見えるか、見える気がする朧さだった。
彼は仲間のもとに戻って語った——もう他の捜索者も、
道行く彼に出会うことはあるまいと。他の者たちも
戻ってきた。駿足エウペモス、トラキアなるボレアスの
二人の息子も、無駄に終わった労苦に疲れ果て戻った。
　カントスよ、あなたを呪わしい死がリビュアで摑んだ[2]——
家畜の群が草を食むのに出くわして、それを羊飼いの男が
世話していたのだ。あなたは空腹の仲間に羊を引いて
ゆこうとしたが、男は羊を護って戦い、石を投げて
あなたを殺した。けっして力劣る[3]男ではなかったから——

(1) 一一一頁註(13)。ポリュペモスは陸路、黒海沿岸まで行ったことになる。第一歌一三二一行以下も参照。

(2) 以下に語られる彼の運命は、第一歌七九行以下で予示されている。また作中の登場人物への呼びかけについては二七九頁註(8)。

(3) あるいは「生まれの卑しい」とする解釈もある。

この男はカパウロス、リュコレイア[4]なるポイボスと
慎み深い少女アカカリスの孫。彼女をかつてミノス[5]は、
自身の娘ではあったが神により重い腹を抱えたため、
リビュアに遣った。彼女はポイボスに輝く子を生み、
この息子はアンピテミス、またガラマス[6]とも呼ばれる。
アンピテミスはそれからトリトンのニンフ[7]と交わり、
ニンフは彼にナサモン[8]と力優れたカパウロスを生んだが、
この男がそのときカントスを、羊を護って殺したのだ。
だがこの男も、自身の所行を知られると、勇士たちの
苛烈な手を逃れなかった。その死に気づきミニュアイは
遺体を持ちあげ連れ戻して、涙を流して大地のなかに
埋葬すると、羊の群も彼らのもとへ連れていった。
　そこでアンピュクスの子モプソスも、それと同じ日、
非情な最期に掴まれて、[9]予言の力でも無惨な運命《さだめ》を
逃れることはできなかった。死を逸らす手段はないのだ。
日盛りの暑さを避けて砂の上に横たわっていたのは
恐ろしい蛇――襲わぬ者を進んで襲うには動きも鈍く、

（4）パルナッソス山頂の地名または都市名だが、ここでは麓にあるデルポイの換喩表現。
（5）一〇六頁註（3）。
（6）リビュアの部族ガラマンテス人の名祖。こちらがリビュアでの呼称で、アンピテミスはギリシアでの呼称か。
（7）トリトニス湖に棲むニンフ。
（8）リビュアの遊牧民族ナサモネス人の名祖。
（9）彼の死も第一歌八一行で予示されている。

後ずさる者に正面から跳びかかることもないだろう。
しかし命を育む大地が養いそこに息づく動物は、
ひとたび黒い毒液(1)を注ぎ込まれるなら、その者には
一ペーキュス(2)もない間近に冥府《ハデス》への道が開かれて、
包みなく語ることが許されるなら、パイアン(3)が
治療をしても助からない、その毒牙に襲われたなら。
神のごときエウリュメドン――母親は彼をこの名前で
呼んだのだ――ペルセウス(4)がリビュアの上空を飛び、
切ったばかりのゴルゴンの頭を王に運んでゆくとき、
そこから青黒い血が滴って大地に至り、その滴が
ことごとく、あの蛇の種族を生い出でさせた。
　その蛇の背骨の端をモプソスは、左の足裏を
踏み出したとき踏んでしまった。すると蛇は
苦痛に身を捩《よじ》り、脛《すね》とふくらはぎの真中あたりに
咬みついて肉を引き裂いた。メディアと他の侍女らは
怖がって逃げたが、彼は恐れることなく血に濡れた
傷をさすった。傷の痛みはそれほど強くなかったから――

(1) 黒は死を連想させる色。
(2) 二七頁註(5)。
(3) 治療の神。しばしばアポロンと同一視される。
(4) ゼウスを父とする英雄。キュクラデス諸島にあるセリポス島の王が母親ダナエに結婚を迫った際、見る者を石化する怪物ゴルゴンの退治を命じられた。女神らの助けを得て怪物を退治した後、彼はリビュア経由で島に帰還。ゴルゴンの頭で王を石化し母を救った。

哀れな男だ。じつにその肌の下では手足を緩める痺れが
すでに拡がり、分厚い靄《もや》が眼の上に掛かってきていた(5)。
たちまち彼は重くなった手足を地面に延ばして、
なす術なく冷えていった。まわりには仲間が集まり、
アイソンの優れた息子も、痛ましい死に驚嘆した。
その身体をわずかのうちでも、朽ちてゆくまま
陽の下に寝かせてはおけない。身体の内を毒液が
たちまち腐らせ、体毛も溶け肌から流れていったのだ。
彼らはすぐ青銅の鍬《くわ》を手にして、急いで深い墓穴を
掘り出してゆき、彼ら自身も少女らも一緒になって、
哀れな最期を遂げた死者を嘆きつつ、その毛房を
切り取った。武具を身につけ三度まわりを廻り(6)、
入念に弔いを済ませると、その上から土を注いだ。
　さて南風が海原を吹き渡り始めると、彼らは船に
乗り込んで、トリトニスの湖から海へ出てゆく
道を求めたが、いつまでたっても良い知恵はまるで
見つからず、彼らは一日中あてどなく漂い続けた。

(5) 眼が暗く覆われるのは死の表現。反対に（太陽の）光は生を象徴する。

(6) 六七頁註（7）。

その様子《さま》はまるで蛇のよう。太陽のいとも鋭い
日差しに焦がされ、曲がった道をのたくって進み、
鋭い息を漏らしあちこち頭を廻らすが、その頭には
きらきらと火花を散らす炎にも似て、狂い立つ両眼が
輝きを放ち、ついには裂け目の奥へと入ってゆく――
そのようにアルゴーは船で進める湖からの出口を探し、
長いことさまよい続けた。だが不意にオルペウスが、
アポロンの巨大な鼎《かなえ》(1)を船から降ろして、帰国を求める
供物として、その地の神々に捧げるように命令した。
彼らが船を降りポイボスの贈り物を大地に置くと、
その眼前に若者の姿をとって、広大な権勢を振るう
トリトン(2)が現われた。そして大地から土塊《つちくれ》を取りあげ、
歓待の印として勇士たちに差し出して言葉をかけた。
「これを受け取れ、親しき者よ。訪れた者に持たせる
すばらしい歓待の品を、今ここに私は持たぬからだ。
だが異国の地を行く人間がしばしば乞い求めるように、
そなたらがこの海からの通い路を求めているなら

(1) 五二八行。
(2) 半神半魚の海神で、ポセイドンとアンピトリテの子。海底に住み、予言の力を持つという。

教えてやろう。じつに父なるポセイドンがこの海をよく知る者に私をしてくれたのだ。それに私は海域を治めてもいる。遠くにあっても耳にしているだろうか、獣養うリビュアに生まれたエウリュピュロス[3]という者を」

こう言った。エウペモスは喜んで両手を土塊の下に差し出すと、神に答えてこのように語りかけた。

「ひょっとしてアピス[4]とミノスの海[5]とをご存知なら、英雄よ、尋ねる者らに誤たぬ答えを語ってください。我々は望んでここへ来たのではなく、北から吹いた突風のせいでこの大地の果てにまでたどり着き、船を担ぐ重さに苦しみつつ、陸地を抜けてこの湖の流れまで運んできました。だがペロプスの大地[6]に至る航路がどこに開ける[7]か、まったく分からないのです」

こう言った。神は手を伸ばしてそこから遠く海原と、その近くまで深く抉《えぐ》れた湖の出口を示しこう言った。

「海への出口はあそこにある――あのあたりの深みはとても穏やかに黒ずんで、両側には白波が砕けて

（3）リビュアの都市キュレネの初代または初期の王とされる人物。ポセイドンの子で、トリトンの兄弟。トリトンはここで彼の姿をとって現われている。

（4）ペロポネソス半島の古称。二六八頁註（6）も参照。

（5）クレタ島周辺の海。

（6）ペロポネソス半島。転じてリビュアから見たギリシア本土全体を指す。

（7）底本は「外に伸びている（ἐξανέχει）」を採るが、他に「外に通じている（ἐξανάγει）」という読みも伝わる。

きらきらとさざ波立っているが、そのあいだに
外へ通じる船の道がほっそりと立ち現われてくる。
あの霧にかすむ彼方の海はクレタを越え、ペロプスの
聖なる大地まで延びている。だがそなたらが湖から
海のうねりへ漕ぎ出したなら、右方向に舵を取り、
陸地が北へ延びるかぎりは、まさにその陸地に沿って、
離れぬように進んでゆくがよい。陸地がぐるりと
反対側に曲がったら、そのとき海へと延びる岬から
離れてゆけば、そなたらには安全な航路が開けている。
さあ、喜びに勇んで進め。つらい労苦にけっして心を
悩ませてはならぬ。若さ溢れる手足を存分に動かすのだ」
　彼らを思いこう言った。すると彼らはすぐさま船に
乗り込んで、湖の外へ漕ぎ出ようと一心に漕いだ。
こうして彼らは懸命に船を進めてゆき、そのうちに
トリトン[1]が巨大な鼎を持ちあげて、湖に沈むのが
眼に留まったが、それから鼎と一緒にたちまち姿を
消した様子は、誰も見た者がいなかった。彼らの心は

(1) これまではエウリュピュロスの姿で現われていた。

喜んだ。至福なる神の一人が幸いにも迎えてくれたのだ。
そこで皆はアイソンの子に、とりわけ立派な羊を選び
犠牲式を行なって、祈りの言葉を唱えるように促した。
ただちに彼は急いで羊を選び出し、それを高く掲げて
船尾のところで屠《ほふ》ると、祈りを捧げて語りかけた。
「神よ、この湖の縁に現われたあなたがどなたであれ——
海の怪異たるトリトンであれ、海に生まれた娘たちが
ポルキュス(2)と、またネレウスと呼びかける方であれ、
どうかご慈悲を。心嬉しい帰国の成就をお授けください」
　こう言って、祈りとともに犠牲の喉を切り裂いて、
船尾から湖に投げ入れると、神はその深みから
まさにまことの姿をとって彼らの前に現われた——
それはあたかも一人の男が駿足の馬を広き競走路へ
導き入れるときのよう。豊かなたてがみを摑み従わせ、
すばやく伴走すれば、馬の方は首を高くもたげて、
誇らしげに後を追いかける。その口には輝く馬銜《はみ》が
両側から噛みしめられて、かたかたと音をたてる——

(2) ネレウスの兄弟。しばしばネレウス自身と同一視される。

そのように神は、うろなすアルゴーの船首(1)を摑み、
海に向かって導いてゆく。その身体は、頭の先から
背中と腰のまわりを廻り腹部に至るまでの部分は、
至福なる神々の畏るべき姿にそっくりだったが、
脇腹から下は、左右に向かって二股に割れた
海獣の尾が延びていた。そして神は下の部分が
新月の角さながらに、曲がった尖端《さき》を伴って
二つに分かれた背骨によって水面を打ちつける(2)。
そのまま船を導いて、ついにはそれを海に向かい
押し出すとすぐ大いなる深みへ沈んだ。英雄たちは
恐るべき怪異を眼にして、驚きの叫びを上げた。
　そこには「アルゴーの港(3)」と船が残した痕跡があり、
またポセイドンとトリトンに捧げられた祭壇がある——
あの日彼らが泊まったからだ。だが夜が明けると
彼らは帆を一杯に拡げ、まさにその荒涼とした大地を
右手に見ながら、西風の息吹を受けて駆けてゆく。
翌朝には海へと延びる岬とともに、その腕に

(1)「船尾材（sternpost）」または「船尾の舵」と解されることが多いが、こうする方が比喩との対応がよい。「うろなす」については一八五頁註（6）。

(2)「新月の角」のように二つに分かれ、それで「水面を打ちつける」のは尾びれを思わせるが、それがここでは「背骨」（背びれ）とあり奇妙な原文に見える。

(3)同名の港は六五八行にも見られる。

抱かれた湾が、向こうに拡がるのが眼に入った。
すると不意に西風がやみ、輝かしい(4)南からの風が
強く吹きつけてきて、その音に彼らは心を喜ばせた。
だが陽が沈んで、一日の仕事に疲れた農夫たちに
安らぎをもたらす「羊飼いの星」(5)が昇ったとき——
そのとき、暗い夜のあいだに風がやんだので、
勇士たちは帆を畳んで、長大なる帆柱を倒して、
念入りに磨いた櫂《オール》に力を込めて船を進めた。
夜通し漕いで夜明けを迎え、また昼も船を進めて
次の夜まで休まなかった。岩がちのカルパトス(6)が
遠くから一行を迎えて、そこから彼らは海中にあり
他の島々をはるかに凌ぐクレタまで渡ろうとしたが、
しかし彼らを青銅の男タロスが、切り立つ崖から
岩を崩れさせて、ディクテ(7)の港の停泊地へと
近づく彼らが、陸地に艫綱を結ぶのを妨害した。
この男はトネリコから生まれた青銅の種族で、
神の血を引く男たちのあいだに生き残っていた(8)——

(4) 別写本「艫からの(南風)」。

(5) 宵の明星(ヘスペロス)のこと。この星が昇ると農夫は一日の仕事を終え、羊飼いは羊を柵に入れる。

(6) クレタ島の東にある島。

(7) 三五頁註(8)。

(8) ヘシオドス『仕事と日』一〇六行以下「五時代の説話」を踏まえる。それによると人間は、黄金、白銀、青銅、英雄の各種族の順に地上に現われ、現在の人間はそれに続く鉄の種族に属する。「神の血を引く男たち」とは英雄の種族のこと。

クロノスの子がエウロペ[1]に与えて島の守護者とし、
青銅の足により、三度クレタを巡回させていた[2]。
さて彼の身体と手足は、他の部分は青銅造りで
打ち破ることができなかったが、くるぶしの
腱の下に血の通う管があった。そしてそれを覆う
皮膚は薄く、生死を分ける境界線をなしていた。
一行は労苦に打ち拉がれていたが、恐怖に捕らわれ
ただちに櫂を動かして、船を陸から戻していった。
そのとき彼らは渇きにも苦痛にも苦しみながら、
惨めにもクレタから遠く引き離されていただろう、
もしメデイアが後ずさる彼らに声をかけなかったなら。
「聞いてください。私一人であの男を、皆さんのために
従えられると思うのです――何者であれ、その身体が
すべて青銅造りでも、不滅の命を持たないかぎりは。
さあこの場所に船を留め、あの男が私の力に従うまで、
岩の攻撃が届かぬところで安心して待ってください」
　こう言った。すると彼らは投石の届かぬところへ

(1)ヨーロッパの名祖となったフェニキアの王女。白い雄牛に変じたゼウスによってクレタ島へ連れ去られ、彼と交わりミノスらの息子を儲けた。二三六頁註(3)も参照。

(2)タロスは鍛冶神ヘパイストスによって造られクレタ王ミノスに与えられたなど、別伝も多い。「三度」とは一日に三度のこと(古註)。

櫂を漕ぎ船を進めて、どのような思いがけない策略が
使われるのかと見守った。少女は紫色の外衣の襞を
両側から頬にあてがい、船尾の甲板へと進んだが、
彼女の手をアイソンの子がしっかりと手で握りしめ、
左右に並ぶ漕ぎ座のあいだを導いて連れていった。
そこで少女は宥めの歌をうたい、命を貪り尽くす
死霊《ケール》たち、冥界から来た駿足の犬を讃えてゆく(3)——
大気のなかを隈なくさまよい、生者を襲う者たちを。
この霊たちに嘆願しながら三度歌い、また三度
祈願を捧げて呼びかけると、少女は心に悪意を抱き、
敵意に満ちた眼差しで青銅族のタロスの瞳を魅了した(4)。
そしてこの男に対して凄まじい怒りを噛み潰して、
心を激しくたぎらせながら、破滅の幻を投げかけた。

父なるゼウスよ、私の心はじつに大きな驚異に揺れる。
まことに破滅がやって来るのが病や傷によるだけでなく、
遠く離れた場所からでも、我々を襲うものならば——

(3) 死霊ケール(複数形ケーレス)は「夜」の子で、有翼で黒色、長い牙と爪を持ち、しばしば猟犬の姿でイメージされる。

(4) メデイアの眼については二一九頁註(7)も参照。

この男が青銅の身体をしていながら、魔術に通じたメデイアの力に屈したように。彼は重い石を持ちあげ、船を港に近づけまいとしたのだが、そのとき岩の尖端でくるぶし(1)を削った。そこから彼の体液《イーコール》(2)が溶けた鉛のように流れ出て、彼はもはや長いこと突き出した崖に踏ん張り立ってはいられなかった。その様子《さま》はまるで山中に高くそびえる松のよう。それを樵《きこり》たちが鋭い斧でまだ半分しか伐らぬまま、後に残して森から降る。するとその木は夜のうちに、始めは吹きつける風に揺さぶられ、それからついに根もとから裂け倒れてしまう――そのように彼はしばらくは疲れを知らぬ足で立ち揺れていたが、ついには力を失って、ものすごい音をたて倒れた。

　こうしてじつにその夜は、英雄たちはクレタ島で過ごしたが、やがて暁が輝き始める頃になると、彼らはすぐにミノス(3)なるアテナのために社を建て、水を汲み船に乗り込んだ。櫂を漕いで一刻もはやく

(1) タロスの唯一の弱点（一六四六行以下）。

(2) 通常は血液の代わりに、神の身体を流れる。

(3) クレタの伝説的な王ミノスにちなむ呼称。クレタ島北東部はアテナ崇拝の中心地の一つだった。

サルモニスの岬(4)を越えてゆこうとしたのである。
だが突然、クレタの大いなる海を越えて急ぐとき、
人々が「黒帷《くろかたびら》」(5)と呼ぶ、夜が彼らを恐怖に包んだ。
破滅をもたらすその夜を、星々も月の放つ輝きも
切り裂かずに、天から闇が大きく口を拡げたか、
あるいは深い海の底から、また別の闇が昇ってきた。
自分たちがさまようのが冥府《ハデス》か海か、彼らにはまるで
見当もつかず、いったいどこへ運ばれてゆくのか、
途方に暮れて彼らは帰国を海に委ねた。だがイアソンは
両手を高く掲げると、大きな声でポイボス(6)に呼びかけ
救いを乞うたが、悲嘆に沈んだその頬を涙が伝う。
何度も繰り返し、ピュトはもちろんアミュクライにも
オルテュギアにも(7)、無数の供物を届けることを約束した。
レトの子よ、するとあなたはすぐに願いを聞き入れて、
天空から海中に横たわるメランテイオイの岩(8)へと
すばやく至った。二つの岩の一方にさっと跳び乗り、
黄金造りのその弓を右手に持ち高く差しあげると、

(4)クレタ島の東端に突き出た現シデロ岬。

(5)原語は「覆う」と「破滅」と解しうる要素から成る。

(6)「輝く者」を意味するアポロンの呼称。

(7)いずれもアポロン崇拝の中心地。ピュトとオルテュギアはそれぞれデルポイとデロス島の古称。アミュクライはスパルタ南方の町。

(8)テラ島付近にある二つの岩。

燦然と輝く明るい光が、弓から四方にきらめき渡った。そのとき彼らの眼に、小さなヒップリス(1)の島近くに、スポラデス(2)の島々の一つが微かな姿を現わした——その場所に碇を降ろして停泊した。ほどなくして暁がきらめく姿で昇ってくると、彼らはアポロンに感謝して、陰深い林のなかに輝かしい神域を定め、陰に覆われた祭壇を築いた。遠くに見えた輝きゆえアイグレテス(3)なるポイボスに呼びかけ、険しい島をアナペと名づけた。不安に悩む彼らのためにポイボスが出現させたからだ。(4)

　そして彼らは、荒涼とした浜辺で男たちが整えうる精一杯の儀式を執り行なったが、彼らが燃える薪に水の注ぎをするのを見たとき、メデイアを世話するパイアケス人の侍女たちは、もうそれ以上胸のなかに笑いを押し留めてはおけなかった。アルキノオスの王宮で彼女らは常々、惜しみない牛の犠牲を見ていたからだ。英雄たちはその嘲笑を喜んで、品のない言葉で彼女らを嘲り始めると、両者のあいだに心愉しい罵り合いと

(1) アナペ（一七一七行）と対をなす島とされた。
(2)「散在する島々」の意味。クレタ島とキュクラデス諸島とのあいだに位置する。
(3)「輝きを放つ者」の意味。
(4) アナペは「出現」を意味する。

遠慮のない争いが燃えあがった。このときの英雄たちの
悪ふざけから、今でも島ではアナペの守護神アイグレテス、
アポロンに犠牲を捧げて宥めるときには、このように
女たちが男たちを相手にして言い争いを演じるのだ。
　だが晴天のもと、彼らが島からもやい綱を解くと、
マイアの名高き息子(5)を崇めていたエウペモス、
夜のあいだに見た夢を思い出した——その夢で彼は、
神からもらった土塊《つちくれ》(6)を手のひらに置き胸に当てると、
そこから乳の白い滴がしたたって土塊は濡れた。
小さな土塊だったが、そのなかから少女のような
女の姿が現われた。彼は抑えがたい欲望に駆られて
女と愛を交わしたが、みずからがその乳で育てた
わが娘《こ》と結ばれたかのように、悲嘆に暮れた。
すると彼女は穏やかな言葉をかけて彼を宥めた。
「私はトリトンの子。愛しい人、あなたの子の乳母で、
娘ではありません、トリトンとリビュア(7)が私の親です。
さあ私をネレウスの娘たちに委ね、アナペ近くの海原に

(5)ヘルメスのこと。夢を司る神とされる。
(6)一五五二行。
(7)八二頁註(3)。

一緒に住まわせてください。時を経て、私は太陽の輝きのなかに現われて、あなたの子孫を助けましょう」

　これらのことを彼は心に思い起こし、アイソンの子に打ち明けた。するとイアソンは遠矢の神[1]がした予言をその胸に思い出しつつ、深く息をつき言葉を発した。

「友よ、まことに偉大で輝かしい誉れが授けられたな。そなたが土塊を海に投げれば、神々がそれを島に変え、その場所に、そなたの子供のさらに年若い子供らが暮らすことになる——トリトンがくれた手土産はリビュアの大地の一部だから。不死なる神々のうちで他でもない、あの神がそなたを迎えてそれを授けた」

　こう言った。エウペモスはアイソンの子の謎解きを無意味とは思わずに、神の予言を喜んで土塊を海中に投げた。するとその土塊からカリステ[2]の島、エウペモスの子らを養う聖なる乳母がせり上がった——その子供らはかつてはシンティエス人[3]の島レムノスに住んでいたが、テュルセノイ人[4]にレムノスを追われ、

（1）アポロンのこと。ここで言われる「予言」はおそらく、イアソンが旅立ちに際してこの神から告げられた神託を指す（五三一行）。
（2）テラ島（現サントリニ島）の古称。「きわめて美しい島」を意味する。
（3）四〇頁註（8）。
（4）ペラスゴイ人のこと。彼らはアッティカを追われてレムノスに至り、ミニュアイ（エウペモスの子ら）を島から追い出したという。
（5）テーバイ王オイディプスの子孫。
（6）あるいは古註の記述から、前行の「この男に」以下は「テラスよ、あなたにちなんで島はその名を変えた」と読むべきかもしれない。そのような校訂案がある。

嘆願者としてスパルタに至った。スパルタを出ると、
アウテシオン(5)の気高き息子テラスが彼らを引き連れて
カリステの島に来て、この男にちなんで島は名前を
テラに変えた(6)。だがこれはエウペモスより後のことだ。
　そこから彼らは広大な海のうねりをすみやかに抜け(7)、
アイギナ(8)の岸辺に船を着けた。そして彼らはすぐに
水汲みをめぐり無邪気な争いを繰り広げ、誰が最初に
水を汲んで、船まで戻ってこられるか競いあった。
必要(9)と惜しみない順風がともに彼らを急かしたのだ。
そこでは今もなお、ミュルミドネス(10)の若者たちが
一杯にした水甕を肩に担いで、軽快な足どりで
走路を駆けて競いあい、勝利を求めて争っている(11)。

　至福なる勇士の一族よ(12)、どうかご慈悲を。この歌が
歳経るごとに人々のうちでますます愛され、歌い継がれて
ゆくように。あなた方の舐めた苦難の栄えある終わりに
今や私はたどり着くのだ――アイギナから故郷へ向かう

(7) あるいは「翼なしに」とも解しうる。船のオールは翼に見立てられるため、この解釈を採れば「追い風を受けて」という意味が加わる。

(8) ギリシア本土付近、サロニコス湾の中央に位置する島。すでに一行《いっこう》はエーゲ海を渡りきっている。

(9) 水を汲む必要。

(10) アイギナ島の住民のこと。かつてアイギナ島の住民が全滅した際、王アイアコスの祈りに応じて、ゼウスが蟻の群を人間に変えて島に住まわせたという。彼らは後にテッサリアにも住み、アキレウスに率いられてトロイア戦争でも活躍した。

(11) アイギナ島には「水運び」という風習があった。

(12) 底本（写本の読みを採る）に従って訳した。「至福なる」

あなた方には、もうこれ以上いかなる試練も起らずに、
激しい嵐も道を阻むことはなかった。あなた方は悠々と
ケクロピアの大地(1)を過ぎ、エウボイアの抱くアウリス(2)、
またロクロイ人の住むオプスの町々(3)を通り過ぎると、
嬉々としてパガサイの海岸に上陸したのであった。

一七八〇

はふつう神々を示す形容詞ゆえ、「至福なる神々の血を引く一族よ」と読む校訂案もある。

(1)一〇頁註(4)。ここではアッティカ地方(その中心がアテナイ)を指す。
(2)ボイオティア地方の港町。本土とエウボイア島とを隔てる海峡に臨む。
(3)アウリスの北西、ロクリス地方にある一群の町。

オケアノス
ヒュペルボレオイ人
シギュノイ人
ナレクス
ペウケ
カロン・ストマ
カランビス
ボスポロス
パプラゴニア
ハリュス
ヘレスポントス
カウカソス
アイア
パシス
リュコス
アラクセス
カスピ海
カルパトス
キュプロス
アイギュプトス
ネイロス

1図．アルゴー船の航海
オケアノス
（レノス）
リパイの山々
▲ヘルキュニオスの頂
ケルトイ人の湖
ケルトイ人
ケルトイ人
スキュティア
イストロス
ラウリオン？
エレクトリス？
エリダノス
イストロス
シンドイ人
ロダノス
リギュエス人
ブリュゴイ人の島
グラウケニオイ人
カウリアコス
イストロス
ストイカデス
アイタリア
アングロン▲
アウソニア
アイアイエ
サルドニアの海
アウソニアの海
トラキア
アンテモエッサ
ドレパネ
イオルコス
トリナキア
アナペ
リビュアの海
カリステ
（テラ）
クレタ
トリトン湖
シュルティス
リビュア

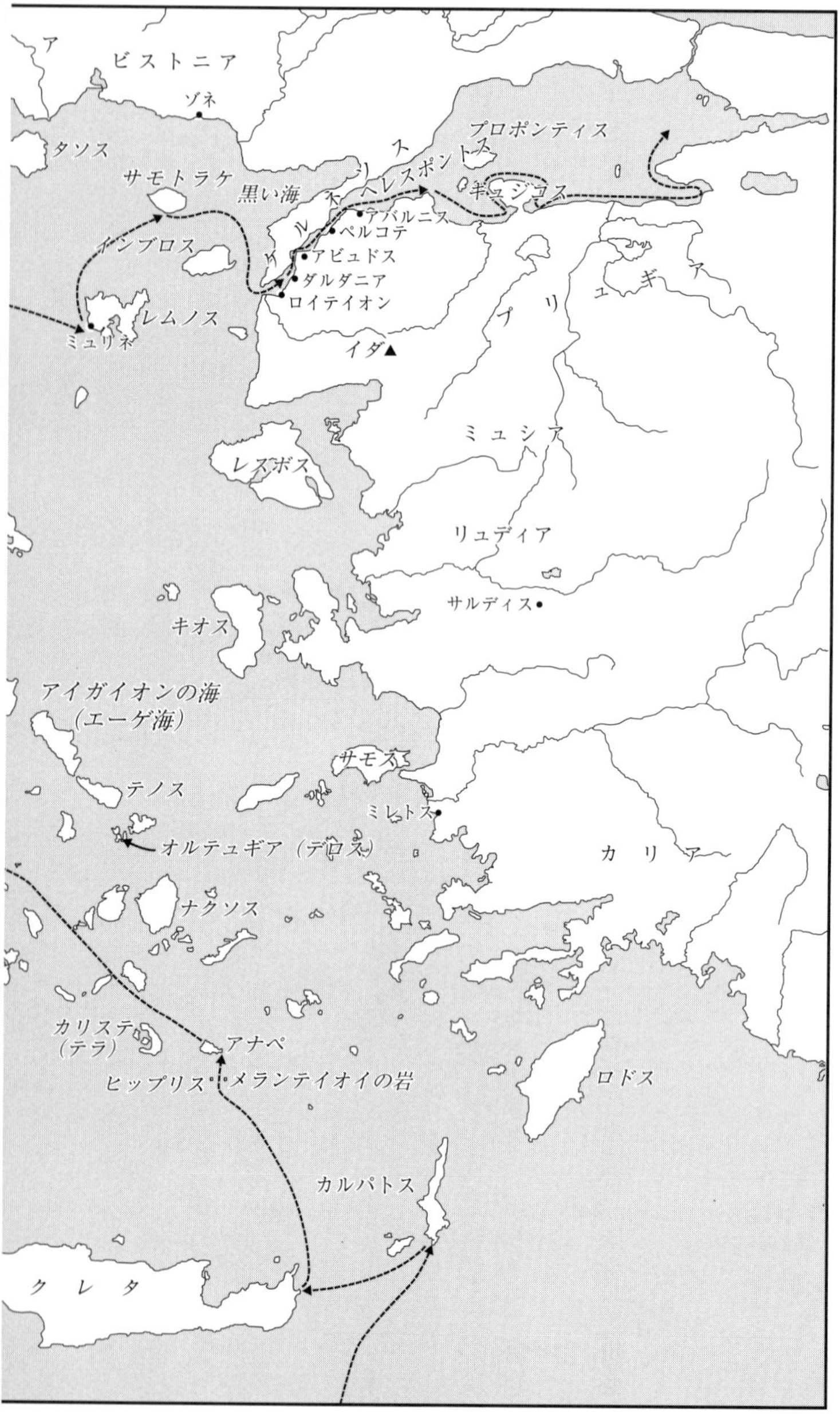
ビストニア
ゾネ
タソス
サモトラケ
黒い海
ケルソネソス
プロポンティス
ヘレスポントス
キュジコス
アパルニス
ペルコテ
アビュドス
ダルダニア
ロイテイオン
インブロス
レムノス
ミュリネ
イダ
プリュギア
ミュシア
レスボス
リュディア
サルディス
キオス
アイガイオンの海
(エーゲ海)
サモス
ミレトス
テノス
オルテュギア(デロス)
カリア
ナクソス
カリステ
(テラ)
アナペ
ヒップリス
メランテイオイの岩
ロドス
カルパトス
クレタ

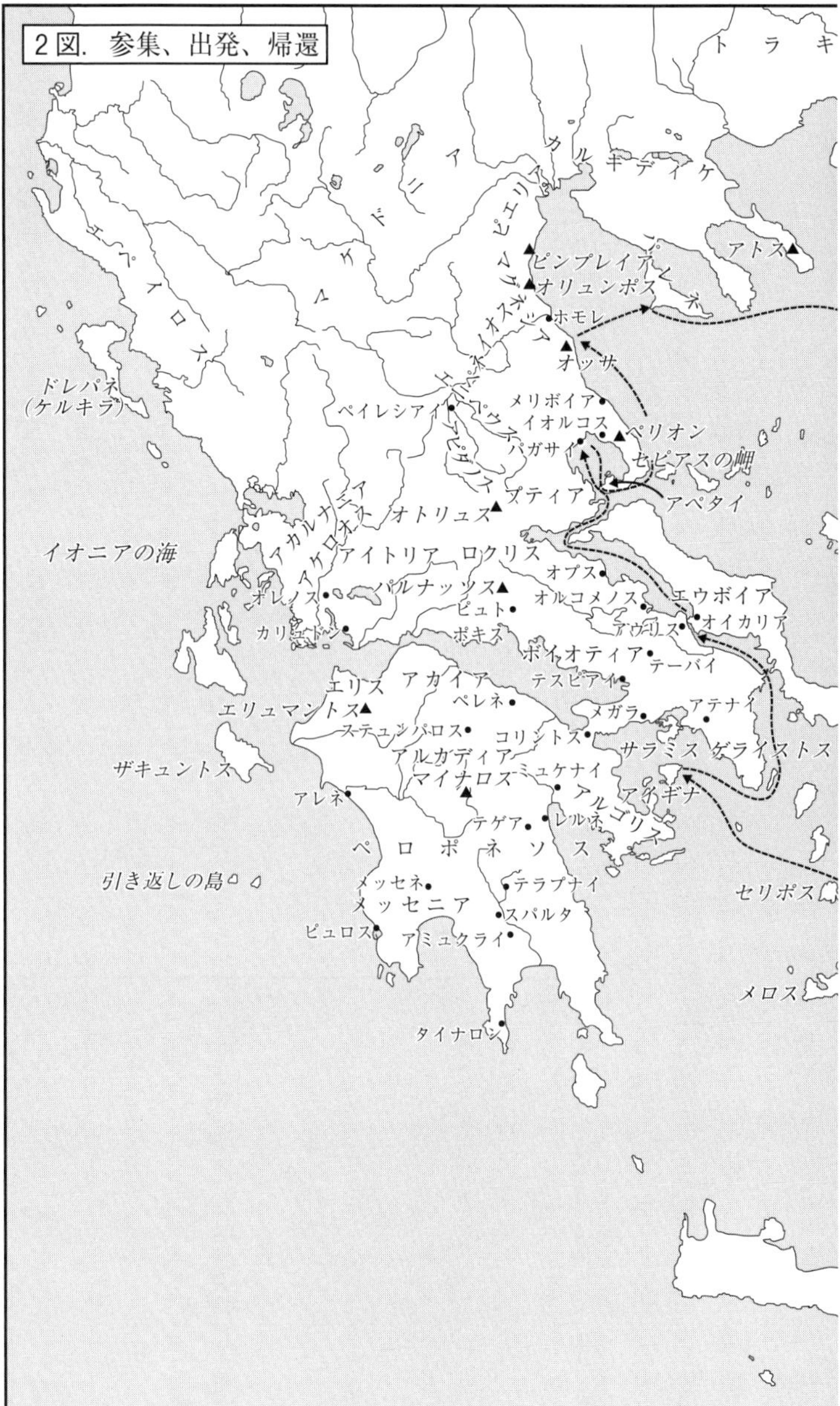
トラキ
カルキディケ
マケドニア
エペイロス
ピエリア
ピンプレイア
オリュンポス
アトス
ホモレ
マグネシア
オッサ
ドレパネ
(ケルキラ)
メリボイア
ペイレシアイ
イオルコス
ペリオン
パガサイ
セピアスの岬
プティア
アペタイ
オトリュス
アカルナニア
アイトリア
ロクリス
イオニアの海
オプス
パルナッソス
エウボイア
オレノス
ピュト
オルコメノス
オイカリア
カリュドン
ポキス
アウリス
ボイオティア
テーバイ
エリス
アカイア
テスピアイ
ペレネ
エリュマントス
メガラ
アテナイ
ステュンパロス
コリントス
アルカディア
サラミス
ゲライストス
ザキュントス
マイナロス
ミュケナイ
アイギナ
アレネ
アルゴリス
テゲア
レルネ
ペロポネソス
引き返しの島
メッセネ
テラプナイ
セリポス
メッセニア
スパルタ
ピュロス
アミュクライ
メロス
タイナロン
2図. 参集、出発、帰還

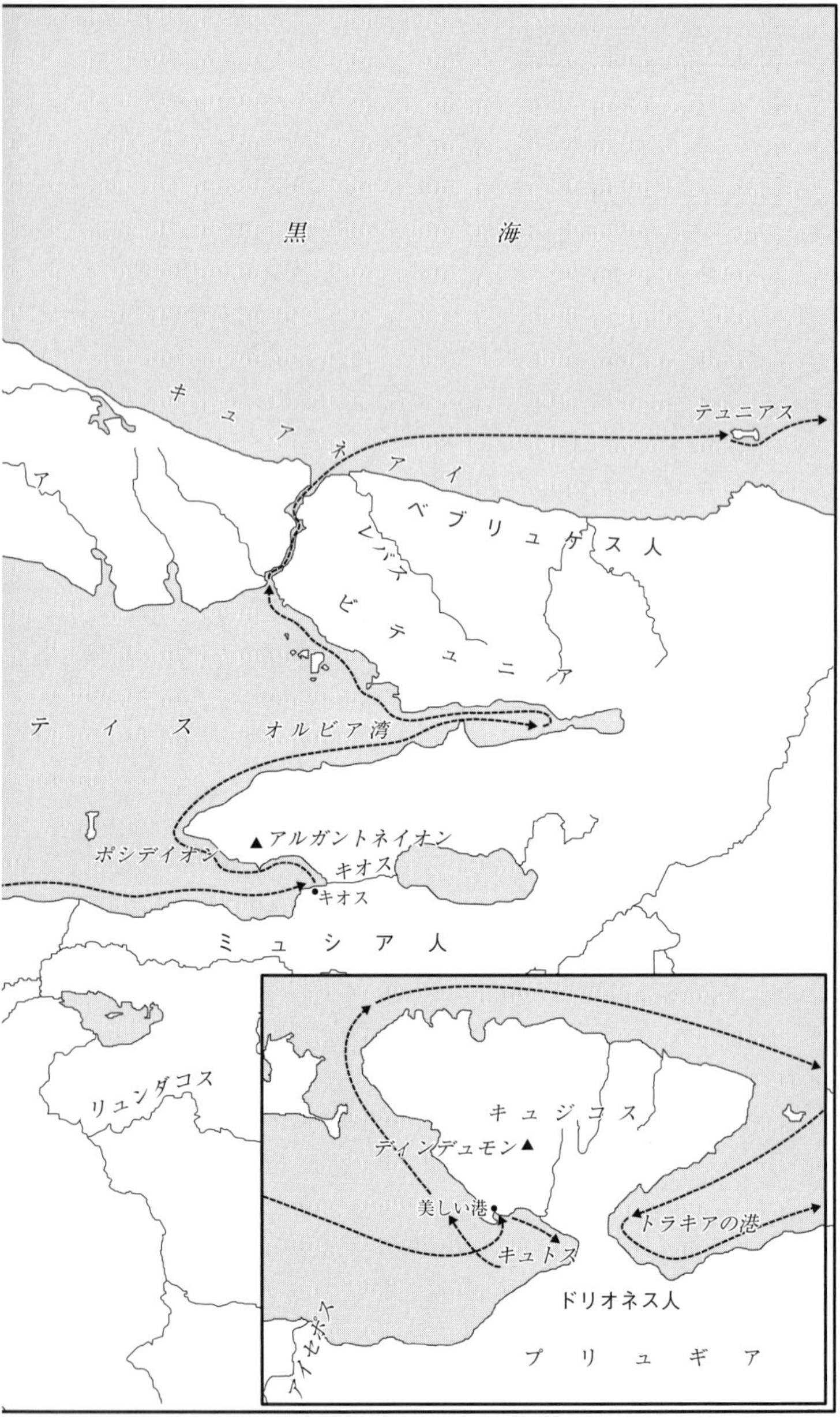

黒海
キュアネアイ
テュニアス
ア
ベブリュケス人
レバス
ビテュニア
ティス
オルビア湾
アルガントネイオン
ポシデイオン
キオス
キオス
ミュシア人
リュンダコス
キュジコス
ディンデュモン
美しい港
キュトス
トラキアの港
ドリオネス人
プリュギア
アイセポス

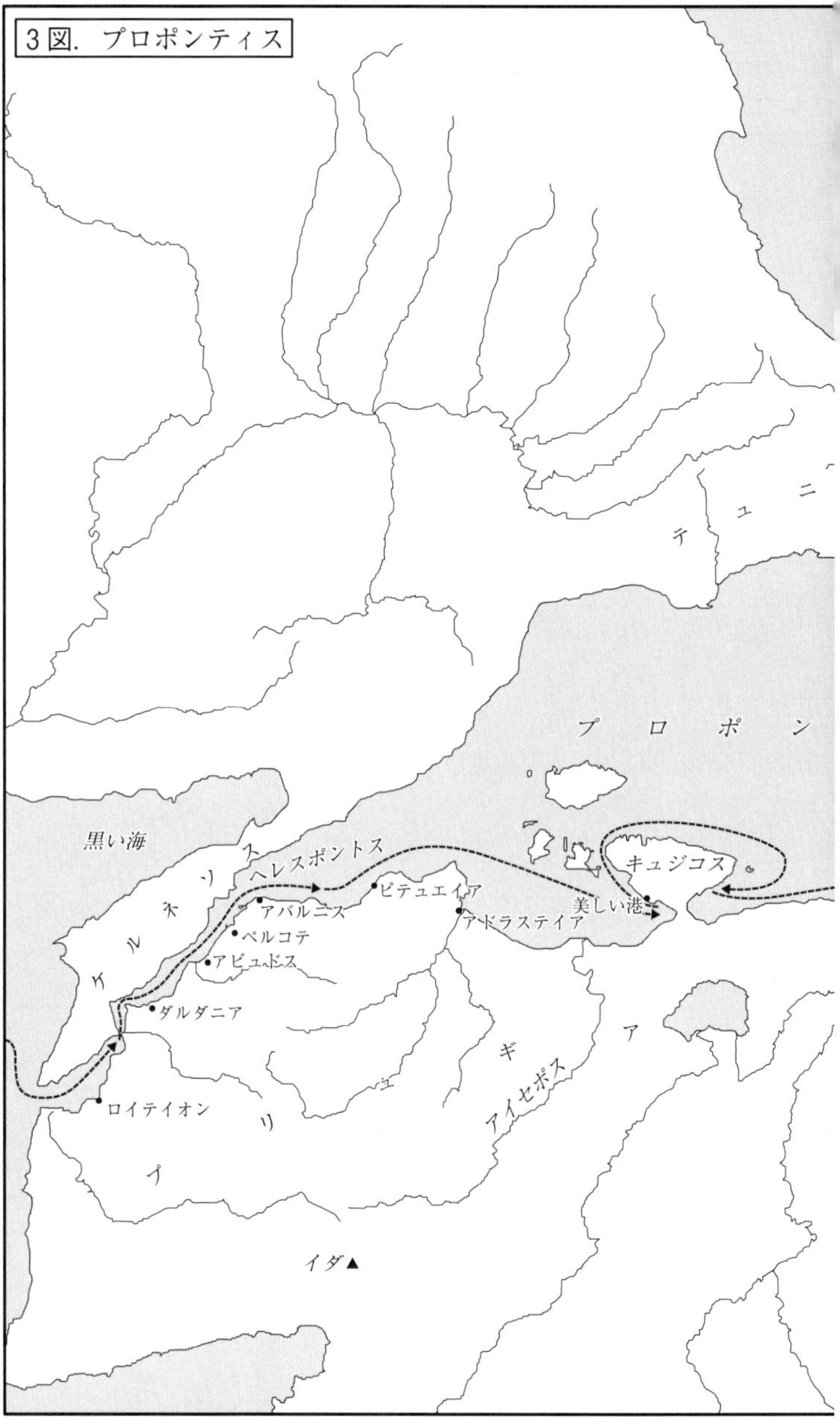
3図. プロポンティス
テュニ
プロポン
黒い海
ケルネソス
ヘレスポントス
キュジコス
美しい港
ピテュエイア
アバルニス
アドラステイア
ペルコテ
アビュドス
ダルダニア
ロイテイオン
プリュギア
アイセポス
イダ

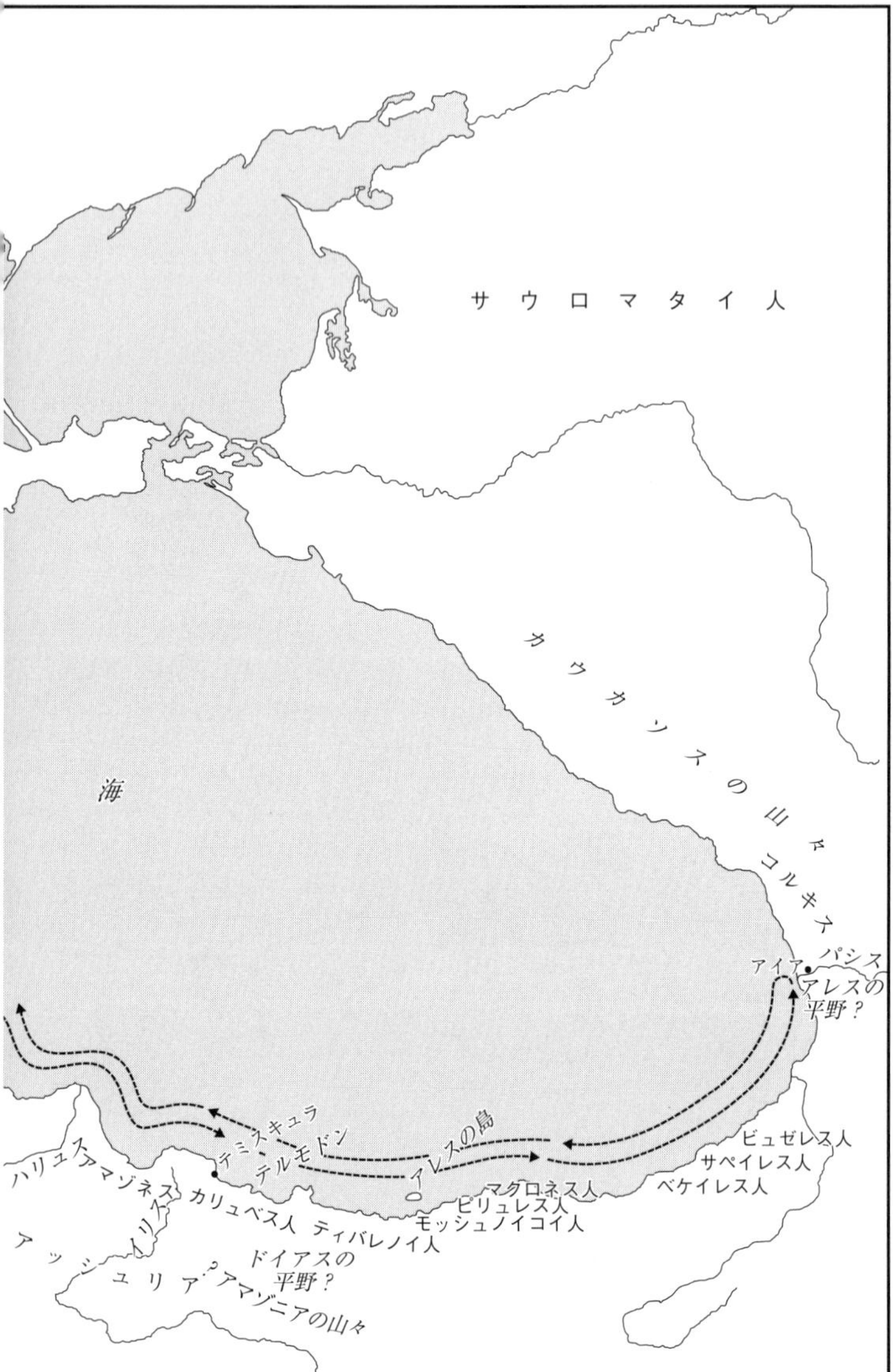
サウロマタイ人
カウカソスの山々
コルキス
海
アイア
パシス
アレスの平野？
ビュゼレス人
サペイレス人
ベケイレス人
マクロネス人
ピリュレス人
モッシュノイコイ人
アレスの島
テミスキュラ
テルモドン
ハリュス
アマゾネス
イリス
カリュベス人
ティバレノイ人
ドイアスの平野？
アッシュリア
アマゾニアの山々

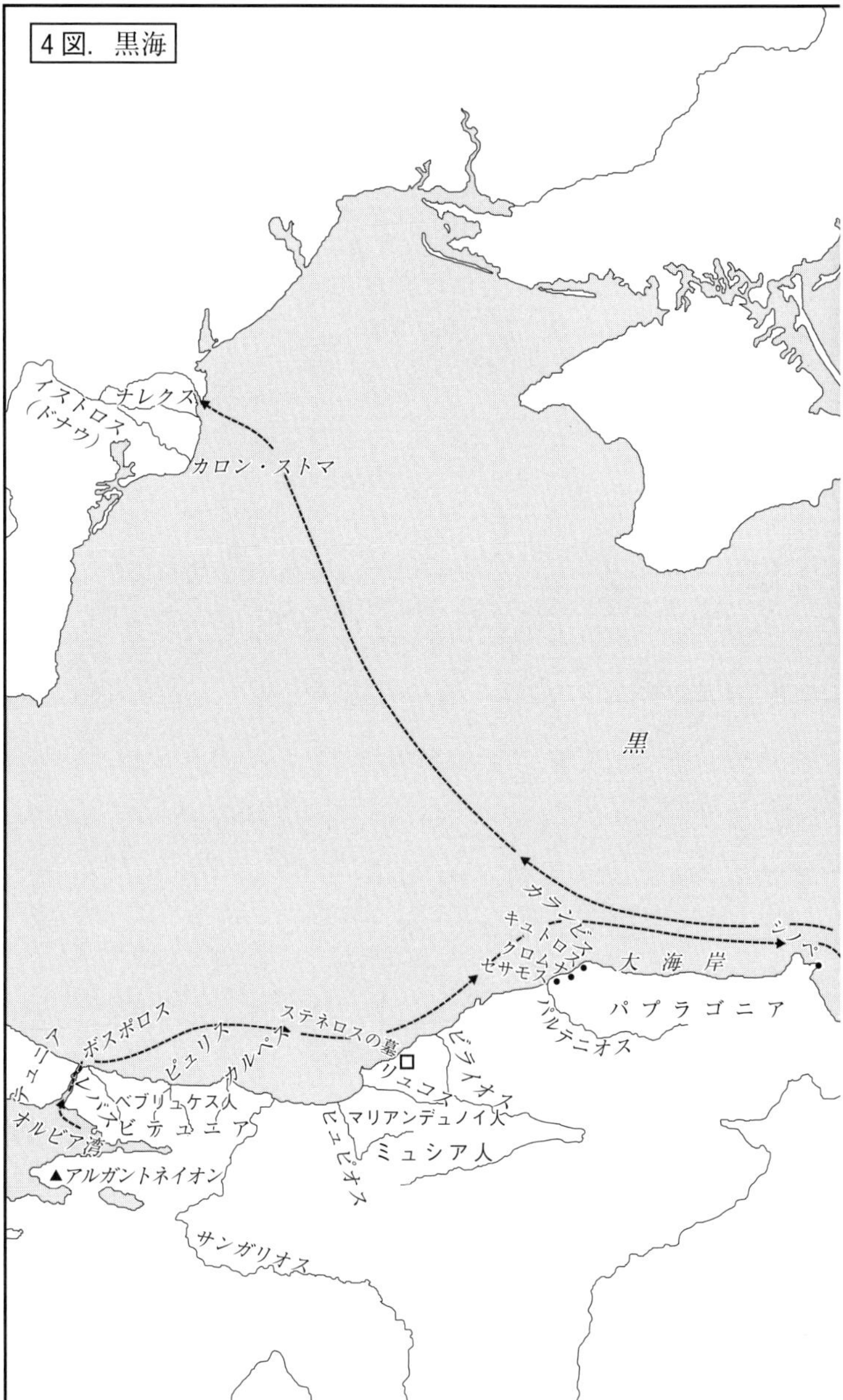
4図. 黒海
イストロス（ドナウ）
ナレクス
カロン・ストマ
黒
カランビス
キュトロス
クロムナ
セサモス
シノペ
大海岸
パプラゴニア
パルテニオス
ボスポロス
ステネロスの墓
ピュリス
カルペ
ビライオス
リュコス
テュニア
レバス
ベブリュケス人
ビテュニア
オルビア湾
マリアンデュノイ人
ヒュピオス
ミュシア人
アルガントネイオン
サンガリオス

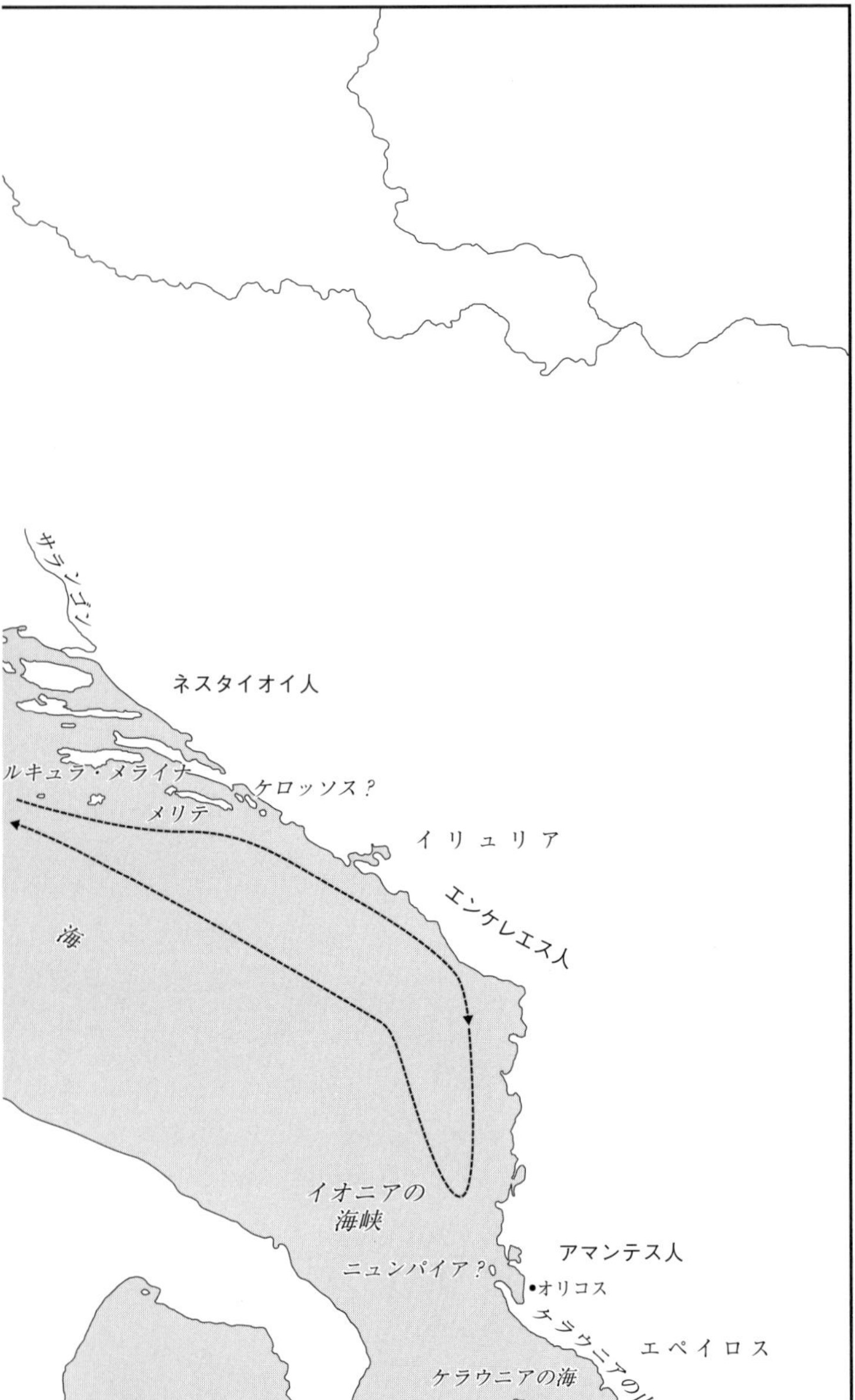

サランゴン
ネスタイオイ人
ルキュラ・メライナ
ケロッソス？
メリテ
イリュリア
エンケレエス人
海
イオニアの
海峡
アマンテス人
ニュンパイア？
オリコス
ケラウニアの山々
エペイロス
ケラウニアの海

5図. アドリア海

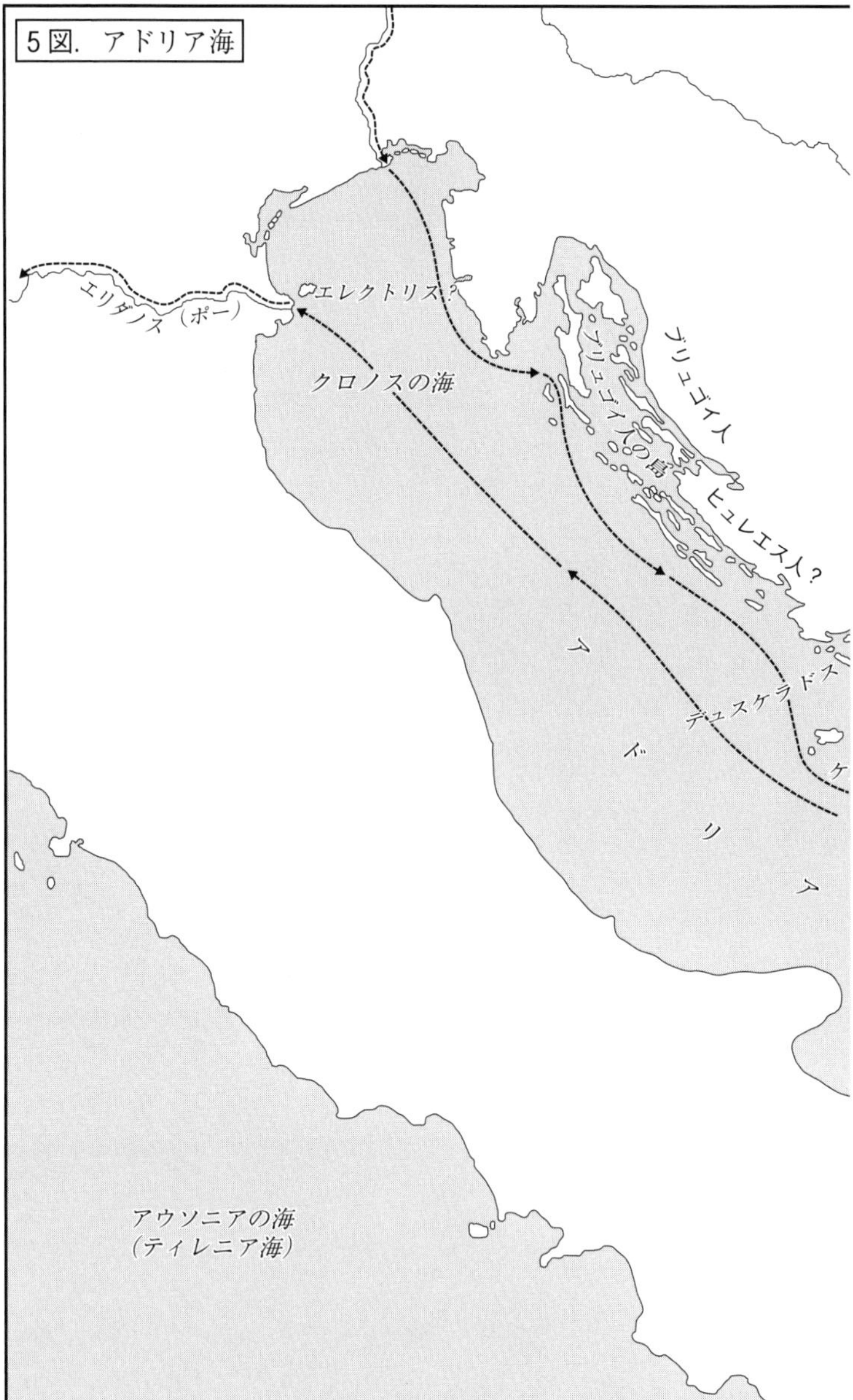
エリダノス（ポー）
エレクトリス？
クロノスの海
ブリュゴイ人の島
ブリュゴイ人
ヒュレエス人？
デュスケラドス
ケ
アドリア
アウソニアの海
（ティレニア海）

解説

一　アポロニオスの生涯と時代

アポロニオスの生涯について知るために利用可能な資料は主に四つある。一つはエジプトのオクシリンコス出土のパピルス（*P. Oxy.* 1241）で、アレクサンドリアの「図書館長」の名を記したリスト。後二世紀のものと推定される。二つめは『アルゴナウティカ』の中世写本とともに伝わる「伝記Ａ」で、前一世紀後半の批評家テオンが記した伝記の要約と言われるもの。三つめは同じく中世写本に付された「伝記Ｂ」で、こちらはローマ帝政期の註釈者ソポクレスの著作と推定される。この推定が正しければ、彼が利用した資料のなかには上記テオンの著作も含まれていただろう。四つめはビザンツ時代の百科事典『スーダ』（後十世紀後半）にある「アポロニオス」の項目。

これらの資料はいずれも「アレクサンドリアの人」アポロニオスの名を伝えるが、それぞれに記述が食い違う部分も多く、また古代の伝記によくある「創作的要素」を含むこともあって、彼の生涯について確実なことを言うのは難しい。しかしそれでも、これらの資料を丹念に読み比べてゆくと、それぞれの事項に確実性の差はあるものの、彼の生涯についてある程度の輪郭を描くことは可能であるように思われる。以下、主としてハンターの簡潔ながら周到な議論（Hunter 1989, 1-12）に依拠しつつ、その輪郭を描いてみたい。

アポロニオスがアレクサンドリアの生まれであったことは確実なようである。アレクサンドロス大王の東征と死（前三二三年）以後エジプトの地に君臨したプトレマイオス王朝のもと、王家の庇護を受けて「ヘレニズム文明」が花開いたことはよく知られるが、彼もまたその文明を担う一人としてこの地に生まれ、活躍した。活躍の年代はおそらく前三世紀の半ばから後半。彼はプトレマイオス二世（ピラデルポス、在位、前二八五―二四六年）の治世に、まだ即位前のプトレマイオス三世（エウエルゲテス、在位、前二四六―二二一年）の家庭教師を務めた。またアレクサンドリアの「図書館長」も務めたが、それもおそらくピラデルポスの治世（特にその後半）であったと推測される。

当時のアレクサンドリアには世界各地から学者たちが集められ、文学、天文学、地理学、医学、数学など、諸学の研究が盛んに行なわれた。その学術研究の中心を担ったのがムーセイオン（「ムーサたちの館」の意味）と呼ばれる研究機関で、その一部をなしたのが有名な「図書館」である――その蔵書はじつに七〇万巻を誇ったという。アポロニオスたち文学者はそこに集まり、ホメロスやギリシア悲劇など、文学作品の整理分類、校訂、註釈活動に携わり、それとともに文学の「実作」にも取り組んだ。そのためこの時代の文学作品には、作者の学者としての関心が多分に反映している。アポロニオスもそのような「学者詩人」の一人であった。

この時代を代表する文学者に、「大きな書物は大きな害悪である」や「家畜は太らせよ、しかし歌は細身であれ」などの言葉で知られるカリマコスがいる。彼はホメロス的な壮大な叙事詩ではなく、小規模で彫琢を凝らした詩をこそ作るべきだと主張し、当時の文学的な潮流に非常に大きな影響力を持った。アポロニオスは彼の「知人（γνώριμος）」とも「同僚（συνών）」とも「弟子（μαθητής）」とも言われ、その文学的な影響は著作からも窺われる。それにもかかわらず、彼は文学上の見解をめぐってカリマコスと対立し、それが原因となってアレクサンドリアを追われたと、古来しばしば言われてきた。理由の一つは『ギリシア詞華集』に収められる、カリマコスを批判した次のエピグラム（第十一巻二七五）が「文献学者アポロニオス」の作とされていることである。

カリマコス――がらくた、嘘つき、石頭。
『縁起譚《アイティア》』を書いた男、カリマコスが原因《アイティオス》だ。

また『スーダ』の「カリマコス」の項は、彼が『イービス』という詩において論敵を口汚く罵っていることを伝える。この「論敵」を古代の学者たちがアポロニオスのことだと解し、それを先のエピグラムと関係づけたこと――それが両者のあいだに文学的な対立を想定する主な理由である。

たしかにアポロニオスは『アルゴナウティカ』という、けっして「小規模」とは言えない「叙事詩」を書いた。その外形的な事実に注目するなら、両者の文学的な対立は面白いエピソードとしては成立しうる。しかし『アルゴナウティカ』を繙《ひもと》きその文学的趣向を味わうならば、それがカリマコスの主張と対立的な著作でないことは明らかであるように思われる（これについては後述する）。またエピグラムの作者同定にせよ、『イービス』にある「論敵」の同定にせよ、いずれも根拠薄弱であり、両者のあいだに「対立」が本当にあったかは疑わしい。今日ではそれを認めないのが大勢である。

いずれにせよアポロニオスは生涯のいずれかの時期に、アレクサンドリアを去ってロドス島に移住したらしい。その原因は先の「対立」の他、アレクサンドリアにおける『アルゴナウティカ』の発表が不成功に終わり、人々の非難に耐えられなかったためとも言われる――そして彼はロドスの地で作品に彫琢を加え、改訂版『アルゴナウティカ』の発表が大成功を収めたとされる――が、このような理由づけは古代の伝記に広く見られる常套であり、事実を伝えているかは疑わしい。彼はこの地で修辞学を教えて暮らし、ロドスの市民権と栄誉を与えられ、アポロニオス・ロディオス（「ロドスの人」の意味）と呼ばれるようになった。後にアレクサンドリアに戻り、カリマコスと一緒に埋葬されたとも伝えられるが、これも真偽のほどは定かでない。

アポロニオスの著作としては『アルゴナウティカ』の他、アレクサンドリアやロドスなど諸都市の建設を歌った叙事詩、またメネラオスの舵手を歌う詩『カノボス』が、いずれもごくわずかな断片の形で伝わる。彼はホメロス、ヘシオドス、アルキロコスについての註釈や論文を書いたとも言われるが、それらはいずれも散逸した。

二　「金羊皮」と「アルゴー船」の伝説

『アルゴナウティカ』の物語の大枠は、「金羊皮」と「アルゴー船」をめぐる伝説に基づいている。以下、伝アポロドロス『ビブリオテーケー（ギリシア神話）』（後一―二世紀の著作とされる）や神話辞典などを参照しつつ、一般的と思われる伝承のあらましを確認する。

（1）「金羊皮」の伝説

アイオロスの息子アタマスは、ボイオティア地方の都市オルコメノスの王であった。彼は最初の妻ネペレとのあいだに息子プリクソスと娘ヘレを儲けたが、やがて妻と別れてカドモスの娘イノと再婚、彼女とのあいだに二人の息子（レアルコスとメリケルテス）を得た。イノは先妻の子供たちを憎み、計略により彼らを殺そうとする。すなわち彼女は町の女たちを説きつけて焙った小麦の種を蒔かせ、その年の作物が実らないようにしたうえで、不作を脱するべくアタマスにデルポイの神託を求めさせる。そして使者が持ち帰ったその神託を歪めて、「プリクソスを犠牲としてゼウスに捧げれば不作はやむ」と報告させた。それを受けて王アタマスはプリクソスを犠牲に捧げることを決定する。

　犠牲の儀式が執り行なわれて、プリクソスがまさに屠《ほふ》られようとしたとき、母親ネペレが送った黄金の毛を持つ有翼の羊――彼女はこの羊を神ヘルメスから授けられた――が彼の前に現われて、妹ヘレとともに彼を背中に乗せて空中を駆け難を逃れた。そのとき羊は人語を発して兄妹を旅に誘ったという。そして黒海の東岸にある都市コルキス（それは世界の東涯にあるとされる）に向かって進み、途中ヨーロッパから小アジアへの海峡を渡る際にヘレが眩暈を起こして波間に落ちる――彼女は絶命し、以後この海峡はヘレスポントス（「ヘレの海」の意味）と呼ばれることになる――という不幸があったものの、プリクソスは無事、目的地コル

アイオロスとヘリオスの一族

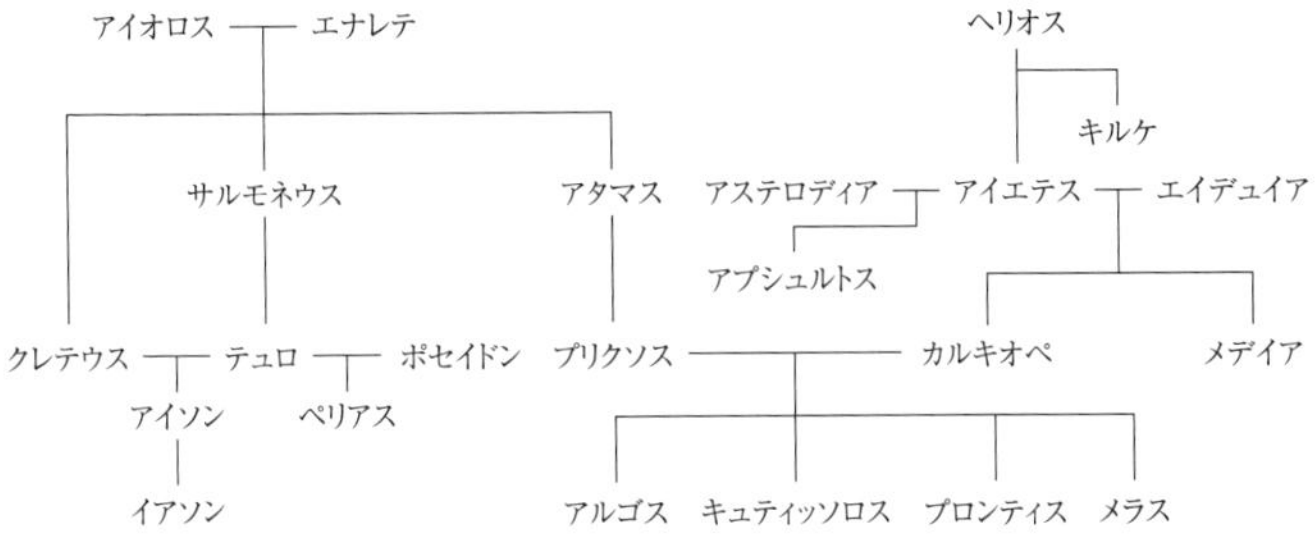

キスにたどり着いた。
コルキスの地でプリクソスは現地の王アイエテスの歓待を受け、その娘カルキオペ（メディアの姉）と結婚する。彼はかの羊を犠牲としてゼウスに捧げ、その黄金の羊毛をアイエテスに贈った。王はその羊毛を町の近くのアレスの森に生える樫《オーク》の樹上に拡げて打ちつけ、けっして眠ることのない大蛇（または竜）に見張らせたという。以上、コルキスにあるという「金羊皮」の伝説である。

（2）「アルゴー船」の伝説

アタマスの兄弟にクレテウスという男がいた。彼はテッサリア地方を治める王であり、この地域の都市イオルコスを創建した。彼は妻テュロ――彼女もまたアイオロスの血を引く――とのあいだに息子ペリアスを儲けたが、この息子はじつは婚前にテュロが海神ポセイドンと共寝をして身ごもった子であり、そのため非常に強い力を誇った。ペリアスは父王の死後、テッサリアの支配権をめぐる争いに勝利した。そしてイオルコスの王権をクレテウスから継承していた弟アイソンを追放して、この都市の王となった。

アイソンの息子イアソンは、父親がペリアスに王位を奪われた際（あるいは生後すぐのことともされる)、ペリオン山に住む半人半馬の伝説的な種族、ケンタウロイの賢者ケイロンに預けられ、武芸など諸術の訓練を受けつつ養育された。成人したイアソンはイオルコスの王権の返還を要求すべく――『アルゴナウティカ』ではこの目的は語られない――ペリアスのもとへ向かったが、その途中、アナウロス河のほとりで老女に姿を変えた女神ヘラに出会う。そして女神を背負ってアナウロス河の激流を渡り、その際に片方のサンダルを河底に取られて失ってしまう。彼はそのままの姿でペリアスの前に現われた。

ペリアスは以前に「片方の足にサンダルを履いた男に気をつけよ」という神託を受けていた。そのためイアソンの姿を見て、また王権を求めるその要求を聞くと、彼を亡き者にしようと企ててコルキスへの冒険を指示した。その地にある黄金の羊毛を持ち帰ったならば王権を渡そうと約束したのである。あるいは別伝として、ペリアスがイアソンに黄金の羊毛を求めさせたのは、アタマスひいてはアイオロスの一族に対するゼウスの怒り――先述のようにアタマスはイノの策謀によって、プリクソスを不当にもゼウスへの犠牲にしようとした――を鎮めるためとも言われる。

王の命令を受けてイアソンは船大工アルゴスに船の建造を命じ、アルゴスは女神アテナの指示のもと、人類最初の船とも言われる巨船「アルゴー船」を建造した。この船に乗り込んでイアソンの旅を助けるべく、ギリシア各地から多くの英雄が参集した。彼らはアルゴナウタイ(「アルゴー船の船乗りたち」の意味)と呼ばれ、様々な苦難の果てにコルキスから羊皮を持ち帰った――この冒険を語るのが本作『アルゴナウティカ』である。

これらの伝説はかなり古い起源を持つ。たとえば『オデュッセイア』第十二歌七〇行に「すべての者に知られるアルゴー」という表現がすでにあり、そこでアルゴー船はセイレーンたちの島からギリシアに至る経路上にある、互いに撃ちあう「さまよう岩」――これは『アルゴナウティカ』第四歌七八六行の「プランクタイ」に対応するが、同時に第一歌二行の「青黒岩《キュアネアイ》」をも思わせる――を抜けた唯一の船と言われている。またピンダロス『ピュティア祝勝歌』第四歌でも、アルゴー船の出発と冒険の次第が、イアソンによる王権の返還要請や、黄金の羊毛をコルキスから持ち帰るという旅の目的などとともに歌われており、作品は散逸したがヘシオドスにもアルゴー船への言及がある（断片二五二a、b（Most））。

あるいはよりスケールの大きな想定として、『オデュッセイア』の物語自体が古くからあるアルゴー船の伝説に依拠しつつ、それを新しく作り変えたものである可能性を強調しておくべきかもしれない。とりわけ第十歌のライストリュゴネス族、キルケ、第十一歌の冥界降りの一部、第十二歌のセイレーン、プランクタイ（さまよう岩）、ヘリオスの島という一連の経路に、古いアルゴー船伝説との共通性が認められるという分析がある（M. L. West, "Odyssey and Argonautica", *Classical Quarterly* 55. 1 (2005), 39-64）。この線での想定が妥当なものであるならば、古いアルゴー船伝説に基づいて『オデュッセイア』の物語が構想され、今度は『オデュッセイア』に基づきつつ新しい装いのアルゴー船伝説、すなわちアポロニオスの『アルゴナウティカ』が作られたことになる。

三 『アルゴナウティカ』という作品

『アルゴナウティカ』は「アルゴー船の物語」を意味する英雄叙事詩で、トロイア戦争よりも一世代前に属する英雄たちの活躍を歌う。上記「金羊皮」と「アルゴー船」の伝説に基づいて、イアソンをリーダーとする英雄たちの一行（アルゴナウタイ）が世界の東涯にあるコルキスに至り、かの地の王アイエテスの求める試練を果たして羊皮を手に入れ、その追撃を逃れながら故郷イオルコスに戻るまでの、苦難に満ちた冒険が展開する。それら苦難と冒険のあらましは各歌冒頭に「梗概」として記した。

古代において英雄叙事詩は、特別な文学ジャンルとして明確に形式を規定されていた。何よりも目立つ特徴は、作品全体がヘクサメトロスと呼ばれる韻律（長音節一つと短音節二つ、もしくは長音節二つを一韻脚として、それを六脚連ねて一行とする詩行）で構成されているということ。この一定のリズムに乗せて神々や英雄たちの物語が、叙事詩に特有の様々な表現や技法を駆使して語られてゆく。現存する最古の叙事詩『イリアス』と『オデュッセイア』は、じつにそれぞれ一万五千行、一万二千行（ともに概数）もの規模を持ち、古代においてすでに「古典」の地位を確立し、後の叙事詩の規範となった。

前三世紀に成立した『アルゴナウティカ』は、ホメロス作と伝えられる先の二大叙事詩（一般的には前八世紀後半の成立とされる）以後、作品全体が現存する唯一の、ギリシア語による叙事詩である。先述のようにそれはギリシアから離れたアレクサンドリアの地で、ギリシア文学の研究成果を踏まえて、学者詩人アポロニオスによって書かれた。叙事詩というジャンルの約束に則って全体がヘクサメトロスで構成され、叙事詩的な語彙を使用し（これはヘクサメトロスに乗せて物語る以上、ほとんど不可避なことである）、エクプラシスや英雄名の列挙（それぞれ四八頁註（1）、六六頁註（2）を参照）など、叙事詩的な技法を駆使して作られている。また『イリアス』『オデュッセイア』の特定の場面を想起させる表現や描写も多い（二〇頁註（4）、六七頁註（7）などを参照）。しかし『アルゴナウティカ』は、『イリアス』『オデュッセイア』とはまったく異質の叙事詩である。

まず、作品の成立過程の違いが重要だろう。『イリアス』『オデュッセイア』はその淵源をミュケナイ時代に持ち、文字によらない長い口誦叙事詩の伝統のなかで、少しずつ形を整えていった叙事詩である。すなわち各々を構成する諸エピソードが、詩人たちによって様々な機会に、様々な形で変奏されつつ語られてゆき、その過程で出来の悪いヴァージョンが駆逐され、生き残った魅力的な諸ヴァージョンが相互に影響しあいながら、現在の形に近づいていった。そしてそれらの諸エピソードが、歴史上のいずれかの時点において統一的な主題（『イリアス』であれば「アキレウスの怒り」）のもとに纏《まと》めあげられ、その後のある時期に文字によって書き留められて、現存する『イリアス』『オデュッセイア』が成立した――そのように考えられている（ただし文字化の時期と内実は定かでない。すでに文字化されていた叙事詩に加筆が施され、現存する形になったとも想定しうる）。作者はホメロスとされるが、それがいったい誰であり、どのような形で上記の過程に参与したのかは定かでない。それに対して『アルゴナウティカ』は、アポロニオスという一人の作者によって、始めから文字を用いて作られた。

また、作品の語られ方も大きく異なる。『イリアス』の冒頭は「怒りを歌え、女神よ」という一句であり、

『オデュッセイア』の場合には「男のことを私に物語れ、ムーサよ」である。どちらも女神（詩神ムーサ）に歌う／物語ることを求め、女神が歌う物語を詩人が聴衆に伝える、というポーズをとる。その物語の真実性は、女神が歌うがゆえに保証される――これが口誦詩の伝統における叙事詩の語り方であり、以降の語りにおいても、語り手は自身の存在を前面に押し出すことをほとんどしない。それに対して『アルゴナウティカ』は次のように始まる（第一歌一―四行）。

始めにあなたの名を挙げて、ポイボスよ、古き男らの勲《いさおし》を
思い起こそう。黒海の入口から「青黒岩《キュアネアイ》」のあいだを抜け、
王ペリアスの命令により黄金《きん》の羊毛を手に入れるため、
漕ぎ座美しきアルゴー船を駆って進んだ者たちのことを。

訳註に記した通りポイボス（アポロンのこと）は詩神でもあるため、詩神への呼びかけという点では『イリアス』『オデュッセイア』との類似が見られる。しかし訳文の二行目「思い起こそう」の主語は「私」であり、この物語の語り手が「私」であることが隠されていない。少し進むと次のようにある（一八―二二行）。

じつにその船は、古《いにしえ》からの歌人《うたびと》が今日に歌い継ぐには、
アテナの指示を受けアルゴスが建造したものだという。
しかし私はこれから、英雄たちの生まれと名前を、
長き船旅を、放浪のあいだに為されたあらゆることを、

物語ろう。ムーサたちが歌の仲立ちをしてくださるように。

ここでは先ほどよりもさらに、語り手である「私」の存在が前面に押し出されている。「古からの歌人」が「その船〔アルゴー船〕」について歌ったのに対して、「私」は「英雄たち」について語ると言い、ムーサたちは歌を解釈する「仲立ち」としての役割を期待されている。じつはこの「仲立ち」と訳した語（ὑποφήτορες）については立場を分けての議論があるが、ここでは立ち入らない。重要なのは「私」が語り手としての立場を隠さず、それを前面に押し出しているようにさえ見えるということ、そしてそのような語り方が『イリアス』『オデュッセイア』とは異質だということである。

このような語り方は後の語りにおいても保持される。二五行では「……と言われる」、五九行では「歌人たちの讃えによると」のように、自身が語る内容が伝聞に基づくものであることが示される。すなわち語り手は、自身が聞いたり調べたりしたことを語っているのであり、ムーサの語る物語を聴衆に伝えるというポーズは放棄されている。また八二行では「まことに人間には、出会わぬほどに離れてある禍などない」とコメントを差し挟み、一九六行では「私が思うに」と自身の判断を示しもする。

たしかに『イリアス』『オデュッセイア』の場合と同様に、語り手がムーサに語るよう求めることがないわけではない。たとえば第三歌の冒頭は次のような詩句である（一―三行）。

さあ今こそエラトよ、そばに立ち私に語りたまえ――
そこからいかにしてイアソンが、メデイアの愛に助けられ、羊皮をイオルコスに持ち帰ったか。

エラトはムーサの一人で恋愛詩を司るため、ここでは語りの主体がムーサであるかのようなポーズが取られている。しかしこの後も、先に示したような語り方が変わることはなく、語り手は自身の伝聞や調査に基づく叙事詩を語り続ける。このような語りにおいて、ムーサは言わば「叙事詩らしさ」を醸し出しつつ語りに緊迫感を与えるための小道具であり、『イリアス』『オデュッセイア』におけるような語りの真実性を保証する存在ではない。

このような語りはおそらく、作者アポロニオスがギリシアの文物を研究し、それを詩作に生かそうとした「学者詩人」であったことと無関係ではないだろう。彼だけでなく当時のアレクサンドリアの詩人たち——いわゆる「カリマコス派」の詩人たち——は、ホメロスやヘシオドスなどの語彙、語形、措辞、統語法などを研究し、それをかなり凝った仕方で自身の著作に生かそうとした（たとえば一〇一頁註（3）や一三九頁註（6）を参照）。また様々な神話や伝承を蒐集し、一般には知られていない珍しいヴァージョンを著作のなかに盛り込んで紹介した（たとえば三二〇頁註（2）を参照）。先に述べた『イリアス』『オデュッセイア』などの特定の場面を想起させる表現や描写も、このような知的趣向の一つとして理解できる。すなわちそのような表現や描写に反応し先行文学の一場面を想起することで、それらの場面が作品に組み込まれる仕方——往々にして捻りやパロディーを伴う——を楽しむことができるのである。

カリマコスの文学的な主張は、ホメロス的な大きな叙事詩ではなく、小規模で彫琢を凝らした詩をこそ作るべし、というものであった。その「彫琢」が意味することは、一つには先述のような知的趣向に満ちた詩文ということだが、また細部まで配慮の行き届いた隙のない詩文ということでもある。すなわち埋め草となるような語句は一切用いず、各々の語句が緊密に関係しあって美しい場面を構成する――『アルゴナウティカ』もまたそのような作品であり、一つひとつの比較的短い、精彩な場面を連ねることによって構成されていることは、すぐに見て取ることができるだろう。それはけっして『イリアス』『オデュッセイア』のような、統一的な主題のもとに全体を大きく構築された大伽藍的な叙事詩ではない。

続いて『アルゴナウティカ』の内容的な検討に移る。アレクサンドロス大王の東征に象徴されるように、この時代にはギリシア世界が拡大し交易が活性化した。それにより地誌的な知識が増大し、歴史的、考古学的な関心が高まったが、このような関心は『アルゴナウティカ』の至るところに反映している。たとえば黒海南岸の民族や地理について語る第二歌八九九行以下はさながら民族誌のようだし、都市や地名の由来、神事や慣行の縁起なども至るところで語られる。

アルゴー船の復路も興味深い。ピンダロスではパシス河を遡行してオケアノス（大地のまわりを流れる「大洋」）に至り、そこから「赤い海」（今日の紅海だけでなくインド洋にまで至る一帯）を経由してアフリカ、レムノス、イオルコスという経路が取られるのに対して、『アルゴナウティカ』では黒海西岸からイストロス（ドナウ河）を通ってアドリア海に抜け、そこからエリダノス（ポー河）とロダノス（ローヌ河）――この二河川は一続きのものとして捉えられている――を経由してティレニア海、アフリカ、クレタ島、イオルコスという航路が取られる。その際、ストイカデスの周辺にアルゴー船の痕跡が残る理由が求められる（第四歌五五二行以下）など、作者の同時代に語られていた諸々の事柄を、アルゴー船の航路を改めることにより説明しようとする意識が窺われる。

あるいは第三歌冒頭、女神たちの会話やエロスの描写、また第四歌におけるアルキノオス王と妻アレテの会話など、古典期の文学には見られない生きいきとした人物描写も魅力的である。ヘレニズム期の美術作品には古典期の作品にはなかった日常的、あるいは卑近な主題への関心と、対象の細部にまで注意を払い忠実に再現しようとする傾向が認められるが、それと同様の傾向が『アルゴナウティカ』にもある。主人公イアソンが、ヘラクレスのようないかにも英雄的な姿ではなく、困難を前にして途方に暮れつつも何とかして目的を達成し、仲間たちをギリシアまで連れ戻す現実社会にいそうなリーダー——彼はヘラクレスやオルペウスのような特別な力を持たない——として描かれることも、おそらくこの傾向と無縁ではない。

何よりも着目すべきは、第三歌における「メデイアの恋」の描写だろう。彼女はエロスの矢に射られ、イアソンに対して激しい恋心を抱くが、この恋の芽生えから、両親や祖国に対する義務感との葛藤、苦悩の末の自死への願望、それを経て決意される恋の成就——この一連の過程を丹念に、徐々に緊張を高めるようにして見事に描ききったのは、現存する作品から判断するかぎりアポロニオスが文学史上初めてである。そしてこの第三歌は古来多くの読者に愛され、それゆえ研究の厚みも段違いに厚い。たとえばギリシア悲劇や抒情詩との関係が指摘されているが、以下ではいかにもヘレニズム文学らしい趣向として、他の文学作品や神話、伝説についての知識を前提とした詩文の組み立てを解説する。

『アルゴナウティカ』においてメデイアは、女神ヘカテに仕えて魔術に通じるとはいえ、基本的にはイアソンとの恋に燃え、彼の試練を助けるために自身の能力を発揮する、可憐な少女として描かれる。試練を達成した彼とともにコルキスを脱出してからは、両親と祖国を棄てた寄る辺のない状況のなかで、イアソンが本当に自分との約束——正妻として迎えてくれるという約束——を果たしてくれるか不安に思い、その約束を忘れたかに見えるイアソンをなじりもする。

しかし一般的にメデイアと言えば「恐ろしい魔女」として知られ、伝承によってはコルキスからの逃走中、追手を逃れるために幼い弟アプシュルトス——本作では兄という設定であり追手を指揮する——を八つ裂きにして海に投げ込んだり、イアソンとともにイオルコスに至った後は、ペリアスの娘たちを魔術で欺き父王を切り刻ませさえする。たとえばエウリピデスの悲劇『メデイア』では、彼女はそのような人物として造形され、自身を棄ててコリントス王の娘と結婚しようとするイアソンに復讐するため、自身とイアソンとの子供を手にかける。

アポロニオスは『アルゴナウティカ』において、イアソンに対する可憐な少女のいじらしい助力を描きながら、そのなかに「魔女」としてのメデイアの姿、あるいはそのようなメデイアが経験することになる暗い未来の予示を巧みに織り込む。たとえば彼女がイアソンに与える薬（プロメテイオン）を作るために、プロメテウスの血から生じた植物の根の樹液を黒衣をまとって集める様子は、次のように語られる（第三歌八六四—八六六行）。

ティタン族の根が切られるたび、暗い大地が
地底から唸りを上げて振動し、イアペトスの子
自身もまた、苦痛に心掻き乱されて呻くのだった。

植物の根が切られるたびにプロメテウス（ティタン族／イアペトスの子）が苦痛に呻くとされることで、あたかもメデイアがプロメテウスの身体の一部を切り刻んでいるかのような描写になっている。この描写から先述の弟殺しや子殺しを思い起こすことは容易《たやす》いだろう。

あるいはその薬を渡すべくヘカテの社で待つメデイアの前に、ついにイアソンが現われるとき、彼はシリウスに喩えられる（第三歌九五七—九六一行）。

まるでオケアノスから天高く昇るシリウスのよう。
美しくひときわ眼を引く輝きを放ち昇りゆくが、
羊たちには言葉を絶する禍《わざわい》をもたらす星——
そのようにアイソンの子は見るも美しい姿で来て、
現われるなりつらい恋の苦しみを呼び覚ました。

訳註に記した通りシリウスは疫病の季節の到来を告げる星であるが、英雄がシリウスに喩えられる例として、『イリアス』第二十二歌二五行以下、トロイアの城に向かって疾駆するアキレウスを思い出さないわけにはいかない。アキレウスはその後ヘクトルとの一騎打ちに臨んで彼を殺し、トロイアの滅亡を決定づける

ことになる——このようにシリウスの比喩は「つらい恋の苦しみ」とともに、メデイアを待ち受ける破滅的な未来をも読者の心に呼び覚ます。

メデイアと対面したイアソンは彼女に援助を求め、その援助には神の感謝が与えられると説得を試みる。その過程で、有名なミノタウロス退治の際にテセウスを助けたアリアドネ——いわゆる「アリアドネの糸」で知られるクレタ王ミノスの娘——に言及して次のように言う（第三歌一〇〇〇—一〇〇五行）。

ですが彼女はまた、ミノスが怒りを収めると船に乗り、
男と一緒に祖国を出発しましたが、不死なる神々も
やはりこの娘を愛し、天の真中にあり彼女を讃える
冠の星座にしました。それはアリアドネの星とも呼ばれ、
天に輝く図像のあいだを、一晩中まわっています——
あなたも同じく神の感謝を受けましょう。

アリアドネが祖国を棄てテセウスと出奔したことを語るこの言葉は、同じく祖国を棄ててイアソンの妻になることを夢想するメデイアの気持ちを刺激し、その心を蕩けさせる。しかしよく知られた神話によると、アリアドネが「冠の星座」になったのはテセウスが帰国の途中で彼女を棄て、棄てられた彼女を神ディオニュソスが愛したことによる。このエピソードは神話を知る者であれば誰でも想起するはずで、それがここで一切語られないことは、この後イアソンとともに出奔し祖国を棄てるメデイアがコリントスの地で彼に棄

てられることになる未来――エウリピデスによって描かれる彼女の悲劇――を、かえって強く思わせるだろう。

この後、彼女は薬をイアソンに渡して策略を授け、試練を達成したら彼が故郷へ帰ってしまうことを思って涙する。その涙を見てイアソンにも「破滅の恋」が忍び寄り(一〇七八行)、メデイアが自分とともにギリシアへ行けば皆から歓迎され、正妻として生涯睦まじく暮らすだろうと語る(一一二二行以下)。それを聞き少女の心は暖かく溶ける――その様子は少し前で「バラの繁みに落ちた朝露」(一〇二〇行)に喩えられている――が、もちろん我々はそのような未来が実現しないことを知っている。

このような趣向は他の部分にも見られるが、極めつけは作品の最終行をなす「[一行は]嬉々としてパガサイの海岸に上陸したのであった」という言葉かもしれない。イアソンたち一行は長い苦難の果てに、ペリアスの要求した黄金の羊皮を手にして、両親の待つはずの故郷イオルコスの地に戻る。それゆえ「嬉々として」パガサイの海岸に上陸するのだが、これもよく知られた伝承によると、イアソンが帰国したとき両親はすでに世を去っていた――父アイソンはペリアスに殺害されようとして自決を願い出、母アルキメデは夫の死を受けてペリアスを呪いながら縊《くび》れて死んだという。このペリアスの所行に対してイアソンは復讐を決意し、メデイアはその意を遂げるべく、ペリアスの娘たちを魔術で欺き父王を切り刻ませることになるのである。

四　後世への影響

『アルゴナウティカ』は広く愛読され、その物語は、これまで様々に伝えられてきたアルゴー船の伝説の標準形をなすことになった。ローマ時代にはウァロ・アタキヌスによる翻訳（前一世紀）やウァレリウス・フラックスによる同名の追随作（後一世紀）、またオルペウス教のサークルによる同名作（後四世紀）があり、カトゥルスやウェルギリウス、オウィディウスらの作品にも大きな影響を与えている。とりわけウェルギリウス『アエネーイス』第四歌で描かれる主人公とカルタゴの女王ディードとの悲劇的な恋は、『アルゴナウティカ』におけるイアソンとメデイアの恋に基づくとしばしば言われる。だがそれ以上に、叙事詩や悲劇、抒情詩、歴史などの諸ジャンルを統合した新しいタイプの叙事詩として、『アエネーイス』という作品全体への影響が強調されるべきかもしれない。

近代においてはコルネイユの劇作品『金羊皮』（一六六〇年）とグリルパルツァーの同名劇（一八二〇年）が挙げられるべきだろう。映画ではドン・チャフィ監督『アルゴ探検隊の大冒険』（一九六三年）が、レイ・ハリーハウゼンによる特撮で有名。ニック・ウィリング監督によるリメイク作品『アルゴノーツ　伝説の冒険者たち』（二〇〇〇年）もある。

五　文献

本書の翻訳、訳註、解説の作成に際して、主に以下の文献を参照した。

（1）校訂本

H. Fränkel, *Apollonii Rhodii Argonautica*, Oxford 1961.

F. Vian, *Apollonios de Rhodes Argonautiques*（Tomes I-III）, Paris 1974-81.

G. Pompella, *Apollonii Rhodii Argonautica*, Hildesheim 2006.

W. H. Race, *Apollonius Rhodius Argonautica*, Cambridge MA 2008.

底本とした Race のものは、なるべく写本の読みを生かそうとする保守的な校訂。それと対照的なのが Fränkel のもので、写本系統の綿密な分析を踏まえながらもしばしばかなり大胆な校訂を施す。Vian のものは翻訳の他、詳細な註釈を備えて便利。これに Pompella のものを併用し、底本には不足している本文校訂についての情報を補った。

（2）註釈

M. Campbell, *A Commentary on Apollonius Rhodius III 1-471*（*Mnemosyne Supplementum* vol. 141）, Leiden 1994.

M. Cuypers, *Apollonius Rhodius, Argonautica 2. 1-310: A Commentary*, Diss. Leiden 1997.

H. Fränkel, *Noten zu den Argonautika des Apollonios*, Munich 1968.

M. M. Gillies, *The Argonautica Book III*, Cambridge 1928.

R. L. Hunter, *Apollonius of Rhodes: Argonautica Book III*, Cambridge 1989.

——, *Apollonius of Rhodes: Argonautica Book IV*, Cambridge 2015.

E. Livrea, *Apollonii Rhodii Argonauticon liber quartus*, Florence 1973.

G. W. Mooney, *The Argonautica of Apollonius Rhodius*, London and Dublin 1912.

『アルゴナウティカ』全体への註釈はFränkelとMooneyの他、（1）で挙げたVianのものがある。Fränkelのものは（1）に挙げた校訂本に対応し、他書も自前の本文を備える。他にA. Ardizzoniによる本文・翻訳・註釈（*Apollonio Rhodio: Le Argonautiche Libro III*, Bari 1958 / *Libro I*, Rome 1967）があるが、入手できなかった。

（3）古註、辞書、資料集

M. Campbell, *Index verborum in Apollonium Rhodium*, Hildesheim 1983.

M. Papathomopoulos, *Apollonii Rhodii Argonauticorum Concordantia*, Hildesheim 1996.

G. Pompella, *Apollonii Rhodii Lexicon*, Hildesheim 2002.

J. U. Powell, *Collectanea Alexandrina*, Oxford 1925.

C. Wendel, *Scholia in Apollonium Rhodium Vetera*, Berlin 1935.

松原國師『西洋古典学事典』京都大学学術出版会、二〇一〇年。

（4）翻訳・研究書など

Ch. R. Beye, *Ancient Epic Poetry: Homer, Apollonius, Virgil*, Ithaca 1993.

J. Clauss and M. Cuypers, *A Companion to Hellenistic Literature*, Oxford 2010.

M. Fantuzzi and R. Hunter, *Tradition and Innovation in Hellenistic Poetry*, Cambridge 2004.

P. M. Frazer, *Ptolemaic Alexandria*（vols. I-III）, Oxford 1972.

P. Green（tr.）, *The Argonautika by Apollonios Rhodios*（Expanded Edition）, Berkley and Los Angeles 1997.

R. L. Hunter, *The Argonautica of Apollonius: Literary Studies*, Cambridge 1993.

G. O. Hutchinson, *Hellenistic Poetry*, Oxford 1988.

V. Knight, *The Renewal of Epic: Responses to Homer in the Argonautica of Apollonius*（*Mnemosyne Supplementum* vol. 152）, Leiden 1995.

M. R. Lefkowitz, *The Lives of the Greek Poets*, Baltimore 1981.

A. Mori, *The Politics of Apollonius Rhodius' Argonautica*, Cambridge 2008.

D. Nelis, *Vergil's Aeneid and the Argonautica of Apollonius Rhodius*, Leeds 2001.

Th. D. Papanghelis and A. Rengakos, *Brill's Companion to Apollonius Rhodius*（2nd rev. ed.）, Leiden 2008.

R. Pfeiffer, *History of Classical Scholarship from the Beginnings to the End of the Hellenic Age*, Oxford 1968.

E. V. Rieu（tr.）, *The Voyage of Argo: The Argonautica*（2nd ed.）, Harmondsworth 1971.

W. G. Thalmann, *Apollonius of Rhodes and the Spaces of Hellenism*, Oxford 2011.

岡道男〔訳〕、アポロニオス『アルゴナウティカ　アルゴ船物語』講談社文芸文庫、一九九七年。
髙橋通男『ヘレニズムの詩とホメーロス　アポローニオス・ロディオス研究』慶應義塾大学言語文化研究所、二〇〇五年。

なかでも岡先生による翻訳は常に座右にあり、それとの対話のなかで本訳書が生まれたと言っても過言でない。的確な訳語をそのままお借りしたことも二、三に留まらないことを付記しておく。

『アルゴナウティカ』については他にも多くの論文が書かれている。それらは上掲の研究書からたどっていただくことにして、ここでは日本語で書かれた読みやすい論文として、以下の一つのみを挙げておく。

佐野好則「『オデュッセイア』と『アルゴナウティカ』におけるセイレーン・エピソード」『ペディラヴィウム』七二、二〇一七年。

また『アルゴナウティカ』の理解には、叙事詩を始めとする「文学ジャンル」についての知識が不可欠である。それを手にするのに有用な書物として、以下のものを挙げておく。放送大学の教材をベースとした「教科書」だが、古典古代の詩作品についてきわめてよい見通しを与えてくれる。

逸身喜一郎『ギリシャ・ラテン文学　韻文の系譜をたどる15章』研究社、二〇一八年。

＊

本書の翻訳にあたっては多くの方々の御助力を賜わったが、なかでも京都大学名誉教授の中務哲郎先生にはこの場を借りてお礼を申し上げたい。私がまだ学部の学生だった頃、先生は他専修から西洋古典学に移ろうとした私に快く扉を開いてくださった。今回の翻訳に際しては訳者の推挙に留まらず、なかなか訳稿の進まぬ状況での叱咤激励、さらに仮原稿の確定後には校閲の労まで執ってくださった。制止を振り切って進んだ箇所もいくつかあるが、先生からの指摘を受けて訳文を見直し練り上げてゆくのは、ひととき学生時代に戻ったかのような、じつに幸せな時間だった。また京都大学学術出版会の和田利博氏には、編集作業全般にわたってひとかたならぬお世話になった。とりわけ地図や索引の作成、訳註の整備は氏の支援なしにはなし得なかった。本当にありがとうございました。

以上の御助力にもかかわらず、本書には訳者の不勉強による誤りや思い違いがあることだろう。それらについての責任は言うまでもなく訳者にあるが、発見の折にはどうか御教示いただけると幸いである。

固有名詞索引

訳文中での箇所をローマ数字（歌数）とアラビア数字（行数）で示す。ただし文意を明確にするために固有名詞を補った箇所は省く。「→」は参照指示。【ア】はアルゴナウタイの一員であることを示す。

ア　行

アイア　Αἶα　コルキスの首都　*II 418, 421, 422, 1094, 1142, 1185, 1267; III 306, 1061, 1135; IV 131, 241, 254, 277（×2）*

アイアイエ　νῆσος Αἰαίη　キルケの住む島　*III 1074, 1092; IV 559, 661, 850*

アイアコス　Αἰακός　ゼウスの子でペレウスとテラモン（ともに【ア】）の父　*III 364（×2）*

—の子　Αἰακίδης　(1) ペレウス【ア】　*II 869, 886; III 515; IV 503, 852*　(2) テラモン【ア】　*I 1301, 1329; III 382*

—の子ら　Αἰακίδαι　ペレウスとテラモン（ともに【ア】）　*I 90; II 122*

アイエテス　Αἰήτης　コルキスの王　*I 175, 244, 337, 1316; II 403, 459, 774, 890, 1095, 1143, 1148, 1151, 1164, 1197, 1202, 1207, 1221, 1279; III 12, 27, 86, 142, 153, 178, 212, 213, 228, 240, 241, 247, 268, 269, 302, 320, 386, 427, 449, 459, 492, 508, 528, 538, 576, 609, 621, 1081, 1106, 1173, 1177, 1184, 1188, 1225, 1245, 1275, 1314, 1372, 1404; IV 8, 84, 102, 197, 212, 219, 236, 341, 439, 511, 684, 696, 730, 740, 814, 1006, 1043, 1051, 1076（×2）, 1101, 1102, 1204, 1297*

アイオロス　Αἴολος　(1) ゼウスの息子。クレテウスとアタマスの父　*I 120, 143; II 849, 1141, 1194; III 334, 337, 360, 361, 584, 1094; IV 119*　(2) 風たちの王　*IV 764, 765, 778, 820*

アイガイオス　Αἰγαῖος　ドレパネの河／河神　*IV 542, 1149*

アイガイオン　Αἰγαίων　ヘカトンケイレスの一人。別名ブリアレオス　*I 1166*

—の海　ἅλς Αἰγαίη / πόντος Αἰγαῖος　エーゲ海　*I 830; IV 771*

アイギアロス　Αἰγιαλός　(1) アカイアの異称　*I 178*　(2) 黒海南岸の「大海岸」　*II 364, 944*

アイギナ　Αἰγίνη　アテナイ南西の島　*I 92; IV 1766, 1776*

アイギュプトス　Αἴγυπτος　エジプト　*IV 267*

アイグレ　Αἴγλη　ヘスペリデスの一人　*IV 1428, 1430, 1450*

アイグレテス　Αἰγλήτης　アポロンの異称　*IV 1716, 1728*

アイセポス　Αἴσηπος　ミュシアの河　*I 940, 1115*

アイソニア（アイソンの城市）　πόλις Αἰσωνίς　イオルコスのこと　*I 412*

アイソン　Αἴσων　クレテウスの子でイアソン【ア】の父　*I 46, 253, 331, 899, 1336; II 410, 885, 1134; III 357, 443, 1380*

—の子　Αἰσονίδης　イアソン【ア】　*I 32, 46*（イアソンとして訳出）*, 123, 228*（イアソンとして訳出）*, 406, 436, 460, 463, 493, 853, 886, 1032, 1084, 1092, 1132, 1286, 1332; II 437, 444, 615, 762, 1178, 1271; III 57, 60, 86, 169, 194, 281, 287, 318, 384, 475, 491, 508, 542, 574, 752, 913, 940, 960, 973, 1017, 1142, 1163, 1213*（イアソンとして訳出）*, 1221, 1262, 1278; IV 73, 92, 114, 149, 187, 253, 355, 427, 464, 477, 529*（イアソンとして訳出）*, 688, 784, 1011*（イアソンとして訳出）*, 1086, 1115, 1161, 1313, 1528, 1593, 1663, 1746, 1755*

アイタリア　Αἰθαλίη　イタリア中西部の島。現エルバ島　*IV 654*
アイタリデス　Αἰθαλίδης　ヘルメスの息子【ア】　*I 54, 641, 649; III 1175*
アイティオペス人　Αἰθιοπῆες　世界の東西の果てに住むという人々　*III 1191*
アイトリア　Αἰτωλία　ギリシア中西部の地方名　*I 146*
—人　Αἰτωλοί　アイトリアに住む人々　*I 198*
アイネウス　Αἰνεύς　キュジコス (1) の父　*I 948, 1054*
アイネテ　Αἰνήτη　キュジコス (1) の母　*I 950*
アウゲイアス　Αὐγείης　エリスの王【ア】　*I 172; III 197, 363, 440*
アウソニア　Αὐσονίη　イタリア　*IV 552, 589, 659, 828, 846*
—の海　ἅλς Αὐσονίη　*IV 589, 659, 846*
アウテシオン　Αὐτεσίων　テラスの父　*IV 1762*
アウトリュコス　Αὐτόλυκος　デイマコスの息子　*II 956*
アウリオン　Αὔλιον　ビテュニアの洞窟　*II 910*
アウリス　Αὖλις　ボイオティアの町　*IV 1779*
アエリア　Ἠερίη　エジプト（アイギュプトス）の古称　*IV 268 (×2)*
青黒岩　→キュアネアイ
アオニア　Ἀονίη　ボイオティアの異称　*III 1178, 1185*
アカイア　Ἀχαΐα　(1) ペロポネソス半島北部の地名　*I 177*　(2) ギリシア全土の呼称　*I 284; III 601, 639, 775, 1081; IV 195, 1226, 1329, 1419*　→全アカイアの／ヘラス
アカカリス　Ἀκακαλλίς　ミノスの娘　*IV 1491*
アカストス　Ἄκαστος　ペリアスの息子【ア】　*I 224, 321, 1041, 1082*
暁（固有名詞としてのもの）　→エオス
アガメストル　Ἀγαμήστωρ　イドモンの代わりにヘラクレイアで崇拝された英雄　*II 850*
アキレウス　Ἀχιλλεύς　ペレウス【ア】とテティスの息子　*I 558; IV 867*
アクティオス　→アポロン
アクトル　Ἄκτωρ　(1) メノイティオス【ア】の父　*I 69*　(2) イロスの父でエウリュティオン【ア】の祖父　*I 72*　(3) ステネロスの父　*II 911, 917*
アクモンの森　ἄλσος Ἀκμόνιον　テルモドン近くの森　*II 991*
アゲノル　Ἀγήνωρ　(1) ピネウスの父　*II 178, 237, 240, 293, 426, 490, 618; III 943*　(2) カドモスの父　*III 1185*
アケルシア岬　ἄκρη Ἀχερουσίς / Ἀχερουσιάς　ビテュニアの岬　*II 354, 728, 750, 806, 843*
アケロオス　Ἀχελῷος　アイトリア地方の河／河神　*IV 293, 892, 896*
アケロン　Ἀχέρων　(1) 冥界の河　*I 644*　(2) ビテュニアの河　*II 355, 743, 901*
アケロン岬　→アケルシア岬
朝まだきの子　Ἠριγενής　エオス（暁）の異称　*II 449; III 823*
アシア　Ἀσίη　エーゲ海の東岸地域（小アジア）のこと　*I 443; II 777; IV 273*
アステュパライア　Ἀστυπάλαια　アンカイオス (2) の母　*II 866*
アステリオス　Ἀστέριος　ヒュペラシオスの息子【ア】　*I 176*
アステリオン　Ἀστερίων　コメテスの息子【ア】　*I 35*
アステロデイア　Ἀστερόδεια　アプシュルトスの母　*III 242*
アソポス　Ἀσωπός　(1) ペロポネソス半島の河　*I 116*　(2) アンティオペの父　*I 735*　(3) シノペの父　*II 947*　(4) ケルキュラの父　*IV 567*
アタマス　Ἀθάμας　オルコメノスの王。プリクソスとヘレの父　*II 653, 1153, 1162; III 265, 360, 361; IV 116*
—の娘　Ἀθαμαντίς　ヘレのこと　*I 927*
アタマンティオン　πεδίον Ἀθαμάντιον　プティアの平原　*II 513*

アタランテ　Ἀταλάντη　アルテミスが愛した女性。駿足の狩人　I 770
アッシュリア　χθὼν Ἀσσυρίη　黒海南岸の地名　II 946, 964
アッティカの島　νῆσος Ἀτθίς　サラミスのこと　I 93
アテナ（叙事詩形アテナイエ）　Ἀθήνη（Ἀθηναίη）　ゼウスの娘神　I 19, 109, 226, 300, 527, 550, 629, 768, 960; II 537, 598, 602, 612, 1187; III 8, 10, 17, 30, 91, 111, 340; IV 583, 959, 1309, 1691　→イトンの／トリトンの／パラス
アトス　Ἄθως　カルキディケ半島の山　I 601
アドメトス　Ἄδμητος　ペライの王【ア】　I 49
アトラス　Ἄτλας　(1) エレクトラの父　I 915　(2) カリュプソの父　IV 574　(3) →アトラスの庭園
―の庭園　χῶρος Ἄτλαντος　ヘスペリデスが黄金の林檎を護る園　IV 1398
アドラステイア（アドレステイア）　Ἀδρήστεια　(1) キュジコス南西の町　I 1116　(2) クレタ島のニンフで、ゼウスの乳母　III 133
アナウロス　Ἄναυρος　テッサリアの河　I 9; III 67
アナペ　Ἀνάφη　スポラデス諸島の一つ　IV 1717, 1728, 1743
アバス　Ἄβας　(1) カントス【ア】の祖父　I 78　(2) イドモン【ア】の父　I 142; II 815, 823, 856
アバルニス　Ἀβαρνίς　ヘレスポントス南岸の町　I 932
アパレウス　Ἀφαρεύς　イダスとリュンケウス（ともに【ア】）の父　I 151, 485; III 556, 1252
アバンテス　Ἄβαντες　→アマンテス
―人の　Ἀβαντίς　エウボイア島の形容語句　IV 1134
アピス　Ἀπίς　ペロポネソス半島の古称　IV 1564
―なる　Ἀπιδανῆες　アルカディア人の形容語句　IV 263
アピダノス　Ἀπιδανός　テッサリアの河　I 36, 38; II 514
アビュドス　Ἄβυδος　ヘレスポントス南岸の町　I 931
アプシュルテス人　Ἀψυρτῆες　アドリア海の島々に住むコルキス人　IV 481
アプシュルトス　Ἄψυρτος　アイエテスの息子　III 241, 604; IV 225, 305, 314, 331, 399, 421, 450, 455, 515, 557, 585, 736　→パエトン
アペイダス　Ἀφείδας　アンピダマスとケペウス（ともに【ア】）の祖父　I 162
アペタイ　Ἀφέται　テッサリアの地名　I 591
アポロン　Ἀπόλλων　予言と詩歌の神。レトの子でアルテミスの兄弟　I 309, 359, 403, 410, 759, 966, 1186; II 494, 502, 685, 927, 952; III 1181, 1283; IV 528, 613, 1218, 1548, 1714, 1729　アクティオス　Ἄκτιος　I 403　エクバシオス　Ἐκβάσιος　I 966, 1186　エンバシオス　Ἐμβάσιος　I 359, 404　ネオッソオス　Νηοσσόος　II 927　ノミオス　Νόμιος　IV 1218　ヒエパイエオン（異読イエパイエオン）　Ἱηπαιήων（Ἰηπαιήων）　II 701, 702　ヘオイオス　Ἑώϊος　II 685, 699　予言の神　Μαντήϊος　II 494　→アイグレテス／遠矢の神／ポイボス／レトの子
アマゾニア　Ἀμαζόνια　テルモドン河の水源がある山　II 976
アマゾネス　Ἀμαζόνες / Ἀμαζονίδες　黒海南岸に住む女戦士の一族　II 374, 386, 912, 965, 985, 988, 995, 1173　→カデシア／リュカスティア／テミスキュラ
アマランタ　Ἀμαραντά　パーシス河の水源がある山　III 400, 1220
アマンテス（異読アバンテス）　Ἄμαντες（Ἄβαντες）　エペイロス地方の民族　IV 1214
アミュクライ　Ἀμύκλαι　スパルタ南方の町　IV 1704
アミュコス　Ἄμυκος　ベブリュケス人の王　II 1, 48, 51, 90, 110, 136, 302, 753, 768, 793
アミュモネ　Ἀμυμώνη　ダナオスの娘でナウプリオス【ア】の母　I 137

アミュロス　Ἄμυρος　テッサリアの河　*I 596; IV 615*
アムニソス　Ἀμνισός　クレタ島の河　*III 877, 881*
アライテュレア　Ἀραιθυρέη　ペロポネソス半島、アルゴリス地方の町　*I 115*
アラクセス　Ἀράξης　コルキスの河　*IV 133*
アリアドネ　Ἀριάδνη　ミノスの娘　*III 997, 1003, 1098, 1107*
アリスタイオス　Ἀρισταῖος　アポロンとキュレネの息子　*II 506; IV 1133*
アルカディア　Ἀρκαδίη　ペロポネソス半島中央部の山岳地帯　*I 125, 161; II 1052*　→パッラシア
アルカディア人　Ἀρκάδες　最古のギリシア人とされた民族　*IV 263, 265*
アルガントネイオン　Ἀργανθώνειον　ミュシアの山　*I 1177*
アルキノオス　Ἀλκίνοος　パイアケス人の王　*IV 768, 995, 1008, 1012, 1069*（×2）*, 1116, 1123, 1161, 1169, 1176, 1201, 1220, 1723*
アルキメデ　Ἀλκιμέδη　イアソンの母　*I 47*（訳出なし）*, 232, 251, 258, 276*
アルクトゥロス　Ἀρκτοῦρος　牛飼い座の主星　*II 1099*
アルクトン　→熊たちの山
アルゴー　Ἀργω　アルゴナウタイを運ぶ船　*I 4, 319, 386, 524, 591, 633, 724, 953; II 210, 339; IV 508, 554, 592, 658, 762, 938, 993, 1473, 1546, 1609, 1620*
—の船出　→アペタイ
—の港　λιμὴν Ἀργῷος　(1) アイタリアの地名　*IV 658*　(2) リビュアの地名　*IV 1620*
アルゴス［地名］　Ἄργος　(1) ペロポネソス半島の都市　*I 118, 125, 139, 1317*　(2) ペロポネソス半島またはギリシア全体を指す呼称　*IV 1075*
アルゴス［人名］　Ἄργος　(1) アレストルの子。アルゴー船の建造者【ア】　*I 19, 111, 226, 321, 324, 367, 912, 1119; II 613, 1188*　(2) プリクソスの息子　*II 1122, 1140, 1156, 1198, 1260, 1281; III 318, 367, 441, 474, 521, 554, 568, 609, 722, 825, 902, 913, 944, 1199; IV 81, 122, 256*
アルコン　Ἄλκων　パレロス【ア】の父　*I 97*
アルタキア　Ἀρτακίη　キュジコスの泉　*I 957*
アルタケス　Ἀρτακής　ドリオネス人の一人　*I 1047*
アルテミス　Ἄρτεμις　レトの娘。アポロンの姉妹　*I 312, 571, 1225; III 773; IV 330, 452, 470*　船の守護者　Νηοσσόος　*I 571*　→レトの娘
—の島　νῆσος Ἀρτέμιδος　IV 330, 452
アレイオス　Ἀρήϊος　ビアスとペロの息子【ア】　*I 118*
アレオス　Ἀλεός　アンカイオス (1)【ア】の祖父でアンピダマスとケペウス（ともに【ア】）の父　*I 163, 166, 170; II 1046*
アレス　Ἄρης　戦争を司る神　*I 743; II 385, 403, 966, 989, 990, 992, 1030, 1047, 1170, 1206, 1230, 1268; III 324, 411, 496, 754, 1174, 1180, 1186, 1227, 1259, 1270, 1282, 1355, 1366; IV 166*　→エニュアリオス
—の泉　κρήνη Ἀρητιάς　*III 1180*
—の島　νῆσος Ἀρητιάς（Ἄρηος / Ἐνυαλίοιο）　*II 1030, 1047, 1230; III 324*
—の神域　τέμενος Ἄρηος　*III 1355*
—の神殿　νηὸς Ἄρηος　*II 385, 1170*
—の鳥　ὄρνις Ἀρήϊος　*II 1033; III 324*
—の休耕地《はたけ》　νειὸς Ἄρηος　*III 411, 754*
—の平野　πεδίον Ἀρήϊον　*II 1268; III 409, 496, 1270*
—の森　ἄλσος Ἄρηος（Ἄρεος）　*II 403; IV 166*
アレストル　Ἀρέστωρ　アルゴス［人名 (1)］の父　*I 111, 324*

アレテ　Ἀρήτη　アルキノオスの妻　*IV 1013, 1029, 1070, 1098, 1122, 1199, 1221*
アレトス　Ἄρητος　ベブリュケス人の一人　*II 65, 114*
アレネ　Ἀρήνη　ペロポネソス半島西岸の町　*I 152, 471*
アロエウス　Ἀλωεύς　オトスとエピアルテスの父　*I 481, 488*
アロペ　Ἀλόπη　テッサリアの町　*I 52*
アンカイオス　Ἀγκαῖος　(1) リュクルゴスの息子【ア】　*I 164, 398, 426, 429, 531; II 118*　(2) ポセイドンの息子【ア】　*I 188; II 865, 894, 898, 1276; IV 210, 1259*
アンキアレ　Ἀγχιάλη　クレタ島のニンフ　*I 1130*
アングロン　Ἄγγουρον　イストロス河畔の山　*IV 323 (×2)*
アンティアネイラ　Ἀντιάνειρα　エリュトスとエキオン（ともに【ア】）の母　*I 56*
アンティオペ　Ἀντιόπη　(1) ゼトスとアンピオンの母　*I 735; IV 1090*　(2) アマゾネスの女王でオトレレの娘　*II 386*
アンテモエイシス　Ἀνθεμοεισίς　ビテュニアの湖　*II 724*
アンテモエッサ　Ἀνθεμόεσσα　セイレーンたちの棲む島　*IV 892*
アンピオン　Ἀμφίων　(1) ヒュペラシオスの息子【ア】　*I 176*　(2) ゼウスとアンティオペ (1) の息子。テーバイ城壁の建設者　*I 736, 740*
アンピダマス　Ἀμφιδάμας　アレオスの息子【ア】　*I 160; II 1046*
アンピテミス　Ἀμφίθεμις　リビュアの英雄。アポロンとアカカリスの息子。別名ガラマス　*IV 1494, 1495*
アンピトリテ　Ἀμφιτρίτη　ネレイデスの一人でポセイドンの妻　*IV 1325, 1355*
アンピュクスの子　Ἀμφυκίδης　モプソス【ア】のこと　*I 1083, 1106; II 922; III 916, 925; IV 1502*
アンブラキア人　Ἀμβρακιῆες　エペイロス地方の住民　*IV 1228*
アンプリュソス　Ἀμφρυσσός　テッサリアの河　*I 54*
イアソン　Ἰήσων　アイソンとアルキメデの息子【ア】　*I 8, 206, 232, 349, 409, 535, 960, 988, 1149, 1330; II 122, 211, 492, 870, 1158, 1281; III 2, 27, 66, 143, 358, 439, 474, 566, 922, 1148, 1194, 1246, 1363; IV 63, 79, 107, 165, 170, 352, 393, 454, 489, 1083, 1123, 1152, 1331, 1701*　→アイソンの子
—の泉　κρήνη Ἰησονίη　キュジコスの泉　*I 1149*
—の道　ὁδὸς Ἰησονίη　キュジコスの山道　*I 988*
イアペトスの子　πάϊς Ἰαπετοῖο / Ἰαπετιονίδης　プロメテウスのこと　*III 865, 1086*
イエパイエオン　→アポロン
イオニア人　Ἰάονες　イオニアへの植民者　*I 958, 1076*
イオニアの海　πόντος Ἰόνιος　イオニア海。アドリア海はその湾と見なされる　*IV 308, 632*
イオニアの海峡　πορθμὸς Ἰόνιος　アドリア海からイオニア海への海峡　*IV 982*
イオルコス　Ἰωλκός　テッサリアの町でイアソン【ア】の故郷　*I 572, 906; III 3, 88, 1091, 1109, 1114, 1136; IV 1162*
イクシオン　Ἰξίων　ヘラを犯そうとしたラピタイ族の王　*III 62*
イストミアの競技　ἀγὼν Ἴσθμιος　コリントス地峡（イストモス）のポセイドン神域で行なわれた競技祭　*III 1240*
イストロス　Ἴστρος　現ドナウ河　*IV 284, 301, 309, 325*
イスメノス　Ἰσμηνός　ボイオティアの河　*I 537*
イダ　Ἴδη　(1) プリュギアの山　*I 930*　(2) クレタ島の山　*I 1127, 1128; II 1234; III 133*
イダス　Ἴδας　アパレウスの息子【ア】　*I 151, 462, 468, 485, 1044; II 830; III 516, 556, 1169, 1252*

イッサ　Ἴσσα　リビュルニデス諸島の一つ　*IV 565*
イテュモネウス　Ἰτυμονεύς　ドリオネス人の一人　*I 1046*
イドモン　Ἴδμων　アバスの子（じつはアポロンの子）【ア】　*I 139, 436, 449, 475; II 815, 849*
イトンの　Ἰτωνίς　アテナの形容語句　*I 550, 721, 768*
犬星　Κύων　シリウスのこと　*II 527*　→シリウス
イピアス　Ἰφιάς　アルテミスに仕える老女　*I 311*
イピクロス　Ἴφικλος　(1) イアソンの母方の叔父【ア】　*I 45, 121*　(2) テスティオスの息子【ア】　*I 199*
イピトス　Ἴφιτος　(1) エウリュトスの子【ア】　*I 86; II 115*　(2) ナウボロスの子【ア】　*I 207*
イピノエ　Ἰφινόη　レムノスの女　*I 702, 703, 709, 788*
イリス　Ἶρις　(1) 虹の女神　*II 286, 298, 432; IV 754, 757, 770*　(2) 黒海へ注ぐ河　*II 368, 963*
イリッソス　Ἴλισσος　アッティカの河　*I 214*
イリュリア　Ἰλλυρία　アドリア海の北岸一帯　*IV 516*
イロス　Ἶρος　エウリュティオン【ア】の父　*I 72, 74*
インドの諸部族　φῦλα Ἰνδῶν　テーバイ以前にディオニュソスがいた部族　*II 906*
インブラソス　Ἴμβρασος　サモス島の河　*I 187; II 867*
インブロス　Ἴμβρος　サモトラケ南東の島　*I 924*
浮島 (1)　νῆσοι Πλωταί　イオニア海の島　*II 285, 296*　→引き返しの島
浮島 (2)　νῆσος Πλαγκτή　ヘパイストスの鍛冶場のある島　*III 42*　→プランクタイ
打合い岩　→プレガデス
美しい港　λιμὴν Καλός　キュジコス (2) 西岸の港　*I 954*
ウラノス　Οὐρανός　「天空」の擬人神でクロノスの父　*II 343, 1232; III 699, 715; IV 992*
エウソロス　Εὔσωρος　アイネテの父でキュジコス (1) の祖父　*I 949*
エイデュイア　Εἴδυια　アイエテスの妻。カルキオペとメデイアの母　*III 244, 269*
エイラトスの子　Εἰλατίδης　ポリュペモス【ア】　*I 41, 1241, 1248, 1347; IV 1470*
エイレイテュイア　Εἰλείθυια　出産を司る女神　*I 289*
エウペモス　Εὔφημος　ポセイドンの子【ア】　*I 179; II 535, 555, 561, 588, 896; IV 1466, 1483, 1562, 1732, 1755, 1758, 1764*
エウボイア　Εὐβοίη　ギリシア東部の島　*I 77; IV 1134, 1179*
エウポレメイア　Εὐπολέμεια　アイタリデス【ア】　*I 55*
エウリュステウス　Εὐρυσθεύς　ミュケナイの王。ヘラクレスに「十二の難業」を課した　*I 130, 1317, 1348*
エウリュダマス　Εὐρυδάμας　クティメノスの子【ア】　*I 67*
エウリュティオン　Εὐρυτίων　イロスの息子【ア】　*I 71, 74*
エウリュトス　Εὔρυτος　オイカリアの守護者。クリュティオスとイピトス（ともに【ア】）の父　*I 87, 88; II 114*
—の子　Εὐρυτίδης　クリュティオス　*II 1043*
エウリュノメ　Εὐρυνόμη　オピオンの妻でオリュンポスの統治者　*I 504*　→オピオン
エウリュピュロス　Εὐρύπυλος　トリトン (1) の異称
エウリュメドン　Εὐρυμέδων　ペルセウスの異称　*IV 1513*
エウリュメナイ　Εὐρυμέναι　テッサリアの町　*I 597*
エウロペ　Εὐρώπη　(1) ティテュオスの娘　*I 181*　(2) アゲノルの娘　*III 1179; IV 1643*　(3) 地域名　*IV 273*

エオス　Ἠώς　「暁」の女神　*I 519, 1280, 1360; III 1223; IV 885, 981, 1170*　→朝まだきの子
エキオン　Ἐχίων　ヘルメスの息子【ア】　*I 52*
エキナデス　Ἐχινάδες　コリントス湾入口付近の群島　*IV 1230*
エクバシオス　→アポロン
エケトス　Ἔχετος　エペイロスの残虐な王　*IV 1093*
エニペウス　Ἐνιπεύς　テッサリアの河　*I 38*
エニュアリオス　Ἐνυάλιος　アレスの異称　*III 322, 559, 1365*　→アレス
エネトイ族の　Ἐνετήϊος　ペロプスの形容語句　*II 359*
エピュラ　Ἐφύρη　コリントスの古称　*IV 1212*
エラト　Ἐρατώ　ムーサの一人　*III 1*
エラレ　Ἐλάρη　ティテュオスの母　*I 761*
エリスの男たち　Ἠλεῖοι　ペロポネソス半島西部エリスの住民　*I 173*
エリダノス　Ἠριδανός　イタリア北部の河。現ポー河　*IV 506, 596, 610, 621, 628*
エリニュエス　→エリニュス
エリニュス　Ἐρινύς（複数形 Ἐρινύες）　復讐の女神　*II 220; III 704, 712, 776; IV 385, 476, 714, 1042*
エリュクス　Ἔρυξ　シチリア島の山　*IV 917*
エリュシオンの野　πεδίον Ἠλύσιον　神に祝福された者たちが死後に住む理想郷　*IV 813*
エリュテイス　Ἐρυθηΐς　ヘスペリデスの一人　*IV 1427*
エリュティノイ　Ἐρυθῖνοι　パプラゴニアの崖　*II 941*
エリュトス　Ἔρυτος　ヘルメスの息子【ア】　*I 52*
エリュボテス（異読エリボテス）　Ἐρυβώτης　I 71, 73; II 1039
エリュマントスの沼地　τῖφος Ἐρυμάνθιον　アルカディアの沼地　*I 126*
エルギノス　Ἐργῖνος　(1) ポセイドンの息子【ア】　*I 187; II 896*　(2) トラキアの河　*I 216*
エレクテウス　Ἐρεχθεύς　アテナイの古王　*I 101, 212*　→オレイテュイア
エレクトラの島　νῆσος Ἠλέκτρης　サモトラケ島　*I 916*
エレクトリス　Ἠλεκτρίς　アドリア海北部の島　*IV 505, 580*
エレクトリュオン　Ἠλεκτρύων　ミュケナイの王　*I 748*
エロス　Ἔρως（複数形 Ἔρωτες）　アプロディテの息子　*III 119, 275, 451, 687, 764, 937, 972; IV 445*（その他 *III 296, 1017, 1078*の「恋」も固有名詞と解するべきかもしれない）
エンケレエス人　Ἐγχελῆες　イリュリアの民族　*IV 518*
エンデュミオン　Ἐνδυμίων　メネが愛した美少年　*IV 58*
エンバシオス　→アポロン
オアクソス　Ὄαξος　クレタ島中央部の町　*I 1131*
オイアグロス　Οἴαγρος　オルペウス【ア】の父　*I 24, 569; II 703; IV 905, 1193*
オイカリア　Οἰχαλίη　エウボイアの町　*I 87*
オイネウス　Οἰνεύς　メレアグロスの父　*I 192, 193*
—の子　Οἰνεΐδης　メレアグロス【ア】のこと　*I 190, 1046; III 518*　→メレアグロス
オイノイエ　Οἰνοίη　(1) エーゲ海南方の島。後のシキノス　*I 623*　(2) オイノイエ島のニンフ　*I 626*
オイノマオス　Οἰνόμαος　エリスの王でヒッポダメイアの父　*I 756*
オイレウス　Ὀϊλεύς　オプスの王【ア】　*I 75; II 1036*
オギュゴスの　Ὠγυγίη　テーバイの形容語句　*III 1179*
オケアノス　Ὠκεανός　(1) 大地を取り巻く「大洋」　*I 506; III 957, 1229; IV 282, 631, 637*

(2)「大洋」の神　*I 503; II 1238; III 243; IV 1414*
オッサ　Ὄσσα　テッサリアの山　*I 597*
オトリュス　Ὄθρυς　テッサリアの山　*II 514*
オトレレ　Ὀτρηρή　アマゾネスの女王で、アンティオペ（2）とヒッポリュテの母　*II 386*
オピオン　Ὀφίων　クロノス以前のオリュンポスの統治者　*I 503*　→エウリュノメ
オプス　Ὀποῦς　ロクリス地方の町　*I 70; IV 1780*
オリオン　Ὠρίων　嵐の季節の到来を告げる星座　*I 1201; III 745*
オリコス　Ὤρικος　ケラウニア山脈北方の町　*IV 1215*
オリュンポス　Ὄλυμπος　（1）テッサリアの山　*I 598*　（2）神々の居所　*I 504, 1098; II 300, 603, 1232; III 113, 159, 1358; IV 95, 770, 781*
オルコメノス　Ὀρχομενός　（1）ボイオティアの町　*II 654, 1093, 1153, 1185; III 266, 1073, 1095; IV 257*　（2）オルコメノス市の創建者ミニュアスの息子または父　*III 266*
オルテュギア　Ὀρτυγίη　デロス島の古称　*I 419, 537; IV 1705*
オルニュトス　Ὄρνυτος　（1）ナウボロスの父　*I 207*　（2）ベブリュケス人の一人　*II 65*
オルペウス　Ὀρφεύς　オイアグロスとカリオペの息子【ア】　*I 23, 32, 494, 540, 915, 1135; II 161, 684, 928; IV 905, 1159, 1409, 1547*
オレイデス　Ὠρείδης（異読 Ὠρείτης）　アミュコスの従者　*II 110*
オレイテュイア　Ὠρείθυια　ゼテスとカライス（ともに【ア】）の母　*I 212*
オレノス　Ὤλενος　アイトリアの町　*I 202*
オンケストス　Ὀγχηστός　ボイオティアの町　*III 1242*

カ　行
ガイア　Γαῖα　「大地」の擬人神　*I 762; II 38, 1209, 1272; III 699, 716*（*III* の二つは「大地」として訳出）
カイネウス　Καινεύς　コロノス【ア】の父　*I 58, 59*
カウカソス　Καύκασος　コルキス北方の山。現コーカサス　*II 1210, 1247, 1266; III 242, 852, 1224, 1277*
―の海　ἅλς Καυκασίη　黒海東部のこと　*IV 135*
カウリアコス　Καυλιακός　イストロスの分岐点近くの断崖　*IV 324*
カストル　Κάστωρ　テュンダレオスの息子でポリュデウケスの兄弟【ア】　*I 147; II 62, 102; IV 588*　→テュンダレオスの子
カスピ海の　Κάσπιος　III 859
カデシア　Χαδήσιαι　アマゾネスの一部族　*II 1000*
カドメイオイ　Καδμεῖοι　テーバイ人の異称　*III 1095*　→カドモス
カドモス　Κάδμος　テーバイの創建者　*III 1178, 1185; IV 517*
カナストラの岬　ἄκρη Καναστραίη　カルキディケ半島の岬　*I 600*
ガニュメデス　Γανυμήδης　ゼウスに愛された美少年　*III 115*
カネトス　Κάνηθος　カントス【ア】の父　*I 78*
カパウロス　Κάφαυρος　アンピテミスの息子　*IV 1490, 1496*
カライス　Κάλαϊς　ボレアスの息子【ア】　*I 211; II 282*　→ゼテス
カラウレイア　Καλαύρεια　サロニコス湾の島ポロス　*III 1243*
ガラマス　Γαράμας　アンピテミスの異称　*IV 1494*
カランビス　Κάραμβις　パプラゴニアの岬　*II 361, 943; IV 300*
カリオペ　Καλλιόπη　ムーサの一人でオルペウス【ア】の母　*I 24*
カリコロス　Καλλίχορος　パプラゴニアの河　*II 904, 909*

カリステ　Καλλίστη　テラ島の旧称　*IV 1757, 1763*
カリテス　Χάριτες　優雅の女神たち　*IV 424*
カリュドン　Καλυδών　アイトリアの町　*I 191*
カリュプソ　Καλυψώ　アトラスの娘　*IV 575*
カリュブディス　Χάρυβδις　メッシーナ海峡近くの渦巻　*IV 790, 825, 923*
カリュベス　Χάλυβες　黒海南岸の民族　*I 1322; II 375, 1001; IV 1474*
カルキオペ　Χαλκιόπη　アイエテスの娘でメデイアの姉　*II 1148; III 248, 253, 269, 369, 449, 605, 666, 688, 718, 727, 775*（「姉さま」と訳出）, *902, 1156; IV 32*
カルコドニオン　Χαλκωδόνιον　テッサリアの山　*I 50*
カルパトス　Κάρπαθος　エーゲ海の島　*IV 1635*
カルペス　Κάλπης　ビテュニアの河　*II 659*
カロン・ストマ　Καλὸν στόμα　黒海からイストロスに入る南側の河口　*IV 306, 313*　→ナレクス
カントス　Κάνθος　カネトスの息子【ア】　*I 77; IV 1467, 1485, 1497*
キアニス　Κιανίς　ミュシアの地名　*I 1178*
キオス　Κίος　ミュシアの河　*I 1178, 1322; II 766*
—人　Κιανοί　キオスの住民　*I 1354*
キュアネアイ　Κυάνεαι　黒海の入口にある一対の巨岩　*I 2; II 317, 770; IV 304, 1002*　→プレガデス
キュクロプスたち　Κύκλωπες　単眼の巨人族　*I 510, 730*
キュジコス　Κύζικος　(1) ドリオネス人の王　*I 949, 961, 1054*　(2) プロポンティスにある半島　*I 1076; II 765*
キュタイアの　Κυταιεύς / Κυταιΐς / Κυταῖος　「コルキスの」を意味する形容詞　*II 399, 403, 1095, 1267; III 228; IV 512*
キュティッソロス　Κυτίσσωρος　プリクソスの息子　*II 1155*　→アルゴス［人名 (2)］、プロンティス、メラス
キュテレイア　Κυθέρεια　アプロディテの異称　*I 742; III 108, 553*　→キュプリス
キュトス　Χυτός　キュジコス (2) の港　*I 987, 990*
キュトロス　Κύτωρος　パプラゴニアの町　*II 942*
キュプリス　Κύπρις　アプロディテの異称　*I 614, 802, 850, 860, 1232; II 423; III 3, 25, 36, 76, 79, 90, 126, 549, 560, 936, 942; IV 917*　→キュテレイア
キュレネ　Κυρήνη　リビュアの都市キュレネの名祖　*II 500*
キュレノス　Κύλληνος　ダクテュロイの一人　*I 1126*
ギュルトン　Γυρτών　テッサリアの町　*I 57*
キルカイオン　Κιρκαῖον　コルキスの平野　*II 400; III 200*
キルケ　Κίρκη　アイエテスの姉　*III 310; IV 559, 586, 590, 662, 683, 690, 698, 752*
—の平野　→キルカイオン
クサントス　Ξάνθος　リュキアの河　*I 309*
クシュニアスの湖　λίμνη Ξυνιάς　テッサリアの湖　*I 67*
クティメネ　Κτιμένη　プティア西方の町　*I 68*
クティメノス　Κτίμενος　エウリュダマス【ア】の父　*I 67*
クノッソス　Κνωσσός　クレタ島の町　*IV 434*
熊たちの山　Ἄρκτων ὄρος　キュジコス (2) のこと　*I 941, 1150*
グラウケニオイ　Γραυκένιοι（異読 Τραυκένιοι）　イストロス河畔の民族　*IV 321*
グラウコス　Γλαῦκος　海の神格。ネレウス (2) の解釈者　*I 1310; II 767*
クラタイイス　Κράταιΐς　ヘカテの異称　*IV 829*　→ダイラ／ブリモ／ペルセスの娘

クラロス　Κλάρος　イオニアの町　*I 307*
クリュティオス　Κλυτίος　エウリュトスの息子【ア】　*I 86, 1044; II 117, 1043*
クリュトネオス　Κλυτόνηος　ナウプリオス【ア】の父　*I 134*
クリュメネ　Κλυμένη　アルキメデの母　*I 233*
クレイテ　Κλείτη　(1) キュジコス王の妻　*I 976, 1063*　(2) キュジコスにある泉　*I 1068*
クレオパトラ　Κλειοπάτρη　ピネウスの妻　*II 238*
クレタ　Κρήτη　エーゲ海の島　*I 1127; II 299; IV 1577, 1637, 1644, 1652, 1689*
—の海　λαῖτμα Κρηταῖον　クレタ島北方の海　*IV 1694*
—の洞窟　ἄντρον Κρηταῖον　ディクテにある　*II 1233*
クレテウス　Κρηθεύς　アタマスの兄弟でアイソンの父　*II 1162, 1163; III 357, 358, 360*
クレテス　Κουρῆτες　(1) クレタ島の半神たち　*II 1234*　(2) アカルナニアの住民　*IV 1229*
黒い海　πόντος Μέλας　サモトラケ東方の湾　*I 922*
黒い岬　ἀκτὴ (ἄκρη) Μέλαινα　黒海南岸の岬　*II 349, 651*
クロノス　Κρόνος　ゼウスの父　*I 505; II 1232; IV 986*
—の海　ἅλς Κρονίη　アドリア海北部のこと　*IV 327, 508, 548*
—の子　Κρονίδης　ゼウスのこと　*I 1101; II 523, 1083, 1147, 1211; IV 521, 753, 1643*
クロビアロス　Κρωβίαλος　パプラゴニアの町　*II 942*
クロムナ　Κρώμνη　パプラゴニアの町　*II 942*
ケイロン　Χείρων　ケンタウロイの賢者でイアソンの養育者　*I 33, 554; II 510, 1241; IV 811*
ケオス　Κέως　キュクラデス諸島の一つ　*II 521, 526*
ケクロピア　Κεκροπίη　アテナイまたはアッティカの古称　*I 95, 215; IV 1779*
ゲネタイエ　Γενηταίη　黒海南岸の岬　*II 378*　→ゼウス・ゲネタイオス
ゲピュロス　Γέφυρος　ドリオネス人の一人　*I 1042*
ケペウス　Κηφεύς　アレオスの息子【ア】の一人　*I 161*
ゲライストス　Γεραιστός　ボイオティアの岬　*III 1244*
ケラウニア　Κεραύνιος　(1) イリュリア南部の山　ὄρη Κεραύνια　*IV 519, 575, 1214*　(2) イオニア湾南方の海　ἅλς Κεραυνίη　*IV 982*
ケリントス　Κήρινθος　エウボイアの町　*I 79*
ケール　Κῆρ（複数形 Κῆρες）　死神　*I 689; II 258; IV 1485, 1666*
ケルキュラ　Κέρκυρα　(1) アソポスの娘　*IV 568*　(2) アドリア海の島　*IV 564, 571*
—・メライナ　Κέρκυρα Μέλαινα　→ケルキュラ
ケルトイ人　Κελτοί　ロダノス沿いの住民。ケルト人　*IV 611, 635, 646*
ケルネソス　Χέρνησος　ヘレスポントスの北岸をなす半島　*I 925*
ケーレス　→ケール
ケロッソス　Κερωσσός　イリュリアの島　*IV 573*
ケンタウロイ　Κένταυροι（単数形 Κένταυρος）　伝説的な半人半馬の種族　*I 41, 60; IV 811*
ケンタウロス　Κένταυρος　→ケンタウロイ
恋　→エロス
コイオスの娘　Κοιογένεια　レトのこと　*II 710*
黒海　Πόντος　I 2; II 330, 346, 412, 418, 540, 579, 1190, 1246, 1261; IV 304, 1002
コメテス　Κομήτης　アステリオン【ア】の父　*I 36*
コリュキオン　Κωρύκιος　パルナッソスの洞窟　*II 711*
コリュコス　Κωρύκιος　キリキア　*III 855*

コルキス　Κολχίς　黒海東岸の地　*I 174; II 418, 1094, 1277; III 312; IV 1, 33, 131, 484, 485, 689, 731*
—人　Κολχίδες / Κόλχοι　コルキスの住民　*I 85*（「コルキス」として訳出）, *175; II 397, 1204, 1225; III 203, 211, 245, 340, 576, 679, 714, 793, 1245, 1275, 1370, 1406; IV 5, 213, 236, 303, 314, 327, 334, 406, 408, 414, 420, 507, 563, 1001, 1014, 1050, 1074, 1079, 1098, 1117, 1175, 1206*
ゴルゴン　Γοργώ　見る者を石化する怪物　*IV 1515*
コロニス　Κορωνίς　医神アスクレピオスの母　*IV 616*
コロネ　Κολώνη　ビテュニアの断崖　*II 650, 789*
コロノス　Κόρωνος　カイネウスの息子【ア】　*I 57*

サ　行

サウロマタイ　Σαυρομάται　スキュティアの民族　*III 352, 394*
サペイレス人　Σάπειρες　黒海南岸の民族　*II 395, 1243*
サランゴン　Σαλάγγων　イリュリアの河　*IV 336*
サルドニアの海　πέλαγος Σαρδόνιον　サルデーニャ島とスペインに挟まれた海域　*IV 633*
サルペドンの岩　πέτρη Σαρπηδονίη　トラキアにある岩　*I 217*
サルモニスの岬　ἄκρη Σαλμωνίς　クレタ島東端の岬　*IV 1693*
サンガリオス　Σαγγάριος　ビテュニアの河　*II 722*
シキノス　Σίκινος　(1) エーゲ海南方の島　*I 624*　(2) トアスの息子　*I 625*　→オイノイエ
シギュノイ　Σίγυννοι　イストロス河畔の民族　*IV 320*
死神　→ケール
シノペ　Σινώπη　アソポスの娘　*II 967*
シパイ　Σῖφαι　ボイオティアの町　*I 106*
シュルティス　Σύρτις　アフリカ北岸の流砂を伴う伝説的な湾　*IV 1234*
シリウス　Σείριος　大犬座の恒星　*II 516, 523; III 957*
死霊　→ケール
シンティエス人の　Σιντηΐς　レムノスの形容語句　*I 608; IV 1759*
シンドイ　Σίνδοι　イストロス河畔の民族　*IV 322*
スキアトス　Σκίαθος　マグネシア沖の島　*I 583*
スキュラ　Σκύλλα　カリュブディスの対岸に棲む怪物　*IV 789, 827, 828, 922*
ステネロス　Σθένελος　アクトルの子　*II 911, 925*
ステュクス　Στύξ　冥界の河　*II 292*
ステュンパロスの湖　λίμνη Στυμφαλίς　アルカディアの湖　*II 1053*
ストイカデス　Στοιχάδες　フランス南沖の群島。別名リギュスティデス　*IV 554, 650, 654*
スパルタ　Σπάρτη　ペロポネソス半島の町　*I 147; IV 1761 (×2)*
スポドリス　Σφόδρις　ドリオネス人の一人　*I 1041*
スポラデス　Σποράδες　エーゲ海にある諸島　*IV 1712*　→アナペ／ヒップリス
セイレーンたち　Σειρῆνες　アケロオスとテルプシコレの娘たち　*IV 893, 913*
ゼウス　Ζεύς　ギリシア神話の最高神　*I 150, 242, 467, 508, 511, 516, 731, 996, 1071, 1101, 1187, 1315, 1345; II 39, 43, 154, 163, 181, 196, 215, 274, 289, 313, 378, 460, 499, 522, 524, 525, 547, 906, 947, 993, 1009, 1098, 1120, 1123, 1131 (×2), 1132, 1179, 1195, 1211, 1233; III 8, 11, 37, 114, 116, 132, 158, 193, 327, 337, 365, 587, 920, 922, 986, 1399; IV 2, 95, 96, 120, 184, 229, 270, 333, 358, 382, 521, 558, 577, 584, 650, 653, 701, 709, 753, 793, 959,*

967, 1100, 1135, 1151, 1254, 1276, 1673　イクマイオス　*Ἰκμαῖος*　*II 522*　エポプシオス　*Ἐπόψιος*　*II 1123*　クセニオス　*Ξένιος*　*II 1131; III 193*　ゲネタイオス　*Γενεταῖος*　*II 1009*　ピュクシオス　*Φύξιος*　*II 1147; IV 120*　ヒケシオス　*Ἱκέσιος*　*II 215, 1131; IV 358, 701*
セサモス　*Σήσαμος*　パプラゴニアの町　*II 941*
ゼテス　*Ζήτης*　ボレアスの息子【ア】　*I 211; II 243, 282, 430*　→カライス
ゼトス　*Ζῆθος*　ゼウスとアンティオペ (1) の息子。テーバイ城壁の建設者　*I 736, 738*
セピアスの岬　*ἄκρη Σηπιάς*　テッサリアの岬　*I 582*
ゼピュロス　*Ζέφυρος*　「西風」の擬人神　*IV 769*
ゼリュス　*Ζέλυς*　ドリオネス人の一人　*I 1042*
セルボニスの湖　*λίμνη Σερβωνίς*　シリアとエジプトの境にある湖　*II 1215*
全アカイアの　*Παναχαιΐς*　I 243; III 347　→アカイア
全ヘラスの人々　*Πανέλληνες*　II 209
ソナウテス　*Σοωναύτης*　アケロン河の後代の呼称　*II 747*
ゾネ　*Ζώνη*　トラキアの海岸　*I 29*

タ　行

大海岸　*Πολὺς αἰγιαλός*　→アイギアロス
タイナロン　*Ταίναρον*　ペロポネソス半島南端の岬　*I 102, 179; III 1241*
ダイラ　*Δαῖρα*　ヘカテの異称　*III 846*　→クラタイイス／ブリモ／ペルセスの娘
ダクテュロイ　*Δάκτυλοι*　イダ山に棲む精霊たち　*I 1127*
ダスキュロス　*Δάσκυλος*　(1) リュコスの父　*II 776*　(2) リュコスの子　*II 803*
ダナエ　*Δανάη*　ペルセウスの母　*IV 1091*
ダナオイ人　*Δαναοί*　「ギリシア人」を意味する叙事詩名　*IV 262*
ダナオス　*Δαναός*　アミュモスの父で「ダナオイ」の名祖　*I 133, 136*
タポス人　*Τάφιοι*　アカルナニア近くの島々の住民。テレボアイ人に同じ　*I 749*
タラオス　*Ταλαός*　ビアスの息子【ア】　*I 118; II 63, 111*
ダルダニア　*Δαρδανίη*　ヘレスポントス南岸の町　*I 931*
タロス　*Τάλως*　青銅の種族の生き残りでクレタ島の守護者　*IV 1638, 1670*
ディア　*Δίη*　エーゲ海の島。ナクソス島と同一視される　*IV 424, 434*
テイオダマス　*Θειοδάμας*　ドリュオペス人の王でヒュラスの父　*I 1213, 1215, 1354*
ディオニュソス　*Διώνυσος*　ゼウスとセメレの子。葡萄酒と豊穣の神　*I 117; IV 425, 540*　→ニュサ
ディクテ　*Δικταῖος*　(1) クレタ島の山　*I 509, 1130; II 434*　(2) クレタ島の停泊地　*IV 1639*
ティサイの岬　*ἄκρη Τισαίη*　テッサリアの岬　*I 568*
ティタロンの　*Τιταρήσιος*　モプソス【ア】の形容語句　*I 65*
ティタン族　*Τιτῆνες*　天空ウラノスと大地ガイアが生んだ古い巨神族　*I 507; II 1233; III 864; IV 54, 131, 990*
ティティアス　*Τιτίης*　(1) ダクテュロイの一人　*I 1126*　(2) マリアンデュノイ人の若者　*II 783*
ティテュオス　*Τιτυός*　エウロペ (1) の父。アポロンに殺される　*I 181, 761*
ティバレノイ人　*Τιβαρηνοί*　黒海南岸の民族　*II 377, 1010*
ティピュス　*Τῖφυς*　ハグニアスの子【ア】。アルゴー船の舵取　*I 105, 382, 401, 522, 560, 955, 1274, 1296; II 175, 557, 573, 584, 610, 622, 854*
ディプサコス　*Διψακός*　ピュリス河の息子。プリクソスを歓待した　*II 652*

デイマコス　Δηΐμαχος　デイレオン、アウトリュコス、プロギオス（2）の父　*II 955*
デイレオン　Δηϊλέων　デイマコスの息子　*II 956*
ディンデュモン　Δίνδυμον　キュジコス（2）の山　*I 985, 1092, 1125, 1147*
デウカリオン　Δευκαλίων　プロメテウスの息子　*III 1087*
　—の子ら　Δευκαλίδαι　テッサリアを支配した人々　*IV 266*
デオ　→デメテル
テゲア　Τεγέη　アルカディアの町　*I 162, 398*
テスティオス　Θέστιος　イピクロス【ア】の父　*I 200*
テスピアイ人　Θεσπιεῖς　シパイの住民　*I 105*
テセウス　Θησεύς　アテナイの国民的英雄　*I 101; III 997, 1100; IV 433*
テティス　Θέτις　ネレウス（2）の娘でペレウスの妻　*IV 759, 773, 780, 783, 833, 845, 881, 932, 938*
テテュス　Τηθύς　オケアノスの妻でエイデュイアの母　*III 243*
テノス　Τῆνος　キュクラデス諸島の一つ　*I 1305*
テーバイ　Θῆβαι　ボイオティアの町　*I 756; II 906; III 1179*
テーベ　Θήβη　エジプトの都市テーベの名祖となったニンフ。またはその都市　*IV 259*
テミス　Θέμις「掟」の擬人神　*IV 800*
テミスキュラのアマゾネス　Ἀμαζόνες Θεμισκύρειαι　アマゾネスの一部族　*II 995*
テミスキュラの岬　ἄκρη Θεμισκύρειος　黒海南岸、テルモドンの河口を抱く岬　*II 371*
デメテル（別名デオ）　Δηώ　穀物と豊穣の女神　*III 413; IV 896, 987, 988*
デュスケラドス　Δυσκέλαδος　リビュルニデス諸島の一つ　*IV 565*
テュニアス　Θυνιάς　ビテュニア沖の島　*II 350, 672*
テュニアの　Θυνηΐς / Θυνιάς　ボスポロスの西岸を指す形容詞　*II 177, 460, 484, 529, 548*
テュパオン　Τυφάων　テュポエウスの異称　*II 1210, 1211*　→テュポエウス
テュポエウス　Τυφωεύς　ティタノマキアの際ゼウスに倒された怪物　*II 38*
テュルセノイ人　Τυρσηνοί　ペラスゴイ人のこと　*IV 1760*
テュレニアの　Τυρσηνίς　イタリア半島を指す形容詞　*III 311; IV 660, 850, 856*
テュンダレオス　Τυνδάρεος　ポリュデウケスとカストル（ともに【ア】）の父とされる人物　*I 148; III 517*
　—の子　Τυνδαρίδης　（1）ポリュデウケス　*II 30, 40, 74, 797*　（2）ポリュデウケスとカストル　*I 1045; II 806; III 1314; IV 593*
テラ　Θήρα　エーゲ海の島　*IV 1764*　→カリステ
テラス　Θήρας　テラ島の名祖　*IV 1762*
テラプナイ　Θεράπναι　スパルタ近郊の町でディオスクロイ（カストルとポリュデウケス）の聖地　*II 163*
テラモン　Τελαμών　アイアコスの息子でペレウスの兄弟【ア】　*I 93, 1043, 1289, 1329; III 196, 363, 440, 515, 1174*　→アイアコスの子／アイアコスの子ら
テレオン　Τελέων　（1）エリュボテス【ア】の父　*I 72, 73*　（2）ブテス【ア】の父　*I 96; IV 912*
デルピュネ　Δελφύνη　デルポイの大蛇　*II 706*
テルプシコレ　Τερψιχόρη　ムーサイの一人でセイレーンたちの母　*IV 895*
テルモドン　Θερμώδων　黒海に注ぐ河　*I 370, 804, 970*
テレクレス　Τηλεκλῆς　ドリオネス人の一人　*I 1040*
テレボアイ人　Τελεβόαι　I 748　→タポス人
デロス　Δῆλος　アポロンとアルテミスの生地　*I 308*　→オルテュギア
トアス　Θόας　ヒュプシピュレの父でレムノスの先王　*I 621, 626, 637, 712, 718, 798,*

829; IV 426
ドイアスの平野　πεδίον Δοίαντος (Δοιάντιον)　アマゾネスが住む平野　*II 373, 988*
遠矢の神　Ἕκατος / Ἐκηβόλος　アポロンの異称　*I 88, 420, 959; II 518; IV 1747*
ドドネ　Δωδωνίς　エペイロス地方の地名　*I 526; IV 582*
トラウケニオイ　→グラウケニオイ
トラキア　Θρήκη　エーゲ海北辺の地　*I 24, 29, 213, 214, 601, 612, 678, 795, 799, 821, 825, 953, 1113, 1300; II 238, 426; IV 905, 1483*
　—人　Θρήϊκες　トラキアの住民　*I 631, 636, 923; IV 288, 320*
　—の港　λιμὴν Θρηΐκιος　キュジコスの港　*I 1110*
トラキス　Τρηχίς　テッサリアの町　*I 1355*
ドリオネス人　Δολίονες　キュジコス (2) の住民　*I 947, 952, 961, 1018, 1022, 1029, 1057, 1070; II 765*
トリッカ　Τρίκκη　テッサリアの町　*II 955*
トリトン　Τρίτων　(1) 海神　*IV 1552, 1589, 1598, 1621, 1741, 1742, 1752*　(2) ナイル河　*IV 259, 269*　(3) リビュアの湖　*IV 1311*
　—の　Τριτωνίς　(1) アテナの形容語句　*I 109, 768* (異読); *III 1183*　(2) ニンフの形容語句　*IV 1495*
トリナキア　Θρινακίη　トリナクリア (シチリア島) の異称　*IV 965, 994*　→トリナクリア
トリナクリア　Τρινακρίη　シチリア島　*IV 291*
ドリュオペス人　Δρύοπες　テイオダマスが治めていた民　*I 1214, 1217*
ドレパネ　Δρεπάνη　パイアケス人の島。現ケルキラ島　*IV 991, 1223*
ドロプス　Δολοπήϊος　テッサリアの英雄。その墓がマグネシアの海岸にある　*I 584*
ドロペス人の　Δολοπηΐς　クティメネの形容語句　*I 68*

ナ　行
ナウシトオス　Ναυσίθοος　パイアケス人の王でアルキノオスの先代　*IV 539, 546, 549*
ナウプリオス　Ναύπλιος　(1) クリュトネオスの子【ア】　*I 134; II 896*　(2) ポセイドンの子で (1) の五代前の祖先　*I 136, 138*
ナウボロス　Ναύβολος　(1) レルノスの子でナウプリオス【ア】の祖父　*I 134, 135*　(2) オルニュトスの子でイピトス【ア】の父　*I 208*
ナサモン　Νασάμων　リビュア人アンピテミスの息子　*IV 1496*
ナレクス　Νάρηξ　黒海からイストロスに入る北側の河口　*IV 312*　→カロン・ストマ
ニサイア人　Νισαῖοι　「ニサイアなるメガラ人」に同じ　*II 846*
ニサイアなるメガラ人　Μεγαρῆες Νισαῖοι　黒海沿岸への入植民　*II 746*
ニュクス　Νύξ　「夜」の擬人神　*III 1193; IV 630*
ニュクテウス　Νυκτεύς　テーバイ王でアンティオペ (1) の父　*IV 1090*
ニュサ　Νύση　ディオニュソスの生地　*II 905, 1214; IV 430, 1134*
ニュンパイア　Νυμφαίη　カリュプソの住む島　*IV 574*
ネオソオス　→アポロン
ネスタイオイ人　Νεσταῖοι　イリュリアの民族　*IV 337, 1215*
ネペイオンの平野　πεδίον Νηπήϊον　キュジコス南西の平野　*I 1116*
ネレイデス　Νηρηΐδες　海神ネレウスの娘たち　*IV 843, 859, 930*　→ネレウス (2)
ネレウス (1)　Νηλεύς　ピュロスの王　*I 120, 156, 157, 958*
ネレウス (2)　Νηρεύς　海神　*I 1311; IV 772, 780, 1599, 1743*
　—の娘たち　→ネレイデス

ノミオス　→アポロン

ハ　行
パイアケス人　Φαίηκες　ドレパネの住民　*IV 539, 548, 768, 821, 990, 992, 1139, 1181, 1211, 1222, 1722*
パイアン　Παιήων　治療の神　*IV 1511*
ハイモニア　Αἱμονίη　テッサリアの古称　*II 504, 690; III 1090, 1243; IV 998, 1034*
　—人　Αἱμονιῆες　テッサリアの人々　*II 507; IV 1075*
パエトゥーサ　Φαέθουσα　太陽神ヘリオスの娘　*IV 971*
パエトン　Φαέθων　(1) アプシュルトスの異称　*III 245, 1236*　(2) 太陽神ヘリオスの息子　*IV 597, 621*
パガサイ　Παγασαί　イオルコスの港　*I 238, 318, 411, 524; IV 1781*
パクトロス　Πακτωλός　リュディアの河　*IV 1300*
ハグニアスの子　Ἀγνιάδης　ティピュス【ア】のこと　*I 105, 560, 1296; II 556, 854*
パーシス　Φᾶσις　コルキスの河　*II 401, 1261, 1277; III 58, 1219; IV 134*
パシパエ　Πασιφάη　ヘリオスの娘でミノスの妻　*III 999, 1076, 1106*
バシレウス　Βασιλεύς　ドリオネス人の一人　*I 1043*
バッキアダイ　Βακχιάδαι　コリントスの名門貴族　*IV 1212*
パッラシア　Παρράσιος　アルカディアの異称　*II 521*
ハデス（叙事詩形アイデス）　Ἀΐδης　冥界またはその王　*II 353, 609, 642, 735; III 61, 704, 810; IV 1510, 1666, 1699*
パプラゴネス人　Παφλαγόνες　黒海南岸の民族　*II 358, 790; IV 244, 299*
パライビオス　Παραίβιος　ピネウスの友人　*II 456, 463*
パライモニオス　Παλαιμόνιος　レルノスの子【ア】　*I 202*
パラス　Παλλάς　アテナの異称　*I 723; III 340*
ハリュス　Ἅλυς　パプラゴニアの河　*II 366, 953, 963; IV 245*
パルテニア　Παρθενίη　サモス島の異称　*I 188; II 871*
パルテニオス　Παρθένιος　パプラゴニアの河　*II 936; III 876*
パルナッソス　Παρνησσός　ポキス地方の山　*II 705*
ハルピュイアイ　Ἅρπυιαι　ピネウスを苦しめる怪物　*II 187, 223, 251, 263, 288, 298, 461*
ハルモニア　Ἁρμονίη　(1) アマゾネスの母　*II 990*　(2) カドモスの妻　*IV 517*
パレネ　Παλλήνη　カルキディケ半島の岬　*I 600*
パレロス　Φάληρος　アルコンの息子　*I 96*
ビアス　Βίας　タラオスとアレイオス（ともに【ア】）の父　*I 118; II 63, 111*
ヒエパイエオン　→アポロン
ピエリア　Πιερίη　ムーサたちの聖地　*I 31, 34; IV 1381*
引き返しの島　Στροφάδες　浮島 (1) の新たな呼称　*II 297*
聖岩　Ἱερὴ πέτρη　キュジコスにある岩　*I 1020, 1109*
ビストニアの　Βιστονίη / Βιστωνίς　「トラキアの」と同義　*I 34; II 704; IV 906*
羊の寝所　Εὐναὶ Κριοῦ　コルキスの草地　*IV 115*
ヒップリス　Ἱππουρίς　スポラデス諸島の一つ　*IV 1711*
ヒッポダメイア　Ἱπποδάμεια　ペロプスの花嫁　*I 754*
ヒッポテス　Ἱππότης　風たちの王アイオロス (2) の父　*IV 777, 819*
ヒッポリュテ　Ἱππολύτη　アマゾネスの女王でオトレレの娘　*II 778, 968, 998*
ピテュエイア　Πιτύεια　(1) ヘレスポントス南岸の町　*I 933*　(2) リビュルニデス諸島の一つ　*IV 565*

ビテュニア　Βιθυνίς　プロポンティス東北岸の地名　*II 2, 177*（異読）, *619, 730*
　—人　Βιθυνοί　ビテュニアの居住民　*II 347, 788*
ピネウス　Φινεύς　アゲノルの子で盲目の予言者　*II 178, 237, 276, 293, 305, 436, 438, 530, 618, 647, 769, 1050, 1090, 1135; III 549, 555, 943; IV 254*
ヒュアキントス　Ὑάκινθος　ドリオネス人の一人　*I 1044*
ヒュアンテス人の　Ὑάντιος　「ボイオティアの」と同義　*III 1242*
ビュゼレス人　Βύζηρες　黒海南岸の民族　*II 396, 1244*
ピュト　Πυθώ　デルポイの古称　*I 209, 307, 412, 418, 536; IV 531, 1704*
ヒュドラ　→レルネのヒュドラ
ヒュピオス　Ὕπιος　ビテュニアの河　*II 795*
ヒュプシピュレ　Ὑψιπύλη　レムノスの女王　*I 620, 637, 650, 654, 675, 698, 713, 718, 785, 836, 847, 853, 873, 886, 896, 900; III 1205; IV 423, 426*　→トアス
ヒュプノス　Ὕπνος　「眠り」の擬人神　*IV 146*
ヒュペラシオス　Ὑπεράσιος　アステリオスとアンピオン（ともに【ア】）の父　*I 176*
ヒュペルボレオイ　Ὑπερβόρεοι　極北の地に住む伝説的な民族　*II 675; IV 614*
ピュラケ　Φυλάκη　テッサリアの町　*I 45*
ピュラコス　Φύλακος　アルキメデの父でイアソン【ア】の祖父　*I 47*
ヒュラス　Ὕλας　ヘラクレスの従者　*I 132, 1207, 1258, 1324, 1350, 1355*
ピュリス　Φύλλις　ビテュニアの河　*II 652*
ピュレイオン　Φυλλήϊον　テッサリアの山　*I 37*
ヒュレエス人　Ὑλλῆες　イリュリア北部の民族　*IV 523, 526, 562*
ヒュロス　Ὕλλος　(1) ヘラクレスの息子　*IV 535, 537, 543*　(2) パイアケス人の港 λιμὴν Ὑλλικός　*IV 1124*
ピュロス　Πύλος　ペロポネソス半島西岸の町　*I 157*
ビライオス　Βιλλαῖος　パプラゴニアの河　*II 791*
ピリュラ　Φιλύρη　(1) オケアノスの娘でケイロンの母　*I 554; II 1235, 1238*　(2) ピリュレス人の住む島　*II 1231*
ピリュレス人　Φίλυρες　黒海南岸の民族　*II 392, 393*
ピンプレイア　Πίμπλεια　ピエリアの山　*I 25*
復讐女神　→エリニュス
プティア　Φθίη　テッサリアの町　*I 55, 94; II 513, 520*
ブテス　Βούτης　テレオンの息子。アルゴナウタイの一人　*I 95; IV 913*
プランクタイ　Πλαγκταί　ヘパイストスの鍛冶場のある島　*IV 786, 860, 924, 932, 939*　→浮島 (2)
プリオラス　Πριόλας　リュコスの兄　*II 780*
プリクソス　Φρίξος　アタマスの息子　*I 257, 290, 763; II 1093, 1106, 1118, 1141, 1143, 1150, 1195; III 177, 191, 196, 262, 304, 329, 338, 361, 374, 584, 595; IV 22, 71, 80, 119, 440, 735*
ブリモ　Βριμώ　ヘカテの異称　*III 861 (×2), 1211*　→クラタイイス／ダイラ／ペルセスの娘
プリュギア　Φρυγίη　プロポンティス南東岸の一帯　*I 937, 1125, 1138, 1165*
ブリュゴイ人　Βρυγοί　イリュリアの民族　*IV 469*
　—の島　νῆσοι Βρυγηΐδες　アドリア海の双子島　*IV 330*
プレイアス　Φλείας　ディオニュソスの息子【ア】　*I 115*
プレイアデス　Πληϊάδες　昴（すばる）に対応する星座　*II 225*
プレイウス　Φλειοῦς　ペロポネソス半島の町　*IV 568*

プレイストス　Πλειστός　デルポイの河　*II 711*
プレガデス　Πληγάδες　キュアネアイの異称　*II 595, 645*　→キュアネアイ
プレグラ　Φλέγρη　ギガントマキアの戦場　*III 233, 1226*
プロイトス　Προῖτος　ナウプリオス（1)【ア】の四代前の祖先　*I 136*
プロギオス　Φλογίος　(1) ドリオネス人の一人　*I 1045*　(2) デイマコスの息子　*II 956*
プロポンティス　Προποντίς　ヘレスポントスからボスポロスに至る海域。現マルマラ海　*I 936, 982*
プロメウス　Προμεύς　ドリオネス人の一人　*I 1044*
プロメテイオン　Προμήθειον　メデイアの持つ薬　*III 845*
プロメテウス　Προμηθεύς　ティタン神族イアペトスの子　*II 1249, 1256; III 852, 1087*
プロンティス　Φρόντις　プリクソスの息子　*II 1155; IV 71, 75, 81*　→アルゴス［人名(2)］、キュティッソロス、メラス
ペイリトオス　Πειρίθοος　ラピタイ族の王　*I 103*
ペイレシアイ　Πειρεσιαί　(1) テッサリア中央部の町　*I 37*　(2) マグネシアの町　*I 583*
ペウケ　Πεύκη　イストロス河口の島　*IV 309*
ヘオイオス　→アポロン
ペガイ　Πηγαί　ミュシアの泉　*I 1221, 1243*
ヘカテ　Ἑκάτη　地母神で死者たちの女王　*III 251, 478, 529, 738, 842, 914, 985, 1036, 1211; IV 246, 829*　→ブリモ／クラタイイス／ダイラ／ペルセスの娘
ベケイレス人　Βέχειρες　黒海南岸の民族　*II 394, 1242*
ヘスペリデス　Ἑσπερίδες　宵の明星ヘスペロスの娘たち。アトラスの庭園で黄金の林檎を護る　*IV 1399, 1406*　→アイグレ／エリュテイス／ヘスペレ
ヘスペレ　Ἑσπέρη　ヘスペリデスの一人　*IV 1427*
ペトラ　Πέτρη　テッサリアの町　*III 1243*
ペネイオス　Πηνειός　テッサリアの河　*II 501*
ヘパイストス　Ἥφαιστος　I 203, 851; III 40, 136, 223, 229; IV 761, 775, 818, 928, 956
ベブリュキア　Βεβρυκίη　ベブリュケス人の国　*II 136*
ベブリュケス人　Βέβρυκες　ビテュニアの民族　*II 1, 12, 70, 98, 120, 129, 758, 768, 793, 797*
ヘラ　Ἥρη　ゼウスの妃　*I 14, 187, 859, 996; II 217, 865; III 8, 10, 19, 23, 32, 55, 77, 83, 91, 106, 210, 214, 250, 818, 931, 1134; IV 11, 21, 96, 243, 509, 576, 640, 646, 773, 781, 845, 858, 1137, 1152, 1185, 1198*　婚礼の女神　Ζυγίη　*IV 96*
ペライ　Φεραί　テッサリアの町　*I 49*
ヘラクレス　Ἡρακλέης　ゼウスの息子【ア】　*I 122, 196, 342, 348, 397, 426, 531, 855, 863, 993, 997, 1040, 1163, 1242, 1254, 1290, 1303, 1316; II 145, 766, 772, 792, 913, 957, 967, 1052; III 1233; IV 538, 1400, 1458, 1468, 1477*
ヘラス　Ἑλλάς　ギリシアの総称。もとはテッサリアの地名だった　*I 336, 416, 904, 1293; II 414, 459, 637, 891, 1141, 1164, 1192; III 13, 29, 263, 337, 356, 375, 392, 406, 993, 1060, 1105, 1122, 1133; IV 98, 204, 348, 369, 741, 1103*　→アカイア／全アカイアの／全ヘラスの人々
ペラスゴイ人　Πελασγοί　テッサリアの住民　*I 580; II 1239*
ペラスゴスの　Πελασγίς / Πελασγικός　「テッサリアの」と同義　*I 14, 904, 1023; III 1322; IV 242, 265*
ペリアス　Πελίης　イオルコスの王。イアソン【ア】に冒険の試練を課す　*I 3, 5, 12, 224, 242, 278, 323, 902, 981, 1304; II 624, 763; III 64, 74, 1135; IV 242*
ヘリオス（叙事詩形エエリオス）　Ἠέλιος　太陽神　*I 172; II 1204; III 232, 309, 362, 598,*

999, 1191; IV 220, 229, 591, 598, 727, 965, 970, 1019
—の娘たち（ヘリアデス） Ἡλιάδες IV 604, 624
ペリオン *Πήλιον* テッサリアの山 *I 386, 519, 524, 550, 581; II 1187*
ペリクリュメノス *Περικλύμενος* ネレウス（1）の息子。アルゴナウタイの一人 *I 156*
ヘリケ *Ἑλίκη* 大熊座のこと *II 360; III 745, 1195*
ヘルキュニオスの頂 *σκόπελος Ἑρκύνιος* エリダノス・ロダノス河沿いにある岩山 *IV 641*
ペルコテ *Περκώτη* ヘレスポントス南岸の町 *I 932, 975*
ペルセ *Πέρση* キルケの母 *IV 591*
ペルセウス *Περσεύς* ゴルゴンを殺した英雄 *IV 1514* →エウリュメドン
ペルセスの娘 *Περσηΐς* ヘカテのこと *III 467, 478, 1036, IV 1020* →クラタイイス／ダイラ／ブリモ
ペルセポネ *Φερσεφόνη* デメテルの娘で冥界の王妃 *II 916*
ヘルメス（叙事詩形ヘルメイアス） *Ἑρμείας* 伝令神で知略、夢の神 *I 51, 642; II 1144; III 197, 587, 1175; IV 121, 1136* →マイア
ヘレ *Ἕλλη* アタマスの娘でプリクソスの姉妹 *I 256* →アタマスの娘
ペレウス *Πηλεύς* アイアコスの子【ア】 *I 94, 557, 1042; II 828, 868, 1218; III 505; IV 494, 816, 852, 1368* →アイアコスの子／アイアコスの子ら
ペレス *Πέλλης* ペレネの創建者 *I 178*
ヘレスポントス *Ἑλλήσποντος* プロポンティスに至る海峡 *I 935*
ペレネ *Πελλήνη* アカイアの町 *I 177*
ペロ *Περώ* ネレウス（1）の娘 *I 119*
ペロプス *Πέλοψ* タンタロスの息子 *I 753, 758; II 359, 790; IV 1231, 1569, 1577*
ペロペイア *Πελόπεια* ペリアスの娘 *I 326*
ボイオティア人 *Βοιωτοί* ボイオティアから黒海沿岸への移民 *II 846*
ポイボス *Φοῖβος* アポロンの異称 *I 1, 301, 353, 536, 759; II 216, 506, 702, 713, 846; IV 530, 1490, 1493, 1550, 1702, 1717, 1718*
ポキス *Φωκίς* デルポイを中心とする地域 *I 207*
ポコス *Φῶκος* テラモンとペレウス（ともに【ア】）の兄弟 *I 92*
ポシデイオン *Ποσιδήϊον* ビテュニアの岬 *I 1279*
ボスポロス *Βόσπορος* プロポンティスから黒海へ至る海峡 *I 1114; II 168*
ポセイドン（叙事詩形ポセイダオン） *Ποσειδῶν*（*Ποσειδάων*） 海神 *I 13, 137, 158, 181, 185, 951, 1158; II 3, 866; III 1240; IV 567, 1326, 1355, 1370, 1558, 1621* ゲネトリオス *Γενέθλιος* *II 3*
ホモノイア *Ὁμονοίη* 「協調」の女神 *II 718*
ホモレ *Ὁμόλη* テッサリアの町 *I 594*
ポリュクソ *Πολυξώ* ヒュプシピュレの年老いた乳母 *I 668*
ポリュデウケス *Πολυδεύκης* ゼウスとレダの息子【ア】 *I 146; II 20, 100, 756; IV 588* →テュンダレオスの子
ポリュペモス *Πολύφημος* エイラトスの息子【ア】 *I 40, 1241, 1321, 1347; IV 1470*
ポルキュス（ポルコス） *Φόρκυς*（*Φόρκος*） 海神ネレウスの兄弟。しばしばネレウス自身と同一視される *IV 828, 1599*
ボレアス *Βορέης* 北風の擬人神。ゼテスとカライス（ともに【ア】）の父 *I 211, 212, 214, 1300; II 234, 241, 273, 288, 308, 427, 439, 492; IV 1464, 1483*

マ　行

マイア　Μαῖα　ヘルメスの母　*IV 1732*
マイナロス　Μαίναλος　アルカディアの山　*I 167, 770*
マグネシア　Μαγνεσίη　テッサリア南東部の地域　*I 238, 584*
マクリエス　Μακριῆες　キュジコス付近の民族　*I 1023, 1112*
マクリス　Μάκρις　アリスタイオスの娘でディオニュソスの乳母　*IV 540, 988, 1131, 1175*
マクロネス人　Μάκρωνες　黒海南岸の民族　*II 394, 1242*
マリアンデュノイ人　Μαριανδυνοί　ビテュニアの民族　*II 139, 352, 723, 747, 752*
ミニュアイ　Μινύαι　「ミニュアスの末裔」を意味するアルゴナウタイの呼称　*I 230, 709, 1056; II 96; III 578; IV 339, 509, 594, 1074, 1219, 1364, 1455, 1499*
ミニュアス　Μινύης　ポセイドンの息子または孫で「ミニュアイ」の名祖　*I 231, 233 763; III 1093, 1094; IV 116*
ミノス　Μίνως　クレタ島の王でアリアドネの父　*II 299, 516; III 997, 1000, 1097, 1100, 1107; IV 432, 1491, 1564, 1691*
ミマス　Μίμας　(1) ベブリュケス人の男　*II 105*　(2) アレスが殺したプレグラの巨人　*III 1226*
ミュグドネス人　Μύγδονες　黒海南岸の民族　*II 787*
ミュケナイ人　Μυκηναῖοι　ミュケナイの住民　*I 128*
ミュシア　Μυσίη　プロポンティス南岸の地名　*I 1114, 1349; II 766*
—人　Μυσοί　ミュシアの住民　*I 1164, 1179, 1299, 1321, 1345; II 781, 786; IV 1472*
ミュリネ　Μυρίνη　レムノス島の町　*I 604, 634*
ミュルティロス　Μυρτίλος　オイノマオスの御者　*I 755*
ミュルトシオン　Μυρτώσιον　リビュアの丘　*II 504*
ミュルミドン　Μυρμιδών　エウポレメイアの父でアイタリデス【ア】の祖父　*I 55*
ミュルミドネス人　Μυρμιδόνες　アイギナ島の住民　*IV 1770*
ミレトス　Μίλητος　イオニアの町　*I 186*
ムーサ　Μοῦσα（複数形 Μοῦσαι）　詩の女神　*I 22; II 511, 844; IV 2, 895, 984, 1381*　→エラト／カリオペ／テルプシコレ／ピエリアの女神
メガブロンテス　Μεγαβρόντης　ドリオネス人の一人　*I 1041*
メガラ人　→ニサイアなるメガラ人
メガロサケス　Μεγαλοσσάκης　ドリオネス人の一人　*I 1045*
メデイア　Μήδεια　アイエテスの娘　*III 2, 248, 283, 451, 611, 664, 674, 710, 751, 948, 1069, 1135, 1246, 1364; IV 212, 241, 345, 449, 814, 1004, 1153, 1163, 1219, 1221, 1521, 1653, 1677, 1721*　→アイエテス
—の洞窟　ἄντρον Μηδείης　ドレパネの洞窟　*IV 1153*
メネ　Μήνη　月の女神　*IV 55*
メネテスの娘　Μενετηίς　アンティアネイラのこと　*I 56*
メノイティオス　Μενοίτιος　アクトルの息子　*I 69*
メラス　Μέλας　プリクソスの息子　*II 1156*　→アルゴス［人名 (2)］／キュティッソロス／プロンティス
メラニッペ　Μελανίππη　アマゾネスの一人でヒッポリュテの妹　*II 966*
メランテイオイの岩　πέτραι Μελάντειοι　テラ島付近にある二つの岩　*IV 1707*
メランプス　Μελάμπους　ビアスの兄弟　*I 121*
メリエ　Μελίη　アミュコスの母　*II 3*
メリテ　Μελίτη　(1) ヒュロスの母　*IV 538, 543*　(2) アドリア海の島　*IV 572*

メリテイオン　*Μελιτήϊον*　ドレパネの山　*IV 1150*
メリボイア　*Μελίβοια*　テッサリアの町　*I 592*
メレアグロス　*Μελέαγρος*　オイネウスの子【ア】　*I 190*　→オイネウスの子
メロプス　*Μέροψ*　クレイテの父　*I 975*
メントレス人　*Μέντορες*　イリュリアの民族　*IV 551*
モイラたち　*Μοῖραι*　「運命」の女神たち　*IV 1217*
モッシュノイコイ人　*Μοσσύνοικοι*　黒海南岸の民族　*II 379, 1015, 1116*
モプソス　*Μόψος*　アンピュクスの子【ア】　*I 65, 80, 1083, 1087, 1106; II 922; III 543, 917, 938; IV 1502, 1518*

ヤ　行
優雅の女神　→カリテス

ラ　行
ラウリオン　*Λαύριον*　イストロス近くの平野　*IV 321, 326*
ラオコオン　*Λαοκόων*　メレアグロスの叔父【ア】　*I 191, 192*
ラケレイア　*Λακέρεια*　テッサリアの町　*IV 615*
ラトモスの洞窟　*ἄντρον Λάτμιον*　エンデュミオンが眠る洞窟　*IV 57*
ラドン　*Λάδων*　黄金の林檎を護る大蛇　*IV 1397*
ラピタイ　*Λαπίθαι*　テッサリアの山地に住む伝説的な種族　*I 41, 42*
ラリサ　*Λάρισα*　テッサリアの町　*I 40*
ランペイア　*Λαμπείη*　アルカディアの山　*I 126*
ランペティア　*Λαμπετίη*　太陽神ヘリオスの娘　*IV 973*
リギュエス人　*Λίγυες*　ロダノス河（現ローヌ河）沿いに住む民族　*IV 647*
リギュスティデス　*Λιγυστίδες*　フランス南沖の群島。別名ストイカデス　*IV 553*　→ストイカデス
リパイの山々　*ὄρη Ῥιπαῖα*　イストロスの水源がある山　*IV 287*
リビュア　*Λιβύη*　アフリカ北岸一帯の呼称　*I 81, 83; II 504; IV 1226, 1309, 1313, 1323, 1358, 1384, 1485, 1493, 1514, 1561*　(2) 女性の名　*IV 1742*
　—の海　*πέλαγος Λιβυστικόν*　IV 1234
　—の大地　*ἤπειρος Λιβυστίς*　IV 1753
リビュルニデスの島々　*νῆσοι Λιβυρνίδες*　アドリア海にある群島　*IV 564*　→イッサ／デュスケラドス／ピテュエイア
リュカオン　*Λυκάων*　アルカディアの古王　*II 520*
リュカスティア　*Λυκάστιαι*　アマゾネスの一部族　*II 999*
リュキア　*Λυκίη*　小アジア南西部、アポロン縁の地　*I 308; II 674*
リュクルゴス　*Λυκόοργος*　アレオスの息子でアンカイオス【ア】の父　*I 164; II 118*
リュコス　*Λύκος*　(1) マリアンデュノイ人の王　*II 139, 752, 760, 813, 839; IV 298*　(2) ビテュニアの河　*II 724*　(3) コルキスの河　*IV 132*
リュコレイアの　*Λυκώρειος*　アポロンの形容語句。パルナッソス山頂の地を指す　*IV 1490*
リュコレウス　*Λυκορεύς*　アミュコスの従者　*II 51*
リュラ　*Λύρη*　パプラゴニアの地名　*II 929*
リュルケイオンの　*Λυρκήϊον*　アルゴス［地名］(1) の形容語句。この地の山を指す　*I 125*
リュンケウス　*Λυγκεύς*　アパレウスの子【ア】　*I 151, 153; IV 1466, 1478*

リュンダコス　Ῥύνδακος　プリュギアの河　*I 1165*
リリュベイス　Λιλυβηΐς　シチリア島西端の岬　*IV 919*
レア（別名レイア）　Ῥέη（Ῥείη）　クロノスの妻でゼウスの母　*I 505, 1139, 1151; II 1235*
レイモニオンの野　πεδίον Λειμώνιον　キュジコス近くの平野　*I 1060*
レオドコス　Λεώδοκος　ペロの息子【ア】　*I 119*
レダ　Λήδη　ポリュデウケスとカストル（ともに【ア】）の母　*I 146*
レト　Λητώ　アポロンとアルテミスの母　*II 213, 257, 674, 710*
—の子　Λητοΐδης　アポロン　*I 66, 143, 439, 483; II 180, 698, 770; IV 612, 1706*
—の娘　Λητωίς　アルテミス　*II 938; III 878; IV 346*
レバス（別名レバイオス）　Ῥήβας（Ῥηβαῖος）　ビテュニアの河　*II 349, 650, 789*
レムノス　Λῆμνος　エーゲ海北東部の島　*I 603, 608, 653, 851, 868, 873; II 31, 764; III 1206; IV 1759, 1760*
レルネ　Λέρνη　アルゴリス地方の沼沢地　*III 1241*
—のヒュドラ　Ὕδρη Λερναίη　ヘラクレス【ア】が殺した怪物　*IV 1404*
レルノス　Λέρνος　(1) プロイトスの子。ナウプリオス【ア】の曽祖父　*I 135*　(2) パライモニオス【ア】の父とされる人物　*I 202, 203*
ロイテイオン　ἄκρη Ῥοιτειάς　ヘレスポントス入口の岬　*I 929*
ロクロイ人　Λοκροί　オプスの住民　*IV 1780*
ロダノス　Ῥοδανός　エリダノスに通じる河。現ローヌ河　*IV 627*

ワ　行
湧水　→ペガイ

訳者略歴

堀川　宏（ほりかわ　ひろし）

京都大学他非常勤講師

一九八一年　山梨県生まれ

二〇一二年　京都大学大学院文学研究科博士課程研究指導認定退学

二〇一六年　京都大学博士（文学）取得

主な著訳書

『古代ギリシャ語語彙集——基本語から歴史／哲学／文学／新約聖書まで』（共訳、大阪公立大学共同出版会）

『反「大学改革」論——若手からの問題提起』（共著、ナカニシヤ出版）

アポロニオス・ロディオス　アルゴナウティカ

西洋古典叢書　２０１８第５回配本

二〇一九年三月五日　初版第一刷発行

訳者　堀《ほり》川《かわ》宏《ひろし》

発行者　末原達郎

発行所　京都大学学術出版会

606-8315 京都市左京区吉田近衛町六九 京都大学吉田南構内

電話　〇七五-七六一-六一八二

FAX　〇七五-七六一-六一九〇

http://www.kyoto-up.or.jp/

印刷／製本・亜細亜印刷株式会社

ISBN978-4-8140-0174-3

定価はカバーに表示してあります

1　森谷宇一・戸高和弘・渡辺浩司・伊達立晶訳　2800 円
2　森谷宇一・戸高和弘・渡辺浩司・伊達立晶訳　3500 円
3　森谷宇一・戸高和弘・吉田俊一郎訳　3500 円
4　森谷宇一・戸高和弘・伊達立晶・吉田俊一郎訳　3400 円
クルティウス・ルフス　アレクサンドロス大王伝　谷栄一郎・上村健二訳　4200 円
スパルティアヌス他　ローマ皇帝群像（全 4 冊・完結）
1　南川高志訳　3000 円
2　桑山由文・井上文則・南川高志訳　3400 円
3　桑山由文・井上文則訳　3500 円
4　井上文則訳　3700 円
セネカ　悲劇集（全 2 冊・完結）
1　小川正廣・高橋宏幸・大西英文・小林　標訳　3800 円
2　岩崎　務・大西英文・宮城徳也・竹中康雄・木村健治訳　4000 円
トログス／ユスティヌス抄録　地中海世界史　合阪　學訳　5000 円
プラウトゥス／テレンティウス　ローマ喜劇集（全 5 冊・完結）
1　木村健治・宮城徳也・五之治昌比呂・小川正廣・竹中康雄訳　4500 円
2　山下太郎・岩谷　智・小川正廣・五之治昌比呂・岩崎　務訳　4200 円
3　木村健治・岩谷　智・竹中康雄・山澤孝至訳　4700 円
4　高橋宏幸・小林　標・上村健二・宮城徳也・藤谷道夫訳　4700 円
5　木村健治・城江良和・谷栄一郎・高橋宏幸・上村健二・山下太郎訳　4900 円
リウィウス　ローマ建国以来の歴史（全 14 冊）
1　岩谷　智訳　3100 円
2　岩谷　智訳　4000 円
3　毛利　晶訳　3100 円
4　毛利　晶訳　3400 円
5　安井　萠訳　2900 円
9　吉村忠典・小池和子訳　3100 円

プルタルコス　モラリア（全14冊）
1　瀬口昌久訳　3400円
2　瀬口昌久訳　3300円
3　松本仁助訳　3700円
5　丸橋　裕訳　3700円
6　戸塚七郎訳　3400円
7　田中龍山訳　3700円
8　松本仁助訳　4200円
9　伊藤照夫訳　3400円
10　伊藤照夫訳　2800円
11　三浦　要訳　2800円
12　三浦　要・中村健・和田利博訳　3600円
13　戸塚七郎訳　3400円
14　戸塚七郎訳　3000円
プルタルコス／ヘラクレイトス　古代ホメロス論集　内田次信訳　3800円
プロコピオス　秘史　和田　廣訳　3400円
ヘシオドス　全作品　中務哲郎訳　4600円
ポリュビオス　歴史（全4冊・完結）
1　城江良和訳　4200円
2　城江良和訳　3900円
3　城江良和訳　4700円
4　城江良和訳　4300円
マルクス・アウレリウス　自省録　水地宗明訳　3200円
リバニオス　書簡集（全3冊）
1　田中　創訳　5000円
リュシアス　弁論集　細井敦子・桜井万里子・安部素子訳　4200円
ルキアノス　全集（全8冊）
3　食客　丹下和彦訳　3400円
4　偽預言者アレクサンドロス　内田次信・戸高和弘・渡辺浩司訳　3500円
ロンギノス／ディオニュシオス　古代文芸論集　木曽明子・戸高和弘訳　4600円
ギリシア詞華集（全4冊・完結）
1　沓掛良彦訳　4700円
2　沓掛良彦訳　4700円
3　沓掛良彦訳　5500円
4　沓掛良彦訳　4900円

【ローマ古典篇】
アウルス・ゲッリウス　アッティカの夜（全2冊）
1　大西英文訳　4000円
アンミアヌス・マルケリヌス　ローマ帝政の歴史（全3冊）
1　山沢孝至訳　3800円
ウェルギリウス　アエネーイス　岡　道男・高橋宏幸訳　4900円
ウェルギリウス　牧歌／農耕詩　小川正廣訳　2800円
ウェレイユス・パテルクルス　ローマ世界の歴史　西田卓生・高橋宏幸訳　2800円
オウィディウス　悲しみの歌／黒海からの手紙　木村健治訳　3800円
クインティリアヌス　弁論家の教育（全5冊）

2　根本英世訳　3000 円
クセノポン　小品集　松本仁助訳　3200 円
クセノポン　ソクラテス言行録（全 2 冊）
1　内山勝利訳　3200 円
セクストス・エンペイリコス　学者たちへの論駁（全 3 冊・完結）
1　金山弥平・金山万里子訳　3600 円
2　金山弥平・金山万里子訳　4400 円
3　金山弥平・金山万里子訳　4600 円
セクストス・エンペイリコス　ピュロン主義哲学の概要　金山弥平・金山万里子訳　3800 円
ゼノン他／クリュシッポス　初期ストア派断片集（全 5 冊・完結）
1　中川純男訳　3600 円
2　水落健治・山口義久訳　4800 円
3　山口義久訳　4200 円
4　中川純男・山口義久訳　3500 円
5　中川純男・山口義久訳　3500 円
ディオニュシオス／デメトリオス　修辞学論集　木曽明子・戸高和弘・渡辺浩司訳　4600 円
ディオン・クリュソストモス　弁論集（全 6 冊）
1　王政論　内田次信訳　3200 円
2　トロイア陥落せず　内田次信訳　3300 円
テオグニス他　エレゲイア詩集　西村賀子訳　3800 円
テオクリトス　牧歌　古澤ゆう子訳　3000 円
テオプラストス　植物誌（全 3 冊）
1　小川洋子訳　4700 円
2　小川洋子訳　5000 円
デモステネス　弁論集（全 7 冊）
1　加来彰俊・北嶋美雪・杉山晃太郎・田中美知太郎・北野雅弘訳　5000 円
2　木曽明子訳　4500 円
3　北嶋美雪・木曽明子・杉山晃太郎訳　3600 円
4　木曽明子・杉山晃太郎訳　3600 円
トゥキュディデス　歴史（全 2 冊・完結）
1　藤縄謙三訳　4200 円
2　城江良和訳　4400 円
ピロストラトス　テュアナのアポロニオス伝（全 2 冊）
1　秦　剛平訳　3700 円
ピロストラトス／エウナピオス　哲学者・ソフィスト列伝　戸塚七郎・金子佳司訳　3700 円
ピンダロス　祝勝歌集／断片選　内田次信訳　4400 円
フィロン　フラックスへの反論／ガイウスへの使節　秦　剛平訳　3200 円
プラトン　エウテュデモス／クレイトポン　朴　一功訳　2800 円
プラトン　エウテュプロン／ソクラテスの弁明／クリトン　朴　一功・西尾浩二訳　3000 円
プラトン　饗宴／パイドン　朴　一功訳　4300 円
プラトン　ピレボス　山田道夫訳　3200 円
プルタルコス　英雄伝（全 6 冊）
1　柳沼重剛訳　3900 円
2　柳沼重剛訳　3800 円
3　柳沼重剛訳　3900 円
4　城江良和訳　4600 円

西洋古典叢書　既刊全131冊（税別）

【ギリシア古典篇】
アイスキネス　弁論集　木曽明子訳　4200円
アイリアノス　動物奇譚集（全2冊・完結）
　1　中務哲郎訳　4100円
　2　中務哲郎訳　3900円
アキレウス・タティオス　レウキッペとクレイトポン　中谷彩一郎訳　3100円
アテナイオス　食卓の賢人たち（全5冊・完結）
　1　柳沼重剛訳　3800円
　2　柳沼重剛訳　3800円
　3　柳沼重剛訳　4000円
　4　柳沼重剛訳　3800円
　5　柳沼重剛訳　4000円
アラトス／ニカンドロス／オッピアノス　ギリシア教訓叙事詩集　伊藤照夫訳　4300円
アリストクセノス／プトレマイオス　古代音楽論集　山本建郎訳　3600円
アリストテレス　政治学　牛田徳子訳　4200円
アリストテレス　生成と消滅について　池田康男訳　3100円
アリストテレス　魂について　中畑正志訳　3200円
アリストテレス　天について　池田康男訳　3000円
アリストテレス　動物部分論他　坂下浩司訳　4500円
アリストテレス　トピカ　池田康男訳　3800円
アリストテレス　ニコマコス倫理学　朴　一功訳　4700円
アルクマン他　ギリシア合唱抒情詩集　丹下和彦訳　4500円
アルビノス他　プラトン哲学入門　中畑正志編　4100円
アンティポン／アンドキデス　弁論集　高畠純夫訳　3700円
イアンブリコス　ピタゴラス的生き方　水地宗明訳　3600円
イソクラテス　弁論集（全2冊・完結）
　1　小池澄夫訳　3200円
　2　小池澄夫訳　3600円
エウセビオス　コンスタンティヌスの生涯　秦　剛平訳　3700円
エウリピデス　悲劇全集（全5冊・完結）
　1　丹下和彦訳　4200円
　2　丹下和彦訳　4200円
　3　丹下和彦訳　4600円
　4　丹下和彦訳　4800円
　5　丹下和彦訳　4100円
ガレノス　解剖学論集　坂井建雄・池田黎太郎・澤井　直訳　3100円
ガレノス　自然の機能について　種山恭子訳　3000円
ガレノス　身体諸部分の用途について（全4冊）
　1　坂井建雄・池田黎太郎・澤井　直訳　2800円
ガレノス　ヒッポクラテスとプラトンの学説（全2冊）
　1　内山勝利・木原志乃訳　3200円
クセノポン　キュロスの教育　松本仁助訳　3600円
クセノポン　ギリシア史（全2冊・完結）
　1　根本英世訳　2800円